鬼吹灯 ⑦ 怒晴湘西

CANDLE IN THE TOMB

天下霸唱 著

湖南文艺出版社

引子 / 1

第一章　琉璃厂 / 3

第二章　八臂哪吒 / 9

第三章　盗墓往事 / 16

第四章　老熊岭义庄 / 21

第五章　耗子二姑 / 27

第六章　送尸术 / 32

第七章　咬耳 / 37

第八章　洗肠 / 42

第九章　古狸碑 / 48

第十章　探瓶山 / 54

第十一章　工兵掘子营 / 61

第十二章　移尸地 / 67

第十三章　溶化 / 72

第十四章　腾云驾雾 / 78

第十五章　惊翅 / 84

第十六章　防以重门 / 90

第十七章　瓮城 / 96

第十八章　神臂床子弩 / 101

第十九章　无限永久连环机关 / 107

第二十章　无间得脱 / 113

第二十一章　金风寨 / 119

第二十二章　犬不八年、鸡无六载 / 125	第三十八章　白猿 / 221
第二十三章　裁鸡令 / 131	第三十九章　挑尸 / 227
第二十四章　山阴 / 137	第四十章　黑琵琶 / 233
第二十五章　分山掘子甲 / 143	第四十一章　湘西尸王 / 239
第二十六章　穴陵 / 149	第四十二章　虎车 / 245
第二十七章　斗宫 / 155	第四十三章　颠倒乾坤 / 251
第二十八章　强敌 / 162	第四十四章　吸魂 / 256
第二十九章　诈死 / 168	第四十五章　魁星踢斗 / 262
第三十章　丹炉 / 174	第四十六章　剥龙阵 / 267
第三十一章　冷酷仙境 / 179	第四十七章　动咒 / 272
第三十二章　云藏宝殿 / 186	第四十八章　点名状 / 278
第三十三章　雾隐回廊 / 192	第四十九章　江湖 / 284
第三十四章　观山太保 / 198	第五十章　风水先生 / 289
第三十五章　山有三香 / 204	第五十一章　自然博物馆 / 296
第三十六章　撼岳 / 210	第五十二章　夜深人静 / 301
第三十七章　夜幕 / 216	第五十三章　府中求玄 / 307
	第五十四章　失落的记录 / 312
	第五十五章　瞒天过海 / 318
	第五十六章　拜访解读谜文暗示的专家 / 323

从古到今,若说起强盗贼寇,在世人眼中,历来个个都是该遭千刀杀、万刀剐的歹人,乃是极败坏的恶名。可细论起来,朝臣天子、士农工商,在那三百六十行里,从上到下,哪一处没有天良丧尽、用瞒天手段行奸使诈的贼子?大盗窃国、中盗窃义、小盗窃侯,成王败寇,只有最末等的才窃金银。

殊不闻"道不盗,非常盗""盗亦有道,盗不离道"之言。真正在那绿林中结社取利,做分赃聚义勾当的,也向来不乏英雄豪杰,惯做出一些常人难以思量的事业,并非旁门左道可比。绿林盗中名声最显者,莫过于卸岭群盗。

卸岭其辈或散布天下,或啸聚山林,敬关帝,并尊西楚霸王为祖师。逢有古墓巨冢,便蜂拥而起,众力发掘,毁尸平丘,搜刮宝货,毫厘不剩,专效仿昔时"赤眉"义军的作为。

试看各朝史上,都少不了卸岭群贼倒斗发冢的秘闻,倘若说将出来,那些惊心动魄、诡异万分的行迹,实不逊于摸金校尉的事迹。

卸岭盗墓皆是聚众行事,盗取古冢,历涉险阻危厄,并非仅凭矫捷身手与群盗之力,正所谓盗亦有术,卸岭之术在于器械,流传了近两千年,引出许多冠绝古今的奇事。然天下事物兴衰有数,既有其生,就自有其灭。卸岭力士始于汉代乱世,鼎盛于唐宋,没落于明清,至民国时期,终于销声匿迹,就此绝了。

发丘、摸金、搬山、卸岭,其术不外乎"望、闻、问、切"四诀,四字分八法，各有上下两道。如"望"之上法，乃为上观天星、下审地脉；下法观泥痕、辨草色，其间高下，虽是相去甚远，却皆有道，非是寻常艺业可比。常言道"七十二行，盗墓是王"，盗墓古术"四诀八法"之道，皆在《鬼吹灯7怒晴湘西》。

第一章
琉璃厂

人生在世，一举一动往往身不由己，福祸安危由天定，悲欢离合怎自由？我和Shirley杨受陈教授之托，组了打捞队去珊瑚螺旋的沉船中打捞国宝秦王照骨镜。在南海采珠疍民的协助下，最后死中得脱，总算不负所托，取了古镜回来。

不料疍民多铃中了沉船里下的死降邪术，正是"三分气在千般用，一旦无常万事休"，眼看着再难施救，幸得有人指点：尸降耗散人体生气，只有古墓里的"内家肉丹"可救。但内丹为得道之人借天地灵气吐纳修炼而成的金丹，自古以来，世上多有求仙炼道的，但能得其法炼出内丹之人，实属凤毛麟角，绝不是等闲之辈能寻到的。

陈教授多少知道些关于湖南的某处古墓中藏有内丹之事，也许在湖南可以找到内丹，不过不知那古墓是否早已被盗空了。经他提及，我猛地记起在北京失踪的算命瞎子来。那瞎子早年间曾是卸岭盗魁，曾入湘西倒斗发家，他定能知道其中根由，说不定被称为湘西尸王的那具元代僵尸体内所结的紫金内丹，早就落在了瞎子的手里。眼下为了救人，只好寻着这条渺渺茫茫的线索，回到北京即便是掘地三尺，也要把那算命瞎子给找出来，

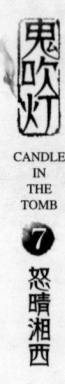

好歹要查出内丹的下落。

民国年间,湘西军阀伙同土匪大举盗掘古墓,引出了许多耸人听闻的奇闻怪谈,其中湘西元代将军古尸最为著名,至今还有很多关于此事的传闻。我在潘家园做生意的时候,有好些往返湘黔倒腾古玩的客人都会说起此事。

那些传言都说,湘西山区里,在新中国成立前被盗开的那座古墓,其地宫构造之大、形势之奇、机关之险、墓中宝物之多、尸变之惊……以及盗墓贼为打开地宫所使出的种种手段,时至今日,仍绝对称得上空前绝后,是以留下许多话头,使得天下皆知。

不过这些话大多都是来自"马路消息、小道新闻",对这桩盗墓行内可惊可怖之事,人人都是道听途说,一人说的一个样子,不尽相同。毕竟年代久远了,不得亲眼所见,未必能够当真,而唯有算命的陈瞎子,当初是盗发湘西古墓的首领,是曾亲眼见过那具元代将军古尸的。

对这件事Shirley杨倒是十分乐观,她对我说:"多铃的一条命能否留住,全系在古尸的内丹之上,偏巧咱们识得在湘西盗过内丹的陈老爷子,如果这都不是上帝存在的证明,那我真不知道什么才是了。"

我对上帝存在不存在还持有保留意见,多铃的师父阮黑死前,托我帮多铃找到失散的法国生父。如今在珊瑚庙岛调查得知,那个法国人正是倒运古物的富商,此人已同玛丽仙奴号一同葬身海底。看来这件事我是办不成了。不过不论有多大困难,我都会竭尽全力想办法保住多铃的性命。

众人分了青头货之后,明叔带着古猜和多铃,先到香港条件完善的医院里暂时治疗,像植物人般维持生命,我和其余的人返回北京找陈瞎子。大金牙惦念提前去了美国的年迈老父身体欠佳,留在国内寝食难安,从珊瑚庙岛回去后,随即也匆匆出了国,作为我们这伙洋插队的先遣员,先到美国把生意做了起来,自是不在话下。

但在北京寻找陈瞎子的下落并不容易,他行踪飘忽不定,我们甚至没办法确定他是否还在北京市内,只得耐住性子,细细寻访。好在潘家园中有我许多熟人,旧货市场里鱼龙混杂,形形色色的人往来极多,是个流通消息的上好渠道，一旦有什么风吹草动，都免不了会在潘家园传播。

我和胖子除了寻访陈瞎子之外，还有个重要任务，就是把从珊瑚庙岛趸来的青头作价出售，反正是两不耽误，仍旧在旧货市场里摆了个摊子，一来接洽生意，二来打探消息。

眼看着过了半月有余，已快到中国传统的春节了，我们只好打消了到美国过年的念头。那时候北京的年味浓重，市内还没禁放烟花爆竹，离除夕尚远，就能听见炮仗声此起彼伏，给本就格外热闹的旧货市场添了几分杂乱。

现在的潘家园旧货市场，比我们刚来的时候可又热闹多了，这人乌泱乌泱的，一拨接一拨，当然也是由于快过年了。这些天副食品店、菜市场里置办年货的人更多，有好多人有扎堆的爱好，看旧货市场里人头攒动，便都跟着来凑热闹，天气虽冷，人却越发多了起来。

最近这一年多来，潘家园旧货市场也确实是渐渐成了气候，与当初相比，早已不可同日而语，除了破东烂西和旧货之外，单是数得着的古董玩器就丰富到了极致。那些个书画、瓷器、陶器、铜器、古琴、古钱、宣炉、古铜镜、玉器、古砚、古墨、古书、碑帖、历代名纸、古代砖瓦、印章、丝绣、景泰蓝、漆器、宜兴壶、珐琅件、料器、牙器、竹刻、扇子、木器家具、兵器、名石……堆积如山，站在这头望不见那头。您就看吧，一天看十样，可能一辈子也瞧不完这旧货市场里的东西。

不过潘家园不同于起源于明末清初的北京琉璃厂，那边都是"文玩"，而潘家园的路子就野了，东西也杂。这些东西里面，仿古的西贝货占了九成，想在潘家园里淘换点真东西，除了要有火眼金睛明辨真伪的眼力之外，大海捞针般的运气也少不了。

我和胖子名声在外，自不能与那些倒腾假东西的二道贩子相提并论。有些常逛潘家园的老主顾，也不知都是从哪儿听说的，似乎都知道胡爷和胖爷手里有明器，那是货真价实的——从坑里滤出来的明器，哪怕只是一枚平平无奇的古铜钱，备不住也是摸金校尉从老粽子嘴里抠出来的"压口钱"。

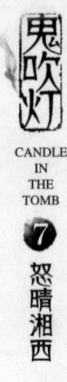

我看有好多人一见了我，开口就问我："有古墓里盗出来的明器没有？胡爷您尽管开价，只要是真东西，绝不还价。"

我心想有些日子没在潘家园露面，大金牙一出国，肯定是把他的主顾都打发到我这儿来了，可我手中哪有什么明器！况且经常接触此物也是犯禁的勾当。好在从南海所得青头甚多。青头和明器在性质上实际是差不多的，只不过一个从土里来，一个从水里来，基本上是山里熊掌和海中鱼翅的区别。于是我就撺掇买主们，观看青头货色，主要倒腾些青头里的古玉。这些玉片玉璧，都是后来从珊瑚庙岛的青头商人跐武手中批发来的，比先前那套玉人卜龟甲的碎玉还要残破，所以入价极低，打算先放些出来，看看市面的行情如何。

现在玩收藏的主儿，都觉得玉石行情看涨，但他们只认带老沁的旧玉，青头古玉虽是沁色深厚，奈何被海水浸泡年久，玉髓为盐卤闭塞，好似裹了一层极重的石灰，就连那些识货的见了也要摇头。

正商讨价钱之际，有旧货市场中相熟的人来告知，说是琉璃厂藏珍堂的乔二爷请我们过去。我觉得这事有些蹊跷，那乔二爷在北京琉璃厂好大的名头，从新中国成立前就经营一间古董店——藏珍堂，多少年来从没走过眼，在他手里过的古物不计其数，便在潘家园也人人知道他是古玩界的"老元良"。我早有心前去拜访，却没有能够接洽引见的门路，想不到他竟然请我们过去叙谈叙谈，不知他葫芦里卖的什么药。

再细问来人，才知道原来乔二爷听说我这有南海古玉，他平素里是个专嗜古物的，在北京青头老玉非常罕见，等闲也难在市面见到，便特意托人通个消息，请我带着古玉到他家中一坐，看看货色如何。

我心想总算有识货的行家了，又有心要去乔二爷家开开眼界，便同胖子匆忙裹了一包行货，径直来到琉璃厂东头的延寿寺街。把着路口头一间两层楼的门面，古香古色，颇为不俗，一看黑底金字的招牌，正是藏珍堂老字号。

跟店里的人说明来意，却没上楼，而是直接被送到离那里很远的一幢老筒子楼里，这地方都快到先农坛了。楼内破破烂烂的，楼道里堆满了各家的冬煤，还有码成墙般高的大白菜。乔二爷住惯了此地，上了岁数，不愿意挪地方，所以平常生活起居都在此处。

只见那乔二爷都快八十了，头发掉得一根不剩，一脸长长的胡须却是雪白，而且俩眼珠子贼亮，显得精神矍铄，老而不朽，见了我们连忙让座。有伙计端上茶来，器具精美，茶香浓郁，不过我和胖子喝惯了大碗茶，不懂品茗之道，加之外边天寒地冻，心中满是寒意，一盏热茶一仰脖就喝了个见底，口中赞道："好茶！不妨再来一碗，最好换大茶缸子。"

乔二爷抚须微笑："赶紧让人给胡爷和胖爷上大碗茶。看喝茶的架势，就知道这两位都是不拘小节的爽快之人。"

我笑道："让二爷见笑了，在潘家园练摊半日，冻得够呛。"几杯茶水喝下去，身体回暖了，这才顾得上打量四周。这老楼的房间中，几乎没一样新东西，老式书柜里摆满了群书古籍，靠外的边缘则都是白玉、水晶、寿山石、佛像、牙雕、鼻烟壶之类的古玩，本就不大的屋里显得满满当当。若在这筒子楼外不知底细的，谁又能想象倒腾一辈子古董明器的乔二爷会住在这么个不起眼的地方。

但我和胖子见他甘于平凡，心中也多了几分敬意，双方寒暄了几句。乔二爷似乎知道我们是做摸金校尉的，问了我一些北京城里的风水，让我说说琉璃厂生意气象如何。

我多长了个心眼，虽然乔二爷是京城里知名的人物，非是明叔之流可比，但我并不想显露《十六字阴阳风水秘术》中的精髓，只拣些拜年的话说出来："北京城水旱两条龙，龙脉形势恰好罩着琉璃厂，正是车如流水马如龙，两条财气在当中，在这地方做生意，怕是要数钱数到手软。"

乔二爷闻言大喜，又要赞叹一番。胖子发财心切，嫌他老头啰唆，忙不迭地取出青头，让乔二爷上眼，看看能给什么价。乔二爷拿出放大镜和老花镜，反复看了半天，又在手中把玩了一回，连道："好玉，好玉啊！真正都是海底千年的古玉，只可惜未曾盘出老色。胡、王两位老弟，闻你二人身上的味道，就是常与明器打交道的，当着真人不说假话，就实不相瞒了。在新中国成立前，我乔某人跟你们也是同行，当年不比现在，手里

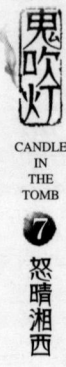

没真东西，如何能在琉璃厂做古玩生意？所以我知道，似此老玉，也只有海底古迹和山中古墓里才有，世间坊里的绝无这等成色。"

我和胖子一听也吃了一惊，想不到乔二爷说话却是如此通明，原来也是个倒斗的手艺人。他如今住的这幢楼下，就曾有座元大都时留下的古墓，当年乔二爷就是盗掘了此墓，才有本钱在琉璃厂做生意的。他贪图这古墓附近风水好，舍不得离开此地。后来古墓被铲平起了楼，他仍住在这里。请我前来，一是想收青头，二是这楼要拆了，请我给寻个风水位，好把家搬过去。

我说："您这可是难为我，摸金校尉又不入室行窃打劫，哪里会看阳宅风水，何况既然都是倒斗的手艺人，怎的还会偏信风水之说？"

我劝了一回，让他不可执迷此道，乔二爷却不为所动，指了指脚下的地板说："这个元朝古墓真就是处风水宝穴，当年我从墓道里潜入地宫，见了墓中的情形，险些把下巴惊得掉在地上，到那时才真信世上风水之说，绝非虚无缥缈的玄谈异论……"他说到这里，用句倒斗行里的暗语告诉我们那夜所见的东西，"这座古墓里……有水没有鱼！"

第二章
八臂哪吒

我听乔二爷说这筒子楼下那座古墓里是"有水没有鱼",也觉得有些奇怪。因为我素来知道,元时古墓深埋大藏,地面上不封不树,取的是密宗风水,向来最是难寻。在倒斗的暗语中,管古墓中的瓷器称为"水",元时墓中最多见的一种陪葬明器,便是瓷器。倒斗的手艺人向来将元尸代称为"鱼",盖因元代墓主尸体入殓下葬,在棺中都要裹层渔网,这也是密宗色目人[①]的习俗,今人大多难以理解。

若说"有水没有鱼",那就是说墓里边只有古瓷器,而没有古尸,难道是个衣冠冢?我和胖子对倒斗之事格外感兴趣,好奇心起,就请乔二爷道出详情,最好多说说那些"水"都怎样了,值得哪般行市。

原来乔二爷早年间凭倒斗发了横财,至今已金盆洗手多年,专做些古玩字画的生意。他和大金牙祖上的出身差不多,是不入流的民间散盗,懂得些观泥痕、辨土色的本领,味觉和嗅觉天生机敏,一生不碰烟酒,向同行说起当年倒斗的事来,依旧眉飞色舞,神色间以老元良自居,显得颇为

---

① 色目人,元朝对除蒙古以外的西北各族,西域乃至欧洲人的概称。

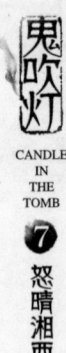

得意。

如今北京城的格局，是源于七百年前的元代大都城，由数术奇人刘秉忠①设计。据说城址地下藏有孽龙水怪，所以城池建造成八臂哪吒的形状，镇龙压怪，以保王气平安。城池的格局中，隐藏着三头六臂和两只脚，另外五脏六腑一应俱全，这也是一种复杂的风水布局，背阴处埋了许多王公贵族。

乔二爷祖上在钦天监听差，后来又被抽调去编撰《四库全书》，久而久之就学全了"阴阳五要"，对阴阳风水、天星相法颇有心得。传到乔二爷这辈，乔二爷借着自己粗通些风水之道，又兼能观泥痕、辨草色，接连挖了几处古冢。挖到这元代古墓的时候，封土一破，墓中有数股黑气冲天，候了两天待到黑雾消散，才敢入内，到地宫门前，发现门上嵌满了红宝石。

乔二爷大喜之余用手去抠，红宝石却都碎成齑粉，红色的粉尘若即若离，再仔细辨认才知道是数百年前的朱砂。元代古墓中常有朱砂，并不奇怪，但不免令他大失所望。破门而入，墓室中铁绳悬棺——把棺椁用大铁环吊在半空，这是为了防止有雨水或地下水渗进来浸泡了棺木。

但那墓室里并未积水，摆着好多完整的瓷瓶瓷罐，一应人间家什，竟然全是古青花瓷，瓷绘的都是修仙炼丹、紫气东来之事。乔二爷受家族影响，对这些玄而又玄的事情，有种难以名状的情结，十分信服。但信归信，倒斗的事也不能罢了，升棺发材，揭开大顶，只见棺内只有层层殓服，紫袍金带无不如新，可袍服衣冠中空空如也，连死人的头发也没有半丝一毫。

他做倒斗的勾当已久，自然知道衣冠冢、虚墓是怎么回事，可凭经验判断，这座古墓绝不是没有墓主的空坟，那就只有一个解释：这是个风水宝穴，墓主下葬后不久，未等腐烂变枯，就仙化飞升了。

后来又打听到附近以前有座明朝的古庙。建庙的时候，从地下掘出一块石碑，上面刻着："葬此化，居此吉。"也不知是哪朝哪代埋在地下的。

---

① 刘秉忠（1216年—1274年），原名侃，僧名子聪，字仲晦，号藏春，元初名相。他向忽必烈介绍了一整套封建治国平天下的经验和理论，并取《易经》"大哉乾元"之意，将蒙古更名为"大元"。还主持了元大都和上都的营建。

乔二爷迷信风水之说，从那以后他就想方设法住在这周围，一辈子不愿离开，甚至希望百年之后能埋骨在此，也托个仙解的造化，得成大道。

还别说，自打住在这附近之后，生意一向兴隆，改朝换代也没耽误发财，加上这破楼太不起眼，"文化大革命"时红卫兵抄家都从这儿绕着走，所以他就更深信不疑了。如今这地方要拆了盖公园，不是人力所能扭转，这才请我来帮他瞧瞧在"八臂哪吒"中，是否还有什么风水好的地方，可以搬过去居住。

我听明白之后，心中暗笑乔二爷不过如此。如今四九城①玩古董的谁不知他的名头，可他虽在古物鉴赏估价方面有过人之处，但对青乌风水和阴阳五行之道还远远没摸着门道。这老头虽然也做过倒斗的勾当，但他这两把刷子，又如何能和发掘过巨冢山陵的摸金校尉相比？元代古墓历来极难寻找，就连《十六字阴阳风水秘术》中都不曾过多提及。按说元墓非比秦汉之时那般年代遥远，尸体就算腐烂消散，但在一副好棺木中也不至于消解得如此彻底，不留半分痕迹，他盗的这座古墓里为什么没有尸骨残骸，恐怕并非与仙解有关。现在古墓早已平了许多年了，无凭无据，我也没办法捕风捉影地推测。

但我还指望乔二爷出高价将青头收去，也不好说破，只是顺着他意敷衍了几句，赶紧将话头绕回生意上。乔二爷在风水上是个棒槌，可论及古玩金石之道，却十足是个行家，而且做过许多大买卖，这次有心结交我们，便把盘玉诀窍讲了出来。

凡是明器青头里面的玉石，多遭泥土海水侵蚀，带有各种沁色，收存后要使"盘功"使之恢复本性。古玉器温润纯厚，晶莹光洁，尤其是各种沁色之妙，恰似浮云遮日，如同舞鹤游天，富有无穷无尽的奇趣异致，令人赏心悦目。

但古玉沁色不加盘功，则将隐而不彰，玉理之色深藏不见，玉性如同顽石。自古盘玉分三等：急盘、缓盘和意盘。急盘须配于容颜秀美之女性

---

① 四九城，指老北京城。老北京皇城有四个城门，内城有九个城门。

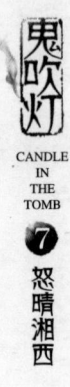

身边，以人气养之。待到数月后玉质变硬，用柔软的旧布擦拭，等到玉性复苏，再用新布反复擦拭，一定要用白粗布，带有颜色的布绝不可用，愈是摩擦玉石愈热，不宜间断，经过几昼夜，水土燥性自然减少，受沁处与玉色自然凝结，色愈敛而愈艳，古玉活色生香的价值就全显露出来了。

但古玉入水土年代过久，地气海气深入玉骨，没有六七十年的水磨工夫，都不易盘出。对倒斗盗墓之人来说，秦汉之玉为旧玉，定是夏、商、周三代之玉，才称得上古玉，不常年佩戴身边把玩摩挲，玉髓中的精光绝难显露，这就是古玉的缓盘之说。

意盘的说法，就有点神乎其神了，这办法有点玄，好多人不能理解，实际上归根到底八个字——"精诚所至，金石为开"。在精室之中，焚香闭关，与俗世隔绝往来，以气质性情盘化玉沁，数月之内，古玉自然复原。这门面壁坐禅的功夫，实际上可能是用"人油人膏"之类的私药煨玉。懂这门手艺的人十分鲜有，乔二爷却最是拿手，那是他压箱底的绝活，所以才敢开出高价，收存这些好似石灰顽石的青头老玉，一经转手，他就获几倍的暴利——毕竟是个老生意精，赔本的买卖也是不肯做的。

我和胖子心急出手，若依大金牙的办法找群大姑娘来盘玉，未免太过麻烦，而且也等不耐烦耗上三五年水磨工夫，见价钱合理，就一发让给了乔二爷。

当天乔二爷留我和胖子吃了顿饭，又拿出本讲风水的《郭子宓地眼图》，此书是江西形势宗风水要诀，出自宋代，编写于明永乐年间，恰好有京中《八臂哪吒图》。乔二爷让我给他指点指点北京城里"八臂哪吒"的格局，以便将来寻个上好的住处。可那元时古迹，早已几经变迁，又怎么可能留到现在？我只好胡乱指了几处，捏造些唬人的言词，把个乔二爷给唬得一愣一愣的。

可我发现这本《郭子宓地眼图》怎么恁地眼熟，好像在哪儿见过。猛然想起当年在陕西石碑店初遇陈瞎子，他当时曾想将这本书兜售给我，结果被我识破是仿古的假货，好像正是现在乔二爷手里的这本，忙问他这书从何而来？

乔二爷说是前些时日在天津谈了笔生意，收了轴古画，听闻中山公园里有个算命的瞎子断命断得极准，有"神数"之称，乔二爷最是迷信，马上就前去拜访，结果不虚此行。原来那老先生不仅通晓命数，什么求签问卜、望天打卦、摸骨测字……就没有他不精通的，句句都是指人迷津的金玉良言。

乔二爷鼻子好使，闻出那算命先生身上土腥味很足。那算命先生自称双眼未盲之时，也常给人看风水相阴宅，所以身上有土味，却并非倒斗的，如今眼睛瞎了，没办法再看风水辨阴阳了，只是有本家传的《郭子㚁地眼图》，于是跟乔二爷做了笔交易，用这本失传多年的风水古卷，换去了乔二爷刚在天津收来的古画。

我听到此处，心下雪亮，陈瞎子原来在北京待不下去，竟躲到天津去了，倒教我一场好找，到今天总算有了些眉目。别看乔二爷在古玩行里是有头有脸的人物，可却被坏了一对招子的陈瞎子给耍得团团转。一是因为乔二爷过分迷信风水，他当事者迷，容易偏听偏信；二是天下藏龙卧虎，许多真正的高人一辈子都是默默无闻，这些抛头露面显山显水的俗流，反倒多是浪得虚名，并非有真实本领。

我急着要去找陈瞎子，吃罢饭，将天津的事情打探周详，匆匆别了乔二爷。我让胖子下午回家把那些没出手的古玉全都带来，同乔二爷当面银子对面货，将谈好的生意做了。胖爷在潘家园也是独当一面的人物，做买卖历来惯卖香油货，只肯占便宜不肯吃亏，免不了又胡乱捏些缘故出来，在价钱上狠切了乔二爷一刀。

我则先去找到Shirley杨，同她赶到天津。陈瞎子不比常人，形貌特征、言谈举止都不寻常，按照乔二爷提供的消息，稍加打听，果然没费多大力气，就在沈阳道古玩旧货市场，找到了刚把古画倒卖出去的陈瞎子。

陈瞎子见我竟然找到天津，也是吃了一惊，却对我说道："那日陶然亭匆匆一别，老夫被一众如狼似虎的居委会婆娘赶得急了，东躲西藏，好不容易才得脱身，料定今后在陶然亭难以立足了，一露面必被擒住。如今年老气衰，一旦让人扭送到衙门里过了热堂，不是儿戏，于是装成老干部，

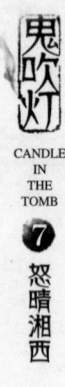

混上火车到了天津。这九河下梢也真是处宝地,乐得在此逍遥,不打算再回法度森严的京畿重地了。待到明年春暖花开,还想南下苏杭上海,想那江南也是养人的地方,顺便发上它几路歪财。本想找人给你等通个消息,但掐指一算,料定胡杨两个摸金校尉会来相会,果然不出所料,这不柳暗花明又相逢了。"

我见陈瞎子又是故弄玄虚的老毛病不改,俗话说:"人长六尺,天下难藏。"别说跑到天津来了,就算跑到天上去,我也得想办法把他抠出来。眼下只好任他夸口,因为有许多紧要的事情向他打听,就先找了个地方吃晚饭。在餐厅里,Shirley杨先将最近发生的事情,都对瞎子简要说了一遍。

陈瞎子听罢嘿嘿一笑:"要与尔等论起辈分来,老夫和杨小姐那做搬山道人的外公才是同辈,说起来如此有缘,竟是遇着故人之后了。看来也是该着摸金校尉中兴,连搬山道人的后代都挂上摸金符了,那搬山掘子甲却已绝迹失传。老夫跟搬山道人的头领鹧鸪哨是老交情,只因他使得好口技,能学世间万种声音,才得此绰号。此人浑身是胆,又有通天的搬山手段,想不到后来也流落海外,客死在亚美利加了。真个是'人世休夸手段高,霸王也有绝路时',想起来不禁令人叹息感怀。那些搬山道人其实根本不是道士,既不修真,又不求仙,只是到处掘墓寻珠取丹,为了少生事端,才常作道人装束,除了盗墓之外,也常做些月黑杀人、风高放火的勾当。"

瞎子越说越远,但Shirley杨想听听自己家族中的往事,便请他讲得再详细些,陈瞎子就给她说了些搬山道人的事迹,无不是罕见罕闻的奇闻异事。

我却急着想打听当年卸岭力士在湘西盗墓的事迹,就以乔二爷之事为引,问他可知道元代古冢的秘闻。瞎子点头道:"你们是听了姓乔那老小子的话,才在天津寻得老夫,其实乔二这厮,在倒斗行里只是个不入流的小贼,名不见经传,现在却是在京城里发迹了。他这鼠辈又见过什么场面,住在一处元墓遗址上,竟然成天沾沾自喜,还以为自己占了个狗屁风水位……"说罢冷笑起来。

我对瞎子说:"好像历代摸金校尉都不曾真正盗过几处元代的大型古

墓，只因分金定穴之术对其并不适用，所以元代古墓向来是比较神秘的。"

陈瞎子正有心夸耀自家手段，被我问起，恰好是搔到了痒处，面露得意之色，扬眉说道："乔二那厮所盗的元墓，只是处普通贵族的坟冢，实在是不值一提，什么有水没有鱼，那都是因为他们不知元代古墓的玄机……我等照这般没头没脑地说下去，也不得要领，今日恰是得闲，人生聚散无常，将来南下，一去千里，再不来了，也不知还有没有机会再跟你们说这些陈年旧事，不如就让老夫从头道来，好让你们明了其中情由，将来流传开来，也教世人知道，天下除了你望字诀的摸金秘术之外，还有吾辈搬山卸岭的惊天动地之举。"

第三章
盗墓往事

自秦亡之后，汉高祖刘邦称帝，传了数代，始终都是汉家天下，史称西汉，直到王莽篡位，才又有"光武中兴"，出了东汉的天命定数，但这都是后话，自不必说。

只说西汉东汉之交，天下大旱，饥民遍野，百姓不堪其苦，纷纷揭竿而起。诸路义军中以"绿林""赤眉"二军最为强大，震动朝野上下，各地英豪纷纷投效。

赤眉军开始也是由饥民组成，最初只做些打家劫舍的勾当以求自存，后被官军围剿逼得紧了，接连打了几场硬仗，无不大获全胜，从此声威大振。为求临阵有进无退，人人都将眉毛染成赤红，像滚雪球似的，逐渐发展为数十万人之众，一路势如破竹，打入了长安，遍取长安城中财帛粮物，并一把火烧了宫殿。可正像古代大多数农民起义一样，人数越多，战斗力也就越弱，随后连吃败仗，在关中数度进退攻战，当面临绝境走投无路之时，将汉帝诸陵挖了个底朝天。

秦汉之际，崇尚玉殓，陵中帝妃尸身上都套着蛟龙玉匣和玄凤玉匣，也就是后世所称的"金缕玉衣"，全被扒了个精光，汉室陵墓陪葬的珍异之物，更是堆积如山，这些宝货尽数被赤眉军掠去。

随着横行天下的赤眉军土崩瓦解，残存的部众成了啸聚山林的响马，他们依旧保留了盗掘古墓、刮取墓中珍宝为资的传统，一旦寻得皇室贵族古墓的踪迹，就由首领带队盗发。盗墓使用长锄大铲，最多时能聚集万人，挖得山体千疮百孔，实有"拆岭揭地"之力，所以在盗墓者的各个体系中，称他们这种倒斗的方式为"卸岭"。

到了宋末，黄河以北都被金兵攻陷了，由河南淘沙官组成的军事集团，大举掘开皇陵，北宋皇帝的陵墓均遭毁坏，也被盗了一空，并无幸免此劫的。没过多少年，金又被蒙古所灭，残余的河南淘沙官，从此并入卸岭群盗。当时的卸岭盗魁刘子仙是一代奇人，他广泛吸收盗挖宋陵的先进手段，改良盗墓器具，传下"千竿之术"和"圈穴秘法"。

虽然盗墓时使用的器具和手段，经过几代改良，都有了天翻地覆的变化，但卸岭群盗的实力已逐渐衰落，隐在绿林之中，几百年来未有太大的作为，只是偶尔伙同一处，盗几座古墓，谋取些金玉财帛。一直传至民国年间，最后一代盗魁陈瞎子，本名陈玉楼，字金堂，不过在绿林道上的人习惯用假名，世上很少有人知道他的真名。

他曾率众前往云南寻找献王墓，不料还没见到献王墓的水龙晕，就在虫谷里遇到痋毒陷阱，坏了一双眼睛，并在那些年后下落不明。树倒猢狲散，传续千年的卸岭群盗，便从历史上烟消云散了。

陈瞎子的出身来历颇具传奇色彩，陈家是湖南湘阴显赫一方的世家，家财万贯，良田千顷，实际上正是靠盗墓发的财。陈家已经做了三代盗魁，他出生的时候正值兵荒马乱。为了躲避战祸，族人都躲进了一座早已被盗空的古墓地宫里，不见天日地躲了两个多月，等兵乱过了，才敢回归家园，他就是在古墓地宫里生下来的。由于一出生就在暗无天日的阴森环境中，他目力异于常人，生了一对能在暗中见物的"夜眼"，长到十岁的时候，在街上被一个破衣烂衫的老道掠去。原来这老道见他是罕见的夜眼，而且骨骼清奇，不像普通人，知道稍加传授，就能让他辨识世间珍宝，于是将他带到山里授以异术。

　　后来艺未学成，那老道便寿尽死了。陈瞎子下山回到家中，继承了偌大的家业，并且做了卸岭群贼的魁首。他之所以能坐头把金交椅，自身有什么艺业倒在其次，主要是凭着陈家人脉最广，黑白两道都吃得开，湘黔之间往来贩运的烟土、军火交易全被垄断在他手中，所以三湘四水的各路军阀土匪，不论势力大小都要依附于他，他俨然就是当地的一个土皇上。

　　民国时期，中国进入了一个各种新锐思潮与遗风陋习激烈冲撞的大时代。社会局势尤其混乱，不仅各路军阀之间的战事频繁，而且出现了百年不遇的北旱南涝灾情，使得许多省份颗粒无收，成千上万的人成了灾民。为了能有口饭吃，更有许多人铤而走险当起了土匪响马，或去做倒卖人口、走私烟土、贩运军火一类缺德到底的勾当，这正是"十年天地干戈老，四海苍生吊哭深"。

　　常言道："盛世古董，乱世黄金。"在兵荒马乱的年月里，只有黄澄澄的大黄鱼（金条）才是硬通货。但在盗墓者的眼中，如此时局之下，国家的法律已形同虚设，正是盗掘古冢窃取秘器的大好时机。有经验的盗墓老手，当然不会放过这种机会。等到有朝一日政局稳定下来之后，古董价格必会看涨，届时再把所盗之物出手，便可轻轻松松地发上一笔横财。

　　陈瞎子做了卸岭群盗的魁首，倒斗发财的事情自然做了不少。那时候他的眼睛还没坏，眼力十分过人，能够观泥痕、辨草色、寻藏识宝，率领着手下人到各省各地倒斗。世道越乱，他的生意就越兴旺。他喜欢轻装简从，扮成看风水的先生，到偏远的山村寨子里去捡舌漏，打探古墓旧冢的消息。

　　盗墓之术不外乎"望、闻、问、切"，有时通过地名就可以知道，像什么"陵村""墓庄""双丘镇""土坟沟""荒葬岭"……凡是这种地名，其中都有玄机，往往有大型墓葬群。有好多的村庄都是由当年给皇族贵胄守陵的人聚居形成，或是由埋葬在当地的古人而命名的，虽然沧海桑田，那些古墓巨冢的丘垄已平，地面上不剩一丝踪迹，可从当地老辈人的嘴里，还是能"问"出些许端倪。想套出"舌漏"，可得需要很高明的本事和经验，不是一般人能做得来的。

　　陈瞎子机变无双，又有口若悬河的本事，一番话从他嘴中说出来，犹如口吐九九八十一瓣莲花，不仅妙彩纷呈，而且瓣儿瓣儿都不带重样的，所以这"问"字诀，向来被他发挥得淋漓尽致。不过在"望、闻、问、切"的四门八道中，从当地土人口中套话，还属于是"问"之下法。

"问"字诀的上法，那就不是问人了，而是"问天打卦"，通过占卜推算古墓的方位，来挖掘盗洞，直透冥椁，或是卜算盗墓行为的吉凶动静。这些古术陈瞎子就不擅长了，虽然也明了其中原理，可一旦施展出来，往往不能应验。据说只有摸金校尉才通晓"望、问"两诀的上法。

但陈瞎子也是有些真实本领的，卸岭群盗历代传下来的器械手段，他无不精熟，加上对"望、闻、问、切"的下乘之术了然于胸，数年间踏遍千山万水，着实盗了不少古冢。

湘西有个响马出身的军阀头子罗老歪，是陈瞎子一个头磕在地上的拜把子兄弟。当时时局混乱，谁手底下枪多人多，谁的势力就大。在陈瞎子的协助下，罗老歪组建了专门盗墓的工兵掘子营，把自己地盘上能挖的古墓挖了个遍，用墓中珍宝换取钱财，大量购买枪支弹药，一时间实力大增，于是进一步扩充地盘，吞并小股军阀，然后继续寻找古墓盗掘。

这天，罗老歪特意赶到湘阴陈家庄来找陈瞎子，说起最近在军事上面临的压力不小，想购买一批英国产的先进步枪。他胃口越来越大，不鸣则已，一鸣惊人，打算一次就装备一个师，如今的世道就是人多枪多拳头大，说话才够分量。这个武器精良的师如果能迅速组建起来，他的腰杆子可就更硬了，所以想请陈瞎子出山，带百十号卸岭高手，领着工兵营，背着炸药进山，官匪合作，寻个大墓挖开，明器"二一添作五"，一家得一半。

陈瞎子笑道："罗帅这一个师要装备起来，少说也要几千条快枪，再加上几百万发子弹和十几门大炮。要知英国货不比汉阳造，可着实不便宜，你拿算盘拨拉拨拉，算算得挖出多少明器，才够你买这些军火装备的。要照老弟你的胃口，至少也得寻个诸侯王的大墓。如今附近的古墓早都被咱们挖绝了，想找这么个大墓又谈何容易。"

罗老歪见陈瞎子犯难，便不敢再提扩编新军的事情，而是死皮赖脸地哀求道："陈掌柜，我的哥哥哎，要是寻常的小举动还用得着劳你大驾？

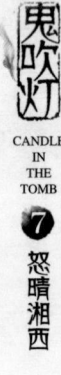

这阵子部队扩充太快,军费吃紧,再不给弟兄们发点烟土银元,我×他奶奶的,那可就真要有部队哗变了,陈掌柜你要是见死不救,当兄弟的可只好扔下这烂摊子,继续上山落草去了。"

陈瞎子心中早有主张,他最近手头上也紧,正琢磨着要做回大的,只是还没什么把握,不肯提前对罗老歪言明,不过话说到这份儿上,只好和盘托出,赶紧道:"素闻猛洞河流域林深岭密,是片夷汉杂处的三不管地方。当年元兵南下,和洞民恶战经年,死了好些个番子贵胄,其中有一番僧与一统兵大将之墓殉葬最丰,如今那瓶山里,仍旧藏着不少土司、洞人和元兵元将的坟茔。不过元代古墓不封不树,向来深埋大藏,加上那些苗洞多会放蛊施毒,又常有落洞、赶尸一类的妖异邪说,咱们的势力覆盖不到那边,贸然过去怕有闪失,所以始终犹豫着是不是要去勾当一番……"

罗老歪是个盗墓成瘾的军阀,一听那瓶山竟有这么多大型的古墓,不禁喜出望外。以前他脸上被人砍了一刀,落下好大的伤疤,将嘴角都带歪了,所以才得了罗老歪这么个名字,此时一阵狂喜,本就歪的嘴角更是快要咧到后脑勺了。

他立即从椅子上跳将起来——此人是一身的土匪习气,平常说话就喜欢拔枪——抽出象牙柄的左轮手枪,喝令副官马上回去集合手枪连和工兵营,工兵营每人都带上锹、铲、锄、镐,并准备大量炸药,当天就要带兵进山。

陈瞎子急忙将他拦住,说此事还需从长计议,瓶山里的古墓不是说盗就能盗的,找不到地宫和墓道,有再多炸药也不济事。而且大军一动,难免要惊动了当地土人,那一带形势复杂,说不定就会节外生枝。如今之计,只有带几个精干得力之人,先进山去探它个究竟。

第四章
老熊岭义庄

　　罗老歪盗墓成瘾，发财心切，也打算跟着进山踩盘子，于是和陈瞎子密谋起来。计议已定，陈瞎子点手唤过人来，交代一番，随即带了几个得力的手下，改换装束，收拾打点，准备前往猛洞河，去寻找藏在瓶山里的元代古墓。

　　陈瞎子自己扮作打卦问卜的先生。他另有三个手下，一个是面黄肌瘦诡计多端的"花蚂蚂"①，此人祖上历代都是清朝衙门口里听差的仵作，识得尸蜡、尸毒、尸虫等物，又兼为人精乖，是卸岭群盗中的狗头军师。

　　另一个铁塔般的汉子，生得摩天接地，力大无穷，可惜天生是个哑巴，只因周身皮肉都似黑炭，也有个诨号唤作"昆仑摩勒"。这是说他形貌酷似晚唐五代的奇人"昆仑奴"。陈瞎子当年在雁荡山盗墓时，无意间救了他的性命，从那时开始，他就死心塌地跟在陈瞎子身边，做了个贴身仆从。

　　此外，还有一个年轻女子，江湖上卖艺出身，艺名称为"红姑娘"，

---

① 蚂蚂，方言，指青蛙。

会使诸般古彩戏法①杂技。当年地方上一个权贵相中了她,要纳她为妾,逼死了她的老父。红姑娘性格激烈,一怒之下,杀了那仇人满门,逃到湖南落草为寇,凭着满身月亮门的本事,入伙做了卸岭盗众。

陈瞎子和这三个手下,加上罗老歪,分别扮成客商和货郎。因为湘西猛洞河流域地形复杂,山岭崎岖难行,素有"八山一水一分田"之称,自古人烟稀少,政府统治能力薄弱,匪患严重,所以各种不同营生的客人往往结伴搭伙同行。他们五人乔装改扮了一同上路,倒不易使人怀疑。

这五个人,把三长两短的器械明插暗挎,都在身上藏了,往猛洞河行去,一路无话。进山不久,就是古时留下的苗疆边墙②,苗又称"猛",水流湍急的猛洞河,就是古时洞居的夷地。传说河道两边的原始森林中都是古苗洞,同巫楚文化之间互有影响,所以在世人眼中显得神秘无比,这里到处可见古时"玄鸟"的图腾遗迹。

陈瞎子让罗老歪把他手下那工兵掘子营和手枪连的几百号人马都埋伏在古墙遗址附近的密林里,随时听候调遣,然后一行五人涉水而过,钻山越岭,直奔瓶山而去。只见这大山里边峰林重叠,溪谷纵横,漫山遍野开满了湘西独有的巴茅花,好一派与世隔绝的原始风光。

众人以前谁也没来过瓶山,担心迷失了道路碰上猛兽,也不敢随意乱走,找到当地过路的山民一打听,才知道原来这遍地盛开巴茅花的山脉叫作老熊岭,过了岭便是人迹不至的蛮荒之地。瓶山就在老熊岭的深山中,那岭前有几个寨子,夷汉杂处,除了汉人,还有苗人与土家人。

陈瞎子打探明白之后,知道前边山里有南北两个寨子,便对众人说道:"前天我夜观天象,看北斗七星星光黯淡,想那南斗主生,北斗主死,自古已有此说。我等要在此刻进山寻找古墓,恐怕难得天时。不如避北取南,先到老熊岭的南寨中走上一遭如何?"

---

① 古彩戏法,指民间杂耍。
② 苗疆边墙,又称为"南方长城"。它是明清两朝统治者为了巩固自己的统治,对南方少数民族,特别是针对苗族镇压的产物。统治者把湘西苗疆南北隔离起来,禁止苗汉贸易和文化交往,以此孤立和征服苗族。

其余四人在倒斗的勾当上，历来对陈瞎子敬若神明，自然齐声答应，就由花玛蚂扮的货郎在前引路，投了山路南行。不多时，果然见到一片村寨。这寨子坐落于奇峰翠谷间，景致幽美，如在山水画中。

寨中有百余户人家，因为当地土气多瘴疠，山中有毒草及沙虱蝮蛇，所以当地人不分夷汉，一律并楼而居，蹬梯而上，称为"杆栏"。所有的民居住宅，全部依山而建，取坐北朝南的方向。为了避免毒蛇毒虫侵扰，复式结构的木楼底部都采用九柱落地，横梁对穿，使楼台悬空，这样的建筑也叫吊脚楼。每家吊脚楼下，又都供了个玄鸟的木雕，神秘中透着些许诡异。

卸岭群盗看在眼里，暗中记在心上，转到寨中便打起小铜锣叫卖生意。当地民风淳朴，百姓之间喜欢以物易物，很少有钱财流通。此处出产蜡染和火腿、三蛇酒等物，虽地处偏僻，但外来的人也并非鲜有，几乎每个月都有几位货郎来换山货。因此，山民们见有外来的客商并不觉得稀奇，各取自家山货前来换兑。

花玛蚂做的是杂货生意，都是针头线脑一类的零碎日用之物，哑巴昆仑摩勒扮成脚夫，给扮成贩私客商的罗老歪挑着盐巴。山中钱财无用，有钱也没地方花，山民和货郎商贩之间，向来都是以物易物。挑山走货的客人换了山货，再到外边的市镇上去赚取利润。

由于深山老林进出不便，在这里最有价值的东西是盐。盐巴本身已经被当地人视为一种最硬的通货，土人经常有一句话："三担米一斤盐。"可以说这就是当地公认的一种"汇率"。

陈瞎子事先计划周详，他们带来的东西都是山民们急需之物，而且他们不像普通货商那般计较蝇头小利，颇得民众好感。没用多大工夫，便做罢了生意，又找当地土人讨了几碗水，假意喝水休息，顺便打探瓶山古墓的消息。

陈瞎子等人，假借看风水寻阴宅，以及打听山中路径的名义，果然毫不费力地从山民口中问出了一些线索。这猛洞河边的老熊岭，是一大片海拔千丈的崇山峻岭，在古时候山里确实有熊迹出没，现在却已不多见。相

传苗人的祖先苗王蚩尤就是一头巨熊的化身,这老熊岭也是由此得名,是洞人起源的神山,山林中留有许多古迹。

古夷人多居岩洞之中,所以也称洞民。按部族区分,共计七十二洞。老熊岭里有处名为瓶山的奇峰,形如天瓶坠地,看似神力所致,不像人工所为。那山上更有许多不知名的奇花异草,还有天然岩洞,里面洞壑纵横,深不可测。湘西又盛产朱砂、铅汞等炼丹必不可少的原料,所以从秦汉之际,各朝皇帝就不断派遣术士,来瓶山炼造不死仙丹,并在洞中建造道观殿宇,涉名山,采佳石,将各方珍物填充其中,以向仙人求药,俨然将这里当作了道家洞府中的一处仙境。

经过多少朝多少代近千年的经营,瓶山的洞室中已是殿阙重重,楼台殿阁胜过人间,不过那不死仙丹却并未炼成。直到元灭南宋,元人残暴,山中有洞民不堪忍受暴政,聚众造反,元兵、元将在老熊岭大举剿灭洞民,杀戮惨烈异常,各洞的洞民几乎被屠杀灭绝,而元军由于不适应山里湿热的环境,军中瘟疫蔓延,也折损甚重,统兵的大将都死在了这里。元人为了镇住洞民,使他们永不造反,就将那瓶山作为墓穴,埋葬阵亡将士,山洞道观里的珍异之物,皆充作陪葬的明器,又将残存的洞民屠杀殉葬,用铜汁铁水和巨石封山,墓中深埋大藏,不封不树,让后人永远也无法找到墓道和地宫。

这些传说,在老熊岭的山民之中,口耳相传了几百年,都知道瓶山里有个巨大的古墓,但也仅限于此,再详细的内容就没人知道了,毕竟当年各洞的洞民几乎都被斩尽杀绝了。陈瞎子对此早有风闻,如今到当地加以打探,进一步确认了瓶山古墓的传说不是空穴来风,又套出了一些鲜为人知的内情。

当地人见这些客商像是要去瓶山,哪里想得到这是一伙盗墓贼,还好心地劝告:"瓶山周围林密山陡,因为早年间有许多炼丹的名贵药石,所以引得好多毒虫精怪聚集在附近,那片猛恶的去处,实有万分的凶险,要是活人过去,十个里至少要送掉九个。"

陈瞎子赶紧解释:"只是外来的路过此地,听这瓶山地名奇异,忍不住好奇心起，才多问了几句，我等都是跑江湖做生意糊口的本分之辈，如何敢去古墓附近走动。"说罢又跟山民们商量，想要在寨中借宿一晚。

寨里的长者告诉陈瞎子等人，这里历来有规矩，从不肯留外人在寨中过夜，只因这些年山贼响马闹得太凶，俗话说"贼来如梳，兵来如篦，匪来如剃"，响马一来就是一场惨绝人寰的血洗，所以晚上要关了寨门，不留半个外来的客人，以防止有贼寇混进来里应外合。虽然看他们都是做小买卖的老实人，绝不是杀人越货的响马，但还是不能为他们破例坏了规矩，劝他们趁着天亮，赶紧出山为是。

罗老歪的脾气不好，平时颐指气使惯了，一看寨子里的人不肯留他们过夜，还没见过敢如此不给他罗大帅面子的刁民，骂了句"×你奶奶"，就想拔出枪来崩掉几个。陈瞎子早知罗老歪沉不住气，怕他泄露行藏坏了大计，急忙按住他的手，又仔细向土人问了问周围的几处道路，就匆匆带众人离了寨子。

走到山林里，日已西斜。罗老歪问陈瞎子现下如何是好，荒山野岭连个宿头都没有，不如连夜回去直接提兵进山，到瓶山里来场所谓的"军事演习"。

陈瞎子抬头望了望日影，估算了一下时间，沉思片刻，转身说道："罗帅不必急于一时，这山里天黑得早，今夜怕是赶不回去，刚刚从山民口中得知，老熊岭上有处停尸的攒馆，不如就去那里对付一晚，明天一早再到深山里，去观看那瓶山的形势，瞧瞧那座古墓究竟发不发得。"

攒馆是义庄的别名，简单点解释就是"死人的旅馆"。这附近的数个寨子中有许多汉人，他们不是躲兵役，就是逃租欠税跑过来的，也有少部分是往返于各个寨子之间做生意的人。由于夷汉葬俗不同，这些人一旦死在山区，等于客死异乡，这种遭遇在旧观念中是很忌讳的，都希望能把尸骨埋回故乡，但山路崎岖遥远，想把尸体运出山去异常困难，不管是背尸的还是赶尸的，都是半年才有一次。在此之前，还没有运出山去的死尸都集中存放在义庄里，谓之"攒基"，由各个寨子凑钱雇人专职看守，类似的地方在湘西山区十分多见。

陈瞎子这伙人都是惯盗古墓的，个个胆大包天，对在义庄攒馆里过夜毫不在乎，打定主意，就上了"云雾缭绕，山路如丝"的老熊岭，那义庄远离人烟，走到了掌灯时分才找到。只见义庄似乎是座荒废的山神庙改建而成，但破庙规模也是不小，前后分为三进，正殿的歇山顶子塌了半边，屋瓦上全是荒草，冷月寒星之下，有一群群蝙蝠绕着半空飞舞，掉了漆的破木头山门半遮半闭，被山风一吹，嘎吱吱地作响。

　　众人虽是胆大，见了这等景象也不免心中打鼓，硬着头皮推门进去。陈瞎子早已事先探知，这攒馆里原本有个守尸的，是个中年妇人，因为相貌丑陋，独居深山，不和别人往来，才做了这份营生。不过她在前两天染病而亡，如今尸体停在后屋，这座荒山义庄里暂时没人照料。

　　天色已黑，却并不能急于歇息，陈瞎子要先看看进退的门户，万一晚上遇到什么意外，能够得以脱身。当下率了众人，点起一个皮灯盏，迈步进了正屋，见里面停了七八口破旧的黑漆棺材，都是死人旅馆中的"床铺"，这些年中，里面也不知装过多少尸体了。棺前是木头牌位，各写着灵主的名字，屋中异味扑鼻，阴郁沉积，尸体都用砒霜拿成僵尸保持不腐。老熊岭十分偏僻，赶尸匠每半年来一次，到时会将棺中尸体起出带走。义庄里的守尸人，专职负责看守尸体，防止尸体出现尸变异状，或是被野兽啃了。

　　花玛拐是仵作出身，在群盗中算是比较迷信的人，出门做事，逢山拜山，过水拜水。不过"拜山拜水拜码头"这些话语，在绿林道上都不可明言，只因绿林中最忌一个"拜"[①]字。众人一进门就在供桌上找出香炉，给棺材里的死人烧了几炷香，口中念念有词："我等途经荒山，错过了宿头，在此借宿一晚，无心惊扰，还望列位老爷海涵……"话未说完，就听棺中发出一阵响动，蓦地冷风袭人，灯烛皆暗。

[①] 拜，音同"败"，因此为响马贼寇之忌。

第五章
耗子二姑

义庄里一阵阴风刮过，群盗手中的灯盏和香烛都随即飘忽欲灭，就听摆在屋内的陈旧棺板嘎吱作响，像是有极长的指甲在用手抓挠棺盖，那声音使人肌肤上都起了层寒栗子。

陈瞎子见有异动，忙用手拢在腰间的短刀上，他历来不喜用枪，盗墓时只带一柄短刀防身。这柄刀却有来历，是当年皇上御用的宝刀"小神锋"，常和神枪并置驾前，寒光浸润，锋锐绝伦。此刻抽出刀一看，只见刀光吞吐闪烁，就知这攒馆里不太干净，不是有鬼魅为祟，就是藏有妖邪之物。

陈瞎子当即一摆手，和几名同伙呈扇面散开，包抄上前，将那一口口棺盖纷纷揭开，去看那棺中僵尸是否有变。罗老歪也拽出双枪跟着查看。有了这一番惊动，棺中的怪声竟自己消失了，只闻屋外山风呜咽之声，摇动砖瓦古树，听在耳中，格外凄楚。

这一伙人都是常年挖坟掘冢的巨盗，所谓艺高人胆大，而且群盗最忌讳在同伙面前露出丝毫胆怯之意，在几十口旧棺之间往来巡视几遭，见无异状，就在装有尸体的棺内分别下了绊脚绳，那绳上都浸透了朱砂药粉，尸僵不能弯曲，故能被绊脚绳压在棺内无法出来，随后又把棺盖扣上，这

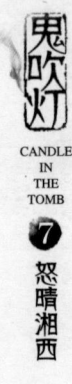

才掩了门，离开正堂。

回到义庄破败的院子里，但见天上星月无光，山间风起云涌，看样子夜里十有八九要下一场豪雨，"望"字诀下法是"观泥痕、辨草色"，雨水冲刷之后更易施展。下了岭便是瓶山地界，明晨雨住之后，正可前去观看古墓的形势，于是群盗当即决定留在义庄内过夜。这伙人身上都带着杀人的凶器、辟邪的墨斗，区区一处停尸的攒馆，如何能放在眼里。

在义庄里转了两圈，各处屋宇均是破败不堪、污秽难言，只有挨着后门的一间小房还算可以住人，这间屋子就是守尸人平时起居之处，也是死人旅馆中唯一给活人准备的房间。罗老歪走了一天山路，恨不得早些落脚歇息，跟陈瞎子道了个"请"字，就抬脚踢开一扇木门，跨步进了屋。

罗老歪进去之后刚一回身，正见另一扇门板后立着个直挺挺的死人，尸体被一大床白布蒙了，只显出了模糊的轮廓，头顶上竖着一个木头灵牌，身前的一盏命灯，烧得只剩黄豆般大。饶是他罗老歪平生杀人如麻，也没料到门后会立着具尸体，当场被吓出了一身冷汗，下意识地伸手去拽转轮手枪。

陈瞎子随后进屋，急忙按住罗老歪的手，看了看那尸体头上的灵位，木牌上有张黄草纸符，举起油灯照了照那张纸符，上面画的符咒十分眼熟。他以前在山中学道，耳濡目染，颇认得些符文。这符是张辰州符中的"净尸符"，上面写的是："左有六甲，右有六丁，前有雷电，后有风云，千邪万秽，逐气而清。急急如律令。"

陈瞎子再轻轻把纸符拨起一角，看着下面灵牌上露出来的一行字念道："耗子二姑乌氏之位……想必是在攒馆守夜的那个妇人。她刚死两天，按照乡俗，要在门板上立成僵尸才能入棺。听说这女子也是个苦命人，吾辈跟她井水不犯河水，由她停在此处也罢。"

陈瞎子的三个手下也都是一肚子苦水的出身，否则也不会落草当了响马，向来同情那些卑微贫贱之人，此时听陈瞎子一说，都是欣然同意："大掌柜说得极是，自古苦人不欺干人①，我等皆是逼上梁山，才占据了一方，做些个豪杰的勾当、英雄的事业，又何必为难一个有苦水的死人。"

罗老歪虽然有心烧了那具尸体，免得摆在屋内整晚相对，但见难违众意，而且盗发古墓还要仰仗这些人，只好耐下性子，跟着陈瞎子进了屋内。花蚂蚱忙前忙后地收拾出干净地方，请两位把头坐了，其余三个跟班的因身份所限，不敢同盗魁首领和罗帅平起平坐，收拾妥当后，就席地而坐，啃吃干粮果腹，喝些烧酒驱寒。

吃到半截，就听外边雷电交加，接连几个霹雳落下，震得屋瓦都摇动，跟着就是倾盆大雨。陈瞎子一边盘腿坐着喝酒，一边闭目冥想着今天打探来的各种消息，构想着瓶山古墓的规模，听到雷声隆隆，便不动声色地告诉花蚂蚱、红姑娘和昆仑摩勒三人："义庄里不太平，今夜须放仔细些，都别睡了。"

花蚂蚱等人连忙起身领命，随后众人喝着酒守夜，闲谈中无意说起耗子二姑乌氏之事，觉得她这称呼好生古怪，难道是容貌酷似老鼠？只是尸身蒙着白布看不到面目，实是难以想象她的容貌。

罗老歪吸足了烟泡，觉得精神十足。他早就看上红姑娘多时了，想将她收为八姨太。不过这女子性子太烈，家中巨变之后立誓不嫁，根本就不肯答应，而且她擅长月亮门的古彩戏法手艺，是破解古墓机括的高手，盗墓开棺都少不得她。罗老歪是个大烟鬼，只是贪财，在"色"字上倒并不十分吃紧，加上红姑娘是陈瞎子的得力手下，也就只得将这念头罢了。但今夜宿在荒山义庄，正是闲极无聊，怎能不找个机会跟红姑娘搭个话？

此时听到花蚂蚱说起那女尸的容貌，罗老歪说了声："相貌如何，看看便知。"说罢已走到门边，一抬手便揭起了蒙住尸体的白布，借着灯盏的光亮一看，众人皆是大为震惊，罗老歪更是大惊小怪："世上还真有大老鼠成精了不成？"连那哑巴昆仑摩勒都张大了嘴，看得眼睛发直。

只见那女尸肤色毫无血色，尸体的颜色不是白而是发灰，灰白色，而

---

① 干人，指湘黔之地对穷人的称谓。

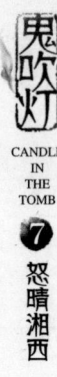

且那没有血色的灰白中深藏着一层不那么明显的黑气。耗子二姑的脸上五官十分局促，小鼻子小眼，耳朵稍微有点尖，龅牙很明显，青紫色的嘴唇向前突出，除了没有老鼠毛之外，活脱就是一张鼠脸。

陈瞎子见众人那副没见过世面、少见多怪的样子，叫了声："聒噪！亏得还常自夸是帝陵掘得最多的卸岭盗众，见了一具容貌丑陋怪异的女尸，也怎般稀奇。"

在山下踩盘子捡舌漏的时候，陈瞎子经验老到，事无巨细，一一探查周全。罗老歪等人只顾打探元代古墓的消息，对别的事情都未加留意，所以并不知道耗子二姑的来历，只好由陈瞎子说与他们知道。

关于这位耗子二姑的遭遇，流传最普遍的说法是这样的：十几年前，看守这义庄的是一位乌姓汉子，山民们都唤他"义庄老乌"。附近山上的土家族很喜欢吃血豆腐。血豆腐就是用猪血和豆腐混合，揉成坨子放进竹筛里，挂于火炕之上风干，然后可以有多种吃法。

有天义庄老乌也煮了锅血豆腐打牙祭，这东西只要看一看、闻一闻就会令人馋涎欲滴，当时还没煮熟，就已经香气四溢，义庄老乌就流着口水在锅旁守着。忽然听到一阵急促的敲门声，义庄老乌赶紧去开门，但是门外并没有人，连个鬼影也没有。再回身的时候，见有个年轻的妇人，正蹲在锅边捞血豆腐吃，八成是敲了前门声东击西，趁老乌开门的工夫，从后窗户跳进来了。

义庄老乌大怒，心想这莫不是山上的女响马来砸明火了？主人还没死呢，要偷吃血豆腐也轮不到你！抄起一把砍柴的斧头就砸了过去。那妇人低着头只顾吃，听得金风一响，抱着锅就逃出门外。

义庄老乌紧追不舍，在一个山坳里终于把她追上了，一斧头下去，正好剁在女人的屁股上，随着鲜血迸流，竟然掉下一条粗大的老鼠尾巴。义庄老乌一看这是老鼠精啊！他是常年看守死尸的人，胆量自然不小，暴怒之余，便打算斩尽杀绝，举起斧头想要再砍，那妇人却哭着哀求道："今日闻到锅中血豆腐的香味，实在是抵挡不住诱惑，才出来偷食，不料却被相公把尾巴砍掉了，再也变不回原形，相公要是不嫌奴家容貌丑陋，奴家愿意和相公结为夫妻，本分度日。"

义庄老乌打了多年光棍，他长年看守义庄，男人们都尽量回避他，更别说有女人肯嫁给他了，正是久旱未逢甘露。仔细一看那妇人虽然长了副鼠脸，但毕竟还有个女人身子，于是当夜便娶了她。几年后义庄老乌为给老婆治病去深山采药，结果被老熊舔了。他们无儿无女，义庄老乌一死，就只剩下乌氏成了寡妇，依旧靠看守义庄为生。

寨中上岁数的老人们都知道，实际上的情况不是这样，乌氏本不是大耗子成精，而是义庄老乌在山里收留的一个逃难来的女人。因为她模样古怪至极，所以山里的后生们胡乱编派，谣言越来越多，久而久之就都叫她"耗子二姑"。有不少当娘亲的，都用她来吓唬不听话的孩子："再调皮，当心半夜里被耗子二姑抱了去。"小孩们想到那大老鼠精般的女人，往往就不敢再哭闹不休了。

陈瞎子年轻饱学，才智过人，又有相面的本事，知道世间有这一种面畸之人，不足为奇，只不过命苦相凶，如同丑人着破衣，这一世怎生得了？就在此为众人点破，让他们不要胡言乱语地猜测。

罗老歪也觉得自己刚才的举动弄巧成拙，有失身份，只好另觅话头，想卖弄些见识借机找点面子回来，就问花玛拐道："蚂子，听说你祖上是有名的验尸仵作，你可看得出这耗子二姑死于何因？"

花玛拐转身看了看那具女尸，只把眼珠转了两转就已见分晓，脸上霎时间微微变色，答道："回罗总把头，小的不才，看这女尸唇色乌青，五官闭塞，竟像满肚子都是尸毒，莫不是义庄里有粽子诈了尸……将她扑死的？"

第六章
送尸术

花蚂蚓善察言观色，说完后一看罗老歪的反应，就知其中名堂，随即又赔笑道："要说义庄里闹僵尸，那也是情理之中的，合该如此。可怪就怪在耗子二姑脸上尸毒不显，又像是死后才被在口中灌注尸毒。小的眼拙，不知高低，怎么敢在大掌柜和罗帅两位大行家面前献丑。"

罗老歪正等他有此一言，忙告诉花蚂蚓听个分明。原来湘西老熊岭的风俗奇异，在人死后的前七天，要给尸体灌注尸毒立在门板后，谓之"站僵"。凡是僵尸，不论是出于什么原因死而不僵，其体内必有尸毒。倘若没有"站僵"的秘法，不等赶尸回乡，尸身就自己腐烂败坏了。

除了陈瞎子之外，其余三人对湘西赶尸，都是只闻其名，而不知其实，此时由罗老歪一说，才有恍然大悟之感，果然好奇心起，加上雨夜漫长枯燥，愿请罗帅赐教其中奥秘。

罗老歪有心借机在红姑娘面前吹嘘一番自己的经历，当下也不推辞，赶尸的事他最熟悉不过，因为早些年就曾做过赶尸的匠人。他十几岁的时候在山东穷得活不下去了，辗转来到湘西投亲靠友，不过到了地方才知道远房亲戚早都死绝了，一无盘缠二无朋友，又因自身形貌丑陋猥琐，一看就不是善类，想找个地方当学徒做苦力都没人肯要。

无奈之下，他只好进了绿林道，做些劫富济贫的勾当。所谓"劫富济贫"，只是说着好听，因为对那些穷人贫汉，劫杀了也难得分毫利益，不劫还免了落下祸害百姓的一个恶名。但他是外省来的，不知晓当地的风土人情，根本立不住脚。最后有人给他指了条道——去做赶尸匠。赶尸匠收学徒，务必要三个条件：一是胆大，二是长相丑陋，三是一辈子不婚娶。

在湘西赶尸的匠人多是在道门的。盛产朱砂的湘西辰州有两大道门，分别是"胡宅雷坛"和"金宅雷坛"，历来赶尸的行当，都属这两个雷坛门下经营。罗老歪拜了个姓金的老头，学起了金宅雷坛秘传的赶尸术来。

湖南湘西，自古就有"送尸、落铜、放蛊"之类的神秘传说，其中的送尸，即为"赶尸"。因为湘西山岭崎岖，许多地方根本不通道路，有很多北来的客商，贩运木料牟取暴利，大多在汛期将伐取的巨木放在河中扎起来，顺水南下。客商都随着木筏顺流漂下，等做完了生意，再穿山越岭返乡。

由于夷洞之地土匪横行，又多瘴疠毒虫，各种疾病蔓延，有水土不服的外地客商，一旦染病或遭洗劫，往往就客死在途中。外省客商们物伤其类，对这些横死同行的遭遇非常同情，于是就凑钱建立义庄攒馆，聘请赶尸匠人，使横死者得以叶落归根，将尸骨埋回故乡。

说起这湘西赶尸，真是赫赫有名，传得神乎其神，世人谈之变色、畏之如虎。实际上这种异术正式的名称，自古唤作"送尸术"，近代始有"赶尸"之说，西方人则称其为"催尸术"。在洋人眼中这种事更加神秘，西人有"催人术"，也就是"催眠术"，他们之所以这么称呼，大概是指给尸体催眠的意思。

湘西夷汉混杂，地理环境特殊，无数危岩奇峰凭空里拔地而起，峰柱接踵绵延，直拱南天，地势艰难险恶，群山深处根本没有道路，人死之后抬回故乡安葬不太现实，这就需要送尸匠送尸。但有些地方送尸匠半年才去一次，等死人多了一起运送。

死者亡去既久，难免会发生腐烂败坏，那个时代还很排斥火葬，从不考虑骨灰坛一类的办法，所以凡是想送回故乡入土为安的，都要首先设法制成僵尸，这是一个先决条件。

如何才能制成僵尸呢？要想人死不腐，可以在尸体中灌注水银，但那方法成本比较昂贵，一般人用不起，也会损坏尸体脏器。有些人便用民间秘术，在预感到自己时日无多的时候，开始定时服用少量砒霜，当然剂量是很小很小的，砒霜混合凝络丹，还要再加上崾骨草、山阴紫茅花等奇异草药。这些东西只要比例得当，在人活着的时候，对人体伤害不大。可人一旦停止呼吸，气血凝固，便僵硬不腐，变为药力制化成的那种僵尸，所以才要在门板上停尸数日，将其彻底僵化才移入棺中。如果死后灌注也并非不可，只是尸体保存得就稍微差了一些，容易发臭。义庄内耗子二姑的尸体，就是死后被灌了毒药，立在门板后"站僵"的。

湘西送尸的奥秘，除非是做过送尸匠的人，外人根本就无法知道这行当里是怎么回事。这是因为这行当极其神秘，其中使用的方术也绝不外传。在道门之中，一概不提赶尸送尸之说，那都是外人的称呼，道门中人皆以"驱水术"呼之。

"驱水术"是正式的通称，而在黑道上的暗语叫作"一碗水"。撞上送尸的队伍很不吉利，绿林道上管这样的事情叫"撞水"了，现在也代指"撞邪、撞鬼"之意。这是因为在真正送尸的过程中，其方术全凭一碗清水，而且必两人同行，才有效用。

两人分作一前一后，一名送尸匠在前打着布幡，以方术引导，另一人平端一碗清水走在最后，不管这一趟送多少死尸，那些死尸都走在队伍中间，由送尸匠前后夹持而行。

两名送尸匠一个称"执幡的"，一个称"捧水的"。在这一行中，捧水的是最重要的角色，走一段就要在水碗中加一道符咒，这道符是"焚符聚水醒魂咒"："开通天庭，使人长生，三魂七魄，回神返婴，三魂居左，七魄在右，静听神命，也察不祥，行亦无人见，坐亦无人知。急急如律令！"这道符务必要湘西的辰州符，换了别家道门的符咒，则完全不起作用。

只要捧水的手中水碗不倾泼破裂，尸体就能不倒。在送尸过程中，死尸与活人无异，唯独口不能言，其行路姿态也与活人微异，完全跟着执幡的人行动，执幡的走死人就走，执幡的停死人也停。这种送尸队，在明代末年湘西地区实在是太常见了，湘谚有云："三人住店，二人吃饭。"就指的是送尸人，意思是说三人中不吃饭的那个是死人。

送尸队快到死人故乡的前一天，死者必托梦给家人，其家便立即将棺木殓服整治齐备。尸体一到家，便会立在棺前，捧水的将水一泼，尸体会立即倒入棺中。这时候就需要赶紧给死者收殓下葬，否则其尸立变，现出腐坏之形。如果已死了一个月了，立刻就会现出正常人死亡一个月后的腐烂程度。

实际上这一碗水的奇门异术，那都是早年间的勾当，到了乾隆年间便都已失传，其失传的原因大概就是太过保密，会这门秘术的人越来越少，最摸底的人也只不过仅仅知道那么个大概，而端水送尸的原理却更是谁也说不出来了。

直到光绪时候，不少人为了谋求暴利，把黔地生产的鸦片贩运进来，便打起了走尸送水的主意，借着民间对送尸的恐惧，利用其做掩护，倒卖烟土军火。他们利用送尸做掩护，同古时送尸的勾当大相径庭，只不过更加故弄玄虚。当年罗老歪虽没学会送尸秘术，却利用赶尸匠的身份大肆贩运黑货，他就是以此发家，最后当上了横行三湘的大军阀。

所以罗老歪对那丑陋的女尸才如此放心，因为他和陈瞎子心知肚明，这义庄里的死尸，都灌了防腐药制僵，根本不可能产生尸变。

攒基在此的死人，将来都是那些赶尸贩子行私走货的人皮口袋，不过那些人利用死人贩运黑货之后，也会想办法将尸体送归故土埋葬，这却不是什么仁义道德，只是若不如此，日后都没办法再用赶尸做幌子唬人了。土人们不知送尸术的内幕，才会畏之如虎，而且送尸匠都以此为业，自然不肯轻易把底细告诉别人，所以更是显得邪门歪道，神神秘秘。

花蚂蚓和红姑娘等人，都听得啧啧称奇，别看罗老歪嘴歪眼斜举止粗俗，又兼"吃喝嫖赌、杀人放火"没有他不做的，可对这些民间秘术知道得如此详细，的确不愧是威慑一方的军阀头子，而且是卸岭盗魁的拜把子

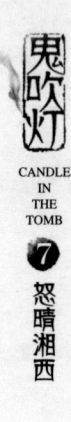

兄弟，看来自是有他过人之处。花蚂蚓赶紧挑着大拇指奉承道："高明，实在是高明！罗帅原来也是道门中人出身，怪不得有如此奇才！"

罗老歪灌了两口烧酒，显得十分得意，可当着盗魁陈瞎子的面，确实不好过分炫耀，自嘲道："什么奇才歪才，老子学赶尸的时候太过年幼，师父身上十成的本领没学会一成，时常都是不懂装懂。听俺副官说，最近南方出了位做学问的先生，写得好文章。他说这世上原本没有懂，但装懂的人多了，也就慢慢有了懂。那先生说的果是有理，将来本司令要请他过来叙谈叙谈，给俺老罗再他奶奶的多长点装懂的学问。"说完撇开歪嘴摇头笑了笑，把那一壶烧酒喝了个涓滴无存。

陈瞎子也陪罗老歪喝了许多烧酒，一整天来穿山过岭，本就疲惫了，不觉酒意上涌，可心下清楚这义庄里似有古怪，越想越不对劲，如何敢轻易就寝，正要嘱咐哑巴昆仑摩勒小心戒备，但一瞥眼之间，忽见地上竟然有一串湿漉漉的脚印，群盗进屋之后才开始暴雨瓢泼，其间又不曾有人出去半步，所以每个人的鞋底都是干的。

念及此处，急忙抬眼看了一看房门，兀自好端端地被门栓从里面顶了，根本没有开启过的迹象，但在无人发觉的情况下，这串水渍未干的脚印是从何而来？他耳音极好，此时也不声张，细听周遭响动，猛一抬头，只见昏暗的油灯光影里，一个全身白衣的老媪正伏在房梁上向下窥视。

第七章
咬耳

屋内泥水未干的脚印显得杂乱无章，而且模糊难辨，看不出行踪去向，唯见足印细小，颇似旧时妇女裹的小脚。正疑惑间，听到房梁上窸窣有声，陈瞎子忙抬头向上观看，只见梁上果是个白色的身影，油灯光线暗，恍惚一瞥之际，竟像是个全身白缟的老太婆。

瞎子暗自吃惊，心道："此间真有邪的！"抬手之处，早将"小神锋"飞掷出去。其余几人见盗魁陈瞎子突然出手，都知有变，各抄暗藏的枪械匕首，发了声喊，齐向屋后墙壁疾退，一面寻到依托，一面抬头去看屋梁上的情形。

群盗平日里过的都是刀头舐血的日子，此刻临变不乱，几乎就在陈瞎子短刀命中的同时，都已各自退到墙边，猛听"托"的一声轻响，小神锋带着一抹寒光戳在了木梁上，没入寸许。红姑娘将身边的皮灯盏取过，举高了一照，就见短刀正插在一副古画之上。

那画中有一披麻戴孝的老媪肖像，脸上皱褶密布，神态垂垂老朽，面目有种说不出的诡异表情，令人一看之下顿时生厌。她身旁则绘着一片残碑乱石嶙峋的坟丘。画像挂在房梁上已不知多少年月，纸质已现出暗黄受潮的迹象，但并没有什么尘土塌灰落在上面。

陈瞎子刚才听到动静，立刻出手，想要先发制人，却不料房梁上竟是一副老妇的诡异画像，不禁"咦"了一声，奇道："却又作怪，怎的这义庄里会挂着白老太太的神位？"随即醒悟，是了，原来这用于攒基的破庙曾经是供奉"白老太太"的。正堂被用来攒停尸体，而神像就被挂在后屋了，此事先前也曾打探过。不过刚才事出突然，没能记起来，竟是让众人虚惊了一场。

白老太太是个什么神灵谁也说不清楚，只知道以前在老熊岭附近，常有供奉她的山民。就连山外的人们，也常听闻说山里的愚男愚女，不分老幼，都有拜她的，可如今香火早绝了多年了。瞎子骂道："看这老猪狗的画像似邪非正，留之不吉，哑巴你去将那画取下来烧了……"

没等吩咐完，忽听一声猫叫，有只花皮老猫从梁上探出半截身子，目光炯炯，望着门后耗子二姑的尸体看得出神。原来这义庄近几日无人看护，常有野猫进来偷食，苦于并无粮食，饿猫就想啃死人肉，却又让棺板挡住了，猫爪挠了半夜不曾挠开，刚才雷雨大作，这老猫乘机从门缝里溜了进来。群盗只顾着听罗老歪讲赶尸的事情，都没留意老猫细微的动静，它藏在梁上被陈瞎子察觉，飞刀击中木梁画像，立时把它惊了出来。

陈瞎子暗道一声："惭愧，想我位居群盗魁首，多少江洋的大盗、海洋的飞贼，都要尊我一声把头、元良，不承想今夜被只老猫唬了。"

罗老歪等人初时以为不是闹鬼就是有妖，正准备要大打出手，却见是只鬼祟的老猫，都长出一口大气，笑骂了几句，就把那提防的心也各自放下了，收起家伙回身坐下，众人自恃身份，谁都不愿去理会一只老猫。

谁知那老猫看到耗子二姑那酷似老鼠的脸孔，越看越像老鼠，竟真将死人当作了一只大老鼠。老猫缺了条腿，三只猫足蹒跚着溜下房梁，两只猫眼贼忒忒分分地打量着女尸，根本不将屋内其余的人看在眼里。

陈瞎子等人正没好气，哪里会知瘸猫心里打的什么算盘，估计它露了行踪，就要再从门缝逃出去，便也无心再去看它。陈瞎子让花蚂蚓骑在哑巴脖子上，去拔钉在屋梁上的短刀小神锋，自己则同罗老歪说些个场面话，称自己是看那画像古怪异常，是以出手给它一刀，破了那古画的邪气，倒与这跛猫无关。

正这时，忽听红姑娘怒喝一声："贼猫，大胆！"众人急忙转身看去，那瘸了条腿的老花猫，正蹲在耗子二姑死尸肩上，一口口咬着死人面颊的肉。它见耗子二姑长得像老鼠，便过来啃咬，尸首脸上已经有一块肉被它啃了去。由于死者刚去世不久，灌入体内的砒霜尚未彻底散入全身，所以脸部没有僵尸毒，否则一咬之下，这三足瘸猫已经中毒死了。

陈瞎子怒极，破口大骂："贼跛猫！如此作为，真乃找死！"此时他手中的小神锋还未收回，只好抓过罗老歪腰间插的转轮手枪，可又从未习过枪法，知道开枪也难以命中，当下抢枪过去对着三足瘸猫便砸。罗老歪那柄左轮手枪是美国货，极为贵重，见陈瞎子拿了当作榔头砸猫，一是舍不得枪，二是怕陈瞎子走了火，赶紧伸手劝他息怒。

陈瞎子自视甚高，怎容那瘸腿猫一而再，再而三地在自己面前作耍，甩脱了罗老歪，径直对着瘸猫打将过去。但那瘸猫是只极奸猾的老猫，丝毫不露畏惧之意，反倒冲着陈瞎子一龇猫牙，然后掉头咬住耗子二姑的耳朵，一口将整只耳朵撕咬下来，叼在了口中，从死尸身上跃将下来，随即翻身逃窜，一溜烟似的钻入了门缝下豁口中，遁入屋外黑雨，倏然远去。

老猫虽然缺了一足，但动作油滑诡变，"龇牙、咬耳、掉头蹿出、钻门缝逃脱"这几个动作一气呵成，陈瞎子出手虽快，终究离它有几步距离，竟没能碰到它半根毫毛。

罗老歪虽然脾气暴躁，平时杀人都不眨眼，但没陈瞎子那般孤高，觉得老猫咬了女尸几块肉，将它赶走也就是了。这里除了大帅就是盗魁，都是黑白两道上数得着的人物，犯不上跟只三条腿的瘸猫过不去；另外，由于屋中狭窄，红姑娘被其余的人挡在里边，她虽有心去捉那老猫，奈何被挡在了里屋；而哑巴昆仑摩勒和花蚂蚱正叠着人梯在取梁上的短刀，所以陈瞎子一击落空，众人只好眼睁睁看着三足老猫叼了死人耳朵，一瘸一拐之中逃得远了。

按说这事搁在别人也就罢了，可偏惹得陈瞎子"怒从心头起，恶向胆

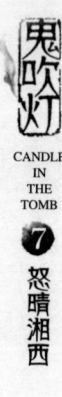

边生"。他自出世以来，轻而易举地做了盗魁，统领天下卸岭群盗，挖了不少古墓巨冢，经营了多少大事，并无一次落空，使得他有些目空一切，一枪没砸中瘸猫不可忍，在罗老歪和他的手下面前失手更不可忍。

恼羞之余，一股无名的邪火油然而生，他就动了杀机，想要杀猫泄恨，看到三足瘸猫远遁，心里又是猛地一闪念。卸岭群盗向来自我标榜"盗不离道"，对王公贵族的尸体挫骨扬灰，可对一些穷苦百姓的尸首却极为尊重，遇到路倒暴毙的穷人，都要出钱出力安葬。虽然这规矩很少有人照办，可还毕竟是道上的行规，如今撞上了就没有不管之理，耗子二姑脸上少一块皮肉倒也罢了，可五官中少了一官，却是成何体统？从古至今，在历代葬俗丧制中，保持死者遗容的完整都是件很庄重的事，这骟猫也太可恼，绝不能轻饶了它，最起码也得把耗子二姑的耳朵抢回来。

说时迟，那时快，这些念头只在陈瞎子脑中一闪，他就对身后的四人交代一声："都别跟来，某去去就回。"话音未落，已挑开门栓，晃身形跟了出去，那老猫去得极快，根本不容他再细想，迟上一迟恐怕就再也追不上了，当下双脚一点地，施展出"揽燕尾"的轻功，寻踪一路追了出去。

陈家有自家历代传下来的轻功，都是飞贼走千家过百户时的必备技能，也并非像人们想象中那么神奇。虽然轻功的名称唤作"揽燕尾"，其实并不能真的追上飞燕抓住它的燕尾，只不过是自小用草药煮水洗澡，这叫"换骨"，能使人身体轻捷，再通过磨炼"提、纵、追、攀、蹬、踩、翻"几种要诀，数年之后虽不能真正做到高来高去、飞檐走壁，但翻墙越脊一类的本领远胜于常人。

卸岭群盗按自身艺业高低不同，在内部有不同称呼，想做大当家的首领，必须有"翻高头"的本事。这是一种飞贼的称号，暗指可以徒手过高墙。陈瞎子在深山里跟老道苦修几年，真得了几分洗髓伐毛之异，加上他生就一双夜眼，在大雨泥泞的黑暗中屏气疾追，竟能紧紧跟住猫踪，须臾间已追下了岭子。

深山里的天气变化无常，这时大雨渐止，乌云散去，一弯冷月露出头来。三足瘸猫毕竟少了条腿，虽然进退灵动，但跑起来要比健全的猫慢得多，所以陈瞎子借着月色追踪，一时倒也没有跟丢。那老猫似乎也感觉到了后边有追兵，自是来不及吞吃那咬下来的死人耳朵，只好集中精力逃跑。

瘸猫在山岭下逃出一段距离，绕得几绕，见始终无法摆脱陈瞎子的追赶，便生出诡计，斜刺里蹿入林木茂密处。陈瞎子追了半天也没赶上瘸猫，反倒因为地上泥滑，有几次险些掉进漆黑的山沟里，暗骂："好个贼猫，少了条猫腿还跑得恁般快！"咬牙切齿地追到林边，已不见那猫的踪影。若是自此绕山追去，多是深密林子，人行其中，仰不见天。

四下里更是寂静无声，看来瘸猫逃进了林密岭陡的险恶所在。陈瞎子暗想已经追出太远，再进林子怕要迷失道路，不得不将脚步慢了下来，心中恨恨地骂道："贼跸猫，真是奸猾透顶！下次教陈某撞上，也不要你的命，先割了你一条猫腿去，看你这厮还能逃得到哪去！"

眼瞅着既然追不上了，便只好回去，可是刚要转身，突然听那静悄悄的老林子里，传来一阵阵"喵呜……喵呜……"的猫叫声，悲哀的叫声如泣似哭，更带有一种战栗欲死的恐惧感。猫叫声愈来愈是惊怖，中夜听来，毛骨悚然。

陈瞎子心中起疑，随即停下脚步细辨林中声音，不禁好生奇怪，那跸足老猫莫非前世不修，在林中遇到了什么？可听那叫声恁地古怪不祥，都说老猫的命最大，究竟有什么东西才能把一只老猫吓成这样？他好奇心起，忍不住就想一探究竟，当下屏住呼吸，蹑足潜踪进了林子。

透过树隙间洒下的月光，只见一株老树后面是片坟茔，坟地里残碑乱石，荒草蔓延，看起来很是眼熟，十分像义庄古画中描绘的地方，而那老猫正蜷缩着趴在一块残碑下面，全身颤个不住。墓碑上则出现了一幕不可思议的诡异情形。这情景，使得群盗首领陈瞎子的心跳骤然加快。

第八章
洗肠

月色微微，陈瞎子为追瘸猫，夜探古墓林，在不知不觉中已是追出好远。山坳中有一片老林子，这片林子里古树盘根虬结，都生得拔天倚地。借着月色，但见得林深处妖雾吐纳，并有水流潺潺之声，透着种种妖异不祥的气息。

那只老猫战栗的叫声就来自一株老树之后。陈瞎子贴身树上，悄悄探出头去张望，他生就一双夜眼，在星月无光的黑夜里，也大致能看出个轮廓，此时云阴月暗，却遮不住他的视线。寻着老猫的惨叫声拨林前行，原来树后有一小片林中的空地，四周古柏森严环绕，空地间都是一个接一个的坟丘，丘垄间尽是荒草乱石，一泓清泉从中淌过，蜿蜒流至荒草深处，坟丘后边都被野草滋生的夜雾遮蔽。

在那片坟地外边的两棵古树之间，戳着半截残碑，离得远了，辨认不出碑上有什么字迹。残碑有半人多高，上面铺着一层残缺不全的瓦面，看样子不是古墓的墓门，便是什么残破祠舍的牌楼遗址。那只老猫正全身瑟瑟发抖，蜷伏在碑前，耗子二姑的耳朵已经被它从嘴中吐在地上，老猫绝望的叫声一声紧似一声，声中带血，似乎正对着那石碑苦苦求饶。

第八章 洗肠

　　陈瞎子仗着一身的本事，大着胆子屏住呼吸，将自己的身体掩在月光照不到的树影中，看着那不断颤抖哀求的老猫，不禁越看越奇，心下寻思："怪哉，这该死的跸猫在搞什么鬼？它为何会如此惧怕那半截残碑？猫这种动物得天独厚，身体柔韧灵活，很少有天敌，而且传说猫有九命，它们的生存能力和胆量都和它们的好奇心一样大。老猫若不是断了一足，也不会去咬死人耳朵。但猫这东西，越老越是狡猾，怎么就偏偏被块古老的石碑吓成这副模样？莫非是碑后另有其他东西？"

　　陈瞎子越想越觉得蹊跷异常，带着无数疑问，再次仔细打量对面那座残碑，想看看碑后有些什么。但林中荒草间妖雾流动，石碑的距离已是视界极限，任他睁大了双眼，仍是看不清碑后的情形。

　　正在这时，月色混合着林间吞吐不定的夜雾，使得残碑前的一小片空地笼罩在一层朦胧怪异的光晕之下，突然见到碑后闪出一对滴溜溜乱转的小眼睛，随后逐渐露出一张毛茸茸的脸孔，乍看之下还以为是狐狸，体态大小却和那瘸猫差不多。它的形状则像是猫鼬，头大阔口，毛色发黄，定睛一看，那对狡黠奸猾双眼的主人，竟是一只小小的狸子。

　　那狸子神态古怪，走到老猫跟前看了看它，瘸猫的叫声开始变得奇怪起来，不再像先前那般惊恐绝望，而是逐渐转为一种极不协调的低哼。这种猫叫声听得陈瞎子心慌意乱，胸臆间憋闷压抑难耐，恨不得也跳出去大吼三声。他只好用牙齿轻咬舌尖，竭力控制内心不安的情绪，使自己那颗怦怦乱跳的心脏平稳了下来。

　　狸子一脸诡异的坏笑，盯着瘸猫看了一阵，就掉头摆尾走向水边，三足瘸猫又叫得几声，也跟在那狸子身后，僵硬缓慢地爬到泉边喝水。陈瞎子心想："作耍了，原来这跸猫是在这深夜林中吊吊嗓子，现在唱累了要去喝水，我倒险些被它这迷魂阵给唬住了，不如就次乘机捉了它好好教训一顿，再敲断它一条猫腿……"

　　陈瞎子盘算着正想动手，但随即发现那老猫喝水的样子太不寻常了，三足瘸猫像是渴死鬼投胎，在泉边咕咚咚一阵狂灌，直喝得口鼻向外溢水了才停住不饮，却又像是中了魔障似的仰面倒地，自行挤压因为喝了太多山泉而胀得溜圆的肚子，把刚喝下去的水又都吐了出来，而那狸子形如鬼魅，守在旁边一动不动地看着瘸猫饮水。

紧接着三足瘸猫又麻木地爬回泉边一通狂饮，如此反复不断。陈瞎子惊讶无比，他平生多历古怪，却从没撞上过这等异事，这老猫像是在用水洗刷自己的肠胃。难道是耗子二姑尸体上的肉已经浸透了僵尸毒，而这瘸猫在吃了死人肉后才发觉有毒，便用这个方法自行解救？

但这疑惑只在陈瞎子心中稍一推敲，便很快否定了它的可能性。首先，耗子二姑尸体中的尸毒还未散入脸颊皮肉。陈瞎子经验老到，这点瞒不过他，而且那跸猫只在死人脸部咬了几口，应无大碍。

另外，看那瘸腿老猫神态麻木，就像是被阴魂附体一般，完全失去了生气，刚才那一番令人毛骨悚然的哀嚎，也绝非作伪。定是这片老林子里的狸子把它吓住了，那狸子一定有什么妖法邪术。想到这陈瞎子的手心也开始冒汗了，但他料想凭自己的本事想要脱身也是不难，暗地里盘算："眼下远远逃开恐怕反而惊动了林中的精怪，反倒弄巧成拙了，不如沉住气看看明白，看那狸子究竟是如何作祟，若能顺手除去，回去也好在罗老歪面前大吹特吹，有了此番古怪离奇的遭遇，日后须教他们刮目相看。"

朦胧的月影中，陈瞎子处在下风头，所以坟地里钻出来的那只狸子也绝难察觉到他的存在。他凝神屏气，继续偷偷盯着三足瘸猫异常的举动，说来也怪，只见那老猫反反复复地喝了吐、吐了喝，把肠胃中的胆汁都吐净了，已经开始吐出暗红色血汁，可它硬是一声不吭，最后终于什么都吐不出来了，才倒地不起，瞪着两只绝望无神的猫眼望着天空圆月，一下下地抽搐着猫爪猫尾，等待着死亡的降临。

这时就见那狸子围着倒地抽搐的瘸猫转起了圈子。陈瞎子心里明白，这就要见真章了，立刻全神贯注地戒备起来，一边仔细注视着林中动静，一边悄悄将身体重心下移，膝盖微微弯曲，打算万一见势头不对，就可以随时抽身逃走。

只见那狸子像是在月下闲庭信步，全身黄色的绒毛夹杂着斑斓的花纹，显得非常罕见，陈瞎子从来没见过长这种皮毛的狸子，心下有些嘀咕："常听人说狸子喜欢在坟里扒洞躲藏，它最能蛊惑人心，这狸子莫非真就是从坟里钻出来的？难道那瘸猫便是着了它的道，受到了它的控制？湘西山区称狸子为黄妖，这回怕是遇上黄妖了。"

陈瞎子看得心中疑窦丛生，就这么一走神的工夫，那狸子已慢慢走到瘸猫旁边，用前爪轻轻捋着老猫仰起的肚腹，发出一阵夜枭般"嘿嘿"的笑声。三足瘸猫已经完全失去神志，任那狸子摆弄也毫无反应，但身体微微颤抖，好像心里明白死期将至，全身肌肉已经僵硬失控，在那双早已失神的猫眼中，忽然流露出一丝悲哀凄苦，眼神中充满了不甘和无助，竟流下两行泪来。

狸子不时用爪子戳戳瘸猫身上的柔软处，欣赏着它哀苦求饶的情状，颇为自得其乐，待它耍弄够了老猫，就低头伸出舌头去舔瘸猫肚腹。也不知这黄妖的舌头是如何长的，老猫身上的猫毛，被它随舔随落，顷刻间便给褪净了毛。这老猫长得贼头贼脑，本就不怎么好看，全身的绒毛一失，一身溜光的猫皮上，只剩两只猫眼在动，那情形在月夜中，更是显得诡异万分。

狸子又探出一只前爪，在老猫薄薄的肚皮上反复摩挲，没用多久，那只可怜的瘸猫就被活生生地开了膛。老猫腹中盘绕的肚肠像是一盘摆在桌上的美餐，一览无余地呈现在狸子面前，只见狸子把洗得干干净净的猫肠一股接一股地抽出来，这时候老猫还没断气，脚爪和猫尾巴由于痛不可忍，依然在抽搐不止。狸子毫不怜悯，抽取完猫肠，咬开猫颈饮血，直到此刻，那三足瘸猫才圆睁着二目咽下了最后一口活气。

陈瞎子看得暗暗称奇："这世上一物降一物。跛足老猫在此遇到了它的克星，竟然连半点反抗的余地都没有，而且被吓得自己洗净肠子等对方来吃。却不知那狸子用什么鬼法子迷了它的心志，吃肠饮血前还要好一番戏弄，手段当真毒辣得紧。"

三足瘸猫体形不小，那狸子没喝几口猫血便已饱了，对开膛破腹的死猫再不多看一眼，转身拖拽着掏出来的猫肚肠便向林中古碑后面走去。陈瞎子估计它是吃饱喝足回窝了，此地不宜久留，赶紧捡回那女尸的耳朵，回去在罗老歪等人面前也好有个凭证，免得空自夸口。

想到这儿，他便趁着狸子钻入墓碑后的机会，悄无声息地从树后跃出，刚刚被狸子吃猫那一幕血腥的场面搅得反胃，他不知那狸子的厉害之处，并不敢轻举妄动，只想捡起掉落在地上的死人耳朵就跑回去。

林中处处透着妖氛诡气，纵然有山风掠过，那草丛间生出的雾气也始终不散，而且只停留在距地面两三尺的高度。随着陈瞎子接近地上的死人耳朵，他也离着那块断碑越来越近，视界逐渐推移过去，但那碑后仍是黑漆漆的什么都看不到。

陈瞎子提住一口气，皱着眉头摸到老猫尸体旁边，从草地上捡起耗子二姑那只耳朵，心想总算是把耳朵找回来了，这就能让耗子二姑有个囫囵尸首下葬。她今生活得艰难，若有来世，也不至于做个缺少五官的破相之人，此番周全了她一个全尸，还不至坠了卸岭群盗的名头，否则被只癞猫在眼前逃掉，传出去可是好说不好听。

陈瞎子暗中得意，更不想惊动断碑后的狸子，取了耳朵便悄悄离开，但不等转身，就听到断碑那边发出一阵喊喊喳喳吞咬肉食之声。他只下意识地抬头看了一眼，但就是这一眼，使他全身肌肉立刻陷入一种僵硬状态，目光再也移不开了。只见有个瘦得皮包骨头的老媪，满身凶服，骑着一头雪白雪白的小毛驴，一脸不阴不阳的表情，就在断碑后站定了死死盯着陈瞎子看。

那瘦老太婆双眼精光四射，可她实在是太瘦了，就像是从墓里爬出来的干尸，可能除了皮就是骨头，看不出她身上有一丁点的肉来，皮肤都跟老树皮似的粗糙干瘪，半点血色也没有。而且她身材奇短，站起来尚且不足三尺，脑袋上戴着顶白疙瘩小帽，一双穿着白鞋的小脚还是三寸金莲，嘴里边咬着半截猫肚肠子，正自鼓了个腮，"嘎吱嘎吱"地嚼得带劲，刚刚害死老猫的那只狸子就老老实实地蹲在白毛驴旁边，同样不怀好意地看着陈瞎子。

陈瞎子头皮都炸开了，心中叫起苦来："我的姥姥啊，这是白老太太显灵了！她绝对绝对不是人，鬼知道她是个什么怪物，在这深山老林里碰上她，怕是我命休矣！"虽然心里明白大事不好，应该掉头跑路，但也不知那瘦老太婆的眼睛是怎么回事，被那恶毒的目光一看，便会立时全身发麻，从内而外开始打哆嗦。陈瞎子被她看得两腿一软倒在地上，全身就只剩下一对眼珠子还能动，只见白老太太嚼着猫肚肠，嘴角挂着几缕血丝，歪着脑袋看了看倒在地上的陈瞎子，忽然发出一阵阴沉沉的怪笑，驱动白驴向他走来。

第九章
古狸碑

陈瞎子被那乱坟中的白老太太看了一眼，顿觉神魂飞荡，毛发森竖，全身生起一片寒栗子来，双膝一软跪倒在地。他心中虽然明白，但手足皆已不听使唤，周身上下除了眼睛和喉咙之外，根本动弹不得分毫。

瞎子暗道："不妙，听说五代年间多有那些奇踪异迹的剑仙，各自怀有异术，千里万里之间倏忽来去，也有那骑黑驴白驴的，可日行千里，平时也不见那驴踪影，需要骑乘的时候剪纸为驴，吹一口气，就是驴了。这白老太太骑着的白毛驴雪白无瑕，没有一根杂毛，看来不像是人间的凡品，她八成就是此辈中人，接下来就要飞剑取我陈某人的项上首级了。"

可一转念，却又觉得蹊跷，想那古时剑侠都是何等超凡脱俗的风姿，而这白老太太啃吃死猫肚肠，满脸奸邪之相，哪里会是什么剑客！

就这么瞬息之间，陈瞎子已觉行将就木。他也是通晓方术之人，猛然醒悟，知道自己这是中了"圆光"之术。中国人称摄魂迷幻之法为"圆光"，西洋人则称"催眠术"，实为一理。料来那瘸腿老猫也是着了这道，才任由狸子洗肠屠宰，没有半点反抗的余地。

此刻那白老太太已经驱驴来到了陈瞎子身边，她身边那只小狸子也人立起来，盯着陈瞎子"嘿嘿"一阵冷笑，嘶哑生硬的笑声令人战栗欲死。陈瞎子终于明白了刚刚那只跸猫的感受，现在他只能从喉咙中发出一些奇怪的"嗋……噢……嗋"声，那是他身体过度紧绷，使声带颤抖振动空气发出的响声。

陈瞎子知道成了精的狸子善迷人心，只是万万没想到竟然如此厉害，心里还算明白，知道眼下先是身体不听指挥，不消片刻之后，自己的心神也会逐渐变得模糊，便如同三足跸猫般自行洗肠，然后束手就擒，任凭那狸子和白老太太活活分食，想到那种惨状，真是万念俱灰。

心如死灰之下，也打算就此闭目等死，可发现身体僵硬，就连眼皮都合不上，心中骂遍了那狸子和干瘦老媪的十八代祖宗。今日遭此横死，恐怕连尸骨都剩不下了，唯有死后变为厉鬼再来报仇雪恨，若不报此仇，自己都没脸去见家族中的列祖列宗。

困兽犹斗，陈瞎子自然也不甘心被那狸子掏了肠子，可他越是用力身体越是不听使唤，而且由于用劲过猛，还产生了一种奇怪的反作用力，似乎所有的力量都集中到了咽喉部位，使得口中怪声连连。他突然想起个死中求活的法子：中了这邪术，只要能咬破自己的舌尖，使得全身一振，说不定就能够从那白老太太的控制中解脱出来。

可牙关也已僵了，陈瞎子渐渐感到麻痹之意由下而上，双眼之下有如木雕泥塑，想咬破舌尖也已不能，心想："罢了，罢了，想我大业未成，就先不明不白地死在这古墓林中了……"

眼看陈瞎子神志一失，就会被狸子引去水边洗肠。可无巧不成书，也算陈瞎子命不该绝，古墓林中忽然一阵拨草折枝的响声，只听那边有人朗声念道："天地有正气，杂然赋流形。下则为河岳，上则为日星。于人曰浩然，沛乎塞苍冥……"

这《正气歌》中每字每句，都充满了天地间的浩然正气，专能震慑奸邪。陈瞎子一听之下，立刻感到身上一松，知觉竟自恢复了几分，心下也清醒了，随即明白是有高人相助，自己这条命算是捡回来了，但不知是哪路英雄这般仗义，想开口去问，但身体麻痹过久，还是说不出话来。

骑着白驴的老媪也受到震慑，脸上一阵变色，贼眉鼠眼地环顾左右。她身边的那只小狸子，更是受惊不小，战战兢兢地藏在驴下，探头探脑地不住张望。

这时就见荒草一分，走出两男一女三个年轻苗人，看身上装饰都是冰家苗打扮，各背了一个大竹篓，不知里面装了些什么。

那苗女持了柄花伞走在最前面。冰家苗的女子出门都有带伞的风俗，另外还要在腰上系花带，都是用来防蛇以及驱山鬼之用。陈瞎子看得分明，此刻他嘴里已能出声了，也顾不上什么身份了，赶紧叫道："兀那仙姑，我穿着撒家衣服，却也是猛家汉子，快来援手救我一命，定有重谢！"

陈瞎子心里算盘打得挺好，见那边来的都是苗人，就赶紧报上家门，称自己是"猛家"，"猛"就是苗，都是苗人，她焉能见死不救？

谁知那三个苗人却并不理睬陈瞎子，口中念念有词，将那骑白驴的妖妇围在当中，对着她撑开花伞，原来伞上都嵌了许多专破圆光术的镜子。陈瞎子只觉得月下黑雾一闪，心中更加清醒了些，再看时，残碑前哪里有什么白老太太！

只见一条全身灰白秃斑的老狸子，骑着好大一只白兔，那老狸子瘦得皮包骨头，身上的毛都快掉秃了，只剩下遍体灰白干瘦的老皮，但是两只眼睛极亮，贼溜溜地正盯着那三个苗人看。另有一只黄毛花斑的小狸子，在三柄镜伞合围之下，被逼得惊惶失措，只能在原地乱转，先前那种嚣张至极的神态，早就不知丢到哪里去了。

陈瞎子这才知道老狸子的圆光妖术是被那三个苗人破了，障眼法一消，老狸子现出了原形。陈瞎子觉得身子已能动了，便一个鲤鱼打挺跃将起来，想要手刃了那狸子以雪心头之恨。

老狸子见来人不善，也知道大事不好，一催胯下的兔子，那只大兔子带着老狸先冲向冰家苗女子，不等触敌，蓦地一个转折，早已蹿回了残碑，又从残碑上高高跳起，想要声东击西，趁三个苗人措手不及，从其中一个苗人的头顶上跃过逃走。

有个形容词叫"动如脱兔"，逃跑中的兔子速度非常快，趋退之间犹

第九章 古狸碑

如闪电,看得陈瞎子眼前一花,叫道:"不好,休让这厮走脱了!"

老兔子蹿跃之势虽快,想不到那苗人身手更快,就在兔子负了老狸从其中一个苗人头顶蹿过之际,那苗人忽地断喝一声,一个筋斗翻身而起,轻捷不让飞鸟,使个"倒踢紫金冠"踢到半空,这一脚恰似流星赶月,抡出去结结实实地迎头踢个正着。老狸和兔子顿时被踢得直飞出去,倒撞在半截残碑上,发出骨骼碎裂的闷响。

老狸子被连踢带撞,当即骨断筋折,软塌塌地掉在草里一动不动了。它所骑的那只兔子后腿被撞断了一只,口吐鲜血,拖着伤腿,飞也似的逃进草里,很快就不见了踪影。

残碑上还有只小狸子,也就是掏老猫肠子的那只,不等其余两个苗人过去捉它,就一头栽下石碑,瞪着双眼吐出苦胆而亡。这家伙胆子太小,竟是被老狸惨死的一幕情形活活吓死了。

陈瞎子目瞪口呆,见那苗人一脚踢死老狸,岂是"凌厉"二字可以形容得来。陈瞎子是个识货的行家,他知道那一脚根本不是什么武术中的"倒踢紫金冠",分明就是搬山道人踢僵尸的"魁星踢斗",怎的这伙苗人竟会搬山道人的绝技?莫非……

还没等陈瞎子明白过来,就听那一脚踢死老狸的苗人走到近前来,用绿林中的隐语道:"摘星需请魁星手,搬山不搬常胜山。烧的是龙凤如意香,饮的是五湖四海水。"

陈瞎子听得真切,"常胜山"便是卸岭群盗的隐语代称,既然说出"魁星"和"搬山不搬常胜山"之语,就已知对方是搬山道人的首领。陈瞎子脸上一红,暗骂这伙月黑杀人、风高放火的假道士太不仗义,到了湘西却不穿道袍,偏扮成冰家苗人,适才心慌也没认出来,害得自己在他们面前出丑卖乖。但江湖上"礼"字当先,他身为常胜山的"舵把子"[①],自是不能失了身份,便也按绿林规矩,报切口道:"常胜山上有高楼,四方英雄

[①] 舵把子,首领之意,又作魁首,魁为"诸星总耀、百脉权衡",俗称"总瓢把子",总而言之都是老大的意思。

到此来。龙凤如意结故交，五湖四海水滔滔。"

叙过了礼，就听那苗人哈哈大笑，抱拳说道："陈兄，别来无恙否？若非小弟记错，陈大掌柜应该是汉人撒家，刚才怎的改换门庭，忽然自称起是猛家苗人来了，莫不是在同我等作耍？"

陈瞎子最好面子，赶紧给自己找理由开脱，说自家祖上确是苗人，只因在汉人中厮混得久了，反倒常常忘了出处，刚才一看苗人，就觉得十分亲切，毕竟是亲不亲故乡人，甜不甜家乡水，一笔又怎能写出两个"苗"字来。

原来这伙苗人都是搬山道人，那能使魁星踢斗的首领人称"鹧鸪哨"。搬山道人之术传了不下两千年，也是能人异士辈出，不过大多是年轻成名，英年早逝。他们暗中盗墓掘冢，一向不与外人相通往来，世上都传言"搬山道人发古墓者，乃求不死仙药"，未知真假。

直传到民国年间，搬山道人中更是凋零无人，好在其中出了个以一当百的鹧鸪哨，他知道再凭剩余的搬山道人寻珠，恐怕终究渺茫无望，只好破了千年传承的禁忌，常常与卸岭群盗相通讯息。卸岭之辈都知道搬山道人只喜欢找药，对金玉宝货不感兴趣，又兼鹧鸪哨本领高强，为人慷慨侠义，群盗都愿结纳于他。

陈瞎子同鹧鸪哨二人，是当今世上搬山、卸岭的两大首领，早已相识多年，虽是结拜相熟的兄弟，可仍不能没了礼数，就于林中重新剪拂①了。说起别来情由，原来另外一男一女，都是鹧鸪哨同宗同族的师弟师妹，女的善通百草百花的药性，道名花灵；男的血缘中色目未消，一头鬈发，不像中土之人，道名老洋人。道名并非道号，而是搬山道人的隐名和绰号。这两个都是二十出头的年纪，经验尚浅，但鹧鸪哨在搬山道人中也没其余帮手了，只好将他们带在身边。

鹧鸪哨这三人欲去黔湘交界之地，盗掘夜郎王古冢，那边厢多是洞民，道家装束多有不便，故换作冰家苗打扮。路经老熊岭，闻得有黄妖用古庙残碑圆光，使障眼法害人，已不知伤了多少无辜，就特意冒雨绕路过来将

---

① 剪拂，江湖隐语，意为行下拜礼。

它除了，却碰巧救了陈瞎子一命。

鹧鸪哨让老洋人和花灵拎了一老一小两只死狸子，对陈瞎子一拱手，就要作别："我等终日奔波，但盼能得半日清闲，再来与陈兄相会，如今尚有要事在身，先告辞了。"

陈瞎子稍一寻思，又看搬山道人身后竹篓沉重，定是带着掘子利器。心想搬山分甲之术是盗中绝学，何不请他们助我一臂之力，破了瓶山古墓，我自取宝货，将墓中丹药都给了他们就是。以前从没动过元墓，怕是有些棘手，若能合搬山卸岭之力，何愁大事不成？这买卖十分划得来。于是赶紧说起老熊岭的元代古墓之事，有意请搬山道人出手。

鹧鸪哨闻得瓶山是古时皇家炼丹求药的所在，立即有几分动心。不过盗发夜郎王古墓之事早已筹划半年之久，预计六七天内就能了结，而瓶山古墓一切不明，怕是急切难拔，就同陈瞎子约定他们盗了夜郎王古墓就立刻来瓶山与卸岭群盗会合。在此之前，就由陈瞎子率人探查地形。

元墓深埋大藏，在搬山分甲术面前倒算不得是什么阻碍，只是自打进了这老熊岭后，搬山道人们发现深山中常有两道虹气冲天，只在黎明之际隐没，由于行色匆匆，还没来得及过去查看，如今尚难断言是墓中金玉宝气，还是深山里的妖气。

第十章
探瓶山

搬山首领鹩鸪哨告诫陈瞎子，他曾远远看见深山里云气不祥，虽说古墓中若有异宝奇珍，往往会有祥云缭绕，但也可能那深山密林里还藏有妖物。说罢他指了指那两只狸子的尸体，示意这便是佐证，让陈瞎子带着他的手下切不可轻举妄动，想进瓶山古墓，需以术为盗，等过几天双方会合之后，再从长计议不迟。

陈瞎子未置可否，只是点了点头。他又想回去对手下夸一番海口，就向鹩鸪哨要了那只老狸子的尸体。

鹩鸪哨慨然应允："狸子肉酸，但百年老狸的骨头碾碎可以入药治离魂症，是极珍贵的药材。这灰皮白斑的老狸子道行已深，不过蠢蠢老朽，想是未曾修出金丹。它的一身老肉是吃不得的，只可取骨入药，或制迷香。"

陈瞎子谢过，接了老狸尸体。他知道在中国古代的"圆光"可分真伪两派：其真者，在圆光的过程中确实可以看到一些东西，所见人物也都可以识别，只是需要请神送神，符咒多达数百道，非常烦琐奥妙；而假圆光术则是江湖术士行骗的鬼蜮伎俩，先以碱水图人形于纸，喷水便可现形。

而这老狸以荒坟为窝，常年用唾液尿液圈绕在四周草木，无色无嗅，只要进圈便会被老狸迷了心志,是一种障眼法,除非有外力介入,受困者才会清醒过来,否则只能任其宰割了,就像是真正的圆光术一样。老狸子也是集中全部心神施术,使人神志不清,看到一些奇怪的场面,可一旦受术者清醒过来,施术者就会自食其果,那只老狸年老狡猾还能逃开,而那小狸子便承受不住,吐胆而亡了。

有了这黄妖的骨头碾成粉,服用后可以破去各种幻术。于是陈瞎子拎了老狸尸体,别过了三个搬山道人。此时天色已经微明,觅路回了岭上的奶奶庙义庄。

罗老歪等人坐卧不安地候了一夜,还以为盗魁在山里遇到不测,出去找了几遍都不见人影,正打算提兵前来搜山,却见陈瞎子不紧不慢地从岭下走了回来,口中高声念着:"天地有正气,杂然赋流形。下则为河岳,上则为日星……"举止潇洒从容,好一派出尘之态。众人见了大为心折,暗赞总把头真是出口成章,急忙前去相迎。

陈瞎子专往自己脸上贴金,添油加醋地说了一遍他是如何如何追踪瘸猫,误入了一片古墓林,那古狸碑中有老狸子使幻术害人,他就顺手将之除了,回来的时候又遇到一伙搬山道人,受他们苦苦相邀,才共商盗墓大计直到玉兔西坠,这就耽搁了时辰。说完将那老狸子的尸体连同女尸的耳朵一并扔在地上,让罗老歪等人观看。

罗老歪、花蚂蚂等人惊叹不已,连赞陈瞎子手段高强,这成了精的老狸是何等奸猾,也被卸岭盗魁一脚踢了个骨断筋折。陈瞎子心中暗自得意,表面上装得轻描淡写毫不在乎,只让哑巴昆仑摩勒将那老狸剥皮剔骨,又让仵作出身的花蚂蚂把耗子二姑的耳朵给粘了回去,留个全尸,站僵之后装殓入棺。

众人早上胡乱吃了些面饼肉脯,就去寨中找了个洞人做向导。湘西苗人有"生苗"与"熟苗"之分。所谓"熟苗",是那些对汉人友善,甚至相互通婚汉化,也能说汉人语言的苗人;"生苗"则完全相反,都隐居深山里,少与外界往来。

陈瞎子所找的向导,自是熟苗中的熟苗,这向导虽然是个地道的苗人,可追随撒家客商往来经营，汉话和汉人的世故都很熟络，对猛洞子的传说逸事也了解不少，是个极适当的人选。于是陈瞎子就骗那向导，说自己这伙人听闻瓶山险峻巍峨，是处天下罕有的奇景，这回行商走路到了老熊岭，就想顺便去游览一回。那洞民贪图他们许给的酬劳，当即应允了。山里正值雨季，随时都有可能落雨，于是一行人换穿了草鞋和防雨的斗笠，径直去那瓶山勘察古墓方位。

老熊岭地处湘西腹地，林密谷深，而这道山岭又形如睡卧的巨熊，隔绝了与外界的往来。当地山民谈虎色变的瓶山，正是老熊岭山脉的一条支脉，更加偏僻荒凉，人迹罕至。陈瞎子一伙盗众，在向导的带领下，一路上穿幽走绿、攀岩钻洞，跋山涉水地走了许多路程，其中艰难自不必说。

从黎明时分出发，直走到接近正午，红日高悬，一行人终于登上了老熊岭后的一处危崖。这处古崖绝顶上杂草古树丛生，居高临下正可俯视瓶山地脉。放目下眺，只见主岭后边的深山中，皆是圆锥状的奇峰危岩，座座连绵的山峰在远处一片连着一片，如同千笋出土，万笏朝天，峰峰相连，峰后有峰，一望无际地充塞于天地之间。

那苗人向导指着崖下一座岩山说："好教各位得知，那个去处，便是瓶山了。"众人放眼望去，只见瓶山形似大腹古瓶歪斜，山势尽得造化神奇，地形险恶剥断，尽是猿猱绝路的断崖。其山虽然险状可畏，但在层峦环抱、青峰簇拥之下，显得烟树沉浮如在画中，遥望山中，果真有几处白雾升腾，雾气中有虹色的彩气若隐若现。

罗老歪见状大喜，问道："陈总把头，那古墓想是塌了，这瓶山陷在群山环抱之地，墓中水银汞气挥发不去，凝聚成了汞雾，其中虹光可是古墓中有宝气冲天？×他奶奶的，那红的红白的白，真他妈的好看。"

陈瞎子答道："尚未可知也。不过此山形势果真独特，正可谓是：'山势有藏纳，土色有坚厚，地脉为高造，流水宜周旋。'山上龙神不下水，水里龙神不上山，细观此处山与水，气吞万象是真龙，应当是一块贵不可言的宝地。从高处看不出古墓入口所在，咱们还得到近处再看看。"

他历来擅长奇门遁甲、星相占卜的方技，对江西形势宗风水也十分通晓，不过并不了解摸金校尉那套分金定穴的盗墓风水术，在高处望不出古墓格局。

说罢就请那洞人向导带路，谁知那熟苗却说什么也不肯了："好教各位客官知道，别看老熊岭蛮荒闭塞，可咱这瓶山的景色之奇，确是天下别无二处，不过在此看看也就罢了，如何敢到山上去？想那山顶生长着灵芝和九龙盘，常常栖有巨蟒，等闲上去采药的也是有去无回。而那山洞里更有一座古墓，百年前地震，瓶山古墓裂开了几道缝子，里面宝气逼人，有许多股盗墓贼和土匪想进去发财，结果还不是进去几个死几个，从无一人能够从墓中出来。都说那山里埋了尸王，诸位都是本分的生意人，好端端的何必要去那个猛恶所在。不如听我良言，到此为止，也好早归故里……"

罗老歪听得不耐烦了，一脚踢翻了向导，掏出转轮手枪顶在他头上。"把招子放亮点，谁是本分人？你这蛮子在山里就没听说过我屠人阎王罗老歪的威名？让你带路就带路，再多说半个字，老子先一枪揭了你的天灵盖，回去再杀你全家！"

罗老歪是湘阴的大军阀，做司令之前实是杀人如麻，在当地，闻其名小儿不敢夜啼。不过在湘西老熊岭这闭塞之地，那些洞人谁又知道他罗司令？

可有道是"名头不如枪头"，转轮手枪冷冰冰的枪口顶在脑门子上，那洞人惊得险些尿了裤子，这才知道这伙客商都是响马子，一个不对付，瞪眼就宰活人，哪里还敢不从，连忙颤巍巍地答应了："好教……好教诸位好汉得知，上山要先拿些木棍，打草惊蛇……"

不等向导把话说完，罗老歪便又踢了他一脚。"聒噪什么！你这厮就是打草惊蛇的棒子，你给老子在前边蹚着草走！"

陈瞎子向来以替天行道之辈自居，虽然看不惯罗老歪身上霸道的匪气，但他们之间是互相利用的关系，谁也离不开谁，也只好对他的行为睁一只眼闭一只眼了，任由罗老歪押着那熟苗，去瓶山上看那古墓裂开的缝隙。

一路下去，绕山走到瓶山的山口，这里有一座巨岩中空形成的天然石门，当地土人称其"地门"，与天门山上的"天门"齐名，从中穿过就算进了山口。这座瓶山四周峰林密布，山体虽然比那些巍峨的大山小了许多，但少说也是座数百丈的石山。

在近处一看，原来整座山就是一大块暗青色的山石，石色暗青性属阴寒，触之生寒，与周围的地貌地质截然不同，天地造化的鬼斧神工，使这块自打开天辟地以来便存在的巨大青石，化成了酷似一只大腹古瓶的形状。其底座陷入大地，整个瓶身状的山体向北倾斜欲倒，后山断崖就这么欲倒未倒地凌空倾斜了几千几万年，千分的绝险之中带着万分的离奇，形成了一道奇险兼备的罕见景象。

由于山体过于倾斜，岩山下坠的力量，在不知道多少次地震后，使山势向阳一侧出现了无数大裂缝，细小一些的裂缝则被山风带来的泥土填满，生长着一道道间隔开来的植物带，没裂开的地方仍露出暗青色的岩体。那些绿色的草木点缀其上，如同古瓶上绘的图案纹路，深浅有致，错落连绵。

那些个极宽大的裂缝却未被泥土覆盖，在瓶形山体间形成了十余道巨大裂隙，如同刀劈斧切般直裂下去，山隙内云雾锁掩，深不见底，危崖两侧奇松倒挂，绝险无比。

这瓶山形势地貌，陈瞎子、罗老歪等人早已在老熊岭的高崖上观看过了，大裂缝间都有古时所造的石桥相连。众人沿路上山，人和山比起来，小得如同爬在大瓷瓶上的蚂蚁。从山口处便有条宽阔的青石古道，大道借山势扶摇直上，穿过道道层层的丛林断崖，曲折蜿蜒分布着九十九弯，弯弯相连，层层叠起，宛若苍龙盘旋，直通天际。

众人上山之时，天气便有些阴沉，走至半山腰的时候，原本山间的虹气都已隐去不见，取而代之的是雨雾迷蒙，细雨如丝。大青石山路被水汽遮盖，到处都滑溜溜的，雨雾渐起，山形树影都朦胧起来，变得模糊不清。

众人被天上落下的细雨薄雾搅得心烦意乱，又担心山路湿滑发生危险，正想找个地方避避，可这时，太阳却突然挤破了云层，霞光万道照在山间，幽深处那些山石林泉，神奇地全部映在眼中，一草一叶都看得清晰无比。可未及细看，就在一瞬之间，山谷中彩雾升腾，又把幽深僻静处遮盖吞噬。

陈瞎子等人站在山腰望着山中奇景，只见半空云雨起于方寸咫尺之间，

第十章 探瓶山

幽壑林泉现于弹指一挥之际，都暗自赞叹，这瓶山真是处烟云变幻奇景掩映的神仙洞府，先前谁又能想到在穷僻蛮荒的老熊岭中，竟有如此真山真水。

这倾斜歪倒的瓶山上，共有两处山巅，一处是比较平坦的瓶肩，这里也有一道极宽的山涧；另一个制高点则在瓶口，上面奇树怪石，古壁削立，是处奇绝险绝的所在。众人站在瓶肩上环视良久，也未见有什么巨蟒，而且那向导这辈子从未上过山，对瓶山的事情都是道听途说，根本不知古墓的裂缝在什么地方，气得罗老歪想就地一枪崩了那向导，多亏被陈瞎子拦住。

陈瞎子见山上有土之处林木茂密，没土层的地方则都是一体的暗青巨岩，用"望"字诀的"观泥痕、辨草色"之法，根本难以查知古墓地宫的方位，而且瓶山坚固，非是寻常土岭，要漫无目的地一层层卸至地宫墓道，怕是动员数万兵马也难做到。

如今只好试试"闻"字诀。他让众人来至山巅处的深涧，只见深处白雾弥漫，难测其底，就俯在山壁上，让罗老歪对着山涧开上几枪，以便施展手段，探知山中古墓的大致方位。

罗老歪将他那支大口径的转轮手枪对准深涧下方，一扣扳机就开了一枪，枪声在山谷中回响良久。陈瞎子借机施展"闻"字诀中听风、听雷的"闻山辨龙"之法。他生来就是五感敏锐过人，普天之下，再无第二人有他这身本事。此时贴在壁上倾听起来，遥闻山底空鸣，似有一处大如城郭的空间。

随着罗老歪六发子弹射入深涧，陈瞎子已大致听出了几条墓道和三座地宫的轮廓，多半就是那片占为元人墓穴的山中道观殿宇所在，其中最大的地宫，就在山巅裂开的这道深崖下。

罗老歪见瓶山果有古墓，而且地宫的入口确在这绝壁之下，而且竟然"大如城郭"，那他妈得有多少金玉宝货！常言道"丰财厚葬起奸心"，他此时便有些等不及了，见其余的人都在同陈瞎子俯瞰深涧，正好哑巴昆仑摩勒背着的一个竹筐撂在地上，里面装了些干粮水壶以及成捆的绳索，罗老歪就探手将绳索取出来，扔在那熟苗向导跟前，逼着他用长绳坠下去探探地宫。他一脸冷冰冰的神情说道："好教你家罗帅看看，古墓中是怎么个有去无回，你这蛮子若是牙迸半个'不'字，可别怪罗帅管杀不管埋。"说完就把那苗人向导拖到崖边，使劲向下推。

第十一章
工兵掘子营

瓶山之巅的一道山隙下云雾缭绕,这道深不见底的天然裂痕,将山腹中的古墓暴露出来,如能直达地宫,将省却许多开山卸岭的麻烦。但瓶山古墓的传说流传已久,始终无人从中盗出宝货,当地土匪山贼曾数度想从地震震开的裂缝中进入古墓,大多为此送了性命,谁也猜不透这云雾下藏着什么危险。

罗老歪趁其他几人不注意,逼着那熟苗去绝壁危崖下一探古墓地宫,看看究竟是怎么个有去无回。当时的军阀就是天王老子,老百姓有句非常贴切的俗语,可以形容军阀的作风——"妈拉巴子是免票,王八盒子是护照",吃喝嫖赌都不付钱,完事了,一拍枪匣子扭头就走,要在山里杀几个草民,简直比捏死几只蚂蚁还要平常,又如何会将一介苗人的死活放在心上。

那熟苗被枪口顶在脑门子上,吓得当场屎尿齐流,双膝一软跪在地上,抱住罗老歪的大腿苦苦求饶。山巅的这道深涧,陡峭险恶,胆小的单是从高处往下看看,就觉得眼晕腿颤,哪里敢下去找什么古墓地宫!

罗老歪怎由他分说,拎死狗一样拽到崖边,正要用强将他踹下崖去,却见山腹中的彩雾忽然上升，深涧里好似过火轮车一般隆隆回响，震得松石皆颤，犹如天崩地裂。陈瞎子脸色大变，把手一招，叫道："是猪拦子，撤乎！"

其余几人见首领发讯快退，情知不妙，连罗老歪也顾不上那熟苗向导了，众人掉转了头，飞也似的向山下逃去，到了山腰方才站住。陈瞎子长出了口气："险哉，这山里果真有些名堂，深涧中的虹气根本不是墓中宝气，都是毒虫吐纳的妖靥，毒蟒、蜈蚣……此时还无法断而言之是些什么，但看这声势，只怕是已潜养百年的毒物。日头一偏，毒靥就从深处弥漫升腾开来，我等适才再多留在山巅片刻，此时早已中毒送命。"

罗老歪和花玛蜊等人闻言无不心惊，当时防毒手段落后，这伙杀人如麻的盗众不怕水火刀兵，唯独最惧毒气，而且不知是什么毒物吐毒，难有解药救治，一旦中毒就根本无法活命。在卸岭倒斗的切口里，有毒的古墓一律称为"乌窖"，"乌窖"即为猪圈。古时猪圈多在粪窖边，两下里气味混合，十分难闻，人人避之不及。倒斗的称"毒在乌窖"，乃为远避之意。这种暗语在清末民初之后不再使用，自古盗墓掘冢的卸岭力士死在乌窖中的早已不计其数。

罗老歪见山腹中有毒虫，却不甘心，问陈瞎子难道就此作罢不成。陈瞎子摇了摇头，装模作样道："山人自有妙计，不过此地非是讲话的所在，先回岭上再做计较。"于是趁着天色还早，带众人回到岭上的义庄里，群盗就将这死人旅馆当作临时指挥所。

当着陈瞎子的面，罗老歪虽没将那向导宰了，却也不能就此放他回去泄露军机，暂且扣下他充个勤务杂役，随军做些挑水扫地的差事。

苗人捡了条命，哪里还敢违拗这伙强人，手忙脚乱地在义庄里收拾出一间宽敞屋子，抬了一张破八仙桌和几把椅子摆进来。陈瞎子和罗老歪等人大咧咧坐了，用过了酒饭，连夜密谋起如何盗得瓶山中的大墓。

倒斗卸岭的魁首是陈瞎子，这些计划自是由他安排。经过白天的勘察，可以断言瓶山的山腹中，至少有三五处很大的洞穴，相互有甬道贯通连接。甬道口在地门附近，虽然隐蔽严密，但陈瞎子擅长"闻"字诀，可听风雨雷电来寻龙点穴，找到墓门的大概位置并不是什么难事，只要炸药足够，炸开几层地皮，肯定能扒出地下的墓门，但元墓深埋巨藏，正面卸岭破山，恐怕要耗费巨大的人力物力。

另外，山巅上那道裂缝深崖，裂开的时间少说也有两三百年了，两侧如同刀削斧劈，底下彩雾升腾，那毒气只有在阳光充足的时候才稍微减弱。山隙处虽然可以直通地宫，可是其中必有什么巨毒之物将古墓占为巢穴，从深涧里直接下去，就算能避过毒魇妖气，也必遭吞噬。

基于这些因素，陈瞎子觉得单凭卸岭之力难有作为，打算等搬山道人前来相助。不过花蚂蚓等人对搬山分甲术所知不多，认为都是些神乎其神的传说，皆属妄谈，根本当不得真。如今是枪杆子的天下，神仙难躲一溜烟，任你通天的本事，一梭子子弹打过去，也全撂倒在枪下了，难道世上还当真有"术"不成？

陈瞎子斥道："尔等井底之蛙，只知卸岭倒斗凭借人多势众，又兼会用些炸药土炮和千竿器械为辅，就敢小觑天下。当今世上除却那些散盗毛贼，盗亦有道之辈尚存发丘摸金、搬山、卸岭三支，摸金盗墓用'神'，卸岭盗墓用'力'，搬山盗墓却是用'术'，其机玄妙，神鬼莫测，大可搬山填海，小可飞度针孔，倏忽千里，往来无碍，岂能无'术'？"

花蚂蚓知道陈瞎子从不长他人威风，灭自家锐气，既如此说，定是对搬山道人的分甲之术极为看重，又觉瓶山古墓非同小可，才会主张以卸岭之力，配合搬山之术，两方伙同行事方为万全之策，当即拜服。

罗老歪在旁听完盗魁所说的方略，急得抓耳挠腮："我×他个奶奶，等那群杂毛老道从黔边回来，黄花菜也都凉了。这块到了嘴边的肥肉也当真难吃。"他舍不得让搬山道人在瓶山插一杠子，不管搬山道人是寻药还是寻珠，按道上的规矩，古墓里的明器至少有一部分得被分掉。卸岭盗众在三湘四水之间，随时都可以聚集几百名盗墓高手，而且他这坐第二把交椅的罗大帅手下还有几万人、枪。以这等实力，要挖开一座古墓竟然需要苦等那几个道人相助？传出去好说不好听，今后卸岭群盗的面子还往哪儿放？

罗老歪打着自家的如意算盘,劝说陈瞎子别等搬山道人了,还是单干吧,反正手下有装备精良的工兵掘子营,什么样的古墓挖不了?只要策划得当,不愁破不了瓶山,就算死伤千八百号当兵的也无所谓,反正这年头就是人命不值钱,只要有银圆有烟土,咱们扯起招兵旗,就他娘的自有吃粮人,当兵吃粮的人要多少有多少,不够还能拉壮丁。只要把瓶山古墓盗了,发上一笔天大的横财,咱们想要多少人、枪,就他娘的能有多少人、枪。

陈瞎子本就是个自视极高的人,可以前遇着凶险之时,曾被搬山首领鹧鸪哨救过两次性命,心中不免对此有些耿耿于怀,觉得自己始终比搬山道人逊色一筹。此时听罗老歪这么一吹风,稍一琢磨,也觉得言之有理。如果凭卸岭盗众单干,虽然会折损不少人手,但若真成就了这件大事,将来正好可以让鹧鸪哨那伙道士知道,陈某统率的卸岭群盗究竟是何等手段,当年在山上潜心苦学了多少寒暑,这种扬名立万的大好良机可不能失之交臂。

想到此处,陈瞎子已打定了主意,环顾众人说道:"诸位兄弟,卸岭群盗皆属赤眉义军之后,聚众结党,啸聚绿林,秉承祖师爷遗训,替天行道,伐取不义。余尝闻:'饥民果腹易子食,贵胄肉囊寝珠玉。'真乃是苍天无眼,苍生倒悬。今有瓶山古墓,内藏金珠无算,系以百姓血汗凝成,卸岭之辈正可图之,遍取墓中宝货,成就大业,以济乱世。"

历代卸岭盗魁都没有陈瞎子这般口才,把个盗墓的勾当说得堂堂正正、慷慨激昂,听得罗老歪等人目瞪口呆、好生佩服,当即纷纷献策,筹谋盗墓行动的种种安排。

陈瞎子先让罗老歪写了封调令,按上花押印迹,交给哑巴昆仑摩勒带出山去,让他火速将部队调来。在苗疆古边墙附近隐蔽埋伏的部队,一共分为三批,其中一伙将近百人的,都是湘阴的响马贼,属于陈瞎子直接统领的卸岭群盗;其余的就是罗老歪手下的两支部队,最大的一股几百号人,是所谓的"工兵营"。其实在这种杂牌军阀的队伍中,各种编制极不正规,大多数不会设立专业工兵单位,而罗老歪组建的这支部队,也根本不修工事排地雷,实际上就是专门用以挖坟掘墓的倒斗部队,都是挑选出来的那种胆大不信邪要钱不要命的，受过相关的训练，配备有卸岭的各种器械，还分配有不少骡马，用来负载炸药土炮石，或是运输盗挖出来的珍宝。

另外还有一支手枪连，成员都是罗老歪的亲信，相当于督战队。盗墓的过程中，要是有人想私吞宝货明器，或是开小差当逃兵的，一律就地正法，而且手枪连的士兵装备精良，一水的德国造，每人两支"二十响"，战斗力和火力都很强。

"二十响"和"大肚匣子"，都是德国毛瑟枪的俗称，最大的弹匣可以装填二十发子弹，是以得名。当时的中国由于辛亥革命之后军阀混战不断，国际社会对中国采取了武器禁运，限制中国军队采购冲锋枪和重机枪，不过军阀们为了加强自己部队的火力，自有他们的办法，钻了个武器禁运的空子。德国产的毛瑟枪属于自卫用手枪，不在禁运之列，可是这种枪口径大，射程远，杀伤力同样不小。枪上有快慢机，拨到快机上二十发子弹一扫出去就是一片，可以当作冲锋枪使，而且加上枪托增加射击精度，又可以作为卡宾枪来用。从各个方面来看，都是种非常实用可靠的单兵武器。

罗老歪靠盗墓发了财，所以他就装备了这么一支手枪连别动队，花大价钱请德国教官训练，由自己直接指挥统辖。这次来湘西猛洞河老熊岭盗墓，正好是在几路军阀地盘之间的真空地带行动，搞不好就会引发武装冲突，另外也要防止那些扛着汉阳造的工兵部队见财起意，突然反水，所以就把手枪连也特意调了过来。

陈瞎子的意思是从墓门和地宫两地同时动手，除了炸药之外，还让工兵掘子营带了大盆石灰和辰州砂，准备用这些东西来对付藏在岩缝里的毒虫巨蟒。哑巴昆仑摩勒领命去了，他本是山中野人，天生长胳膊长腿，全身筋肉虬结，两只脚底板全是厚厚的肉茧，活脱是只没毛的黑猩猩，翻山越岭如履平地，从老熊岭到苗疆边墙这点路程对他来说只是小事一桩。但工兵营携带的辎重较多，哑巴当夜出发，大概到转天傍晚时分，才能将部队带回来。

群盗部署完毕，当夜无话。转天天一亮，又命那向导带着众人到瓶山脚下走了一遭。此次二探瓶山，则是绕山而行。只见这座瓶山四周，除了古树参天，山缝中还有几道或清或浊的瀑布涌出，苗人向导说山里本无水脉，想是雨水大了，积在山腹里冲出泥石，泻出了这青冥之巅。

陈瞎子见瓶山中有积水，不禁暗暗皱眉，担心地宫浸水太多，雨水对古物侵蚀损害非常大，若真如此，冥殿里的明器可早就毁了，怕是要竹篮打水一场空了。不过听地寻龙时，闻得山中有数处城郭般大的地穴，中有甬道相通，即便有一两处浸了雨水，只消墓道中门户重叠封闭，必有相当一部分墓室是完好的，倒也无须忧虑。

一行人在瓶山四周摸排勘察，不断能见到一些石梁石坊，大抵都是宋元以前的建筑遗迹，在元代都被拆除损毁了。元墓没有地面建筑和石人石碑，但有些夯土封石的细微迹象，还是逃不过卸岭盗魁的眼睛。这些所在应该都是殉葬坑，里面不会有什么值钱的行货。陈瞎子边看边命手下的红姑娘将瓶山地形绘在纸上备用。有道是千尺看势，百尺查形。在山下观望时，由于人的视野有限，只可观形，难以辨势，所以绘成图纸，看起来更为详明。

整座奇形怪状的岩山虽然剥断险恶，但仍是占据阴阳之理，显得气势不凡。陈瞎子绕山转了一圈，时已红日欲坠，他不敢在密林中逗留太久，正要带人回义庄的临时指挥所，可走到一半，忽然在林中见到一片被挖开的空坟坑，里面地蚕、地鼠见人来了就被惊得纷纷乱窜。墓穴中都已长出杂草，竟是一片狼藉。见此情形，陈瞎子冷不丁想起一件事来，一把抓住那向导的领口，低声喝问："昨日你说瓶山里埋着尸王，却是什么道理？"

向导被陈瞎子问起此事，脸上神色突然变得比死人还要难看，仿佛大难临头一般："好教首领知道，山腹中万万去不得，那是任谁也不敢去的，咱们洞家都晓得瓶山是片移尸地啰。"

第十二章
移尸地

人死后装殓到棺椁里，下土入葬，倘若有机会再掘土启棺，不论死的时日远近，只要埋到瓶山附近，棺中的尸体就会不翼而飞。棺椁封土完好无损，绝没外人动过，可棺材里就只剩下一些陪葬的瓷瓶竹筷，死尸穿的凶服也原样摆着，扣子都没解开过，但硬是见不到一星半点的尸骸。

当地人有种传说，在元兵打过来之前，瓶山是给皇帝炼丹的禁地。除了这里地形奇特，是处天然的洞天福地之外，还有一个重要的原因是湘西辰州盛产朱砂，从中提炼出的水银是炼丹必不可少的原料，从延寿长生到房中术的秘药无所不炼，所以山中一年四季药气十足。

时间久了，瓶山岩石泥土里就得了能化尸消骨的药气，山里埋的尸体都只剩一股氤氲尸气，随着地脉之气流转移动，踪迹不定，故名"移尸地"。只有山腹中那元代将军的古尸是由于中了洞人邪术而死，僵尸难以腐烂，又得了墓中仙丹的药力，方才形炼成精。

据说自从古墓裂开缝隙之后，以往每隔几十年，就有人见到顶盔贯甲的僵尸在山中出没，都说是亲眼所见，并非虚谈。湘西赶尸风俗盛行，对僵尸为祟之说尤为相信。于是风传瓶山中埋有尸王，那些进山盗墓采药的都被僵尸和阴兵所害，所以人人谈之色变，哪个吃了熊心豹子胆敢进山腹中的古墓地宫？

陈瞎子闻言冷笑起来，他见多识广，又怎会被这些土人的言语唬住。移尸地的名头倒是听过，但那只是春秋战国时的巫楚传说，世上岂能真有移尸地？元墓向来深埋大藏，里面多有西域的方技防盗，陪葬品并不如中土的王孙贵族奢华，一直以来都不是大伙盗墓贼的首选目标。

可这瓶山所埋的元军统帅是殒命阵前，他剿灭七十二洞的苗人之时，掠获之物必重，再加上历代皇家在瓶山里供奉的珍异宝货，那地宫冥殿中所藏之丰，怕是不比帝陵差上多少。可这古墓形势独特，人少了却是动不得，而且地处偏远，消息隔绝，是以近代知道的人反而少了，否则早就应该率众前来倒斗，又怎等得到今时今日。如今机缘已到，看来正是卸岭群盗成就大事的机会。

陈瞎子盘算着自己这伙人是外来的，不太熟悉当地风物，没个向导难以成事，不能杀人灭口，但必须先让这向导安心，否则他说漏了嘴，煽动得军心涣散，可是非同小可，就对那熟苗说："不是陈某夸口，湘阴的人士，都知道我陈掌柜最擅捉鬼赶尸的方术，又兼秉性豪爽，专肯扶持好人，如今就打算率领一众手下为民除害，去除了瓶山中的僵尸，你若肯相助，少不得有你的好处。"说着塞给那向导十块大洋。

苗人向导见这位陈大掌柜出手豪爽，而那罗大帅瞪眼就能宰人，若有不从，当场便会横尸就地，这两位祖宗一个红脸一个白脸，谁也得罪不起。在这软硬兼施的局面之下，他想逃又逃不脱，为求自保身家性命，只好言听计从，即便是上刀山下油锅也得跟着，再不敢说个"不"字，当下穿过这片被山贼挖空了的陪葬坑，引着群盗回归老熊岭义庄。

反复几次踩过盘子、摸过局，陈瞎子已是心里有数，只等哑巴昆仑摩勒带着工兵营到来，即可着手行事。罗老歪等得好生焦躁，不断问陈瞎子地宫里的宝货是否可以车载斗量，那元代古墓中埋的元兵元将，是不是都是蒙古兵。

陈瞎子说这些天没白探访，得知了许多情由。这古墓虽然自清代就裂开了，但一来地形险恶，二来里面机关毒虫甚多，小股的盗墓贼难以得手，地宫中有九成九的可能是珍宝堆积如山，所忧虑者，只是担心风雨侵蚀严重。

另外，元朝兵将也并非全是蒙古人，当年元军扫平北国西域，南下之师和庚子年打进北京的八国联军差不多，皆是西域番邦的联军，其中也不乏投降倒戈的汉人部队，所以葬俗未必全然相同。他们将瓶山这块洞天福地造为墓穴，也是妄图镇住南朝的龙气。瓶山自古就是皇家禁地，本就有许多防止盗药的机关埋伏，封成墓室大藏之后，这些机括多半被保留了下来，稍后进山盗墓，对于此节却是不可不防。

说话间天已黄昏，薄暮时哑巴带了三股人马混编的队伍赶来，陈瞎子手下的百余盗众，虽是临时拼凑而成，但大多都是相熟的响马，虽杂不乱，习练有素。可罗老歪手下的部队基本上是乌合之众，这些被选入工兵掘子营的军卒，不是抽大烟的，就是嫖堂子的，再不然就是耍色子的，几乎个个都是要钱不要命的家伙，也只有他们才敢盗墓掘冢，毫无忌讳。

罗老歪是附近几股军阀的眼中钉、肉中刺，他这次离开老窝深入湘西腹地盗墓，根本就没敢声张出去，完全是秘密行动。他主要是担心别的军阀前来偷袭，另外盗墓之事毕竟名声不好，一旦传扬出去自己就成了众矢之的，所以也不敢带大部队，每次盗墓都是一个工兵营外带一支手枪连，而且在湘西老熊岭盗墓，务求迅速隐秘，完事了赶紧就撤，夜长梦多，整个过程最好别超过三五天，这不像是在自家地盘，可以打着演习的名义把山封了，愿意怎么折腾就怎么折腾。

陈瞎子见人马齐备，这人一多动静就大了，不可耽搁，必须尽快行动，当下命众人先以朱砂浸过的红绫系了左臂，以便三队人马相互识别，随后在义庄周围扎营，休息到子夜时分开拔。将近千人的队伍，在向导的引领下，牵骡拽马，带上许多的辎重，借着月色，浩浩荡荡地开赴瓶山。为了封锁消息，凡是沿途遇上的人，不问夷汉，尽数捉了，充作脚夫随军而行。第二天天刚蒙蒙亮，工兵掘子营就到了瓶山山口处的地门。

群盗并没有在山口处挖掘墓门，还是想来点省事的，直接从山巅的断崖上切入古墓地宫。山道曲折陡峭，马匹到了半山腰处就已经上不去了，只好将需要的物资都由脚夫挑了，长长的队伍沿着青石古道蜿蜒上山，从头里回首望去，犹如一条黄龙攀着古瓶向上蠕动。

当天上午瓶山云雾极浓，抬头看高处，恰似在云雾里，等到了高处，云雾又在脚下了。掘子营的工兵也都知道这是上山盗墓，要是打仗难免人人退缩，可做倒斗的事，等于去土堆里刨狗头金，何等的美差！最近几个月没发饷了，此时见终于有座古墓可挖，个个都摩拳擦掌，抖擞精神，争先恐后地跟着长官上山，山路虽然艰险，却也毫无怨言。

其实工兵营这几百号人，在倒斗之事上，主要充当苦力角色，真正起作用的还是陈瞎子那批手下。这百十名盗众，每人都背了一个大竹篓，里面装着卸岭群盗的独门秘器——蜈蚣挂山梯。这东西是一种按节组合的竹梯，卸岭群盗倒斗之时，凡是上山下洞，遇着艰难险阻，都离不得这件器械。

蜈蚣挂山梯拆开来，便是一节节小臂粗细的竹筒，材料都是最有韧性的毛竹，在油锅里泡过数十遍，曲成满弓之形也不会折断。每节竹筒两端，都有正反两面的套扣，筒身又有两个竹身粗细的圆孔，使用之时当中一根纵向连接，便是一条长长的竹竿，两侧再打横插入供人蹬踩的竹筒，顶上装有挂山百子爪，远远一看，活像一条竹节蜈蚣。

逢着绝壁危崖无法攀登，一人轮番使用两架蜈蚣挂山梯，钩在松石缝隙里，就可以迅速爬上绝险的峭壁。而且名为"挂山"，也并非只能用以攀山，"山"和"斗"都是古墓的代称，"山"就是指山陵，由于盗洞或是被炸药破坏的盗洞狭窄，盗墓者很难携带大型器械进入，可以分拆组装的蜈蚣挂山梯，分由众人携带在身上，就可以进出自如，不为地形所限。有些古墓是铁绳悬棺，为了防止地宫渗水，棺椁都用铁环在墓室中高高吊起，有竹梯为辅，就在倒斗的过程中省却了许多力气。这种蜈蚣挂山梯的原型，是从汉代赤眉军攻城使用的工具中演化而成，经数十代人千锤百炼反复修改完善，始成今日这般式样。

陈瞎子率众来至山巅，望到那裂谷里仍有彩雾升腾，只是近午时已自弱了许多。山里的毒蟒毒虫皆是生性喜阴，此时必是蛰伏不出，正可行事，就将手一招，命脚夫将一袋袋石灰倾入深涧。石灰包摔进谷底就破裂开来，里面装的石灰四溅沸腾，管它有什么凶恶的毒物，都吃不住这阵暴呛，即便侥幸不死，也必定远远逃开了。

但工兵营匆忙之间只准备了两百多袋石灰，抛下去时又被山风吹散，余下的想要铺满谷底，实在是有些杯水车薪，显得远远不够。

众人在山巅看到石灰不够，都急得连连跺脚，不过也该着他们此番功成，这阵石灰撒下去，还是起到了极大的效力，深处那阵毒蜃渐渐消失，只剩空空茫茫的白色云雾。陈瞎子打算先派三两个身手利索的下去探探，便问众人："哪个愿往？"

群盗中立刻走出两个精壮汉子，一个是赛活猴，一个是地里蹦，都是爬山钻林的好手。二人有心找个机会在盗魁面前一显身手，此刻便表示愿意下去一探究竟。陈瞎子赞了声"够胆"，就命他二人下崖。

这两人躬身领命，口中含了一块五毒药饼，拿着试毒的鸽笼子，腰间别了盒子炮①与腰刀，黑纱蒙上口鼻，拖着两架蜈蚣挂山梯。只见他们倒换竹梯，穿云拨雾，顷刻间就消失了身影。其余的人都在山巅的断崖边向下探望，替他们捏了把汗，这一去是死是活，就看这二人的造化了。

陈瞎子表面镇静，但现下吉凶难料，心中暗自忐忑不安，罗老歪更是不耐烦地掏出怀表来看时间。但一直等了许久许久，众人脖子都抻疼了，眼睛都瞪酸了，在上面连着高声招呼他们，可裂谷里却始终静悄悄的，不见任何动静，只有不祥的云雾越聚越浓。

---

① 盒子炮，又称驳壳枪，是毛瑟军用手枪。

第十三章
溶化

众人等得正焦躁间，忽地里一支响箭破云而出，裹挟着尖锐的鸣动，直射向半空，正是探墓的那两个人发出了讯号——山巅下的深谷里已无毒虿。

群盗欢呼一声，个个撸胳膊挽袖子，请缨下去盗墓。陈瞎子做了几年卸岭盗魁，深知如今这年月，可不是宋江那阵子了，若想服众，光凭嘴皮子可不行，除了仗义疏财，还要身先士卒、同甘共苦，盗墓的时候必须亲力亲为，不惜以身涉险，只有在手下面前显出真正的过人之处，这头把金交椅才坐得稳固。当即选了二三十个手脚利索的好手，由自己亲自率领，抬了蜈蚣挂山梯下去。

深谷里的毒物也许只是畏惧日光，或是暂时被石灰驱退，藏入了墓中的什么地方，现在全体入地宫搬运宝货还为时尚早，只有先带些精锐敢死之士，下去彻底扫清深谷里的隐患。

这几十人软绳钩和蜈蚣挂山梯并用，攀着绝壁，透云拨雾而下。松石缝隙里的碎石碎土，被竹梯刮得往下不断坠落，两边峭壁间距狭窄拢音，一个小石子落下去也能发出好大动静，耳中全是阵阵回音，石壁上又多有

第十三章 溶化

湿滑的苔藓，藤萝纵横，只要有个不慎，失足滑落坠下，或是竹梯挂得不牢，就会跌入深谷摔死。这是一种对心理和体力的双重考验，不过群盗都是亡命之徒，跟着魁首衔枚屏息，一声不响地往谷底攀去。

穿过几层云雾之后，光线越发昏暗，壁上渗着水珠，寒气逼人。盗众估计离地宫越近阴气也就越重，古墓大藏在望，反倒精神为之一振。当时在山里的照明方式，主要有燃烧竹片和点松烛火把，使用洋油的马灯不是谁都用得起的。不过盗墓贼除了备着马灯、汽灯之外，更有从东洋矿主手里购买的矿灯，反正五花八门，没有统一的装备。此时各自打开绑在身上的矿灯、马灯，一时间在潮湿昏暗的山壁上，仿佛亮起了数十只萤火虫，光亮星星点点，忽上忽下地起伏晃动着。

只有陈瞎子是双夜眼，并不需要灯烛探路，他当先下去，早已到了深壑尽处。瓶山山体上的这道裂隙，越到下边越窄，最狭窄的地方两人并肩就不能转身，虽然说是到了底，可裂缝切过山腹，还在继续向下延伸。

山腹暴露在裂缝中的是处大溶洞，洞内极深极广，只闻恶风盈鼓，虽看不到远处，却可以觉察到里面阴晦之气格外深重。一座重檐歇山的大殿正在裂缝之下，这大殿高大森严，铺着鱼鳞般的琉璃瓦，在山缝下已塌了一个窟窿，瓦下的木椽子都露了出来，上面溅着许多刚刚抛下来的石灰。洞顶挂着一层汞霜，看样子地宫里以前储有许多水银，因为山体开裂，早都挥发净了，只留下许多乌黑的水银斑。陈瞎子在木椽上轻轻落足，走到稳固之处，随即打个呼哨，想要联络先下来的赛活猴与地里蹦二人。

可地宫的大殿顶上云雾迷漫，哪儿有那两个人的影子。此时花蚂蚓带着其余的人陆续跟了下来，花蚂蚓看看左右情形，问道："大掌柜，怎样？"

陈瞎子道："是座偏殿。先前来探的两个弟兄下落不明，你等须放仔细些，先搜殿顶。"花蚂蚓知道地宫里危机四伏，急忙打个手势，群盗纷纷亮出器械，提了马灯，俯身贴在琉璃瓦上摸索着寻找失踪的两名同伙。

群盗散开来，排摸过去，从崩塌的殿顶一侧，直搜到另一边，不见一个人影。两个大活人就这么生不见人、死不见尸了，可不久前他们还从谷底射出响箭为号，倘若是在群盗下来的这段时间里出了意外，以陈瞎子的

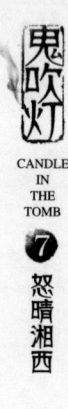

听力之敏锐，在这拢音的裂谷间绝不可能听不到动静，不禁心中暗骂撞鬼。这瓶山是座药山，不能等闲视之，古墓里无事也就罢了，一旦有事，必是狠的。想到这些，更觉地宫里阴森森的教人汗毛发奓。

到殿顶边缘，可见殿后洞穴都被石条砌死，四周布着些井栏回廊，还有湖石摆成的假山，犹如一座花园，凹处都积着许多恶臭的污水，并且堆积着许多朽木。洞顶上搭建了许多石槽，却不知是做什么用的。群盗见这偏殿的门户都被堵死，只好再回到殿顶崩塌之处。花蚂蚓扔了个寸磷下去，将漆黑的殿内烧得雪亮，只见殿堂内朱漆抱柱，金碧辉煌，比之皇宫也不遑多让，可寸磷只能照亮一瞬间，未及细看，就自熄了。

陈瞎子把手一招，立即有两名盗伙拖过一架竹梯，顺着瓦下的木椽窟窿挂了下去，有几个胆大的拎着德国造"二十响"，把那机头大张着，顺着竹梯下到殿内。

虽然明知空气流通，可为了防范毒虿，群盗还是带了鸽笼，里面装着白鸽。他们一下到殿内，那笼中的鸽子就好像受了什么惊吓，扑腾个不休。众人面面相觑，都把心悬到了嗓子眼，提着马灯在殿内一照，当即发现情况有异，忙请首领下来查看。

陈瞎子倒握了小神锋，带人从竹梯下来，只见先下来的几个盗伙，个个面无人色。原来这座偏殿里并无棺椁，紫石方砖铺就的地面上，摆放的都是盔甲刀矛、弓盾斧矢一类的兵器，还有数十套马鞍，真如仓库一般，想来都是阵亡元兵元将的殉葬之物，可往殿中一看，连陈瞎子都觉得后脖子凉飕飕的。

只见赛活猴与地里蹦二人的衣服鞋袜都平平地摊在地上，衣扣也未解开，他们带的鸽笼扔在一旁，笼门紧闭，不见任何破损，里面的鸽子却没了。陈瞎子和花蚂蚓等人见此情形，立刻想起了瓶山移尸地的传说，尸体入此山，即会化为一股阴气，难不成真有这等邪事？

陈瞎子心念一动，急忙命手下挑灯照明，用脚拨了拨那堆衣物，忽见小神锋刀光闪烁，心知不祥，殿中怕是有什么古怪，急忙环视四周，支起耳朵细听了一听，虽未觉有异，但肌肤上生出了一片片寒栗子，似在无声

第十三章 溶化

地催促着："快逃！快逃！"

陈瞎子遇过许多惊心动魄的事端，他身上对危险的这种直觉，是从一次次的死里逃生中拿命换来的经验，少说有七八成准，哪里还顾得上再看那些衣物，撮声口哨，率众反身就退。他本是身处殿心查看两个失踪盗伙的衣物，此刻转身后撤，刚踏出一步，忽觉背后有人抓他肩头。

陈瞎子虽不是惊弓之鸟，但事出突然，又万没料到有人敢拍他的肩膀，竟被吓了一个寒战出来，回头看时，更是惊骇无比。原来跟在他身后的花蚂蚂，不知怎的脸上全是脓水，好似全身淌满了蜡烛油。

花蚂蚂又是惊恐又是疼痛，口鼻中也流出脓水，话也说不出了，只好抓住陈瞎子肩头。就这么一会儿工夫，他伸出来的手臂血肉全部溃烂，连他自己也不敢相信，举着手放在眼前观看，就这么一眨眼的工夫，眼睁睁地看着手臂就像蜡体遇热般一寸寸化为脓水。

群盗惊骇欲死，不知所措，一怔之间，花蚂蚂的脑袋就已经烂没了，没头的尸身不及栽倒，就紧接着消解溶化掉了。一袭空荡荡的衣服落在当地，其中仅剩一大摊脓水，这活生生的一个人，就在瞬息之间"溶化"掉了，谁也没看清他是遇到了什么。

花蚂蚂是盗魁的亲信，在群盗中地位颇高，想不到遭此横死，直看得陈瞎子心中生寒，暗想："这蚂子莫不是撞着移尸地的阴气？竟如此邪门！"饶是他临机多变，遇此前所未闻的剧变，也难以应对，只能先撤出去再做处理。

正这时，阴森的殿内忽然"唰唰唰"一阵轻响，动静极是诡异，百余条花纹斑斓的大蜈蚣，都有四五寸长，腭口中流着透明的涎液，窸窸窣窣地爬到花蚂蚂的衣物中，吞吸那些脓水。紧跟着殿梁殿柱的缝隙里也钻出许多蜈蚣、蜘蛛、守宫之物，毒虫身上全是鲜艳花纹，奇毒无比。

原来瓶山的药炉荒废之后，遗下许多药草金石，时日一久，药气散入土石，引得五毒聚集。这些毒虫在古墓裂开后，将这阴宅当作了巢穴，平日里互相吞噬传毒，又借药石之效，都成了奇毒无比之物。它们的毒液碰到人的肌肤即会使人瞬间烂为脓血，只要是血肉之躯，毛骨筋髓都剩不下

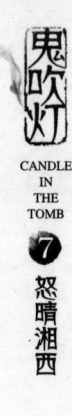

分毫。它们也常钻入墓中咬噬死人，将尸体化为脓水吸净。土人无知，都用移尸地来解释此种罕见的奇怪现象。

毒虫适才被石灰驱散，躲在殿堂和山壁的缝隙深处潜伏不动，此刻暴起发难，令人猝不及防。群盗一阵大乱，接二连三地有人中毒，毒液猛烈异常，只要溅上些许，身体就会顷刻化作脓水，溶化得七零八落，撕心裂肺的哀号惨叫之声，在混乱的大殿中不绝于耳。有人慌乱中扣动了扳机，殿内子弹横飞，顿时又有数人成了同伙枪下的冤魂。转眼间，跟盗魁一同下来的盗众就已死得不剩七八了。

陈瞎子身边的哑巴昆仑摩勒虽然口不能言，但心思活络，眼看这地宫里尽是五毒，容不得活人停留，急忙拽着主人陈瞎子退向殿角。他身躯虽然高大，却是趋退如电，这时要是径直攀上竹梯出去，必被身后赶来的毒虫吞噬，便猛地一扯蜈蚣挂山梯。

那竹梯坚韧牢固，竟被他扯断了一截，并将殿上朽烂的木椽子拽断了许多，上面的砖瓦石灰一齐落下，溅得地上白烟四起。蜈蚣之类的毒虫惧怕石灰，呛得狠了就会仰腹扭曲身亡，见石灰飞溅起来便都四散避开，露出一片空当。

陈瞎子等人遮住眼睛口鼻，避过这阵飞腾的石灰，瞥见竹梯毁了，想要夺路而逃只有从殿门出去，不料木椽脱落得多了，承受不住天顶上的一根横梁。这梁是"九横八纵一金梁"中的横椽之一，虽非主梁，也有数抱粗细，由于年久失修，常受风雨侵蚀，此时竟然"轰隆"一声，带着许多瓦片木块，从主梁上倾斜滑落而下，直照着群盗砸来。

这根横梁若是砸将下来，实有雷霆之力，纵然避过了，也会被逼入没有石灰的地方遭到毒虫围攻，使进殿之人个个死无全尸。哑巴昆仑摩勒早年贫苦流浪，受过陈瞎子的恩惠，暗中发誓要死心塌地地追随报效，此时救人心切，一把推开众人，扯开站桩的马步，使了个托塔天王的架势，张开蒲扇般的大手，竟是硬生生接住了落下的木梁，整个身子被惯性所冲，猛地向下一顿，纵是哑巴天生有昆仑神力，也觉得眼前一黑，嗓子眼发甜，险些吐出血来，胸前挂的马灯都被这股劲风带得差点熄灭了，拼着粉身碎骨，给首领陈瞎子留出了一条生路。

陈瞎子舍不得让忠心耿耿追随自己多年的哑巴就这么死在地宫里，想要回去接应他出来，但其余几个盗伙都知道哑巴死了是小事，首领性命才最为要紧。盗魁要是死在这墓中，卸岭群盗就是群龙无首的一盘散沙，此刻事急从权，也顾不上尊卑之序了，不由分说，舍命拽住陈瞎子，撞开殿门，将他向外倒拖了出去。

陈瞎子心如火焚，喉咙中似乎被什么东西堵住了，空张着嘴，想喊也喊不出来，他眼睁睁看着哑巴已支撑不住横梁重压，随时都会吐血身亡，可数条花纹斑驳的蜈蚣却早已先趁着石灰尘埃落定之机，游走着蹿上了他的双腿，恐怕不等他被横梁压死，就已先让剧毒的蜈蚣咬作一摊脓血了。

第十四章
腾云驾雾

　　陈瞎子见昆仑摩勒舍命相救，他们卸岭群盗都是做聚伙的勾当，最重"义气"二字，身为首领怎能只顾自己脱身？喉咙中低吼一声，摔开拖着他逃跑的两名盗伙，脚下一点地，直冲回大殿，抬脚处踢起一片白灰，将爬上哑巴大腿的几条蜈蚣赶开。

　　此时哑巴托举木梁，早已不堪重负，瞪着牛眼，鼻息粗重，见身为天下群盗首领的盗魁竟然冒死回来救援，心中好生感激，满是红丝的眼睛中险些流下泪来。不过，他被重梁压迫，根本无法抽身出来，片刻也难支撑，有心让首领快退出去，但苦于口不能言，只是直勾勾瞪着陈瞎子。

　　陈瞎子也不愧是一众盗贼的大当家，真有临机应变的急智，见有一截折断的蜈蚣挂山梯被丢在一旁，当即抬脚钩过来抄在手里。这竹梯可长可短，实际上也无截段之说，可以随意拆卸组装了继续使用，而且轻便坚韧，非普通竹制器物可比。

　　陈瞎子将竹梯拿在手中的同时，哑巴昆仑摩勒便已支撑不住，天崩地塌般地倒了下来，大木梁随即跟着下压。说时迟，那时快，陈瞎子将手中竹梯竖起，立在梁下，那木梁压到竹梯上稍微顿了一顿，竹梯韧性虽大，却承受不住这股巨力，只听"啪嚓"一声，这半架蜈蚣挂山梯登时裂成碎片，木梁轰然落地。

木梁下落之势，也就是这么稍一延迟，陈瞎子已乘机拽住了哑巴，使他从梁下脱身而出。牵一发而动全身，横梁的倒塌使得整座重檐歇山大殿出现了瓦解崩塌之兆，泥土碎瓦哧哧掉落。

陈瞎子拽了哑巴昆仑摩勒跃出殿门，对门外几个盗伙叫个"烧"字。那几人会意过来，急忙将马灯摔入殿内。马灯在朱漆抱柱上撞碎了灯盏，里面的洋油和火头淌了出来，大殿本就以木料为主体结构，被火头一燎，烈火顿时呼啦啦烧了起来，成群的蜈蚣都被烧死在其中。

陈瞎子趁乱查看哑巴是否受伤，这昆仑摩勒从阎王殿前转了个来回，犹如已经死了一遭，虽是熊心虎胆之辈，也不由得神情委顿，直到呕了一口鲜血出来，胸口里被重压窒住的一股气息才得以平复，对众人连连摆手，示意死不了。

群盗在古墓中放起火来，想要另觅出路。这殿门外是片花园般的庭院，也是昔时洞天中的一处古迹，不过那些假山园林中也藏有毒物，被殿中火势所惊，纷纷从岩石树根的缝隙中游走出来，瞧得人眼也花了。幸存的几个人被困在地宫中无从进退，只好互相打个手势，要从开始着火的大殿顶部，按原路攀着绝壁回去。

但其余几架蜈蚣挂山梯都放在殿顶，群盗虽有翻高头的本事，奈何大殿太高无法攀登。正急得没法子，忽见殿顶红衣晃动，原来是留在山隙处把风的红姑娘听到下面动静不对，便带着几个盗伙下来接应，眼见势危，急忙把竹梯放了下来。陈瞎子等人抓着了救命稻草，哪儿敢再在这极阴极毒的地宫里耽搁，攀着竹梯就火烧屁股般地逃了上去，真好比急急如丧家之犬，忙忙似漏网之鱼。

陈瞎子爬到殿顶，觉得脚下屋瓦颤抖，灼热难当，殿中火头想是已烧得七七八八了。想不到一盏茶的工夫，就有二十几个弟兄死在了这古墓的偏殿之中，心中不禁黯然。这次当真大意了，但谁又会想到地宫里有这么多蜈蚣，而且毒性之猛，普通的防毒秘药根本奈何它们不得，虽带了五毒药饼,也没起到丝毫效用。不过眼下生死关头,还不是懊恼悔恨之时,当即一咬牙关,带着众人伸展竹梯,从刀削般的绝壁上,直往山巅的出口爬了上去。

剩下的这几个人,用蜈蚣挂山梯前端的百子挂山钩锁住岩缝,或是直接挂住横生出来的松树枝干,几架竹梯轮番使用,在镜面一样的绝壁上攀援而上。这些人中就属哑巴昆仑摩勒最擅攀爬,越是险处,越是能施展他一身猿猱般的本领。他和红姑娘保在陈瞎子身侧,跟着众人越上越高,穿过白茫茫的雾气,已见到一线天光刺眼,眼看脱身在即。脚下则是云雾缭绕,往下看去心惊胆寒,饶是群盗贼胆包天,九死一生地逃到这里,也已是个个手软脚颤腿肚子打哆嗦,不敢再向深谷里看上一眼了。

陈瞎子更是心焦,身在绝险的古壁上攀爬竹梯,却是满心的不甘,见红姑娘递过挂山梯来,随手接过,搭在头顶的岩隙中,三倒两蹿就爬到了竹梯顶端,提气踏住竹梯,赫然见到眼前的青石缝里,生着一只海碗般大的红色灵芝。他心中正自烦乱,见是株悬崖绝壁上生长的灵芝草,想也没想,就伸手去采。

不料那灵芝被谷中的毒厉浸润,早已枯化了,空具其形,一碰之下,顿时碎为一团鲜红的粉末,在他面前飘散开来。陈瞎子心中猛地一动:"有毒!"在古墓地宫里,花蚂蚓全身化成热蜡般的情形,立刻在他脑中闪现,正所谓"一朝被蛇咬,十年怕井绳",一惊之下,全然忘记了处在深谷峭壁之上,只顾躲闪那团血红的粉尘,竟用脚猛地一蹬石壁,手中抓着的蜈蚣挂山梯也未放开,连人带梯离了石壁,等明白过来的时候也晚了,已然悬在了空中,忽地一声,直坠向云雾深处。

攀在陈瞎子下方的哑巴听到风声不对,急忙抬头看去,恰好陈瞎子从半空拖着竹梯落下。哑巴昆仑摩勒眼疾手快,赶忙将手中正拖着的一架蜈蚣挂山梯伸出,正搭在陈瞎子的竹梯一端,可哑巴管前顾不了后,虽然两架竹梯钩了个结实,他挂在山壁上的那架竹梯,却因用力过猛从岩缝里松脱了,两人做一堆又往谷底跌落。

陈瞎子和昆仑摩勒两人向下落了不到数尺,正巧石壁上有株横生在岩缝里的古松，两架挂在一起的竹梯被松树拦住。蜈蚣挂山梯都用特殊竹筒制成，韧性奇佳，两人各自抓住一端，被悬吊在了半空。两架竹梯顿时被下坠的重力扯成了一张弯弓。颤颤巍巍之际，两人身体就像是天平般摇摇晃晃地一起一落，四条腿在深涧流云中凭空乱蹬，想踩到山壁上凹凸不平的地方将身体稳住，但山壁上都是绿苔，一踩就滑出一条印痕，石屑绿苔纷纷掉落，情况危险到了极点。

不等二人再有动作，陈瞎子的竹梯前端百子钩就吃不住力，一声闷响折为两段，哑巴虽还挂在松树上，陈瞎子却再次向下跌落。这回再无遮拦，耳畔只闻得呼呼风响，脑中"嗡"的一声，在一瞬间变成了空白。但陈瞎子自小下了二十年苦功，练就了一身以南派腰马为根基的轻功，在这种千钧一发的危急时刻，那二十年苦功终于发挥了作用。

他下坠的过程中看到两侧山壁岩面间的空隙越来越窄，瓶山上的这道大裂隙马上就要到底了，好在面临奇险，心中还未乱得失去理智，非常清楚如果此刻再有迟疑，脑袋就先撞到石头上了。他身在半空中，将全身力量灌注于腰腿之间，把始终紧紧握在手中的蜈蚣挂山梯猛地打了个横，随着一阵竹子摩擦岩石的刺耳声响反复激荡，蜈蚣挂山梯用它的长度和韧性，硬生生横卡在了收拢的两道山壁之间。

陈瞎子吊在竹梯下边，感觉天旋地转，双手都被破损的竹坯割出了许多口子，加上刚才把蜈蚣挂山梯横甩之际，把胳膊挫了一下，差点没掉环，这时候好像两条胳膊已经和身子离骨了，除了一阵阵发麻，竟然完全不觉得疼。

这架蜈蚣挂山梯已经发挥了它自身数倍以上的功效，此刻已是强弩之末，他的身子再多悬一会儿，梯子非断不可，于是赶紧用尽最后一点力气攀回梯子，附近只有一块很小的凸岩可以立足，想也没想就立刻站了上去，张开双臂，平贴在冷冰冰的岩壁上，心中狂念了数遍："祖师爷显灵。"

陈瞎子缓了片刻，心神稍定，看了看前后左右，心想自己现在这是在哪儿？上下左右全是白蒙蒙的雾气，前后两侧是陡峭的山壁，下面还远远没到底，但看石山裂缝的走势，少说下面还有十余丈深才能合拢。由于上行下行之时，为求岩缝松石的缝隙挂山而行，并不一定是直上直下的方向，这回落下来却已远远偏离了那座古墓里的大殿。

山底的空气还有几分阴寒潮冷，石壁上尽是湿滑的绿苔，据他估计，距离大岩缝底部还有十多丈的高度，而且白雾中的能见距离只有十余步，纵有夜眼也看不清下面的地形。他拿鼻子一嗅，闻到古墓中燃烧的味道，算是知道了大致的方位，是离此十余丈开外。估摸这处山缝的最底下，不是乱石便是更窄的缝隙，跳下去等于自己找死，最要命的是蜈蚣挂山梯已经快散了，无法再用。

陈瞎子又向上望了望，在这深缝里根本不见天日，而且这里边还不大拢音，无法大声喊叫通知哑巴等人，上边的人往下喊他也听不到。绝壁上那唯一可以容身的凸岩又窄又陡，必须张开身体贴在山壁上才能立足，陈瞎子刚站了一会儿便已腿脚发酸，暗道不妙，就算有手下前来救应，等他们一步步攀到这里，黄花菜都凉了。

陈瞎子心中有数，如今已入绝境，自己最多能保持这个姿势在山壁上站一盏茶的工夫，到时候腿一软，就得一头栽到最底下去。在摔死之前自己可以有两个选择：第一是苦等救援，但远水不解近渴，不能全指望其余盗众能及时找到自己；另外便是凭着自己的身手，找到能攀爬的地方，攀岩下到大裂缝的底部，看看两侧有没有路可以出山。

稍一思量，他便已想明白了，要想活命还得靠自己，而且时间拖得越久越不利。他强忍着腰腿拉抻着的酸麻，望着附近的山岩，想找下一个立足点，但雾气太浓，稍远处全笼在雾中，只是在左侧的斜下方，白雾中若隐若现有个阴影，细加辨认，那东西像是长在山壁上的一株歪脖子松树。

陈瞎子为了确定那里是否承得住他，先抠下一块碎石扔将过去。石头打在树干上发出"啪"的一声响，然后又滚落下去，隔了许久才传上来石头落地的声音，复又掐算了一下距离，悬在半空不能助跑，直接跳过去的把握不大，但除了那雾中的歪脖子松树之外，四周都是近乎直上直下的山壁，再无其余的地方可以落脚，手脚已经越发酸麻，再耗上片刻必死无疑。

由于长时间保持一个姿势，陈瞎子的腿已经开始打哆嗦了。他咬了咬

第十四章 腾云驾雾

牙,决定孤注一掷跳到那株歪脖子松树上,闭上眼睛让自己尽量放松一点,拟先一步蹿出,踩到那架横卡在山隙间的蜈蚣挂山梯上,再跃向最远处的歪脖子松,这样是最为稳妥的,但前提是蜈蚣挂山梯还经得住他一踏之力。

体力和时间都不允许他再多想了,陈瞎子把生死两字置之度外,深深吸一口气,双手在壁上轻轻一撑,横着一步跨了出去,飞身提气踏向了蜈蚣挂山梯。这一下是开弓没有回头箭,拿自己的生命做乾坤一跃,决定生死的一步就在这瞬息之间跃了出去。

脚掌刚踩到竹梯,立刻猛地向下一沉,竹梯被踏成了一张弯弓,仅存的韧性把陈瞎子弹了起来,随后蜈蚣挂山梯"咔嚓"一声从中断开,落进了乱云迷雾深处。借着那一弹之力,他口中呼啸一声,全身凌空跃向云中的歪脖子松树。他已竭尽所能,猫腰弓身,双臂展开,耳边气流呼呼作响,整个人像是一只大鸟般落向斜下方的古松。可就在他将要落地还没落地的那一瞬间,随着距离越来越近,雾中的古松也越来越清晰,他看那乱云间黑乎乎的松树在微微颤动,好像根本不是什么松树。

陈瞎子心中大惊,但身体已经落下,他就是大罗金仙也不可能中途转折,还没等他看明白那原本以为是歪脖子松树的东西是什么,双脚便已踏到一处好似枯树皮的地方,身体也随即被下落的力道惯倒。

大裂缝越往深处光线越暗,而且底部白雾更浓,陈瞎子刚刚着地,还立足未稳,只见落足之处,是一层层黝黑发亮的甲壳,竟像一只大蜈蚣的脑壳!他没来得及再看,眼前就一花,"轰隆"一声腾云驾雾般迅速升向天空。

巨大冲击惯性使陈瞎子一个踉跄,哪里还顾得上看脚下的是什么东西!他手底下当真了得,双手死死扒住能着手的地方,面前百丈高的陡峭山壁飞快地在眼前晃过,身体被一股巨大的力量托了起来,穿破云雾,越升越高。

第十五章
惊翅

山巅上的群盗正自望眼欲穿,这时候,忽听下方山壁像开了锅似的"哗啦啦哗啦啦"一阵乱响,这几百号人都被突如其来的剧烈响声所慑,挤到崖边往下一望,都惊得张大了嘴,简直不敢相信眼前所见。

只见山隙深处的乱云浓雾被一团黑气冲得四散,一条一丈许长的大蜈蚣,从谷底飞快地爬了上来。这大蜈蚣以扁平之环节合成二十二节,头顶乌黑,第一节呈黄褐色,其余各节背面深蓝色,腹面暗黄,每节有足五对,生口边者变为鳃脚,钩爪锐利灵动。

最奇的是这蜈蚣背生六翅,三对翅膀都是透明的,犹如蜻蜓翼翅,全身冒着黑气,背脊上从头到尾有条明显的红痕,百余只步足分列两侧,须爪皆动,抓挠着近乎垂直的绝壁,恰似一条黑龙般"轰隆隆"游走而上。

更令众人意想不到的是六翅蜈蚣头上还趴着个人,那人身着青袍,背有鸽笼,臂上系了条朱砂绫子,衣襟红绫呼呼猎猎地随风飘动。不是旁人,正是卸岭盗魁陈瞎子。他抓着大蜈蚣头上的一对腭牙拼命扯动,大蜈蚣显然是受了惊,从深涧里卷着一阵黑风,沿着陡峭的绝壁冲上山巅。

这蜈蚣性喜阴凉,在白昼间潜伏在阴湿的谷底,有阳光的时候轻易不肯现身，谁知被陈瞎子误打误撞，竟然跳到了它的头顶，顿时惊得它蹿上山巅，竟也忘了吐毒，到得绝壁尽处，猛地鞠起腰来，首尾着力，一跳便有十余丈高。

留在山巅的盗众里面，也不乏见多识广的，但无论如何没料到从几百丈深的山缝中，会蹿出这么大一条蜈蚣。凡是蜈蚣之属，均以步足多少判定习性猛恶，混乱中来不及细数，但这蜈蚣的步足之多，足以到让人头皮发麻、发炸的程度。而且老蜈蚣活上百年才能生出一对翅来，它竟有六翼，这得有多深道行？

卸岭群盗以及工兵营和手枪连的军卒都带有枪，可见了这蜈蚣的声势都自骇得呆了，发一声喊，四下里散开躲避，谁也没顾得上开枪。不过如此一来，倒是救了陈瞎子的性命，否则乱枪齐发，他就不免被射成筛子。

可眼下陈瞎子的境地也好不到哪儿去。他被这蜈蚣向上迅速爬行蹿出的力量扯动，身体如同一只毫无重量的纸鸢，但知道一放手就得摔成肉饼。忽然阳光耀眼，蜈蚣竟是离开崖壁跃在了空中，它那三对翅膀只是摆设，从谷底狂冲上天，全借着受惊后乱窜而形成的一股巨大冲击力，见天光明亮，哪里还肯停留，在半空中一个转折，便摆头甩尾地落了下去，掉头遁入深涧，将一名攀在岩壁上的盗伙撞下了深涧，瞬时间就隐没进乱云之中，随着一阵爆炒盐豆般的抓挠墙壁之声止歇，六翅蜈蚣就此不见了踪影。

陈瞎子被这六翅大蜈蚣下落时从头顶甩落，翻着筋斗跌落在山巅的一株大树树冠上，好在那树枝繁叶茂，并未伤到筋骨。即使这样，他也觉全身疼得彻骨，摔了个一佛出世，二佛升天，脑袋里七荤八素的，全然不知天上地下。

罗老歪见那大蜈蚣遁入云深处，这才掏出枪来射杀了几名逃兵，收拢住部队，赶过去将陈瞎子从树上抬了下来。此时哑巴昆仑摩勒等人也爬上山巅，众人惦记首领安危，都凑过来看陈瞎子的死活。

罗老歪连着呼唤了数声，陈瞎子紧闭的双眼方才睁开，"啊"了一声，疼得他直嘬牙花子。刚才从下到上，又从上到下，几个来回下来，头都晕到家了，眼前金星乱冒，看什么东西都是重影的，缓了半天才怔怔地对罗老歪说:"罗帅啊……你怎么长了俩脑袋?"

罗老歪通过盗墓大发横财扩充军备的计划全指望着陈瞎子,此时见他无恙,自是不胜之喜,而且刚才人人目睹,陈瞎子站在蜈蚣头上飞至半空,又毫发无损地逃脱险境,那岂是寻常之辈能做到的。众人都赞叹道:"陈总把头,不愧是绿林道上的总瓢把子,真有通天的手段,今日亲眼得见,实令我等心服口服,愿誓死追随左右!"

陈瞎子惊魂未定,但卸岭魁首的风度却不能失了,勉强咧嘴笑了一笑,哆哆嗦嗦地抱拳说道:"承让,承让,英雄身后是英雄,好汉身边有好汉。若不是众兄弟义气深重,肯出死力舍命相救,就算陈某人有三头六臂,恐怕也活不到现在了。"

说着话陈瞎子就想挣扎着站起身来,可才发现两条腿像面条般发软,躯壳中三魂飘扬,七魄飞荡,又哪里站得起身。

罗老歪赶紧一招手,唤过几个手下,湘西山路多,即便是有权有势之人,出门骑马乘轿也都不方便,所以两人抬的滑竿比较普遍,就找了副滑竿把陈瞎子抬了,重整了队形,退回瓶山脚下。

直到黄昏,陈瞎子才算还了阳。这回盗墓出师不利,遭遇了前所未有的挫败,越捉摸越是不甘,有几分后悔没听搬山道人鹧鸪哨的话。但是身为卸岭魁首,率众盗墓无获,今后还有何面目与人说长道短?绿林道上命不值什么,反倒是脸面最为重要,可就算再带人进入地宫,也无非重蹈覆辙,那古墓里简直就是毒蜃的巢穴,单凭卸岭之力根本就没法儿对付。

正在陈瞎子犹豫踌躇之际,红姑娘在旁劝道:"如今远入洞夷之地,天时地利已失,何不暂且退回湘阴,徐图良策……"

罗老歪一听红姑娘劝陈瞎子退兵,那如何使得,不等她说完,就插嘴打断了话头:"且住,我罗老歪是行伍中人,图的是旗开得胜,最忌无功而返,既然带着弟兄们来了,空手回去怎么交代?干脆一不做二不休,从上边进不去,就从山底挖开墓门,一步步铺着石灰过去。这在兵法上叫'步步为营',虽是吃些工夫,却最是没有破绽,就算墓中有条六翅蜈蚣,我×他奶奶,老子叫手下几道排枪打过去,也管保射它百十个透明窟窿。"

第十五章 惊翅

罗老歪说完，正好看见红姑娘在晚霞中容颜之美，加上眉宇间英气飒然，实是明艳不可方物，忍不住又动了先前的念头。他知道红姑娘最大的心愿是在大上海重振月亮门的古彩戏法，便劝她道："咱们盗墓取财，就是为了在乱世中成就一番大业，将来等天下平定了，你罗大哥和陈总把头免不了封王拜将。到那时，你自是要去灯红酒绿的上海滩，凭妹子你这小身段和月亮门古彩戏法的手段，加上我不惜血本地来捧你，那真是要钱给钱，要人给人，一定捧你捧得红透半边天……"

罗老歪话未说完，脸上就中了红姑娘一记响亮的耳光，她出手如电，罗老歪脸颊被打得热辣辣地疼，歪斜的嘴角险些被这一巴掌给抽正了。罗老歪虽是自知刚才一时兴起，说走了嘴露出脏话，但自打他当了土皇帝般的军阀头子，谁又敢动他罗帅一根汗毛？不禁恼羞成怒，当场就想掏枪毙了这不识抬举的女子。

陈瞎子素知红姑娘性格刚烈，宁为玉碎不为瓦全，为了报仇，曾将仇人全家灭门，而罗老歪更是杀人不眨眼的草头阎王，这两人争斗起来可大为不妙，赶紧从中劝道："罗帅暂息雷霆之怒，慢发虎狼之威，愚兄擅会看相，早就观出你是胎里道①，只因早年杀人太多，在大德上亏失了些，致使仙骨渐微，不过将来功行透了，也必然有面南背北的时日。想这红姑娘也是有道骨的，刚才她这一巴掌，拍掉了你三年的晦气，看来罗帅皇图霸业指日可成，可喜可贺。"

罗老歪对陈瞎子的本事一向佩服，听他这么一说，也就信了八九分，色眯眯地瞪了红姑娘几眼，撇着嘴道："老子也是侠骨柔肠的性情中人，怎会跟弱女子一般见识。将来妹子手痒了，只管再来打过，本帅这张脸，根本就是为你长的。"

陈瞎子怕他再胡说下去，又惹出什么祸来。红姑娘绝不会是那种看你罗老歪手下有几万人马就不敢动你的人，她真恼起来就连皇帝老子也是敢宰。这两个一个有势力、一个有本事，都是卸岭魁首的左膀右臂，怎能让

---

① 胎里道，指没生下来就有道行。

他们自乱阵脚，于是赶紧将话头带过，部署二进瓶山盗墓的事宜。

如今看来，无论从山巅上倾倒多少袋石灰，也难以波及藏在岩缝地宫里的毒虫，再从绝壁下去还是照样得喂了蜈蚣，而且那条藏在深处的六翅蜈蚣，恐怕用石灰都呛不死它，只有乱枪齐发才能把它射杀。但大批部队无法从绝壁下到地宫，只能从墓道里进去，也只有按罗老歪说的法子，从墓道中步步为营切入冥殿。

首先是赶紧派人回去，加运所需物资，随后，又将其余的部队都部署在瓶山底下的地门附近，按陈瞎子的指示挖掘墓门。

陈瞎子利用他拿手的闻地之术，大致上规划了几个方位，都可能是墓道的入口，于是罗老歪指挥着工兵部队，连夜里挑起灯来挖掘。

到得中夜，山里忽然风雨如晦，雨势越来越大，天地间一片漆黑，只听得雷声滚滚。遇上这么大的雨，松烛火把是没办法点了，但在山脚下挖坟掘墓的工程也没有因此中止，众人用马灯照明，穿着斗笠蓑衣之类的雨具，在一道道惨白雪亮的闪电和如注的大雨中穴地寻找墓门。

当时，在民间普遍流传着一种观念：挖掘古墓的时候，如果遇到天象异常，这是墓中亡魂显灵的征兆。深山老林中风雨大作的情形，不由得不让人心生畏惧。工兵营里有些人胆小，就难免嘀咕起来，一面挖土，一面交头接耳地窃窃私语。

这个说："哥哥哎，这雨下得都冒了泡了，大概是墓里的孤魂野鬼知道有人来动它，哭着求饶呢。"

那个说："弟弟呀，你没看天上全是炸雷闪电吗？这哪里是怨魂哭号，肯定是坟墓中的厉鬼发怒，再挖下去，怕是要有厉鬼出来索命了……"

正说到心虚之处，就听雨中"砰砰"两声枪响，这俩当兵的倒霉蛋，都被罗老歪拿转轮手枪从后脑勺"点了名"，哼都没哼一声，就脑袋开花死在当场。

原来罗老歪拎着枪来回巡视，监督工兵营挖墓，正好听见这俩小子叨咕着闹鬼，顿时杀性大起，随手两枪结果了他们的性命，声色俱厉地喝道："都看清楚了，哪个再敢危言耸听扰乱军心，这俩就是下场！"

第十五章 惊翅

罗老歪这回动了真格的,那两个被当场枪毙的工兵,连尸体都不派人拖走,就摆在雨中让大伙看着。四周手枪连的百十号人,凶神恶煞般围着挖掘场,拉开一条条警戒线,手里的德国造"二十响"机头大张,黑洞洞的枪口随着视线转动。工兵们知道厉害,再也不敢多说一句,一队队地抡锄挥铲,顶着倾盆大雨闷头乱挖。

山脚的地门下被挖开了数条大沟,雨水淌了进去,快淹过施工者的头顶了,就让那些被捉来的山民用桶往外舀水,连番折腾了多半宿,终于挖出了一些东西。看见的人无不惊呼:"人头?西瓜?这么深的土里怎么会有西瓜?下面好像还有更多!"

第十六章
防以重门

　　陈、罗二人听那边的工兵一片大乱，说什么挖出了"人头、西瓜"，知是有异，便率众过去查看。此时天色将明，下了一夜的大雨也已停了，地门是在山阴处，地势高燥，流水周旋，雨停后便无积水再涌过来，但地上被工兵们挖得坑洼不平，除了稀泥便是污水。绕过几条施工的土沟，陈瞎子分开人群往内一看，也是大为诧异，不禁"咦"了一声，暗道："怪了！"

　　原来在地下十几尺深的地方，有许多西瓜一般的东西，也都有枝蔓藤叶，只是全深埋土中，瓜皮上凹凸起伏像是人脸，脸上点点斑斑的似有血迹。若是不知情的，冷不丁看见，难免会以为是土里的"人头"。

　　罗老歪用脚踏破一个，里面瓜瓤殷红如血，溅出好多的红汁，也不似寻常的西瓜瓢子，便低声对陈瞎子说："陈总把头，兄弟在湘西做过一阵送尸贩私的勾当，山区里古怪虽多，却不曾见过此物，如今挖到了不知是吉是凶。"他虽是杀人如麻的军阀头子，做惯了欺心的生意、瞒天的勾当，可毕竟是旧社会的底层出身，对冥冥之中的事情还是有几分惧意，觉得挖出人头般的瓜来，绝不是什么好兆头，故此一问。

　　陈瞎子从土中抱起一瓜，看了许久，才道："弟兄们有所不知，世上只有冬瓜、西瓜、南瓜，可为何没有北瓜？实则也并非真就没有，只是绝少有人知道。因那北瓜仅生在夷洞的穷山恶水之地，故此又唤作'尸头蛮'，是死者怨气所结，常产自地底，世上从不多见。如今挖出来的，就是泥土中的尸头蛮。"

早年间有种讲头，凡是屈死之人的鬼魂都往下走，比如吊死鬼脚下的地中，都会有一段黑炭；而被砍了脑袋的尸体地下，则会生出人头瓜来，是临死前一股怨气难灭，结而成物，一般在刑场和古战场里才有，挖坟掘墓却很少见到此物。陈瞎子遍识世间方物，虽是认得，却难断吉凶。不过瓶山附近本就是古时战场，七十二洞的苗人曾被屠戮无数，镇在瓶山下的亡魂定是怨念冲天，所以在地下挖出尸头蛮也并不奇怪，反倒说明山脚下阴气深重，离那墓门已不远了。

罗老歪虽是目不识丁、残暴成性的军阀，可也知道有些时候不能单凭枪头子说话。如今那些工兵见挖出异物，个个胆战心惊，必须稳定军心，以免开小差的逃兵越来越多。他眼珠子转了两转计上心来，又将一个人头瓜搬出泥坑，口里念道："桥归桥，路归路……衣服归当铺，东海哪吒都不怕……最怕年轻守空房啊……"他想把当年做送尸匠学来的那套咒语假意念几句来超度冤魂，以便让工兵们心中安稳一些，别耽误了盗墓的大事。

那些套口多年不用，早就生疏了，只好顺口瞎说，不料罗老歪刚胡言乱语了没几句，他捧着的那颗尸头蛮，像是活了一般，突然从他手中滚落下来，随即滚上了土坡。

群盗和一众当兵的无不骇异，罗老歪更是吓了一跳，当场一屁股坐倒在泥水里。在旁的陈瞎子手快，早把手中的小神锋挥出，将那尸头蛮一刀砍作两半，原来瓜中有条乌黑的蜈蚣，贪图阴凉寄身瓜内，此刻已在利刃下被斩成了两截。蜈蚣体内有指甲盖大小的明珠数十，这东西叫作蜈蚣珠，不可近人口鼻，但身上有疥癣毒痂的，用之在患处反复摩擦，可以拔毒，是种难得的药材。

罗老歪以为是夜明珠，忙让手下把地底的尸头蛮悉数挖了出来，挨个刨开来检验，却再无所得，不禁发了一场脾气，也没心思再做他的道场了。

他喝令工兵接着开工,今天不挖出瓶山古墓的墓门,就他奶奶的不准停下来歇息。

工兵掘子营的军卒,多数都是大烟鬼,挖了整整一夜,早就筋疲力尽哈欠连天,有几个实在支持不住犯起烟瘾来,当场瘫到了泥地上,就被立即拖到林中毙了。这杀一儆百的办法果然有效,其余的只好接着大铲大锄地开挖。

有话就长,无话就短,这一挖直挖到晌午时分,果然在那片生有尸头蛮的地下深处,挖到一座气度宏伟的大石门。

原来恰好昨天夜间风雨雷电交加,陈瞎子那套听风听雷的法门正得施展,在雷雨中听得地下回响不绝,断定了墓门就在山脚,只是埋得极深,一路挖下去必有所获。要是寻常盗墓的贼人,都无这等听穴寻藏的本事,否则就算把这几百名工兵累吐血了,也不可能这么快挖到墓门。

罗老歪大喜,吩咐给挖到石门的工兵,每人犒赏二两上等的福寿膏。说着话,他已和陈瞎子率领群盗走了过去,推开那些累得东倒西歪的工兵,只见暗青色的石门分作两扇,都有三人多高,横处也是好宽,犹如一座紧闭的城门。深埋地下的石门极是厚重,怕是不下三五千斤,门缝间隙处都浇灌着铅水铁汁,浇铸得严丝合缝,想用钢钎子来撬都没地方着力。古墓地宫甚大,虽然那偏殿没有什么珠宝玉石,可按照当地传说,当年道君皇帝供奉神仙的珍异之物,都藏在大殿的一口深井里。罗老歪贪心大盛,想到此处,只觉得喉咙发干,连咽了几口唾沫。

这时有眼尖的盗伙发现石门上凿有古字,拨净泥土一看,却不认得,卸岭群盗都是绿林响马,虽然其中也不乏有些肚中有墨水的,可毕竟学问浅薄,认不出刻了些什么古篆。但这好奇心是人人皆有,越是看不明白,越想知道是些什么内容,以往盗发了不少古墓,还真没见过墓门上有字的,这不合葬制。

这伙人里只有盗魁陈瞎子是饱学之人,常以满腹经纶典故自居,当此便被群盗请至前面,看那石门上的古篆。只看得一眼,陈瞎子心中就犹如十五只吊桶打水,动了个七上八下。原来墓门上的一行大字,并非什么碑刻篆书，而是一道墓主对发丘摸金之徒的诅咒。墓里埋的虽是蒙古人，可盗墓的向来都是汉人，所以这些字都用汉字刻成，是碑上的篆体，却不是古篆，内容是对胆敢动此阴宅的盗墓者，做了许多怨毒阴损的诅咒。

陈瞎子做的是卸岭魁首，平生专发各地古墓巨冢，向来都不相信盗墓会遭报应的这些鬼话，但站在墓道的大石门前，心中竟自觉得好生异样，不祥之感油然而生，隐隐感到这门后的幽冥之中，埋藏着巨大的危险，一旦破门而入，等待众人的将是一场噩梦。有道是"苍天在上不可欺，未曾举动先思量，万事到头终有报，只争来早与来迟"。盗墓的勾当干多了，纵然是横行天下的卸岭巨盗，也难免会有心里发虚的时候。

可开弓哪儿有回头箭，数百双眼睛都盯在陈瞎子身上，也不容得他有些许犹豫畏惧，这些念头只是一转，他便指着那墓门对群盗说："试读碑上文，乃是昔时英……这都是墓主的名讳官爵，刻在石门上正是那些西域番人的习俗，我等不必少见多怪。"

群盗听罢连连点头，在心中暗挑大拇指。罗老歪笑道："果然还是陈总把头有见识，这些鬼画符的鸟字，我就认不得半个。"说完点手唤过工兵营长："来呀，快给老子准备炸药，轰平了这番人的屌门！"

卸岭盗墓自古便是长锄大铲，挖开一墓就捣毁一墓，从不顾虑些什么，当即留下二三十名通晓埋设炮眼的工兵，让他们在墓门上凿出孔来炸门。那青石巨门坚硬厚重，一凿子下去只留一个白点，这种活不是一时片刻就能完工的，其余的乘机到林子里吃饭睡觉，养精蓄锐等着进墓倒斗。

到得下午，最后几个炮眼的爆破声响彻群山，几千斤的墓门终于被炸开了，只见墓门里隆隆不断地冒出许多烟雾，直到玉兔东升才停。群盗料定墓道里的晦气都已被山风吹尽，进去一探，叫了声苦，原来墓道深处都被石条堵死，那些石条都大得出奇，小的也有两百来斤。墓道里却不好用炸药强行爆破，只好再派工兵在石上凿出牛鼻孔来，以粗索拴了，赶着骡马向外强行拖拽，正所谓"牛牵马拽，无所不用其极"。

这一来颇耗时间，又费了一昼夜的力气，急得罗老歪抓耳挠腮，陈瞎子却早知道这种"斩山为椁、穿石做藏"的元代古墓就应如此，若没这般布置，这几百年来岂不早就被人盗空了，于是沉住了气，指挥群盗一步步地发掘。等把条石都运出去，又凿破了内侧的一道石门，长长的墓道才暴露在眼前。从这些巨石墓门的材料构造来看，都是拆了瓶山上的道观殿宇，将那些石阶石梁堵塞了墓道防止盗贼，而这段入口处的墓道，离地宫的冥门尚远，不知还有多少门户，其间少不了有些机关布置，当即吩咐众人，都须放仔细些，万万不可大意。

群盗一队队列在门前，有的背负了临时运来的草药袋子和石灰，用来对付墓中潜藏的毒虫毒蜃；也有的拖着一架架蜈蚣挂山梯，用来在古墓地宫里面逢山搭梯，遇水架桥；最前排的每人举着一大捆稻草，中藏九层皮革，上面都淋透了水，另外群盗都携有藤牌，用来遮挡墓中的伏火暗箭；罗老歪手下的部队也都吸足了大烟，枪中子弹上膛，只等首领一声令下。

陈瞎子见几百号手下站在墓道前，不免生出得意之情，这阵势虽然比不得当年几十万大军挖掘汉代帝陵，可也算得上可观。眼看已属日落西山的卸岭之盗，如今在自己的带领下俨然已有中兴之象，胸中豪气顿生，便朗声对众人说道："咱们也不是天生的响马贼寇，只因当今世道大乱，与其在水深火热里苦熬，还不如到绿林道中当回英雄好汉，做出些争气的举动来，也好教世人刮目相看。这墓道后的地宫里，都是殉葬的金银财宝，此等明器当真是墓中古尸之物吗？试问哪一件不是他们从民间搜刮得来？生前受用了，死后还要摆在身边一同朽烂，难道真以为头顶上那个老翁没有眼睛吗？如今正是天道循环，我等取之乃是替天行道，这便叫作'一报还一报'。诸位兄弟，能举非凡之事的必是豪杰，常言道，胆大能得天下，小心寸步难行，都放开胆子跟我倒斗去也！"

群盗应和一声，跟在盗魁身后进了墓道。罗老歪也拔出枪来，边走边替陈瞎子补充了几句，叫道："向前的个个有赏，退后的难免要吃老子的枪子儿。明器一件别留，都给老子搬回帅府去！"

陈瞎子善会看人面相，知道罗老歪虽然是个急性的活阎王，可他也是绿林道上混出来的，极是讲义气，又兼以后盗墓还得指望陈瞎子，想来不会做反水之事。此时他这盗墓成瘾、窥尸有癖的军阀头子要跟随前往地宫，

第十六章 防以重门

自然无妨，不过守在墓门外的一部分手枪连军兵，都由罗老歪的一个副官统帅负责，虽说是罗老歪的亲信，可也不大让人放心。他老谋深算，便命红姑娘带着一伙卸岭盗众留下，以免突生变故。

群盗用黑布蒙了面，一发拥进墓道。最前边的一排，是那些举着整捆长稻草、腰上挂着鸽笼的盗众，后边专门有人挑灯照明，火烛、马灯一应俱全。这墓道原本是炼丹仙殿前的穹顶甬道，古道宽阔平整，能通马车，两边每隔十数步，就都有华表般的石柱，约是一人高矮，原是放置灯盏照明之用。

最近山中雨水多，墓道里面略有渗水，在寂静黑暗的远处，发出滴滴答答的响声。墓门闭得久了，晦气难以尽除，众人又担心这段墓道里有毒虫机关，所以推进得格外缓慢。每向前一段，就在墙边的灯柱上留下灯火照明，见到墙壁上有裂缝的，就立刻用石灰堵住。

如此攒行了三四百步，墓道逐渐变宽，但群盗人多，仍不免觉得呼吸局促压抑，灯火也由于空气不好，显得十分昏暗。尽头是道朱红的砖墙，像城墙般砌严了墓道，并不见顶，下面有个圆拱形的城门洞，两扇带有铜钉的城门闭合得并不严密，门环却被铁链锁了。哑巴昆仑摩勒抄起开山斧，上前几斧子劈下去，就砸断了那些锁链。

陈瞎子抬手指了指前面，命人用蜈蚣挂山梯顶开钢钉门。几名盗伙将四架长梯探出，前端顶到门上勤力推动，两扇大门随着"嘎吱嘎吱"的锈涩声响，被缓缓推了开来。盗众们凝神屏气，都盯着这道墓门，不知里面是何光景。可这道墓门刚一洞开，就听里面发出一个女子凄厉的尖叫。这女人的惨叫声在拢音的墓道里听来格外惊心动魄，群盗脑瓜皮紧跟着都是一阵发麻。

第十七章
瓮城

群盗各持器械，密密匝匝地挤在墓道尽头的城门前，在陈瞎子的指挥下，探出几架蜈蚣挂山梯顶开了双门。城门刚开，就听里面几声尖啸，犹如女鬼凄厉的狂叫。有些当兵的，以前没参与过盗墓勾当，乍闻此声，吓得险些尿了裤子。可墓道中人挤着人，就算想逃也动不了。

陈瞎子却知那异常尖锐的声响并非什么厉鬼尖啸，而是空气迅速挤压产生的鸣动。那城门一开，已经触动了防盗的机关，就在那怪声响起的同时，陈瞎子立即把手一招，以竹梯顶门的盗众见到首领发出信号，呐喊了一声，急忙把蜈蚣挂山梯撤了回来。他们身后另有一排盗众，早将那些暗藏皮革的湿稻草捆推向城门，遮了个严严实实。

这时城中锐响更利，数十道黑色的水箭，带着一阵强烈的腥臭气息从门洞里面激射而出，落在草盾上，顿时哧哧冒出烧灼的白烟。原来这道墓门后果然有道机括，虚以门户，一旦墓门洞开，就会触动门后的"水龙"。这种水枪般的机关里装有毒液或强酸，若不防备，当场就会在墓门前被喷个正着，沾上一星半点，就会腐肌蚀骨，无药可救。

陈瞎子经过先前的探访，早知道瓶山的仙宫洞天里，自古就有防备贼人盗药的机关埋伏，后被元人造为阴宅，各种机关必定会被加以利用，是以提前有了防备。群盗队列前边的稻草都拿水浸透了，里面又装了数道皮革，每层中间夹有泥土，遇火不燃，遇硝难透，那些浓酸般的毒液虽然猛烈，却无法毁掉这看似简陋的草盾。

以草盾耗尽水龙里的毒液，又候了约有一盏茶的时间，黑洞洞的墓门后再无动静，想必是机括已尽。罗老歪用手枪顶了顶自己斜扣在头上的军帽，骂道："他妈的，好歹毒的销器儿！要不是陈总把头料事如神，咱这些弟兄岂不都被剃了头去？"他是做惯了响马的，满嘴都是绿林黑话，"销器儿"就是指机关，"剃头"是指送命，又恨恨地骂了两句，更是按捺不住心浮气躁，说着话就要率众进入地宫。

陈瞎子身为群盗首领，自然不敢有丝毫大意，赶紧拦住罗老歪，墓门后的情形还未可知，瓶山里怕不止这一道机关埋伏，大队人马不可轻举妄动，此刻必先派几个敢死之士，进这墓门后边探路。

卸岭群盗中果然有些不怕死的，当即站出五六个来，在陈瞎子面前行了一礼，便举着藤牌草盾，带上鸽笼药饼，捉着脚步进了墓门，其余的都站在墓道里候着。漫长的墓道中除了粗重的呼吸声，以及鸽笼里鸽子咕叫抖翅的声音之外，再无一丝动静。

没过多久，那五个盗伙便从墓门里转回来复命。原来墓门后是座城子，建在山腹之中，四周设有城墙城楼，里面是狰狞古怪的石人石兽，有数口大漆棺，还有一具石椁，都摆在城中，棺旁更有许多白花花的人骨，再没见有什么机关埋伏。而且城里面似有岩隙风孔，积郁的晦气虽重，对活人尚无阻碍。

罗老歪听见"棺椁"二字，禁不住心花怒放。"有钱不怕神，无钱被鬼欺。该着咱们兄弟发上一笔横财了！既没机关了，还等什么？等棺中之人诈尸吗？"说完自嘲般地干笑几声，带着部队就往里走。

陈瞎子却多长了个心眼，恐怕全进去万一有所闪失，会落个全军尽殁，一看进墓道的大概有两百余人，就让留下一半在墓道里接应，其余的进去倒斗，他自己也不得不和罗老歪一同前往。这其中也有些个不得已的原因：

卸岭之盗在几代前就已名存实亡了，好多器械和手段都已失传，直到民国年间出了陈瞎子这么一号人物，他博学广闻，天赋过人，逐渐又将那些失传的卸岭盗墓手段收集了起来，慢慢整理改进，带着绿林中的响马们盗了许多古墓。但卸岭群盗人数虽众，可真正懂得盗墓之辈却是屈指可数，所以许多时候都要盗魁亲自出马、临场指挥，盗伙中再无第二个人有他这身本事。

陈瞎子带了六十几个卸岭贼盗，罗老歪则带了三四十号工兵和手枪连的亲随，也都是卸岭中人，这一伙百十个人拖着蜈蚣挂山梯进了古墓的地宫。一进城门洞般的墓门，里面地势豁然开阔，群盗按照古时卸岭阵图，结为方阵，陈、罗两位当家的被簇在中央，四周将竹梯横了，挂上一串藤牌防御，缓缓在地宫中移动。

群盗用长竿挑着马灯向四周一探，果然如同探子所报，这座修在瓶山山腹中的地宫，四周城墙森严，城上还有敌楼，哪里像是道宫洞天，分明就像座山洞里屯兵的城池。三面城关紧闭门，相对而言，这山腹中的城子空具其形，城中没有殿阁房屋，比真正的城池规模可小得多了，如同微缩的模型城防，不过修在大山的洞穴里，却也十分不易。

群盗落脚处，遍地白骨累累，骨骸大多身首分离。看那些头骨上的铜环银饰，就知道都是七十二洞的苗人。这情形在常年盗墓的卸岭之辈看来并不稀奇，想必是这些俘虏被逼劳役，将道宫改为冥殿，然后其中一部分便被屠灭在此。元军残暴成性，瓶山里像这样的地方怕是还有若干处。

嶙嶙白骨间有些道观里供奉的铜像、石人，摆放得杂乱无章，狰狞的金甲神人怒目瞪视，盯着遍地尸骨和走进来的盗墓贼，就连罗老歪这种杀人如麻的大军阀，身处其中也不免觉得肝胆皆颤。不过罗老歪和陈瞎子一样，骨子里都是天生的狂人，野心勃勃，想要做一番横扫天下的大事业，虽然心中有些惊惧，表面上却毫不流露。

群盗结了"四门兜底"的方阵，小心翼翼地推进到城中。这里静静地摆放着九口漆棺，都是闭合严密，彩漆描金，棺板上嵌着许多玉璧，一看就是奢华显贵之人的棺椁，凡夫俗子受用不起。中间一具大石椁却是古朴无华，厚重敦实，没有什么装饰纹刻，但被九具漆棺群星拱月般围在中间，足以说明它的尊贵。

陈瞎子望望四周，城墙般的墓墙上漆黑空寂，重门紧闭。这里没有毒虫出没，而且散落着大量的洞人尸骨。从这地下城郭的规模、方位、特征上来判断，应该是前殿，距离正殿和配殿还不知有多远。瓶山古墓中的地宫大得惊人，也不知这些漆棺石椁里葬的是些什么人物，料来不是正主儿。看漆棺上的描彩，都是灵芝、仙鹤、梅花鹿和云海松山，绝不是元人葬尸的风骨，有可能是以前道宫洞天里高士藏"遗蜕"的棺椁。

得道之人死后的尸体称作"遗蜕"，不过里面盛殓的尸体是元将还是道士，可就不好说了，而且如此摆放的棺椁从未见过，莫非是什么阵符？陈瞎子满腹狐疑，怎么看怎么觉得诡异古怪，眼珠子盯着漆棺石椁转了几转，拿不定主意是不是要动手"升棺发材"。

罗老歪虽是掌控几万人马的大军阀头子，但他出身绿林，和陈瞎子是结拜兄弟，即便是当了掌权的大总统，在绿林道上也始终比陈瞎子矮上一头。江湖上最重资历地位，而且就算他人马枪支再多，其势力也仅占据一隅之地，离了他那块地盘就都是别人的天下。但陈瞎子却是绿林中的总瓢把子，有字号的响马子皆是他的手下，黑道上贩私的生意十有七八都姓陈，没卸岭盗魁的支持，罗老歪单凭心黑手狠也不可能发家成为军阀头子，所以罗老歪对陈瞎子一向言听计从，看起来他们之间像是平起平坐，实际上盗魁若说煤炭是白的，他就绝不敢说是黑的，绿林道中的等级森严，不是寻常可比。

不过罗老歪看见如此奢华精美的大漆棺，里面说不定有什么金珠宝玉的明器，心里犹如百爪挠心，实在熬不过了，不等卸岭盗魁下令，就让手下的工兵上前，动手撬棺。

陈瞎子正盯着城墙上一片漆黑的敌楼。那敌楼就是一种带瞭望孔的砖楼，建在城墙上可做箭楼，也可观敌。他越发觉得不对，敏锐的直觉感到这城中有股极危险的气息。古墓中本就应该一片死寂，可敌楼上的那种寂静却令人觉得不安，这种细微的变化除了他之外别人全都察觉不到，就像

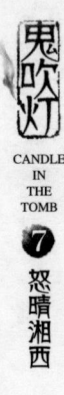

经验丰富的老狐狸察觉到了猎人陷阱。可被群盗拥在正中，众人气息杂乱，他一时也辨不出敌楼中藏的是什么怪味，不免稍微有些出神，竟没留意到罗老歪已经让人去撬棺材。

群盗见陈瞎子不说话，谁也不好阻拦罗老歪，工兵都带着长斧大铲，要撬些棺椁还不容易，当即十几个人随罗老歪出了方阵，有拔命钉撬石椁的，也有抡着开山斧砸漆棺的，"咣咣咣咣"的响声在空寂的地宫里回响着，震得人耳骨嗡嗡生疼。

陈瞎子正要招呼两个手下，架上蜈蚣挂山梯去城上再探查一番，可忽然听到开棺的动静，猛地一怔，立即叫道："停手！这棺椁动不得！"

可为时已晚，那边一众工兵也已发现了漆棺石椁不对劲，棺椁墓床竟然都是虚的，也不知是触碰到了什么机关，猛听入口处"轰隆"一声巨响，藏在城墙中的千斤闸就已落了下来，把群盗的退路封了个严严实实。

罗老歪还没明白过来是怎么回事，忙问陈瞎子这是发生了什么情况。陈瞎子听见断龙千斤闸落下，肚肠子都快悔青了，咬牙切齿道："此处根本不是古墓地宫，而是墓道里的瓮城陷阱，吾辈中计矣！"说话声中，就听那敌楼中流水般的机括作响，四周城墙上弓弦弩机大张之声密集无比。

第十八章
神臂床子弩

陈瞎子以前率众倒斗，从不曾失手一次，对自己"望、闻、问、切"的手段向来非常自信，可有道是善泳者溺，淹死的从来都是会水的。他以"闻"字诀听出地下有几处城郭般大的空间，满以为挖开了墓道、墓门，挡掉地宫入口的毒液，就可以直捣黄龙了，岂料却托大了，这回真是进了一条有来无回的"绝路"。

此时也无暇判断是否是工兵们砸撬棺椁引来的城中机关，那断绝来路的千斤闸轰然砸落，只听瓮城敌楼上的机关流水价响成一片，四周黑漆漆的城墙上弦声骤紧，这突如其来的动静搅得群盗神经迅速绷紧。

陈瞎子知道这是墓中的伏弩发动之兆，瞬息间便会万箭齐射。他能统领天下盗贼，自是有过人之处，临此险境反倒镇定了下来，自知众人若是乱逃乱窜，都是有死无生，只有固守待便，寻个破绽，或许还有生机。陈瞎子顾不得再同罗老歪仔细分说，急忙打声呼哨，招呼群盗稳住阵势，竖起藤牌草盾防御。

群盗齐发声喊，在方阵四周竖起藤牌，阵内的则将藤牌草盾举在头顶遮拦。古墓中伏火毒烟十分常见，卸岭器械无论是梯是盾，都用药水浸过，

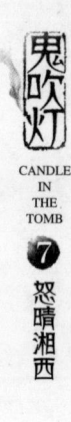

能防水火，当下将阵势收紧，护了个密不透风。

罗老歪带着几名工兵离了方阵，他们看到群盗竖起藤牌，将那阵势护得犹如铁桶一般，又听城头机簧之声密密层层，也知道大事不好，飞也似的往阵中逃去。陈瞎子也指挥群盗向他们靠拢，几乎就在同时，四面城墙上的乱箭就已攒射下来。

箭雨飞蝗，有几名工兵脚底下稍慢了些，当场就被射翻在了地上。罗老歪是在死人堆里爬出来的人物，见得势头不妙，便专往人缝里头钻，把手下几个弟兄当作活盾牌，总算挣扎着逃回了卸岭群盗的四门兜底盾牌阵，没伤到半根毫毛。

陈瞎子被群盗护在中间，听得四下里箭出如雨，射在藤牌上纷纷掉落。箭镞弩矢虽然年代久远，可那劲力仍是惊人。他暗自叫苦，转念又想，这阵箭雨虽是厉害，但将盾牌护住了四周，便是水泼也不得进，只消拖得片刻，城上机括总有耗尽之时，若不是卸岭群盗人多势众、器械精良，恐怕也难脱此厄。

不料刚有这些许侥幸的念头，就觉得火气灼人，原来有些箭矢中藏着火磷，迎风即燃，城中累累白骨中又藏了许多火油鱼膏，顿时被引得火势大作，如同烈焰焚城。群盗陷身火海，不由得阵脚一阵大乱。陈瞎子急忙让外边的弟兄只管挡住乱箭，里面的把蜈蚣挂山梯探将出去，推开众人身边的白骨，将火墙推远。就这么稍微一乱，盾阵露出间隙，立刻有几名盗伙中箭带伤，箭镞都带倒刺，入肉便无法拔出，疼得杀猪般叫个不停。

卸岭群盗虽然将附近的骨骸推远，可脚下仍是着起火来，原来地下埋着易燃的油砖，但这种油砖中的火油已经挥发了许多，燃烧的势头并不强烈，饶是如此，也足能烧黑了脚底板。陈瞎子大骂："元人恁般恶毒，真想赶尽杀绝啊！"眼看火头愈烈，灼得众人连喘息都觉艰难，好像嗓子里面快冒出火灰来了，只要有人胆子稍怯乱了心神，阵势就会散开，进入瓮城的群盗有一个算一个，谁也跑不脱，就算不被烧死，也得被活生生射成刺猬。眼下能不能固守一时三刻，就是生死存亡的关键，陈瞎子当即不敢怠慢，连忙吆喝一声："众兄弟听我号令，扎楼撒青子！"

第十八章 神臂床子弩

群盗被烈火逼得难耐，好似一群热锅上的蚂蚁，正要一阵大乱，忽听盗魁下令架起竹梯塔来，幸得群龙有首，忙不迭地将数架蜈蚣挂山梯撑在一处，在那火势最弱的大石椁上方，搭起了一个简易的竹塔。阵势收圆，各自手举藤牌，顶着乱箭攀在梯上，离那灼热的地面稍远一些，惊慌失措的盗众才渐渐稳了下来，但如此一番腾挪，又不免折了数人。

这时箭雨都集中在排列棺椁的区域，对准这处火势最弱的地方攒射不停，好在机弩角度固定，摸清规律后竟能抵挡得住。然而蜈蚣挂山梯架成的竹塔四周都是一片大火，群盗好似被困在了火海中的一座孤岛之上。陈瞎子借着火光，乘机向敌楼上望了一眼，不看则可，一看真个是面如死灰。

只见城头上架满了机弩，后边站着无数木人，那些木人都和常人一般高大，构造十分简单，身上罩的盔甲袍服都已朽烂了，木桩般的脑袋上，用油彩绘着面目，瞪目闭口，神情肃然，分作两队，不断重复着运箭装弩、挂弦击射的动作。敌楼中有水银井灌输为机，那些水银一旦开始流转，就会循环往复不休，直到弓尽矢绝，或是机括崩坏为止。

陈瞎子先前闻到敌楼中气息有异，正是那楼中藏有水银井的缘故，可未及细辨，就已触发了机关埋伏。原来在修仙炼丹的黄老之术中，铅汞之物必不可少，历代求仙的皇帝之所以选择瓶山作为炼丹之所，其中一个很重要的原因就是辰州盛产朱砂，辰州砂可提炼最上等的水银。湘西盛产水银，但毕竟洞夷杂处，自古以来就多有民变发生，道君皇帝担心仙丹炼出来被乱民夺去，所以秘驻禁军镇守，经营久了，就在山腹里造了一道关隘。

宋代重文轻武，指挥使都是纸上谈兵的无能之辈，在军事上没什么真实见识，只求应付皇差，哪里去管这道城关是否能发挥什么军事作用。而且宋徽宗自认是赤脚大仙下凡，平生最喜欢方技异术，御前有个受宠的多宝道人，自称擅长机簧之术，效仿诸葛武侯的木牛流马，发明了许多机关器械，都被皇帝用于军中。

又因元代贵族最忌怕被人倒斗，墓主和盗墓者之间不共戴天，是一场死人与活人之间的残酷较量，说是决斗也不为过，因为谁落到谁手里都没好下场。墓主尸体被卸岭之辈得了，必是敲齿掏丹、裸身刮玉、剥皮撸环、抠肠寻珠，纵是焚体之刑，也无如此之酷；而墓主设下的防盗机关，也多是阴险狠毒，细数那些伏火焚烧、流沙活埋、巨石碎骨、腐液毒噬的机关埋伏，此中何曾有些许容情之处。

那一时期非常流行虚墓疑冢，所以元代多有移尸地之说，实际上都是迷惑盗贼耳目的假丘，造得也是力求乱真；棺椁明器不惜工本，一旦被破，就以为墓主早已飞升仙解了，也就无人再去追究真正的墓室位置。

瓶山地门中的墓道，直通这陷阱般的瓮城。如果盗墓贼凭借牛牵马引挖到此处，不是大队人马根本难以做到，就将这道拱卫仙宫的城关造成了虚墓，隔绝了与真正墓室连接的通道，利用原本的机关加以改装，竟成了护陵的鬼军，务求将胆敢进来倒斗的贼人一网打尽，是一处阴险的虚墓陷阱。

陈瞎子又并非真正能掐会算，而且他过往的经验，都无法用在瓶山这道观仙宫改建的墓穴里，他便是猜破了头，也想不到竟是如此。此时他若有所悟，不禁觉得骨头缝里都冒凉气。那些木人机弩虽是死物，但皆能活动，弩机一尽，就有木人运箭装填，也不知城上储了多少箭矢，射到几时方休。城中火势蔓延，困在竹塔上时间一久，就只这灼热的气流便教人难以承受。

这些乱箭火海的机关埋伏，在真正的战阵攻守中，也许并不能起任何实际作用，可卸岭群盗进来是盗墓的，却不是来攻城拔寨的，再加上事先全未料到，一上来就失了先机，难免落了下风，百余号人被困在竹塔上苦苦支撑。

此时罗老歪也定下了神，他本是悍勇狠辣的太岁，可是眼见四面城上都是怒目圆睁的木人，他又哪里知道什么机簧动作之理，还以为真是墓中守陵的阴兵来攻，额头上冷汗直冒。但他悍匪的性子发作，怎管它许多，就算真进了森罗殿，也欲作困兽之斗，便命手下对着城头开枪射击，他自己也抽出双枪左右开弓，一时间枪声大作，子弹横飞。

城头的那些木人，木质紧密异常，构造又十分简单，木料历久不朽，且不易损毁，就算被子弹击中，也难对其行动产生太大影响，而且局面混乱不堪，罗老歪等人在枪林箭雨中一通射击，也难判断有没有击中目标。

但他红了双眼，顷刻间就将两支转轮手枪的子弹打光了，又自咬牙切齿地装弹开枪，结果动作幅度稍大了些，头顶的军帽被城上一箭射落，吓得他急忙缩颈藏头，大骂那些阴兵鬼军的祖宗八代。

陈瞎子按住罗老歪，让他不可造次。陈瞎子抬眼瞥见城上敌楼，心中一转，只有将那敌楼中的水银机括毁了，止住这阵箭雨，才能有脱身之机，但要在乱箭中攀上城头，却又谈何容易，就算避得开一阵紧似一阵的飞蝗箭雨，可城内到处是烈火升腾，谁有本事飞过火海？

陈瞎子看了看脚下的蜈蚣挂山梯，心中有了些计较。他逞一时血勇，正待冒死一试，却忽然被哑巴昆仑摩勒拽住。原来这昆仑摩勒并不是天聋地哑，他口不能言，但耳聪尚在，又追随在陈瞎子身边多年，见了首领的神态，已明其意，连忙打个手势，要替陈瞎子赴汤蹈火，攀到城头上毁了那灌输水银的敌楼。他用巴掌拍拍胸膛，瞪眼吐舌，作势抹个脖子，他那意思大概是说：哑巴这条命就是盗魁的，死又何妨？

陈瞎子知道昆仑摩勒是山中野人，其身手矫捷异常，不是常人所及，要是他去，或许能有成功的机会。他可以撑着竹梯纵身越过火海，只要到得城墙底下，便是弩箭射不到的死角，此刻脚下已是灼热难当，事不宜迟，就对哑巴点了点头，命他舍身上城。

可还没等哑巴昆仑摩勒有所行动，忽听得四周高处传来一阵绞弦之声，木人张机搭弩的弦声虽然密集，都没这般剧烈，群盗附在竹塔上听得心中寒战起来，不知又是什么作怪。

蓦地里一声绷弦巨响，尖锐的破风声呼啸而来。众人抬眼一张，都惊得呆了。一支人臂粗细的大箭，来如流星，势若雷霆，夹着一股金风，从城头的一架巨弩中射出，奔着群盗聚集的竹塔直掼下来。

盗众里有博物的，识得那是古时军阵上使的神臂床子弩，就连夯土墙也能射穿，可群盗在烈火乱箭中根本无法躲闪，而且床子弩势大力沉来得太快，看见了也来不及闪躲，那一支巨弩眨眼间就到了身边。首当其冲的一个盗伙，猛然见了这等声势，连叫都来不及惊叫一声，只好硬着头皮以藤牌硬接。

藤牌防御普通的弩矢攒射尚可，但对射城用的巨型床子弩而言，无异于螳臂当车。三棱透甲锥的箭头将藤牌击碎，掼得那名盗伙对穿而透，余势未消，又将他身后的两名工兵穿了，血肉破碎中射作一串钉在地上。竹塔上硬是被豁出了一道血胡同，乱箭射入，接连有人中箭摔下竹梯滚入火中，哑巴昆仑摩勒也中了数箭。

余人骇得呆了，被射穿的那几具尸体，溅得罗老歪满脸是血，不等群盗堵上被强弩射穿的缺口，城上又是连绷数弦，几支床子弩应弦飞出，分别从不同的方向劲射而来。罗老歪脸上都是热乎乎的人血，刚抹了一把，就见眼前寒星一闪，还没等他看清楚，那硬弩破风，早已经射至面前。

第十九章
无限永久连环机关

床子弩是古时战争中的利器，弩架形状如同木床，分置前、中、后三道强弦，弩床后有两道绞轮拽弦，势大力沉，专射那些在寨栅、盾阵、土墙后藏身的顶盔贯甲之辈。北宋的死敌金国兵将，对此类硬碰硬的强弩尤其惧怕，皆称其为"神弩"，丧在其下者难以计数。不过神臂床子弩绞轮动作缓慢，所以比普通的弩机慢了一阵，但此刻四周城墙上隐藏的十余架神臂床子弩，逐个被机括灌输发动，几支神力弩呼啸着射将下来，顿时就将卸岭盗众勉强支撑的阵势击溃。

陈瞎子见一支神弩径向罗老歪射来，那罗老歪满脸是血，哪里看得清楚面前的情况，若被射中，立刻就会被穿个透心凉。罗老歪是陈瞎子一手扶植起来的军阀，自然不能让他在此丧命，情急之下，只好一脚踹出，把罗老歪在竹塔上踢了一个跟头。

这一脚虽在间不容发之际救了罗老歪的性命，可那神弩来势极快，劲风掠过，正从罗老歪肩头飞过，他肩上的皮肉被弩尖带出了一道口子，皮肉鲜血都翻飞开来。

罗老歪又惊又痛，身体翻下竹梯砸在一名工兵身上，所幸没有直接滚入烈焰升腾的火海之中。不过城上乱箭攒射不止，他左眼中了一箭，疼得哇哇暴叫，但这罗老歪也不愧是在三湘四水间称霸一方的军阀，竟自抬手抓住箭杆，连同那颗血淋淋的眼球一并从脸上扯落，全身是血地滚入死人堆里，混乱之中谁也没看到他是否还留得命在。

这时卸岭盗众已经乱了营，人人但求自保，在箭雨烈火中拼命挣扎，顾得了前就顾不了后，转眼间就有数十人被乱箭钉在火中，侥幸带伤未死的，纷纷把尸体拽上来遮挡飞蝗般的箭矢。陈瞎子竭力收拢群盗，把那些死人的藤牌捡回来挂在竹塔上，阻住四面八方的乱箭。刚刚将残部阵脚稳住，只听城楼上机关动作之声不断，木俑转动绞轮，神臂床子弩的弦绳即将再次发动，只要再有一阵强弓射到，蜈蚣挂山梯搭成的竹塔必散无疑。

陈瞎子手举藤牌护住身体，心中暗自叫苦，以往去各地盗墓，仗着人多势众，又兼器械阵法精熟，都不曾有什么挫折之处，岂料在瓶山古墓中步步艰难，正是"肥猪拱进屠户门，自己撞向死路来"。如今落入机关城的陷阱之中，不消片刻就得全伙殒命于此。虽然陈瞎子是胆硬心狠的常胜山舵把子，逢此境地，也不免心胆俱寒。

他原本想让哑巴冒死攀上城头毁掉乱箭机括，可刚才一阵混乱，哑巴腿上也已中了数箭，就算他身高八尺、膀阔三停，是骨骼非凡能够徒手爬城的昆仑摩勒，可眼下中箭带伤，便真有通天的本领也施展不出了。

陈瞎子眼见山穷水尽，知道唯有自己这舵把子出马，冒死搏浪一击，若是祖师爷保佑卸岭气数不绝，或能得脱，再有迟疑就连这丝毫的机会都没有了。当即抓过一架蜈蚣挂山梯的梯头，伸手一拍哑巴肩膀，那哑巴昆仑摩勒也已会意，顾不得腿上箭伤及骨的剧痛，双手打个交叉，托在陈瞎子的脚底，运起神力，猛地将陈瞎子从竹塔上向半空里推去。

陈瞎子亡命一搏，被哑巴使劲一托，借势跃在空中，把手中的蜈蚣挂山梯戳在火中，经由那竹梯的韧性带动，如同古罗马人发明的撑竿跳一样，将身子在空中划个弧线，奔着敌楼下的城墙跃去。就这么一腾一跃之际，半空横飞的乱箭也都招呼在了身上。陈瞎子外边的袍服里面，暗藏了钢纱甲胄，他抓了面藤牌护住头脸，任凭乱箭攒射，都被钢纱甲胄隔了去。

第十九章 无限永久连环机关

传承了几千年的发丘、摸金、搬山、卸岭之盗，不是民间的小贼散盗可比，这些字号里代代都有身怀异术的高人，陈瞎子要没有些真本事，岂能做得天下十几万卸岭盗贼的首领？这时孤注一掷，自是使出了浑身解数，将古时飞贼"翻高头"的绝技发挥得淋漓尽致，撑着蜈蚣挂山梯，从满城烈火中飞身跃过，直扑城墙，但那竹梯长度有限，眼看就要落到城墙下的熊熊大火之中。

就在陈瞎子即将坠入火窟之际，竹塔那边的哑巴早将另一架蜈蚣挂山梯掷出。哑巴昆仑摩勒神力过人，那竹梯后发先至，空竹带着破空的呼呼风声，从陈瞎子头顶掠过，刚好掷到城墙下，搭着高墙斜倚在火中。

陈瞎子身在空中，看接应的竹梯凌空落在面前，暗叫一声："好侥幸也！"要是没有昆仑摩勒这样的奇人相助，就算是他仗着飞贼的轻身功夫过了火海，到得城下也难免坠下去被活活烧死。他随手扔了藤牌，在灼热的气流中落在那架蜈蚣挂山梯上。但落足之处，仍离地面油砖燃烧的火焰太近，衣服顿时都被燎着了。他急忙蹿上几步，在竹梯上一个转身，顺势扯掉了烧着的外袍，回头看时，止不住眼前好一阵发黑，牙齿捉对厮打。

原来哑巴昆仑摩勒为把竹梯掷到城下，不得不踏在火中，离了群盗据守的竹塔，此时已被乱箭射成了刺猬一般，庞然的身躯轰然倒在火中，顷刻间烧成了一团火球。

陈瞎子见跟着自己多年的昆仑摩勒死得如此惨烈，不觉触着心怀，险些一头栽下竹梯。但他本是帅才，见惯了生死之事，又知道此刻众人性命全系在自己身上，只好硬起心肠，抖擞精神，几步登上竹梯的最高处。

古墓中的瓮城四墙，都如瓮壁般向内略微凹陷，城壁溜滑异常，就是刻意为了防备那些手脚凌厉的贼人攀城。哑巴临死前抛过来的竹梯，斜倚在城墙上，顶端只刚到三分之二的高度，任凭陈瞎子本事再大，也没办法从此处越墙而过。

好在手中还拖着那架跃过火海时的竹梯没有松脱，忙将这架蜈蚣挂山梯挂在城头的垛口上，倒提了脚下所踩的这架，飞身登城。

城下火光映得城上忽明忽暗，只见在火光明暗之间，一具具木俑穿着

109

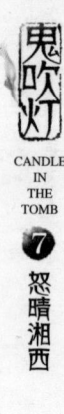

盔甲袍服，圆木拼接出的身体里，发出"咯棱棱"的木头声响，在城墙后瞪目运箭，控制机蝗飞射。当时西洋的自鸣钟机关之理已不出奇，实际上在秦汉之时，就有方士可以使机括控制木偶来演出整套的杂戏，但在机括控制下，那些看似简单得不能再简单的行动，必有定律节奏，稍乱一步就满盘皆散。

陈瞎子虽是平生广见博学，可临到近处，看到这些形如鬼魅的木人，还是不免觉得全身发毛。看来古时传说有些古墓中藏有鬼军护陵之说不假，若是不知就里的人，在地宫中猛然见了木人机括动作起来，惊骇之余，自然真就将其当作守陵的鬼军了。

木人动作不绝，仍然是乱箭不断。陈瞎子见城上除了这无数木人木俑之外，就全是密密麻麻的弩机、箭匣，间有数张绞轮转动的床子弩。那藏在城上的一匣匣箭矢数之不尽，也不知到什么时辰才会告罄。城头上虽是人影晃动，机簧响动纷乱，但实则只有陈瞎子他自己一个活人，置身于如此诡异万分的境地，着实令人毛骨悚然。

陈瞎子冒死登城，原就是搏命而来，虽是心底里生出恶寒，但为救出那些幸存的手下，仍是壮起胆子，硬着头皮，从身边那些直眉瞪眼的木人中穿过。四下里一张，已知先前判断无误，城上敌楼里有个水银井——在机簧之术中，习惯称机关的核心部分为"井"，并非真如水井一般的构造。要破这机关城，唯有把井中水银泻出，只要流转往复的水银一失，便如同水车失水，风车无风，一旦破了机关井，城周那些机弩也就变得形同虚设了。

看定了周遭形势，又听机括水流之声，心中便已有了计较。他晃动身形接近敌楼，那敌楼中有许多四方的敌孔，里面的水银被城中火气一逼，汞气刺鼻。陈瞎子黑纱罩面，屏住了气息，正要将蜈蚣挂山梯戳进敌楼，搅停机关，忽觉脚下无根，猛地一沉，整个身子立即向下落去。

原来这瓮城的城墙中空，里面除了机相灌输的水银机括，城头更有许多翻板陷坑，看着平整坚固的地面，只要不知情的踏到翻板上，就会立刻落在坑里。陷坑是极恶毒的机关，坑内有"脏、净"之分，净坑里面没有致命的东西，专是为了生擒活捉；脏坑则是为取人性命，里面暗设签、钉、毒水之物，掉下去就别想活命。而且说陷坑狠毒，主要是因为这种陷阱一旦踩到了，就几乎无人能够幸免，那人身手再怎么出众，奈何力从地起，脚下落了空，无依无着地掉进去，纵有周身的本领也施展不出。

但卸岭群盗纵横天下近两千年，凭的就是矫健身手和器械精良，那蜈蚣挂山梯是多少代人呕心沥血打造得来，其用途除了登梯攀高，还能克制各种古墓机关，形势越是险恶危急，它的作用发挥得也就越大。陈瞎子落入翻板陷坑的同时，已将那竹梯的百子挂山钩搭上敌楼，身子下坠之势立即停住，离陷坑里铺设竖立的铁矛矛尖只有寸许的距离。如果再稍微向下一点，就算身上有钢纱甲胄护体，也会由于下落之势太猛被戳死在坑内，惊得他全身冷汗淋漓，手脚都有些软了。

陈瞎子把命捡了回来，在心中连叫"祖师爷显灵"。他手脚并用，攀着蜈蚣挂山梯上了敌楼，见敌楼没有门户可入，便拖过另一架竹梯塞入楼内。猛听一阵巨响，长梯立刻卡在了机关井内，敌楼中的流水之声随之断绝，一股股的水银从箭孔中流了出来。

陈瞎子急忙凭借竹梯，提身纵到城头的垛口上。这时四周城墙上的木人失去机括后已纷纷停止活动，神情木然地立在城上，床子弩上即将射出的第二排重箭，也由于绞轮停转而留在了弩床之内，一时鸦雀无声。

此刻困在城内的盗众，虽还剩下十几个活人，也几乎是人人带伤，个个挂彩，他们被困在竹塔上苟延残喘。乱箭虽是停了下来，可城中伏火烧得正烈，遍地的白骨棺椁全都付之一炬，只有耐得水火的蜈蚣挂山梯搭成的竹塔兀自耸立在火海之中。那些幸存下来的盗众，都被脚下烈火的热浪煎熬，如同架在火上翻烤的野味，一个个头发眉毛都快烧秃了，只觉身边的空气都快被点燃了，再也难以维持片刻。

群盗眼见舵把子将敌楼的机关井捣毁，现在是逃出火海的时机，急忙将手里的藤牌抛掉，正打算把竹梯连接起来，搭成长长的斜桥登上城头避火。不料忽听瓮城所在的洞穴轰然有声，一阵阵闷雷掠过头顶，火光中看得真切，只见一缕缕的细沙从天上坠下，城中好似下起了一场沙雨。

包括陈瞎子在内，人人骇然失色，城中的机关真是一环扣着一环。瓶山外表看似石山，但实则是座沙板山，岩层中原有大量细沙，都被青石夹在中间。这瓮城陷阱另设绝户机关，要是水银井被外力毁去，就会引出岩层中埋藏的大量沙石，把这整座机关城都用流沙彻底埋住。

众人刚从乱箭中逃生，又见头顶流沙涌动，心中都是寒战透骨，什么是插翅难飞？这四周城关重门紧扣，岩洞都被巨石封堵了，呼吸之间，就会有大量流沙倾泻下来，便是真有翅膀也无处可逃了。这须臾之间，群盗是由死入生，又从生到死，尚未顾得上绝望哀号，那天顶上就已有数十条黄龙般的流沙狂落下来。

第二十章
无间得脱

流沙历来是古墓中以柔克刚的有效防盗手段，大量流沙一旦灌满地宫墓室，就不可能像挖墓墙夯土般，一个盗洞就能解决问题，因为沙子松散流动，不管盗墓贼掏挖出来多少，都会有其余的沙子流过来填补，除非将里面的千万吨积沙全部掏空，否则流动的细沙就会像一面会自己移动的墓墙，盗墓者永远也别想在其中打出一条盗洞。

但是自古以来，古墓里虽然多有流沙机关，可是沙子并不合风水之道。青乌风水中涉及的"龙、砂、穴、水、向"，其中这"砂"字，是石字旁的，泛指各种土壤岩层，而不是流沙之沙。

没有墓主愿意把自己的遗骸埋入黄沙，不过相比死后惨遭倒斗之苦，宁可选择流沙伏火这类玉石俱焚的机关，与墓室和潜进来的盗墓贼来个同归于尽。

陈瞎子等人仗着以前的经验，还以为这瓶山里面无沙，岂料瓶山根部是处罕见的沙板山，上面才是整体的青石。他们拼命捣毁了敌楼里的机关井，却又引发了岩层中的流沙涌将出来。有道是狂沙乱舞，沙性看似平平无奇，一旦剧烈流动起来，实比伏火毒烟还猛，被流沙追赶的人，只要被沙子埋过胸口，不等没顶，就会无法呼吸而死在当场。而且细沙溜滑，一踩就跌一个跟跄，又哪里逃得开？

陈瞎子在城头上见狂沙倾泻入城，登时将火头压了下来，四下里光线顿时弱了，黑暗处都是流沙奔涌的隆隆轰鸣。他也是见机得快，没有丝毫犹豫，倒挂了蜈蚣挂山梯，从城头上爬城而下，脚下足不点地般狂奔逃命。他见四周火落沙涌，留在城上顷刻间就会被狂沙吞没，那敌楼里虽然有些空间，不过大量水银灌输其中，只要楼外被流沙埋了，即便没有当场憋闷而亡，积郁在内的汞气也会将人毒杀，如今只有城门洞里能稍躲片刻。

灌入瓮城里的流沙，都是自中空岩层里倾泻下来，那道被千斤断龙闸封住的城门洞，离流沙落下的黄龙最远，虽然迟早也会被沙子埋了，但蝼蚁尚且偷生，出于本能的求生欲望，哪怕是为了多活片刻，也要竭尽全力逃向城门。

那些在竹梯上的幸存盗众，见首领从城上狂奔过来，一面逃一面跟众人打着手势，他身后便是山呼海啸般的滚滚流沙，群盗立时会意，跳下蜈蚣挂山梯搭成的竹塔，不顾身上伤口流血疼痛，连滚带爬地跟着陈瞎子一齐逃命。

流沙之势如同天崩山塌，群盗耳朵几乎全都聋了，眼睛直盯着那城门洞，没命地逃了过去，谁也不敢回头去看身后的情况。有些腿上中箭行走不得的，就拼命用两只手在地上爬行，有些脚下功夫火候不到的，只要是摔倒的就爬不起来了，稍有差池便都被流沙埋在了城中，其余的人自保都难，哪里还管得了他们？

陈瞎子一路狂奔，瞥眼间正看到罗老歪从死人堆里爬出来，他瞎了只眼，满脸满身都是鲜血，就顺手揪住他挎枪的皮带。身后流沙奔腾之势令人窒息，陈瞎子也不敢停步，拽了罗老歪就逃，他稍微慢了这么几步，就落到了群盗身后。

忽然面前城门洞里一阵爆炸的气浪涌来，顿时将逃在前边的几名盗众撞得凌空翻起，陈瞎子拖着罗老歪跑在后头，反而侥幸避了开来。混乱中定睛一看，原来是留在墓道中的那群盗伙工兵，为救出舵把子和罗帅，用大量炸药炸开了千斤闸，不过那炸药用得太多，连城墙都被炸塌了一大块。

陈瞎子心中一阵狂喜，想来卸岭之盗气数未尽，此番竟能无间得脱，实乃侥幸之至。他提了口气，脚下加力，全力冲向炸塌的城门。墓道中的群贼不等爆炸的硝烟散尽，就想闯进地宫里来寻找舵把子，只见里面黑漆漆的沙尘飞扬，有几个满脸都是血水沙土的汉子从中夺路逃出，他们后边则是一道沙墙滚滚涌来。

群盗见势头不对，急忙接住逃出来的几个人，呐喊声中掉头就撤，身后流沙激射倒灌，将墓道堵了个严严实实。

陈瞎子受惊不小，加上连番在鬼门关前走了几趟，心神格外恍惚，知道留在此地也难有作为，赶紧嘱咐手下，连夜里撤回老熊岭义庄。群盗和工兵营在红姑娘的指挥下收拢部队，一时人心涣散，偃旗息鼓地从山里退了回去，暂时驻扎在老熊岭上。

到得那座被当成临时指挥所的"死人旅馆"里，陈瞎子才缓过神来。看看罗老歪的伤势，左眼算是没了，肩上伤可及骨，但罗老歪身经百战，负伤无数，这回受伤虽重，却在随军的医官处理一番之后，竟自还阳过来，口中脏话连出，不绝口地大骂瓶山古墓的墓主，要不把那墓主人从他的坑里拖出来乱刀剁了，罗帅就他妈不姓罗改姓屌了，当即还要再派人回去调兵，调他娘整个师来，不信挖不开瓶山。

陈瞎子知道罗老歪说的都是气话，漫说一万人马，就算有十万大军，想要挖开这么一座大石山里的古墓，怕也不是十天半个月之内能做到的。他亲自带着手下，分别从山巅和山脚两入瓶山，不仅无功而返，而且加起来数数，已是枉自折了一百多个弟兄，其中大多数都是卸岭群盗的精锐之士，最可惜的就是花蚂蚁和哑巴昆仑摩勒，都是自己的左膀右臂。

陈瞎子心中暗想，这回要是无功而返，别说他舵把子的头把金交椅坐不稳了，就连常胜山的山头怕是也要土崩瓦解。陈瞎子野心勃勃，常思量要成就一方大业，这些年苦心经营，实是费了许多心血。而且他心高气傲，不肯认输，不仅身手、见识过人，又兼有容人之量，惯会用"义气"二字收买人心，天生就是做魁首的人物。可他唯独看不开胜负成败，在此一节上，

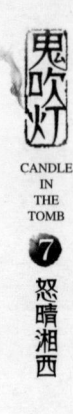

略嫌器量不足。

打定了主意，陈瞎子便召集众人说道："胜败兵家事不期，包羞忍耻是男儿。江东子弟多才俊，卷土重来未可知。众兄弟休要焦躁，暂在此休整几天。不日陈某便要再上瓶山，不将这座山里古墓挖它个底朝天，须是对不住那些折了的弟兄！"说罢摆血酒发毒誓，定了成规，又在义庄里给那些惨死的盗众摆了灵位，烧香烧纸，并按湘西撒家风俗，扎了许多纸人，写上主家姓名和生辰八字，在灵位前焚化了，让它们在底下伺候诸位老爷。这些琐事，自不必细说。

一连几日，陈瞎子让罗老歪好生养伤，他自己只是在义庄里闭门独坐，思量着进瓶山盗墓的计策。瓶山古墓之奇，天下再无第二处了，虽从山巅进入，可直切中宫，但墓中毒物潜藏难防，被咬到一口，就连神仙罗汉也难保性命。可从前殿或偏殿挖将进去，谁知是否会误入另一处疑冢虚墓。而且石山坚固，巨石铅水封门，里面机关重重密布。听闻宋时瓶山曾有机关总枢图谱，后来落入元人之手，封墓下葬之后，那图谱便被毁去了，如今想破尽其中机括实是难于登天。

思前想后，在这瓶山之中，单凭卸岭之力绝难成事，也只有希望搬山道人早日赶来会合。搬山分甲之术，自古就传得神乎其神，陈瞎子素知其手段高明，便是神鬼也难揣测，却也未知其详，要是有搬山道人相助，也无法盗得瓶山墓中的宝货，那可真就无计可施了。

直到第四天，陈瞎子总算是把鹧鸪哨那三个搬山道人盼了来。原来搬山道人此行也不顺利，在黔边扑了一空，夜郎王的古墓早就不知在多少朝代之前被人盗空了，墓中连块有壁画的墓砖都没给留下，只有座荒芜的大坟山遗留下来，不由得让人好生着恼。

陈瞎子让手下腾出一间静室，在里面同鹧鸪哨等人密议起来，说起两盗瓶山，都折得惨不忍睹，想来不能单单以力取之。不过陈瞎子也没忘了给自己脸上贴金，把那死里逃生的狼狈经过，描述得格外耸人听闻，也没好意思说折了许多兄弟。

天下盗墓之辈，有千年秘术的不外摸金校尉、卸岭力士、搬山道人，可实际上并非皆是有"术"。陈瞎子知道卸岭盗墓用"力",依靠长锄大铲、土炮药石,加上大队人马,还有被称为"卸岭甲"的蜈蚣挂山梯,卸岭的手段向来离不开这些器械,以"械"助力,所以卸岭称个"卸"字。

另外陈瞎子还知道,摸金发丘盗墓是用其"神",但摸金校尉当世也没剩三两个了,他们行踪更是隐秘,不知如何用"神"盗墓,难道是请神求菩萨,让神灵帮忙倒斗?那岂不是望天打卦、占卜墓穴方位的巫术?只听说摸金校尉擅长观望风水形势,会些个分金定穴、寻龙找脉的本事,怎敢称个"神"字?

鹧鸪哨是搬山的首领,也是绿林里众所皆知的一号人物,英名播于天下,他和陈瞎子二人意气相投,无话不谈,对于摸金用神之事,他却知道一些。这是因为搬山道人虽是不修真的假道人,但扮了千百年的道人,对玄学道术多少会知道一些,便对陈瞎子直言相告。

摸金校尉始于后汉,专会寻龙诀和分金定穴,那"望"字诀里上法本事,普天下再没人能及得上摸金校尉。他们这伙人盗墓,讲究个"鸡鸣灯灭不摸金"的规矩,擅长推演八门方位。这些本事,都得自《易经》。风水之道就是《易经》之分支,世上相传"摸金用神",这"神"就是指《易经》。古人云:"神无方,易无体,只在阴阳之中。""鸡鸣灯灭"正是《易经》中阴阳变化之分,所以换句话说,摸金校尉盗墓,依靠的是易理。

不过搬山道人鹧鸪哨虽然知道这么个大概,却也并没真正结识过摸金校尉,只听说无苦寺中的住持了尘长老,就是位已经金盆洗手、挂符封金的摸金校尉。鹧鸪哨早有心去结识他,奈何无人引见,又诸事缠身整日奔波,始终是难得其便,说来也自连连叹息。

陈瞎子恍然大悟,看来真是人外有人、山外有山,强中更有强中手,莫向人前夸海口。他和鹧鸪哨早就认识,不过二人事务太多,也难有聚首畅谈的机会,更不知搬山用"术"之说是否属实。只因知道搬山道人都将搬山秘术传得极为神秘,外人对此也不好妄下断言,此时问将出来,是想要探他一个实底,否则那些搬山道人若是有名无术,再进瓶山岂不是枉自陪他去送死?

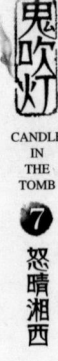

鹧鸪哨闻言笑道，搬山道人得个"搬"字，世人常以为是与卸岭力士相同，都是以力搬山，殊不知这天底下可以挖山凿山，却哪儿有真正的搬山之力？若非有术，怎搬得山？"分山掘子甲"与"搬山填海术"，已有多时未得演练，正是技痒难忍，如今这瓶山正可施展出搬山分甲之术。原来鹧鸪哨听得陈瞎子一番说话，心中已经有了办法，想破瓶山，非得"如此如此……这般这般……"。这番话说将出来，才引出一场搬山与卸岭三盗瓶山古冢。

第二十一章
金风寨

　　陈瞎子已连折两阵，唯恐攻不了瓶山，会危及自己在绿林道上的地位和名头，此时听得搬山道人鹧鸪哨说起他有一套搬山分甲术可以施展，心中好一阵狂喜，忙道："不知此术如何施展？愿闻其详，若真使得，我当即封台拜将！"

　　鹧鸪哨说："以术盗墓，更需有能力扶持，要盗瓶山古墓，搬山卸岭缺一不可，至于搬山分甲之术……"他稍一沉吟，接着说道，"余窃闻，天人相应之理备于《春秋》，余殃余庆[①]之数载于《周易》。据说，摸金校尉盗墓用《易经》，此乃从古的传承，搬山道人之术也已有上千年的来历，不过搬山分甲之术不同于世间任何方术，虽是专求个生克制化，却非是从《易经》中五行生克之理而来。天地间的万事万物，有一强，则必有一制，强弱生克相制，即为搬山之术。"

　　鹧鸪哨认为瓶山的后山之中，有无数毒物借着山中药性潜养修炼，早晚会酿成大患。不论是不是要盗发山中古冢，都要想方设法将其斩草除根，

---

① 余殃余庆，《易经》中有曰："积善之家，必有余庆；积不善之家，必有余殃。"

但是必须要先找寻一番，看看瓶山附近有什么天然造化之物，可以克制那山中毒物。

陈瞎子本就是个见机极快的人，听后顿有所悟，有道是"弱为强所制，不在形巨细"，好比是三寸竹叶青，能咬死数丈长的大蟒，只要找出辟毒克蠹的宝物，何愁盗不得瓶山古墓？他脸上动容，拍案而起，赞道："闻君一席话，真如拨云见日！想那些藏身在古墓里的百年毒物，吸得山中药气和地宫中的阴晦，专要害人，其后果不堪设想。吾辈卸岭群盗，就算不为图取墓中的宝货，也定要结果了断了它们，能把这场功德行透了，说不定就可借此成仙。"他向来不信神佛修仙，不过此时说来，是为了让搬山道人知道，常胜山里的好汉可不光是为了盗墓谋财，历来都有救民于水火之心。

二人商议良久，决定再到瓶山附近的几座苗寨中走一遭，于是乔装改扮。鹧鸪哨虽然眉宇间杀气沉重，可他久在山中勾当，又通各地土语方言，识得风土人情，若是扮成个冰家苗的青年男子，只要不是撞见绿林中的大行家，也绝不会露出六十分破绽。

但陈瞎子做惯了常胜山里的舵把子，一看模样就是江湖上人，绝不是做本分生意的，所以只能扮个算命先生，或是相地看风水的地师，再不然就是七十二行里的手艺人。

于是鹧鸪哨只好让他扮了木匠墨师的伴当。湘西吊脚楼众多，常有木匠走山串寨，帮着住家修补门窗，换些个山货为生。这种墨师，在山里被称为扎楼墨师。哪怕是在深山密林里，只要是有寨子居民的地方，就有扎楼墨师的踪迹，不会引起任何怀疑。

陈瞎子身份极高，走到哪儿都少不了带许多跟班的手下。如今哑巴昆仑摩勒和花蚂蚴都已折了，卸岭群盗如何能放心让首领跟个搬山道人进山。而罗老歪伤势未愈，无法同行，最后只好让红姑娘跟着陈瞎子和鹧鸪哨，另有二十个弟兄，都带着快枪，远远跟在他们后边暗中接应。因为罗老歪的部队在瓶山连挖带炸，动静闹得不小，惊动了附近的几路军阀和山贼土匪，那些人都不是常胜山的背景，只不过对瓶山古墓也是垂涎三尺。可这几路人马势力都不如罗老歪强大，又见卸岭群盗吃了亏，也都不敢轻举妄动，只是不断派出探子，在附近窥探动静，想借机捞点油水。所以卸岭魁首想进山踩盘子，实是要冒许多风险，不得不做好充足的准备，以免有意外情况发生。

鹧鸪哨看在眼里，心中颇为不屑，蹙着眉头等了半天，陈瞎子这才部署完毕，便同着鹧鸪哨、红姑娘三人扮成走山的扎楼墨师，另教那被掳来的熟苗做向导带路，一路下了老熊岭进了深山。

瓶山附近人烟稀少，只是散布着稀稀落落的几个寨子，近处的南寨中人都被开进山里的工兵部队吓得逃走避乱了。在那熟苗的指点下，鹧鸪哨等人穿过山中一条深谷，径投北寨而来。

这段路途的地形更加险恶，几乎都是原始丛林，没有路径可走。一般来说，形容山光水色，常会用景色秀美来描述，而这被当地人称为"沙刀沟"的山谷，只可用景色奇美来形容。眼中所见，尽是奇峰林立、怪石横空，数百米深的峡谷中，有上千根陡峭直立，形状各异的石笋，一丛丛地直刺向蓝天。山谷中云海奔腾、雾涛翻卷,座座危石怪岩在云雾中忽隐忽露，一路走去，也看不尽那许多奇绝的风景。

好在熟苗熟悉山中形势，在千奇百怪的山谷中不会迷路，而且苗人胆小怕事，知道陈瞎子等人是军阀的大首脑，处处小心伺候，哪儿有逃跑的胆量？另外这人还是个抽大烟的烟鬼，当地人称这种人为"烟客"。罗老歪的部队里有许多当兵的都是双枪，这双枪是一杆杀人枪、一杆大烟枪。陈瞎子赏了熟苗些上等的福寿膏，那上等的福寿膏，他平日里连做梦都不敢去想，从未吸得如此畅怀尽兴，更是死心塌地地服侍陈瞎子。

沙刀沟一端连着瓶山，另一端就是附近规模最大的北寨，虽然两地的直线距离并不算远，但中间路途艰难，绝少有人从这边过去。陈瞎子等人跟着苗人，连夜穿山越岭，直到第二天拂晓，听得一片鸡犬声，才终于抵达寨中。

北寨又名"金风寨"，早在千百年前，就有金苗聚居，专以挖金脉为生，如今寨子里也是夷汉都有。山民们起得早，天刚亮就从吊脚楼中出来，各

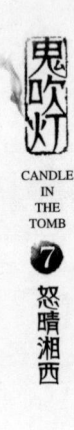

忙着自家的活计,一派熙熙攘攘的景象。由于世道太乱,寨子虽然僻处深山,也要防备山贼土匪前来洗劫,所以寨中有组织起来的乡勇,持着土铳梭镖,在山口检查外来的货商。

陈瞎子和鹧鸪哨都是惯走江湖的,岂会被几个山民盘住,在山口应对自如,轻而易举地冒充扎楼墨师混进了寨子。他们之所以要化装进来,主要是因为山里的老百姓对军阀土匪恨之入骨,一看那些魔君的影子,不是一排土铳放过来,就是卷了家当飞也似的逃进深山。若想套些实底详情出来,也只得乔装改扮了,以免引起当地人不必要的慌乱。

寨中山民见有外边的人来,都好奇地围拢过来,要看看他们是行商的还是贩货的。鹧鸪哨也真是行家,见山民越聚越多,便对众人唱个大诺,随即吆喝起扎楼墨师的木工赞口来。所谓"赞口",是旧社会做生意使手艺时,说给客人听的"宣传广告词",专用来夸耀自家手段,也是一种敬天告神、图赚吉利的套口,有唱出来的,也有念出来的。戏班子有戏赞,说书的有书赞,拉纤的有号子赞,宰猪的则有生肉赞,单是做木工的,就有上梁赞、开堂赞等数十种之多。

鹧鸪哨对诸行百业无不精通,又兼为人机灵,学什么便像得什么,此刻将一通木工开堂赞喝出来,岂是那些在深山里做活的普通木匠可比,听得那些山民齐声喝个大彩,都道"好个墨师工匠,唱得好赞口",围观的山民至此已没一个不喜欢他的。

陈瞎子和红姑娘在旁听了,都不免对他刮目相看。在这里看来,鹧鸪哨活脱就是个年轻俊朗的木匠,一举一动,仿得不差分毫,哪里看得出来他真实身份,竟会是月黑杀人、风高放火、遍挖古墓、分甲有术的搬山道人首领!

陈瞎子担心自己的风头被鹧鸪哨盖过,也赶紧帮衬:"告得众乡亲知道,别看我们兄妹三个墨师年轻,可扎楼的手艺是半点不差,都是从娘胎里带出来的本事,扎楼扎椅无所不精,榫铆接扣也有可为,但凡什么木工活技皆能承揽……"他厚着脸皮吹了一通,所幸没说出自己是鲁班爷转世投胎。苗人极是敬重鲁班,相传洞苗搭楼的法子就是得自鲁班传授,他要是吹过头了，自是露出破绽，无人肯信。

那红姑娘也曾是月亮门里跑江湖卖艺的，招揽生意吆喝赞口的本事，并不逊于鹧鸪哨和陈瞎子。这三人装腔作势有唱有和，默契十足，很快就骗取了山民们的信任，有繁重的大活他们就先找借口推在了转日，只肯做些敲补的零活。那向导也跟着跑前跑后地忙活，一直忙到中午，就在一户撒家老者家中借伙吃饭，这才有空做他们的正事。

北寨和陈瞎子先前去的南寨风俗相似，每家的吊脚楼下也都有个玄鸟图腾，都是黑色的木头，看成色年代十分久远了。以前陈瞎子对此未曾留意，因为湘西在古时受巫楚文化影响，玄鸟的古岩画和古图腾随处可见，虽然神秘古怪，却并没什么值得追究的。

但鹧鸪哨的眼比陈瞎子还毒，看东西看人极准，放下饭碗，对那老者施了一礼，请教这玄鸟图案有何名堂。那老者早年是金宅雷坛中在道门的，后来避乱才在此定居,已不下二十年了。他听鹧鸪哨问起，就连连摇头："玄鸟其实就是凤凰啊！这湘西山里人大多都信奉玄鸟。湘西有座边城古镇就叫凤凰，山脉山势也形似凤凰展翅。湘西的土人，都认为这东西能镇宅保平安。像这刻有玄鸟的老木头，在咱们这是最平常不过的东西了，土人家家都有祖上留下来的，外来到此的人，也大多入乡随俗了。"

鹧鸪哨与陈瞎子听了，在心中暗暗点头，果然不出所料，玄鸟就是从巫楚文化里衍生而出。再想往深处问，却打探不出什么了，只好一边继续吃饭，一边继续打量这寨中情形，想找找有没有可以克制毒物的东西。此山寨离瓶山极近，土人能不受物害，他们必是藏有什么克毒的秘密，但也可能是日用而不知，只好放亮了招子，支起了耳朵，自行在各处寻找、打探蛛丝马迹。

正这时，忽听一阵高亢的雄鸡鸣叫，却原来是那老者的儿子，正从鸡笼中擒了一只大公鸡出来，旁边摆了只放血的大碗和木墩子，一柄厚背的大菜刀放在地上，看样子是要准备宰杀那只雄鸡。

只见那只大公鸡彩羽高冠，虽是被人擒住了，但仍旧威风凛凛、气宇轩昂，神态更是高傲不驯。它不怒自威，一股精神透出羽冠，直冲天日，与寻常鸡禽迥然不同。那鸡冠子又大又红，鸡头一动，鲜红的肉冠就跟着乱颤，简直就像是顶了一团燃烧的烈焰。大公鸡全身羽分为五彩，鸡喙和爪子尖锐锋利，在正午的日头底下都泛着金光，体形比寻常的公鸡大出一倍开外。

鹧鸪哨眼力过人，传了数代的搬山分甲术之根本原理，就在"生克制化"四字，要通生克之理，需识得世间珍异之物。他一见这只彩羽雄鸡，就知极是不凡，暗赞一声"真乃神物是也"，心中一块石头随即落了地，想不到踏破铁鞋无觅处，得来全不费工夫，刚到金风寨半日，未等细究，便先撞个正着，看来要破瓶山古墓里的毒厉，正是着落在这里。

此时那老者的儿子已将大公鸡拎到木桩上，捡了菜刀抄在手里，抬臂举刀，眼看就要一刀挥下来斩落鸡头。鹧鸪哨刚刚看得出神，见势头不好，急忙咳嗽一声，喝道："且住！"

那老者和他的儿子正待宰鸡，却不料被个年轻的木匠喝止，都不知他想怎样。那老者恼他多事，便责怪道："我自家里杀鸡，与旁人无干，你这位墨师不要多管。"

鹧鸪哨赔笑道："老丈休要见怪，我只是见这雄鸡好生神俊，等闲的家禽哪儿有它这等非凡气象，不知好端端的何以要杀？如肯刀下放生，小可愿使钱赎了它去。"

陈瞎子也道："老先生莫不是要杀鸡待客……招待我等？万万不必如此，我们做木匠的只在初一、十五才肯动荤，每人三两，还要二折八扣，此乃祖师爷定下的规矩，往古便有的循例，不敢有违，不妨刀下留鸡。"

那老者自恃是金宅雷坛门下，虽然僻居深山苗寨，却不肯将一介走山的扎楼墨师放在眼里。"你们年轻后生，须是不懂这些旧时的老例。我家杀鸡却不是待客，只因它绝对不能再留过今日，即便是你们愿出千金来赎，我也定要让它鸡头落地。"

第二十二章
犬不八年、鸡无六载

那老者不愿误了时辰，便命他儿子即刻动手宰鸡。他这儿子是三十多岁的一条蠢汉，左手从后掐住大公鸡的双翅，将生锈的菜刀拎在另一只手中。宰鸡的法子不外乎"一抹一斩"：一抹是把刀刃拖在鸡颈上一勒，割断血脉气管，待鸡血流尽，这鸡便会气绝而亡；一斩则是一菜刀砍下去，斩落鸡头。但公鸡一类的禽属猛性最足，鸡头掉落之后，无头鸡身仍会因体内神经尚未彻底死亡而乱飞乱跳，其情形十分恐怖血腥。

但山民乡农之家，宰鸡杀鹅的勾当最是寻常不过，看那老者儿子的架势，他是打算采用斩鸡头的法子。鹧鸪哨同陈瞎子对望了一眼，他们二人要取这山民家中的一只鸡禽，原本不费吹灰之力，即便不是强取豪夺，只消拍出一条金灿灿的"大黄鱼"来，也不愁买不下来。可是扎楼墨师哪该有什么金条，如此一来，难免会暴露身份，如今只好见机行事，起身走上前去，阻拦那山民宰鸡。这二人都是绿林中杀人越货的江洋大盗首领，非是小可的贼寇响马，虽然做了扎楼墨师的装扮，但举手投足之中仍是掩盖不住虎步龙行，随口说出话来，也自有一股隐隐的威慑气度。

那一对山民父子两次三番被他们拦了，宰不得公鸡，虽是恼火，但听他们说话举止轩昂不俗，却也不敢轻易发怒，但一番埋怨是少不了的："这伙扎楼墨师好不识趣，我自己家里一米一水喂养大的鸡禽，想杀便杀，想留便留，再怎么收拾，也都是咱自家的事，便是天王老子也管不到这些……"

陈瞎子见鹩鸪哨执意要买这鸡，心中已然明白了八九分。公鸡乃是蜈蚣的死敌克星，而且此鸡神俊不凡，料来古墓里那成精的六翅大蜈蚣也要怵它三分，能得此物，大事定矣，此时要做的，只是连蒙带唬拐了这只鸡去。

他眼珠子一转，计上心来，对那老者嘿嘿一笑，抱拳通："接连搅了贵宅正事，还望贵翁恕罪。我等兄妹三人，原非亲生，都是学艺时在师门中认下的师兄师妹，结伴在一处走山串寨相依为命，凭着一身扎楼手艺为生。逢此乱世，却始终不离不弃，有一口清水，要分三份来喝，得一块干粮，也要掰成三瓣同吃。只因为当年在祖师爷神位前斩过鸡头、烧过黄纸，做出了一番拜把子结同心的举动出来，虽不敢自比桃园义，但那一套盟誓至今言犹在耳，皇天后土，神人共鉴，曾对鸡盟誓，若有丝毫的违背，下场定如那被斩的鸡头，所以我兄妹三人许了个大愿，终身不食鸡肉，也见不得别个家里宰鸡，见了就必使钱赎得那鸡活命。"

陈瞎子胡言捏造了一些根由出来，随后又使出惯常的伎俩，说此鸡羽分五彩，目如朗星，绝非常物，杀之实属不祥，轻到招灾惹祸，重则主家会人丁缺失，要遭"刀兵劫"。那墨师木工，自古以来便有鲁班的秘术，擅能相宅厌胜[①]，也多会下阵符摆诸门。据说有家人本来富足，可搬了新宅之后，家境一落千丈，幸得高人指点，始知建造宅子的时候，克扣了木工银钱，被墨师在家中下了厌胜之术，结果拆开墙基房柱，果不其然，四柱之下分别藏着一辆拉满铜钱的马车，全是用硬纸扎成，四辆马车车头的方向分别指向四方，好像是载着钱往宅外而去。这就是木匠暗中下的阵符。被识破之后，主家也没毁去这四辆纸马车，而是把它们掉转了车头，由外而内向家里运财，此后果然财源滚滚。

这虽只是个民间传说，但可以说明墨师的方术自古已有，所以老百姓

---

① 厌胜，镇压、镇伏、克制、压制、辟邪之意，也称"压胜"。

对扎楼墨师通晓异术之说从无半点怀疑。瞎子借此危言耸听，动之以情，晓之以理，并把他们师兄妹当年对鸡盟誓之事说出，说来说去，归根到底也只有一个目的，就是务必要讨了这只不像凡物的大公鸡去。

陈瞎子胸中广博，高谈阔论，尽中机宜，正是富贵随口定，吉凶称心生，只盼把那老者的心思给说活了。可谁知那老头好似铁石心肠，根本不吃他这一套，摇头对他们说道："墨师们只知其一，不知其二，我若把这只雄鸡给了你们，实是让你们惹祸上身，这不积阴德的事情，岂肯轻易为之？此鸡非鸡，乃是妖物，你们这些后生，难道没听过'犬不八年、鸡无六载'之理？"

陈瞎子和鹧鸪哨先前都没想到这些旧时民俗，此时闻言恍然大悟，暗道一声："啊呀，竟然是为此事宰鸡！"原来那老者是金宅雷坛的门下，湘西山区有胡、金两大雷坛，都是名声很响的道门。这些道门里有道人也有方士，擅使辰州符，几百年来专做些赶尸送水、解蛊驱毒之类的营生。近些年军阀混战，民不聊生，道门里的气象也早已经没落得今非昔比了，像老头这样流落在人烟稀少的深山里度日者为数不少，这老头虽然不是金宅雷坛中的大人物，但也通些方技之道，他最信《易妖》之理。

《易妖》是本古籍，从三国两晋之际开始流传，专讲世上妖异之象。什么是妖？《易妖》中认为，不合常理者为"妖"，世上出现不合常理的特殊现象，都是一种天下将乱或有大灾难的预兆。"犬不八年、鸡无六载"之语的出处，就是《易妖》中的理论，在旧社会的封建迷信思想影响下，民间对此深信不疑者比比皆是。

这种说法是指居家中饲养的鸡犬禽畜都不能养活太多年头，因为一旦让它们在人类社会中生存得太久，每天都和人类接触，人们说话它就在旁边听着，人们的一举一动也都看在眼里，如此就逐渐通了人性，早晚必定成精成妖，做出些祸害人间的恶事来。

据说当年有一户富翁，家中孙男弟女奴仆成群，他在宅中养了一只白犬，那犬善解人意，十分得人喜欢，不离那富翁半步，出门游玩也跟在身边。后来这富翁忽然暴病而亡，家人自是将其下殓厚葬，但富翁所养的老白犬却也随即失踪了,人们都认为这狗是眷恋主人,主人去世,它就伤心出走,或是死在什么地方了,也没把这事太过放在心上。谁知在那富翁死后,过了整整一年,一天晚上,那富翁忽然回到了家中,家人以为死者诈尸,无不大惊,然而看他言谈行止,都和生前一般无二。他自己说是一年前由于气闷昏迷,故而被人当作暴病而死,被活埋进了坟墓,幸好遇到一位道士经过坟地,机缘巧合,将他救了出来,他就随着那道人走访名山五岳,直到今日方回。

家人见富翁能得不死,无不欢喜,于是一切照旧,那富翁就和以前一样,饮食茶饭的口味习惯也不曾有变,白天处理家中大小事务,赏罚分明,教人信服敬畏,到晚上则挨个睡他的三妻四妾,如此过了大半年,把个家族整治得好生兴旺。

可有一天适逢他过生日做寿,晚上在席间开怀畅饮,多喝了几杯,酒意涌起来,就伏案睡去。忽然门外一阵阴风刮来,大厅里灯烛尽灭,有仆人赶紧重新掌灯,想把老爷扶入内堂歇息,不料一照之下,哪里有什么富翁,只有条白毛老狗,蜷在太师椅上睡得正酣,满嘴酒气冲天!众人大惊失色,才知道富翁早就死了,如今这个分明是妖物作祟,赶紧趁它熟睡之际,用乱刀剁死了大卸八块,架火焚烧毁去形骸。

这类传说在秦汉至两晋年间非常广泛,不仅普通百姓相信,就连士大夫也常常挂在嘴上谈论。这些妖象都是特殊的征兆,或主刀兵水火,或主君王无道。到得后世,那些征兆预象的理论,就逐渐没人再提了,可至于居家饲养猫狗鸡鸭的,都不肯把狗养过八年,也不肯把鸡禽养过六年。因为许多人相信,这些禽畜久居人间,目睹世人种种行状,其心必有所感,一过六年八载的年限,或许会做出些常人难信的邪祟之事,不可不防,孔老夫子都说"不可与禽兽为伍"。

金风寨要宰鸡的这家老者,已养了这大公鸡将近六年,这公鸡神采卓绝,当年寨中鸡卵无数,但只有他家的鸡卵中孵出这只鸡来,其余的鸡蛋都是空壳,必是天地灵气所钟,所以向来宝贵爱惜,每天都喂以精食。而且这大公鸡也没辜负主人的喜爱,山里毒虫蝮蛇最多,是山民之大患,这雄鸡昼夜在吊脚楼下巡视，啄食毒虫，每天拂晓金鸡啼鸣，更是不爽毫厘，比自鸣钟还要来得准确，所以也舍不得杀掉。奈何六年已到，再留下恐怕不祥，按照旧例，今天天黑前，必定要杀鸡放血，否则一旦出了什么麻烦，料来必是狠的，于是喂它饱食一顿，磨快了菜刀就要当场将之宰掉。

陈瞎子终于明白了缘由，要是换作别般情形，好歹能诓了这只雄鸡出来。可六载的鸡禽向来不祥，倘若留了不杀，须是对主家不吉。湘西山民对此深信不疑，而且看这老儿脾气好倔，如何能说得他回心转意？怕是给他两条"大黄鱼"也是不肯，如今说不得了，只好使些手段出来。

他脑中念头一转，就对红姑娘使个眼色。红姑娘暗中点头，她擅会月亮门古彩戏法。古彩戏法中有许多机关般的秘密手段，号称"黏、摆、合、过、月、别、撵、开"，其中那"月"字诀，是种类似于障眼法的手段，观者即便近在眼前，也看不出施术者是如何挟山过海、移形换物的，月亮门的艺人对此术最是拿手，只要红姑娘一动手，就能在这对山民父子眼前，把那只大公鸡用障眼法的手段遮住，任你是火眼金睛，也看不出她是如何施为。虽是让他们眼睁睁瞧见被一伙扎楼墨师凭空摄了去，可找不到物证，也自无道理可讲了。

红姑娘刚要动手，却见鹧鸪哨将手拢在袖中，只露二指出来，微微摇了几摇，这是绿林中用手势联络的暗号，是告诉她和陈瞎子先别妄动，在寨中惹出动静来，虽是不难脱身，可会坏了盗发瓶山古墓的大计。

陈瞎子和红姑娘知道搬山道人可能自有妙策，于是隐忍不发，静观其变，但暗地里也似有意、似无意地走到那对山民父子身边，稍后一旦说崩了谈不拢，就要动手抢夺，万万容不得他们宰了这只彩羽雄鸡。

只听鹧鸪哨对那老者说："'犬不八年、鸡无六载'，确实是有此旧例不假，但天下之事无奇不有，不能以旧例而论者极多，小可不才，愿说出一番道理来，令尊翁不杀此鸡。"

那老头见鹧鸪哨神色从容，谈吐不俗，心说别看这人年轻，他即便真是个扎楼墨师，也绝不是等闲小可的人物，但不信他能说出什么辩驳的真实言语来，最多和那陈瞎子的说法一样，满嘴烟泡鬼吹灯的江湖骗子套路，且听他一言又有何妨。念及此处，就道："也好，我就听听你这后生能有什么高见，若是能说得我心服口服，就将这只雄鸡白送于你。其实我也舍不得宰了它，奈何旧例在此，如何敢违？到时你这后生墨师说不出什么，可休再多事阻碍我家杀鸡。"

鹧鸪哨早有了主意，他并不想对普通山民做出绿林道中巧取豪夺的举动，如今等的就是老头的这句话，二人击掌为誓，当下抬手从山民手里要过彩羽雄鸡。只见这大公鸡虽是死到临头，可不知它是不懂还是不怕，并不挣扎扑腾，昂首瞪视，神色凛然生威，俨然一副军中大将的从容镇定风度。

鹧鸪哨让众人细看这只雄鸡。"'犬不八年、鸡无六载'之例虽是古时风俗，今人也多信服，自然是不能不依。凡是家养的鸡禽，都不肯给它六年之寿，但此鸡非鸡，却是不需遵循此例。"

那老头闻言连连摇首，陈瞎子也暗中叫苦，心想："亏你鹧鸪哨身为搬山首领，竟说这大公鸡不是鸡，不是鸡又是什么？是鸟不成？三岁小孩也不信，这如何能说得这老头信服，看来只好按咱们绿林响马的旧例——直接抢了它去。"

鹧鸪哨话没说完，见众人不信，便接着说道："凡是世上鸡禽，眼皮生长得正和人眼相反，人的眼皮都是从上而生，上眼皮可以活动眨眼，而鸡禽之物，眼皮都是自下而生。诸位不妨看看，这只雄鸡的眼皮生得如何？"

那老者从未留意此事，但养鸡的人家，谁个不知鸡禽眼皮在下？仔细一看，那只羽分五彩、昂首怒鸣的大公鸡，果然是同人眼一样，眼皮在上，若非刻意端详，还真忽略了这一细节，就连见多识广的陈瞎子和红姑娘也觉惊异，都道："这是何故？"

鹧鸪哨说："眼皮如此生长，只因它不是鸡禽。"

复听此言，众人仍是满头雾水，不是鸡禽，却是什么？

鹧鸪哨也不愿与他们卖弄识宝秘术，直言相告道："湘西从古就有凤凰玄鸟的图腾，地名也多和古时凤凰传说有关，就如同此县，名为怒晴县。怒晴乃为凤鸣之象，鸡禽眼皮生在上面，更兼一身彩羽金爪，岂是普通鸡禽？它根本就是罕见非凡的凤种，是普天下只有湘西怒晴县才有的怒晴鸡！"

第二十三章
裁鸡令

鹧鸪哨说此鸡名为"怒晴",金鸡报晓本就是区分阴阳黑白之意,而怒晴鸡引吭啼鸣之声能破妖气毒蜃,更可驱除鬼魅。若是凡鸡凡禽,其眼皮自是生在眼下,而眼皮在上就是"凤凰",虽也有个鸡名,却绝不能以常鸡论之。

凤凰是不是当真存在于世,谁也没亲眼见过,不好妄下定论,今人多认为古楚人的"引魂玄鸟",正是从雄鸡图腾中演化而来。从春秋战国时期就已有"怒晴鸡"的传说,但到了现在民国年间,即便是在它的产地湘西怒晴,也极为罕见了,恐怕一两百年也难得一遇。"凤鸣龙翔"乃是世间吉瑞之兆,此等灵物实乃天地造化之所钟,随意宰杀必然生祸。

鹧鸪哨言辞恳切,对那老者说道:"正因此事,才劝尊翁莫要擅动屠刀。"说罢就请他依照誓约,让出这只五彩雄鸡,也不会平白要了他的,红姑娘背的竹篓里有一大袋子盐,有十余斤的分量。在山区盐比钱更易流通,对这僻处深山的寨子来讲,十几斤盐已经很可观了,鹧鸪哨愿意将这袋盐留下作为交换。

那老者听到最后,始知自家养的大公鸡竟是个稀世宝物,平时杀鸡宰鹅自是不在话下，可谁有胆子宰凤屠龙，那不是自找倒霉吗？便立刻绝了宰鸡这个念头，只恼恨自己平时未曾注意这公鸡的眼皮生得恁般古怪，眼睁睁将一件宝贝轻易给了这伙扎楼墨师，有心想要悔约，可他也是有些见识的人，一看鹧鸪哨和陈瞎子都不是等闲小可的木匠，万一开罪了会下阵符的墨师，也是天大的麻烦，只好认栽了，吩咐他儿子将怒晴鸡装入竹篓，换了扎楼墨师的一袋子盐。

陈瞎子在旁看个满眼，他在往日里，常觉得自己才智卓绝，家承师传地养出一肚皮学问，这些年更是率领着卸岭群盗盗遍天下，称得上见识广博，烧鸡也没少吃过，结义的鸡头也没少斩过，可还真不知道普天底下的鸡禽眼皮子究竟是怎么生长的，此时才知山外有山，人外有人，也不得不在心中暗挑大拇指称赞。虽然在唐代鼎盛一时的搬山道人现在早已经日落西山，剩下来的人屈指可数，但搬山分甲毕竟是传了千年的古术，果然是有一番神妙之处。而近年来又出了鹧鸪哨这等出类拔萃的人物，想来日后搬山道人必有中兴之期，要是能拉拢他们到常胜山入伙插香，又何愁卸岭之盗不得兴旺？

陈瞎子暗中盘算着怎么才能拉拢搬山道人入伙，而此时鹧鸪哨已经交易妥当，亲自用个大竹篓背了怒晴鸡，当即对那老者抱拳告辞，转身出门。

陈瞎子接连走神，被红姑娘暗中扯了一下，这才回过神来。他神情微微一怔，也赶紧对那山民父子抱了抱拳，嘿嘿一笑道："多有叨扰，若是有什么得罪之处，尚请尊翁海涵，告辞了。"说罢一拂衣袖，带着红姑娘和向导，跟上鹧鸪哨往外便走。

那曾在金宅雷坛道门中的老者吃了个哑巴亏，又输了见识，越想越是愤愤，心底也隐隐觉得这些人不像扎楼墨师，忍不住在后面叫道："拜山拜到北极山，北极山上紫气足，天下名山七十二，独见此山金光闪……诓了我家怒晴鸡去，好歹留个山名在此！"

当时世上结党营私之辈极多，加上那些行走江湖凭手艺吃饭的，以及各地的绿林中人，黑白两道为了互相区分，都各自以"山"为字号，每座"山"，代表着一个个独立的行业或是体系。天下名山是"大山三十六，小山七十二"，比如：木匠墨师就都属"黑木山"；要饭的乞丐是"百花山"；使古彩戏法杂耍卖艺为生的是"月亮山"；而在道门之辈，则向来自称"北极山"，实际也是大言不惭，隐然有自居仙人之意。各行互相报山头用的是大切口，也称"山经"。各行各道中也有本身对外不宣的唇典切口，比起"山经"来，使用范围要小得多。那老者认为这伙扎楼墨师不像是"黑木山"里的手艺人，忍不住用"山经"里的暗语问了一句，要问问他们究竟是哪一行里的人物。

那老者虽自报家门，可搬山卸岭的魁首岂会将不入流的"北极山"放在眼中。陈瞎子听见了也只冷哼了一声，恍如不闻，他和鹧鸪哨只管走路，连头也不回，既然露了行藏，就没必要再一礼三躬地讲什么礼数了，区区一个在道门的糟老头子，连给舵把子提鞋都不配。

但是按照道上的规矩古例，只要对方报了字号，听到的就不得不留下一句，这叫"明人不做暗事"。既然陈瞎子不屑理会，此时只好由走在最后的红姑娘替首领报出山头，她的言语还算"谦逊"，不提北极，只比昆仑。

因为昆仑是诸山之祖，没有任何行业敢占"昆仑"为字号，那等于自称是天底下所有人的首领，只有朝廷官府才是"昆仑山"。在这一百单八山中，也仅有昆仑山是座真山，其余的山名都是虚的，比如官面上的人，或是军队警察之流，才被民间在背地里称作昆仑山里的来头，除了那些存心造反、目无王法的，轻易也没人敢比昆仑山，所以她当即回道："访山要访昆仑山[①]，昆仑山高神仙多，常胜更比昆仑高，山上义气冲云霄。"

那老者听得清清楚楚，虽然红姑娘说话的声音也不怎么高，可一字字听在他耳里，却好似晴天里凭空打出一个个炸雷，当场脚底下发软，"咕咚"一声坐倒在地。

他那蠢汉般的儿子哪儿懂这些暗语对答，根本不明白他们说了些什么，一看他爹瘫坐在地，还以为是中风了，赶忙伸手扶住："爹……你怎的？"

那老者面如死灰，心口起伏剧烈，断断续续地喘了好几口气，才告诉

---

① 访山要访昆仑山，"访"即为"拜"，常胜山里的人绝不言"拜"字，故以"访"字代之。

儿子:"我的祖宗哎,那伙木匠……是常胜山上下来的……响马子!"

金宅雷坛在道门的那些门人弟子,乃至整个"北极山"里修道的,不管是道士还是方士,只不过是做些驱邪画符的糊口生意,凭着愚民愚众来骗些财帛。如今天下大乱,而且都到民国了,谁还有工夫去信那些炼丹画符的?"北极山"这些人连糊口自保都难,怎比得了常胜山里那些杀人放火聚众造反的太岁来头大?在当时响马子和军阀没多大区别,冲州撞府连大城重镇都敢去劫,随便杀些个山民百姓,比踩死蚂蚁还要来得容易。

常胜山虽已不复当年之鼎盛,但在当时仍然控制着几个大省的十几万响马盗贼,而且暗中扶持着若干股军阀势力,真要聚集起来,真连重兵驻守的省城也打得,所以红姑娘一报字号,险些把这老头吓背过气去。他仔细想想实在是有些后怕,刚才若是稍有悔意,不肯依照誓约把怒晴鸡交出来,惹恼了那伙杀人不眨眼的响马子,恐怕现在一家老小已经横尸就地多时了。当下偃旗息鼓,紧闭扉门躲回家中,再也不敢声张。

陈瞎子等人轻而易举地得了怒晴鸡,信步离了金风寨,回转老熊岭义庄。这时罗老歪的伤情也已好得七八了,他瞪着一只眼暴跳如雷,誓要带兵挖开瓶山,管它什么尸王尸后,定把古墓里的元代干尸拖出来好好蹂躏一番,挫骨扬灰,以解心头之恨。

陈瞎子说:"老熊岭瓶山一带盛产药材辰砂,常有山民冒死去瓶山采药,所以多有在山中见过湘西尸王的传说,如今墓中毒物已经有了克星,但那数百年的僵尸一旦成精,却也不能不防。常闻僵尸乃死而不化之物,那古尸生前,倘若是恰逢阴年阴月阴日阴时而亡,便会借得天地间一股极阴的晦气不朽不化,而且能在月夜出没,啃吃活人的脑髓。咱们破了瓶山,除了灭尽毒蜃妖邪,再把墓中宝货搬出来图谋大事之外,也务必要想方设法除了这湘西尸王,以扬搬山卸岭之名。"

鹧鸪哨点头同意,湘西的地形地貌,多是山高水急,洞多林深,向来与外界隔绝,又兼夷汉混杂,风俗独特。湘西尸王的传说流传了不下数百年,凡是进山采药贩货的,或是盗墓掘冢的,露宿在荒山野岭,常常会遇到不测,其中有些人确实是被挖空了脑髓,死状极为古怪,所以当地山民才有尸王吃人脑髓的说法。鹧鸪哨本不相信此事，可不少山民都起咒发誓，称他们在山里见过那元代古尸吃人，若不去亲眼看了，实是难定真假。

摸金校尉有对付僵尸的发丘印、捆尸索、黑驴蹄子、星官钉尸针；搬山道人也有专踢僵尸的绝技魁星踢斗；卸岭群盗则有类似渔网的缠尸网、抬尸竿等数种器械。在瓶山古墓里找不出元代尸王也就罢了，真要撞见，众人一拥而上，必擒了它烧成灰烬。

于是群盗部署方略，先撒出去大批人手，到各村各寨收购活鸡，只要公的不要母的，反正现在罗老歪的部队进了山区，以演习为借口盗墓的事情已经败露，干脆就一不做二不休，也不再遮遮掩掩了。瓶山古墓既然被常胜山看中了，其余的各方势力要想打它的主意，至少也得先掂量掂量自己够不够分量，估计他们是不敢轻举妄动的。

古墓里要真有宋代的藏宝井，就算被元兵元将掠去一部分，留下来陪葬的也相当可观。元人之葬崇尚深埋大藏，可不代表是纸衣瓦棺的薄葬，陪葬品也是极丰厚的。看瓶山墓穴地宫的规模非同小可，一旦挖出来了，别说装备满满一个师的英国武器，就是再组建两个德械师怕也够了。群盗急不可忍，当即迅速着手准备起来。

几天后，陈瞎子就近择了个"宜结盟"的黄道吉日，在老熊岭义庄里设了堂口。群盗在三进瓶山倒斗之前，要先祭神告天，因为这次勾当不比以往，是搬山、卸岭两个山头联手行事，并非一路人马单干，所以必须要在神明面前起誓，一表同心，二结义气，免得半路上有人见利忘义，从内部反水坏了大事。

当天在义庄破败不堪的院子里设下香案，这香案实际上就是攒馆里为死人准备的供桌，案上摆了猪、牛、羊三牲的首级，并供了西楚霸王和伍子胥两位祖师爷的画像，上首则是关帝的神位。群盗先在祖师爷面前磕头，然后歃血为盟。

由于不是拜把子，喝血酒不需自刺中指，而是要用鸡血。歃血是由执事的司仪负责，这些天收了许多活鸡，随便选出一只来，执事的要先提着公鸡唱赞，要赞这鸡如何如何之好，又为何要宰，因为这是宰鸡放血时唱的赞口,所以也叫"裁鸡令"。

其时日暮西山,苍茫的群山轮廓都已朦胧起来。朦胧暮色之中,群盗早已在四周点了火把,照得院内一片明亮,只听那执事之人朗声诵道:"此鸡不是非凡鸡,身披五色锦毛衣,脚跟有趾五德备,红冠缀顶壮威仪;飞在头顶天宫里,玉帝唤作紫云鸡,一朝飞入昆仑山,变作人间报晓鸡;今日落在弟子手,取名叫作凤凰鸡,凤凰鸡,世间稀,翰音徽号盖南北;借你鲜血祭天地,祷告上下众神灵,忠义二字彻始终,同心合力上青天……"说话声中用刀子划开了鸡颈血脉,将鸡血滴入酒碗里面。

随后群盗手捧酒碗立下誓来,也不外乎是那些"同心同德,其利断金"的套话,最后赌出大咒表明心迹,若有谁违背誓约,天地鬼神都不肯容,天见了天诛,地见了地灭。

那位在旁执事的司仪,将盟誓内容一一记录在黄表纸上,然后卷起黄纸举在半空里,问道:"盟誓在此,何以为证?"

由陈瞎子和鹧鸪哨两大首领带头,众人一齐轰然答道:"有赞诗为证。"

执事的举着黄纸又问:"赞诗何在?"

群盗神色凛然,对此丝毫不敢怠慢,当即对天念出结盟赞诗,这道赞口先赞义薄云天的关二爷,其赞曰:"赤面美髯下凡间,丹心一片比日月,五关斩过六员将,白马坡前抖神威,桃园结义贯乾坤,留下美名万古吹。"

次赞的是水泊梁山宋公明,赞曰:"水泊梁山一座城,城内好汉百单八,天罡地煞聚一堂,为首正是及时雨,至今市井尤传唱,肝胆无双呼保义。"

念毕了赞诗,群盗一齐对那执事的高声叫个"烧"字,执事的便在火上烧化了黄纸,群盗同时将血酒一饮而尽,举起空碗亮出碗底,抬手处只听得"啪嚓嚓"数声响亮,碎瓷纷飞,当堂摔碎了空酒碗。

此乃绿林中结盟必须要走的一套场子,将结盟比作古人的义举,有以古鉴今之意。起了誓,赌了咒,唱了赞,再喝过血酒烧了黄纸,就算成了礼,这两个山头便能够"兵合一处,将打一家",要使尽自家全部压箱底的绝活,共盗瓶山古墓。

第二十四章
山阴

群盗斩鸡头烧黄纸,定了盟约：盗出古墓中的丹丸明珠,都归搬山道人,其余的一切陪葬明器珍宝,则由卸岭盗众所得。随即点起灯笼火把、亮籽油松,离了老熊岭义庄,浩浩荡荡地趁着月色进山盗墓。

进山盗墓的队伍由工兵打头,罗老歪手下的工兵部队里,也有不少人是在常胜山插了香头的。插香头就是绿林中入伙的意思,这一部分人和卸岭群盗一样,都在臂上系了朱砂绫子作为标志。

其余那些工兵,便和在普通军阀队伍里当兵混饭吃的没什么两样,扛着机枪、炸药,携带着锹、镐、铲、斧之类开山挖土的工具,除此之外每人还要用竹篓竹笼多带一只活鸡。工兵们就在一阵阵杂乱的鸡叫声中,排成松松散散的队列行军。

虽然在山路上走得七扭八歪,这些当兵的人人脸上却神色振奋,毫不以前两回在瓶山盗墓遇险为意,因为其中绝大多数人,都指望着跟陈掌柜和罗大帅盗墓发财。一旦挖开真正的地宫,虽然当兵的分不上太多油水,可按以往的惯例,十块响洋和一大块福寿膏是少不了的。虽然盗墓确实有风险,但现今世上军阀混战,人心乱,就算盗墓碰邪撞上鬼,也比上战

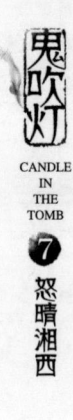

场直接挨枪子儿要好。至少做挖坟掘墓的勾当，在流血流汗之后真给银圆，当兵吃粮就是为了混碗饭吃，有几个是为了打仗来当兵的？

跟在工兵部队后边的，就是陈瞎子直接统率的卸岭盗众，先前两次损失了百十个弟兄，又临时从湘阴调了一批精明强干的盗伙，这些人也是明插暗拷，个个都带着真家伙。

而搬山道人鹧鸪哨带着老洋人和花灵，也混在卸岭群盗之中。鹧鸪哨自己用竹篓装了怒晴鸡，暗藏二十响镜面匣子枪。他的师弟老洋人，相貌太过独特，一看就是西域来的色目人，而且年纪才二十出头，那连鬓络腮胡子就已经长得十分浓密了，体格又十分魁梧，所以显得倒像四十多岁的中年壮汉。此人性格宽厚，不善言辞，反正师兄鹧鸪哨说什么，他就做什么。

花灵的相貌和鹧鸪哨差不多，除了微有鹰鼻深目的特征之外，都已和汉人没什么两样，随身带着药篓。如今能出来盗墓的搬山道人，只剩下这三人了。这回进瓶山，他们三人身上还都携带了沉重的分山掘子甲，此物乃是搬山道人的秘密，谁也没亲眼见他们使过，连卸岭盗魁陈瞎子也不知它的底细。

湘西山区是八百奇峰，三千秀水，十步一重天，山势地形都与外界迥然不同。群盗来至瓶山，天色已经亮了，只见群山丛林，苍郁葱黛。但这山壑里愁云惨雾，隐隐有股妖气笼罩，像白老太太之类的妖异邪祟之物极多。不过有大批部队进山，当兵的身上杀气沉重，倒把那妖雾都冲淡了。

陈瞎子请鹧鸪哨观看瓶山形势，搬山卸岭不会摸金校尉那套外观山形、内查地脉的本事，不过陈瞎子擅用"闻"字诀，山中哪里有多大的空间早已探知明白，那座水银机括控制的瓮城，已被山中流沙埋了，山里应该还有冥城大殿，大致的方位是在这瓶腹中间。

但由于山体都是青石，难以"观草色、辨泥痕"，来找出真正地宫墓道的入口。也或许根本就没有入口，真正的入口只有那机关城，早在封闭冥殿的时候被巨石铜汁灌注堵了个严实。想要进古墓盗宝，似乎只有从山巅的断崖下去，那里直通后殿，不过后殿与地宫大殿也都被石条砌死了，不下去大队人马，根本搬不开那些拦路的巨石。

第二十四章 山阴

陈瞎子计划带人从山隙下去，先把大群活鸡撒出去，将后殿和山缝里藏着的毒虫清剿干净，然后使炸药炸出个通道，直达冥殿；或者仍是以炸药为主，在山脊上选个薄弱的位置，炸穿石山，挖出地宫。这都是卸岭力士惯用的套路，虽然可行，却需消耗许多时间和人力物力。

鹧鸪哨看着瓶山沉思片刻，这山实在是太奇特了，山势歪斜欲倒，山体上的巨大裂隙将断不断，而且山形如瓶，只怕真是天上装仙丹的宝瓶坠入了凡间，否则哪有这般神奇造化？他看了半晌，忽然心中一动，山上进不去，何不从山底进去？

只见瓶山斜倒下来的山体，与地面形成了一个夹角，其间藤萝倒悬，流水潺潺，山体与地面的夹角，随着上方倾斜的石壁逐渐收缩变窄，阳光都被山体云雾遮挡，山底如同黑夜一般。

鹧鸪哨虽然不懂风水，但他心机灵巧，也有观泥辨草的本领。山底的大缝隙里千百年不见阳光，正是背阴之地，可里面藤萝密布，说明山根处并不全是岩石，从山底这个死角里往上面挖，绝对比从上往下要省力气。

众人当场商量了一番，决定搬山卸岭兵分两路，陈瞎子和罗老歪带工兵营，在山脊处埋设炮眼，轰山炸石挖掘墓道，而鹧鸪哨则带搬山道人和一伙卸岭盗众，从山底寻找入口。此次进山人手充足，正应当双管齐下，不论哪路得手，瓶山古墓中的宝货就算到手了。

征缴来的大量活鸡，都给了陈瞎子使用，这些大公鸡足能驱除墓中的毒虫。漫山遍野的鸡鸣，使得瓶山缝隙里的毒雾毒虿都彻底消失隐匿了。大大小小的蜈蚣似乎也知道有克星进山了，全藏在岩缝树根的深处蛰伏不动，哪里还敢吐纳毒瘴！陈瞎子这一路人马，当即忙着闻地凿穴，开挖炮眼，按下不提。

单说那仅有的一只怒晴鸡，则由鹧鸪哨携带，除了另两名搬山道人花灵和老洋人跟随他之外，又有红姑娘率领十几名卸岭盗众相辅。准备停当，便转向后山，山底一带也并不是那么轻易便去的，由山口到山底，全是崇岩陡壁，根本无路可通，必须从陡峭的山巅辗转下去。

从上到下，虽也有险径可攀，但几乎都是直上直下的峭壁危岩，胆小的往下看一眼都会觉得腿肚子抽筋。鹧鸪哨等搬山道人，都是艺高胆大之辈，红姑娘带的一帮弟兄，也都是常胜山里的好手，利用蜈蚣挂山梯在绝壁险径上攀援而下，并不费吹灰之力。

鹧鸪哨看那蜈蚣挂山梯虽然构造简单，却是件独具匠心的盗墓器械，作用极大，也不由得暗自佩服卸岭群盗传下来的这套东西。

一行人如猿猴一般，攀藤挂梯，轻捷地下到山底，抬头一望，瓶山的瓶肩和瓶口，都绿葱葱地高悬在头顶。在远处看除了山势奇秀险峻，倒不会觉得有什么可怕，真到了山底，才看出这座青石大山巍峨森严，千万钧巨岩就这么斜斜地悬在半空，也不知已有几千几万年了。这要是山体突然崩倒下来，身处下面的众人都会被砸得粉身碎骨，连神仙也躲闪不开，群盗虽然胆大包天，可眼见这大山险状委实可怖，呼吸也不禁变得粗重起来。

再往前走出几步，从山岩中渗出来的水滴就落在头上，那水冷得彻骨，众人只得顶了斗笠，披上蓑衣，提着马灯前行，还要不时拨开那些挡在面前的藤萝，走得格外缓慢。头顶山岩越来越低，四周阴森的潮气格外沉重，令群盗觉得压抑难当。

行出数百步，前边就是一片山中雨水积下来形成的水潭，由于常年被阴水浸泡，地面都陷下去一块。积水很深，水面满是浮萍，被滴水激得涟漪串串，更有许多长藤垂在水里。

鹧鸪哨眼见这山底真是别有洞天，越发证实了先前的判断，但此地幽深闭锁，积水又深，想要继续往里走，只有攀藤过去，这等手段鹧鸪哨自是能施展出来，其余的人却未必能行，难不成在这刺骨阴寒的水里游过去？想到此处，不禁眉头微微一蹙。

红姑娘看出他的意思，就让手下把蜈蚣挂山梯拼成网状，竹筒中空，浮力极大，正可作为渡水的竹筏使用。

鹧鸪哨点头称善，当即踏上竹梯拼成的筏子，挑起马灯照明，看清了方向，便命众人划水向前，三艘筏子径向水潭中心驶去。

水面堪堪行到一半，红姑娘就在竹筏子前边听得黑暗中似有无数蠕动之物。她虽然也是目力极好的人，却不及陈瞎子生来就有在古墓中开了夜眼的奇遇，在这么黑的地方就看不太真切了。

她亲眼见过这瓶山里潜养成形的毒物，料得前方有异，急忙摸出三支飞刀，全神贯注地盯着前面，一旦有什么东西出来，先用月亮门的手段钉它几刀再说。

鹧鸪哨也早已察觉，但他经验老到，仔细用耳音加以分辨。随着竹筏向前行驶，前边的动静越来越大，似是群鼠在互相撕咬，密密麻麻的也听不出数量多少。他心中猛一闪念，叫声"伏低"，急忙按着身边的花灵就势趴在竹筏子上。

红姑娘等人闻声一怔，也赶紧伏下身子。这时就听"轰隆隆"一阵乱响，从前边的岩壁里飞出无数蝙蝠，犹如一股黑色的龙卷风，在狭窄的岩壁和水面之间向外边飞去。由于数量实在太多了，而且是受惊飞出，有许多竟被同伴挤得跌进水里，或是一头撞在石壁和藤条上，发出阵阵悲惨的嘶鸣，在山底反复回荡不绝。

竹筏子上有一名卸岭盗伙反应稍慢，竟被无数蝙蝠裹住。蝙蝠并非有意伤人，而是受惊后撞到什么就下意识地咬上一口以求自保，爪子也十分尖锐，挂上一下就能带落一大块皮肉下来，哪里容得那人抵挡挣扎，顷刻间身上的皮肉就被撕没了，剩下血肉模糊一副骨架掉进水里，他死前的惨叫声兀自在岩壁上回响着。

鹧鸪哨也没料到山底的岩缝里竟藏了这么多蝙蝠，他人急生智，连忙用力一拍鸡笼，里面的怒晴鸡顿时一声啼鸣，声音响彻了水面。雄鸡唱晓本就是天地间阴阳分割的征兆，而蝙蝠只在夜晚出没，物性天然相克，怒晴鸡又不是凡物，果然把大群蝙蝠惊得四散逃开，再不敢从竹筏子上面经过，不消片刻就散了个一干二净。

群盗见刚进山就折了一个弟兄，都有栗栗自危之感，觉得这出师不利的兆头可不太好。这些人过惯了刀头舔血的日子，生死之事早就见得多了，盗墓时死几个人更是不足为奇，可那同伙刚才的死状实在太惨，不能不让人毛骨悚然。

好在大群蝙蝠来得快，去得更快，而且山底的水潭也很快到了尽头。

瓶山在这里插入大地，底部都是乱石，最窄处已经无法接近，站直身子一抬头，就会碰到上边冷冰冰的岩石。

众人跟着鹧鸪哨从竹筏子上下来，猛听前边有窸窸窣窣的喝水声，心觉奇怪，挑灯照了照左右，都不禁"咦"了一声。

在昏黄的灯光下，只见山根里有十几个土堆，是片一个紧挨一个的坟堆，大都水淋泥落，使得坟中棺材半露。其中有口显眼的白茬棺材，棺顶渗出一大摊腥臭的污血，一只小狸子正伏在棺盖上，贪婪地伸着舌头狂舔那片黑血。

第二十五章
分山掘子甲

那只狸子只顾趴在棺上舔血，神情极是贪婪，竟对外边来了一伙人全然不知。鹧鸪哨前不久曾带着另外两个搬山道人，在古狸碑除了利用圆光术迷害生灵的"白老太太"。瓶山附近山阴水冷，狸子并不常见，不承想在山根里又撞见一只，看它的毛色和那一副奸邪神态，就知是古狸碑那老狸子的重子重孙。

这种事情不用鹧鸪哨动手，他师弟色目鬈发的老洋人便抢上一步，用铁钳般的大手捏住了那狸子，拎到师兄面前听候发落。

那狸子如梦初醒，嘴边还挂着棺里渗出的黑血，它颇通人性，似乎也能看出搬山卸岭群盗身上杀气腾腾，知道是大难临头，顿时惊得体如筛糠，屎尿齐流。

红姑娘在旁看得莫名其妙，她是半路出家进了常胜山入伙，对那些盗墓掘冢的事情还是外行，此时见山阴里有片乱坟棺木，又有只贼眉鼠眼的狸子不知在做什么勾当，忍不住出言相询。

鹧鸪哨却没作答，只对她和身后的群盗一摆手，带他们走近山根里的一片坟丘。这是瓶山陷入地面之处，身在其中不能直起腰来，众人只好猫着腰举灯钻到最狭窄的地方，那口渗出污血的白茬棺材就近在眼前了。

群盗只闻得里面腥臭扑鼻，赶忙用黑纱遮面，遮住了口鼻，猜测棺材里八成是藏有腐尸。但鹧鸪哨觉得这口没刷漆的棺木并不像是普通棺材，凡是大型古墓和宫殿道观一类的所在，必定生气充沛。可山脉泥土都有阴阳两面，山根里阴寒潮湿，千百年前的木棺看上去却如崭新一般，饶是他见多识广，也不知这里有什么古怪。

鹧鸪哨也是艺高人胆大，无论碰上什么异事，都必定要穷究其秘。他用指节在棺上敲了两敲，铿然有声。棺板的木料算得是上成货色，但也绝不是什么罕见的棺木，棺板缝隙里都是黏滑的污血，闻起来如同死鱼被暴晒后发出的腥臭。

鹧鸪哨见外边看不出什么名堂，就让几名卸岭盗众上前破棺，那些人都得了陈瞎子的吩咐，对鹧鸪哨就如同对常胜山舵把子一般言听计从，当即领了个诺，拎着长斧上前。

盗墓倒斗之类的勾当，都离不开的一个重要环节就是开棺。摸金校尉开棺都是用探阴爪和黑折子，以撬和拔为主，所以称"升棺发材"；而卸岭盗墓，开棺的时候习惯用开山斧，以砸和劈为主。可是山根之下空间太窄，并没办法劈棺，只见那三名盗伙横挥长斧，几斧头下去，就把棺材撬破了一个大窟窿。

群盗又用斧子将窟窿扩大，把那一口完整的棺木彻底卸了开来，提灯照去，只见棺中并没有尸体，只有满满的一堆肉菌，不停淌着黑色的汁液，气味颜色都和腐尸一般。

鹧鸪哨见此情形，心中已经了然，赶紧命人点根火把，将这些肉菌都焚化了。原来那白茬棺材不是装死尸的棺木，而是丹宫里盛放肉菌的木夆。宋时炼丹化汞之术，已与秦汉时多有不同，相比前朝更加精细，讲求个死汞为银，铅铁为金，药草成引，合而为丹。烧丹的丹头，常会用到罕见稀有的灵芝、九龙盘、肉菌、太岁之物，不过肉菌被采出来后，放置在平常的环境里难以保存，很快就会干枯失去药性，保存的办法只有装在木夆里，藏在山阴湿冷的地方。

那些坟丘般的土堆都是埋藏木盦的，也不知是被狸子刨出来的，还是被泥水侵蚀，才使棺材般的木盦暴露出来。盦中肉菌在山阴里仍然生长不息，但埋的年头太久了，已难入药，却引得这狸子来舔它渗出来的汁水。

鹧鸪哨看了看被老洋人擒住的狸子，骂道："这些畜生实际上和那些妄想成仙的人一样，都打算吞丹服药以求长生不死。古人在瓶山仙宫里的丹头未能炼成，剩下的丹料药材却成全了它们，再任其胡作非为，早晚要成祸害。"

红姑娘也听陈瞎子讲过古狸碑的事情，对此颇为担心，便问鹧鸪哨道："既然如此，是否现在让弟兄们动手宰了这狸子？"

鹧鸪哨平生杀人如麻，凡是那些狼心狗肺之徒，或是非分奸佞之辈，只要被他撞见，绝不肯手下留情，杀个活人便如同掐死只虱子一般寻常，何况是只贪图丹药心怀非分的狸子。

但他习惯独来独往，只因搬山道人日趋没落，族人中懂搬山术的越来越少，这才将花灵和老洋人带在身边，让他们跟着自己学些真实的本领，万一他在盗墓的时候有所不测，流传千年的搬山分甲术也不至于就此绝了。鹧鸪哨不想在师弟师妹面前轻易杀生，天下是非本就难分，杀与不杀也只是在一念之间，免得将他们引上杀业过重的邪路。

此时鹧鸪哨听红姑娘问是不是要当即宰了这狸子，便摇头道："权且留这厮一时半刻，等会儿咱们拿它还有用处。"

群盗不知鹧鸪哨抓了这只狸子还要做什么，但也不敢多问，只好按照他的吩咐，先把那些木盦肉菌挖出来毁了，然后趁着火头点了火把，将马灯暂时熄了，各自散在山根下的缝隙里，寻找可以挖掘盗洞的位置。

按照陈瞎子那套听风听雷的绝活，这瓶山里的古墓和修在山峰上的道教仙宫没什么区别，只不过是利用瓶山内部的岩洞，把仙宫修筑在了山腹里，也是阶梯形地逐渐向上，顺着瓶山歪斜的走势，山腹里是一个殿高过一个殿，大约有四五层之高，规模甚是宏大。

在山脚地门处挖开的瓮城，应该就是前殿的山门，不好判断的就是墓主埋骨的阴宫和那些陪葬的明器究竟藏在了哪座殿里。按搬山道人鹧鸪哨的设想,是从山根里挖进去,从位置上估计,正好可以把盗洞挖到瓮城后边的大殿里,不过山根里土石杂乱,山隙又是幽深曲折,实在不知该从什么地方下手。

鹧鸪哨在进来之前,也只是打算先探上一探,并无太大的把握,但临头一看,已知自己料中七八成了。瓶山虽是块整体的大青石,却并非真正的无懈可击,山阴里的一些地方是土石掺杂。倘若把山阳比喻成一面青石巨盾,像是刀枪不入的金钟罩铁布衫,阻挡了一切想用外力挖掘古墓的盗贼,那山阴里就是个空门虚位,是铁布衫的罩门。天底下越是规模庞大的东西,越是容易有弱点可寻,百密必有一疏,山阴处石土混杂的破绽,恐怕连在此营造墓穴的元人都没考虑到。

盗墓的各种手段五花八门,其实涉及挖掘盗洞和穿椁破棺,虽然手艺不同,但其间也没多大的分别,唯独这寻藏找墓的手段,却有千差万别,高低之分极是悬殊。"望、闻、问、切"的前三起,都是寻藏的方技,其中属摸金校尉最厉害,搬山卸岭对此也心服口服,那套"寻龙诀"和"分金定穴"的风水秘术,只有挂符的摸金校尉才能施展。摸金校尉搜山剔泽寻找古冢,观山形可知地宫深浅,望天星能辨棺椁方位,这都是其余盗墓贼望尘莫及的本事。但是所谓寸有所长,尺有所短,搬山道人也有自己的一套独门办法。鹧鸪哨见群盗寻了半天,用竹签东边戳戳西面捅捅,在这到处渗水的阴湿环境中,卸岭那套"观泥痕、辨草色"的办法已经行不通了。

盗墓的诸般手段里,最有局限的,可以说就是看土辨泥之法,一旦到了沙漠或者被水淹没过的地方,这些办法就不太灵验。鹧鸪哨见状便让群盗停下,从老洋人手中接过那只狸子,探手从怀中摸出一枚蜈蚣珠。这是先前陈瞎子和罗老歪挖出尸头蛮时所获之物,进山的时候给众人分了一些,如果被毒虫蜇咬,可以用来拔毒,却不能接近口鼻。

鹧鸪哨掏出蜈蚣珠,在那狸子鼻前抹了几抹,那狸子顿时一阵抽搐,两眼翻白,鼻中点点滴滴地淌出血来。鹧鸪哨拎着它在山缝里来回滴血,花灵举着根火把,帮他照亮,仔细观看鲜血滴落在土石上的变化。

最后见到血水滴在一片硬土上,既不渗下也不流淌,反倒是被吸附在土层上一般打着转，随后才渗进土里。看来这片土层接着瓶山里的阴气，与滚热的鲜血微有排斥，但这变化也是极细微的，若不是经验老到之辈，也绝对看不出来其中奥妙。此地已离埋着肉菌的土堆很远了，鹧鸪哨看得确凿了，点头道："是这地方了，打出盗洞，必能直透地宫。"

他确认无误，这才让花灵用药给狸子止了血。那狸子可能也是上辈子不修，这辈子倒霉，偏巧撞在搬山道人手里，不知流了多少鲜血出来，再迟些找到土层，全身的血水就要被放净了。

鹧鸪哨又用短刀挑断了狸子颈后的一条妖筋，令它这辈子别想再吐纳修炼，也无法用障眼法残害生灵，只能按照大自然的规律随着万物生灭，然后随手把它扔到一边说："走吧，休再落到搬山道人手里。"

那狸子如遇大赦，忍着断筋放血之痛，头也不敢回地钻进岩缝里逃了。红姑娘和她手下的卸岭盗众见鹧鸪哨奇变百出，无不看得目瞪口呆，难道从那狸子滴血的土层里挖盗洞进去，就可以切入古墓地宫了？这在他们眼中看来，就如同"问"字诀上法的"卜穴"之术，简直是神乎其神，他们还以为搬山道人是用狸血巫卜，找出了挖掘盗洞的方位。

群盗摩拳擦掌，纷纷准备器械挖掘盗洞。红姑娘见只有十几个人，也不知这条盗洞深浅，怕是一时半会儿也挖不透，便想派两个弟兄回去再调些人手来帮忙。

鹧鸪哨心想红姑娘这月亮门里出来的，不太懂倒斗的勾当，她不知若是凭着人多势重，也就没有搬山之术的名头了，便说："大可不必，诸位卸岭好汉只管在旁歇息等候，且看搬山分甲术的手段。"说罢对老洋人和花灵一招手，说："取分山掘子甲！"

群盗一听都是一怔，想不到今天有机会见识搬山秘术。盗墓倒斗的谁人没听过搬山分甲之术，但以前搬山道人从不与外人往来，所以几乎没人亲眼见过分山掘子甲，众人都是做倒斗这行当的，如何能不好奇？当即人人凝神，个个屏息，眼也不眨地盯着三个搬山道人手底一举一动。

只见花灵和老洋人从背后卸下竹篓，竹篓上面盖着蜡染的花布，里面沉甸甸的像是装了许多东西。花灵取出药饼捻碎了撒在竹篓上，也不知那药饼是什么成分,她随手一抖,就忽然冒出一片尘烟,就听那竹篓里有东西蠕动欲出,"哗啦啦"的一片乱响,好似大片铁甲叶子相互摩擦。

群盗大吃一惊,久闻分山掘子甲的大名,谁也没想到这东西是"活"的。那"掘子"二字,乃是古代对工兵的一种称呼。古时战争中常有攻城拔寨的战法,遇到坚壁高垒的城池难以攻克,攻城部队就会分兵挖掘地道陷城,而城内的守军也要挖掘深沟,并在其中灌水埋石,以防被敌人从外边挖透了城壁。执行这类任务的军卒,大多是擅长挖土掘泥的短矮粗壮之辈,如地鼠般在土沟地道里钻来钻去,也称"掘子军"或"掘子营"。

所以群盗先前都猜想分山掘子甲是一套铜甲,应该是古时挖土掘子军所穿的特殊甲胄,有掏地用的铁爪铁叶子,万万没想到竟然会是活物。只听那竹篓里的声音越来越大,忽然从里面滚出两只全是甲叶的球状物,着地滚了两滚就伸展开来,竟是两只全身鳞甲的怪物。

那对怪物形如鼍①龙鲤鱼,身上鳞片齐整如同古代盔甲,头似锥,尾生角,四肢又短又粗,趾爪尖锐异常,摇首摆尾显得精活生猛,稍一爬动,身上的鳞片就发出一阵铁甲叶子般的响声,身上还套了个铜环,环上刻有"穴陵"二字。

卸岭盗众里大多数人都没见过此物,惊诧之情见于颜色,纷纷向后退了两步。只有三两个老江湖还算识货,一看之下认出是鲮鲤甲来,但看到那锈迹斑斓的铜环,又不是普通的鲮鲤甲,猛然想起一件事物,禁不住惊呼一声:"莫不是穿山穴陵甲?"

---

① 鼍,音 tuó,爬行动物,背尾部均有鳞甲。

第二十六章
穴陵

那对穿山穴陵甲一大一小，好像始终在竹筐里昏睡，直到此时趴在地上如梦初醒，晃动着身躯伸展肢体，听它们利爪刮地的声音，就知道劲力精猛。群盗中多有不识的，担心此物伤人，都不由自主地向后退了几步。

此时花灵和老洋人并肩上前，揪住了穿山穴陵甲身上的铜环，将它们牢牢按在地上。这双长甲四足乱蹬，不停地挣扎，可是苦于被铜环锁了穴位，纵有破石透山之力也难挣脱。

穿山穴陵甲乃是世间异物，虽然形貌酷似穿山鲮鲤甲，实际上两者还是有很大的区别。在两千多年前已有盗墓贼将鲮鲤甲加以驯服，通过喂其精食药料，使它的前肢格外发达，通过长期驯养，就可以作为盗墓的掘子利器，古称穿山穴陵甲。

那时候的古墓，大多都是覆斗丘钟形封土，即便里边没有地宫冥殿，内部也大多是木椁，用层层木料搭砌成黄肠题凑[①]的形势，完全使用墓砖的不多，也很少有以山为藏的大型山陵，普通的坟丘夯土，根本挡不住穿

[①] 黄肠题凑，"黄肠"指堆垒在棺椁外的黄心柏木枋，"题凑"指木枋的头一律向内排列，代指西汉帝王陵寝椁室四周用柏木枋堆垒成的框形结构。

山穴陵甲的利爪。

后来的墓葬逐渐吸取防盗经验，石料是越来越大，而且坚厚程度也随之增加，缝隙处还要熔化铜铁汁水浇灌，使穿山穴陵甲逐渐失去了用武之地，但对于湘黔山区阴冷潮湿地域的普通坟墓，还是可以派上极大用场。这唐代就已失传的穿山穴陵甲古术，在当今世上，只有搬山道人还会御使，始终是搬山术里的绝密法门。

搬山道人并不用摸金卸岭的切穴之法，摸金校尉仗着分金定穴准确无误，习惯用旋风铲打盗洞；卸岭群盗人多势众，再大的封土堆也架不住他们乱挖；而搬山道人则经常使用分山掘子甲来挖盗洞，历来号称"三钉四甲"。这穿山穴陵甲仅是四甲之一，离了湘黔两粤，此术就施展不得，但他们擅能因地制宜，还可使用另外的分山掘子甲，这些都是属于搬山倒斗的"切"字诀。

鹧鸪哨命花灵取出几个竹筒来，里面装得满满的都是红头大蚂蚁，能有数斤之重，先喂那两只穿山穴陵甲吃个半饱，就将它们拖到山根里，用药饵捣在刚才狸子滴血之处，推着它们在那儿挖掘土石。穿山穴陵甲这东西见山就钻，尤其喜欢坟墓附近阴气沉重的土壤岩石，只见那体形略小的顶在前面，它躯体前弓，抖起一身厚甲，钩趾翻飞，快得令人眼也花了，刨挖硬土就如同挖碎豆腐一般简单，轻而易举地穿山而入。

老洋人则拽住另外那只体形硕大的穿山穴陵甲，在它的铜环上系了条链子，使其难以跟先前那只一同钻进山里。这俩家伙是秤不离砣，抓住一只就不愁另一只偏离方向或是会在中途逃脱，只是放短了链子，故意急得那只大的着地乱转，把已经挖开的盗洞窟窿越扒越大。

卸岭群盗虽也都是倒斗的老手，可哪曾见识过这种手段，看得瞠目结舌。原来这两只穿山穴陵甲体形有异，却是分进合击的绝配，一只挖掘纵横的盗洞，另外一只扩大洞穴的直径，而且挖土钻山的速度之快，几乎到了常人难以想象的地步，若不是亲眼得见，怎想得到有此异术。

这条被穿山穴陵甲挖开的盗洞，洞宽大可容人蹲行，角度是平行于地面，直着从倾斜的山根里横切进去，离那瓮城后面的地宫，距离也是不近。

第二十六章 穴陵

虽然双甲神异精猛，可要想直透中宫，也着实需要花费一番工夫。

鹧鸪哨乘机盘腿坐在地上闭目养神，一旦双甲穴透地宫，还指不定在这形势奇绝的古墓里遇到什么危险，耳中只听得山体中有隆隆的回响，料来卸岭盗魁陈瞎子已率众埋设炮药开山。但鹧鸪哨心下清楚，瓶山山势坚厚，土色藏纳紧密，从山阳处炸石而入，绝不是一两天就能得手的。这对穿山穴陵甲若是不受什么阻碍，大约在天黑之后，就能直抵古墓大藏，也不知墓中的丹丸珠散都是何物，但既已到此，急是急不得了，也只有摇橹慢桨捉醉鱼，静待其变罢了，渐渐神游物外，犹如高僧入定一般。

卸岭群盗自是不敢打扰他，也就近坐在山根下歇息。红姑娘这几天常在鹧鸪哨身边，眼见他机变百出，举止洒脱，言辞清爽，决不似常胜山里上至陈罗、下至无数盗伙那般要么粗俗无礼，要么便是一肚子称王称霸的野心，也只有嫁了他这等人物才不枉此一生，不禁有些后悔当年发誓终身不嫁，正是"夜来楼头望明月，只有嫦娥不嫁人"。她想到此处轻轻叹了口气，心中却已打定了主意，将来就是天涯海角，好歹也要随了他去，管什么发过誓赌过咒，不过也不知这搬山道人讨没讨过老婆。

想到此处，红姑娘就低声去问鹧鸪哨的师妹花灵，但此事也不好直接打听，只好兜个圈子："小妹子，我看你长得这么如花似玉，今年可有十七八了？将来谁娶了你真是他前世的福分。不知你师兄替你定了亲事没有？"

花灵没听过这种规矩，奇道："姐姐，我的婚事怎么是我师兄来定？我父母尚在，他们虽然卧病在床，可还……"

红姑娘说："我依理而言，既然令尊令堂身子不适，那这种大事理应是做师兄的操心。男大当婚，女大当嫁，有道是萝卜拔了地头宽，妹子嫁了哥省心，看你师兄那人整天眉头不展，好像心事很重，也不知他有没有替你着想过这些事宜，他……他自己可曾婚娶？应该也没顾得上吧？"

花灵才刚十七岁，又很少同外人接触，哪里明白红姑娘的意思，只是觉得她问的事情有些奇怪。然而卸岭群盗中有许多都是风月场上的老手，耳朵尖的听在耳中，多半已猜出红姑娘的念头，听她七绕八绕地找那小姑娘打听搬山道人有没有讨过老婆，不免暗中好笑，想不到这冰山美人也有动情的时候。

这事越想越是好笑，其中一名盗伙实在是忍不住了，竟笑出些许声音来，被红姑娘听个真切。她心知坏了，刚才心急，竟没想到山缝里拢音，有什么心腹的话也被那些人听到了。

她恼起来反手就是一个耳光抽去，打掉了那名盗伙两颗门牙，余人知道这女子的厉害，她除了卸岭盗魁之外，连罗老歪都敢打，常胜山底下的喽啰们谁有胆子惹她？众人赶紧绷起了脸，强装出一副若无其事的表情，气氛显得无比尴尬。

红姑娘脸上发烧，正想找个地缝钻进去，这时老洋人从盗洞里钻出来，两只穿山穴陵甲也被拽了出来，他报知鹧鸪哨：“已穴透了山陵，风生水起。”

"风生水起"是盗墓时常用的一句切口，"风"是指古墓里空气流通，没有积郁的阴晦之气。这瓶山前边的瓮城独立封闭，被作为一处虚墓疑冢的陷阱，所以没有山中毒虫的踪迹。穿山穴陵甲挖出的盗洞，正好切入瓮城后面被封住的墓道里。"水"是指"财"或"冥器"，有水就说明确实有冥殿地宫。

鹧鸪哨闻讯起身，当即就令众人准备进盗洞。他自己把一盏马灯绑在身上，看了看两支德国造的镜面匣子，子弹压得满满的，又把一条黑纱蒙在脸上，只露出两只眼睛。其余的众人，也都各自收拾得紧趁利落，拆了蜈蚣挂山梯分别携带，肃立在盗洞前听候调遣。

鹧鸪哨见众人齐备，就把那竹篓中的怒晴鸡捧出来。只见那雄鸡彩羽金爪，似乎也能感觉到瓶山古墓里藏着死敌，知道今日必定有场你死我活的血战，当即昂首顾视，振翅怒啼，精神显得格外振奋。

鹧鸪哨暗中点头，他也不管那雄鸡是否能懂人言，竟当众对它嘱咐了一番，从金风寨山民家中的屠刀下救得这怒晴鸡出来，有什么本事都在今时今日施展出来，可别折了怒晴金鸡的威名，也别辜负了搬山道人的救命之恩。

那十几名卸岭盗众见了，也知这怒晴鸡可以扫荡墓中毒虫蜈蚣。他们都亲眼见过从深洞乱云里飞出的那条六翅蜈蚣，绝不是普通枪械能够抵挡的，心想只要这只大公鸡能使群毒辟易，使搬山卸岭盗了墓中珍宝，今后就是称你一声"鸡爷"也是无妨，群盗的身家性命可全系在你身上了。

鹧鸪哨随即派出四人，其中两个去瓶山上禀报陈瞎子。听这山里炸药爆破之声断断续续始终不绝，可能山上的工兵部队还没炸出什么眉目来，既然山根里打通了盗洞，便请陈瞎子带人下来会合，另外两个留在盗洞前负责联络。

其余的人都跟鹧鸪哨进去探墓，布置妥当，他就带着众人钻入盗洞。群盗身上都带着不少铁钉，走出一段，就在盗洞墙壁上钉上两枚，两枚长钉相互交叉，再把简易的皮灯笼架上一只作为照明记认。

如此一路下去，但见这条透山盗洞，都被穿山穴陵甲挖得极是开阔平整，人钻进去不用蹲下，猫腰弓身即可前行。群盗见洞中除了硬土，更有许多坚固的岩层，竟也都被双甲穴透了，不由得暗暗咋舌，连赞穿山穴陵甲这种盗墓古术果然了得。

盗洞的长度，比鹧鸪哨先前估量的要短，可也足有数百步的距离。群盗小心翼翼地钻洞攒行，许久才到尽头，出来的地方恰好是个倾斜的坡道，坡道上铺的石板已被推开了，举着火把往四周一看，较低的地方被巨大的条石砌死，无隙可乘，顺着坡道上去，高处都是庞大的青石券顶。

石壁的缝隙里，偶尔会有一两只急速逃窜的蜈蚣之属，物性有生克，此物与怒晴鸡势成水火，见了只有逃命的份儿。整个山中的毒虫本来在夜晚和幽暗之处都会吐纳毒霞，但怒晴鸡一声啼鸣，这些毒虫再没一只敢吐毒液，都没命地往山缝深处钻，以求离这天敌越远越好。

鹧鸪哨知道这座古墓里机关埋伏众多，也自不敢托大，顺着阔大的坡道缓缓前行，群盗扛着蜈蚣挂山梯拥在他左右跟随。走出不远，见岩壁上有块极大的石碑，上面龙飞凤舞的四个大字，鹧鸪哨挑灯观看，见是"红尘倒影"四字，也不知是何所指。

待走到斜坡的尽头，穿过一条浮雕云龙石梁，眼前豁然一片灯光璀璨。在偌大一个山中洞穴里，耸列着数座重檐歇山的大殿，殿宇高耸，楼阁嵯峨，飞檐斗拱密密排列，雕梁画栋而又庄严肃穆，殿中殿外灯火通明，层层叠叠观之不尽，映得金砖碧瓦格外辉煌。

洞内岩层中有石烟升腾，使灿如天河的宫殿里香烟缭绕，透着一派难以形容的幽远神秘，与洞天福地里的人间仙境无异。但在山腹里显得格外阴森，又被云烟笼罩着，看上去让人感觉极不真实，缥缥缈缈的似是水中幻象，难怪会有"红尘倒影"的碑文。

原来瓶山虽然坚固，但由于山体常年倾斜，致使山体有许多或大或小的缝隙，不过在外边很难看出来。山腹中是块风水宝地，生气涌动不绝，藏在山里的古物历久如新。楼台殿阁间的万年烛、琉璃盏，完全按照星宫布局安置，繁而不乱，气象严谨。

此地本是皇家藏丹炼药所供奉的"仙宫"，自秦汉之际就开始经营建造，其中许多古迹年代都不尽相同，但处处都有皇室气象。那些琉璃盏内都是珍贵的千年烛、万年灯，些许微弱的灯引就可以燃烧千年不灭，时隔几百年，大部分灯烛依旧亮着，尤其是那些八宝琉璃盏，兀自被烛火照得流光溢彩。

群盗跟在鹧鸪哨身边，见了这一片瓶中仙境般的宫阙，都不禁惊得呆了，看得双眼发直，饶是他们胃口够大，却做梦也没想到会有这么大的冥殿，单是那些古老的灯盏就取之不尽了。

花灵出来搬山不到半年，也没见过什么世面，只觉那宫殿深处妖气笼罩，心里不禁有些发颤，拽住鹧鸪哨的胳膊躲在他身后。"师兄，前边那千奇百怪的去处……像是炼丹的道观宫殿，怎么会是藏死人的冥殿？"

鹧鸪哨十三岁开始跟着前代搬山道人盗墓，规模宏大的帝陵和诸侯王古墓也盗过，山陵里的地宫虽然奢华壮丽，可也绝无眼前这等仙境般的气象。这简直就是把一整座道教名山里的建筑全搬进了山洞里，但这山里阴气沉重如同鬼宫，哪儿有半点仙气？

此时被花灵一问，鹧鸪哨便随口答道："服食求神仙？嘿嘿……不过是皇帝们的一场春梦。后来山河破碎，这仙宫金殿还不是被个元代的大将军当了坟墓。我这就过去瞧瞧仙宫里的湘西尸王……看看它究竟是三头六臂，还是满身的铜皮铁甲。"

第二十七章
斗宫

搬山道人鹧鸪哨先前想去黔边盗发夜郎王古墓,不料却扑了一空,心里正有些焦躁,如今见了瓶山古墓气象万千,犹如瓶中仙境,不知里面都藏了些什么前朝的秘器。他见猎心喜,不禁技痒起来,当即就要单枪匹马到前边的地宫中一探究竟。

卸岭群盗和老洋人、花灵等人见他这就要动手发市,也赶紧各自抄起器械,要跟在他身边同去倒斗。可刚一抬脚就发现前面的宫阙楼台有隐隐黑气,殿顶抱柱之间像是有一股股的黑水在迅速流动。众人一怔,不知那殿中有何古怪,有眼尖的看得真切,惊道"不好",殿中有好多蜈蚣。

鹧鸪哨知道携有怒晴鸡在身边,足能克制墓中毒物,但也仅能确保几百步之内无忧,要是这十几个人一同过去,自己孤掌难鸣,难免对众人照顾不周。此时天色晚了,正是山里蜈蚣吐毒的时辰,万一让那些毒虫有隙可乘,必会折损人手。这瓶山中的宫殿实在太大,若想盗宝,只有先等陈瞎子带大队人马过来将墓中毒虫彻底除尽。

进瓶山盗墓不同鹧鸪哨以往的搬山倒斗经历,一是搬山卸岭起了一通盟约,要是不等常胜山的舵把子过来就抢先动手,未免有负盟约,亏输了

155

义气；二来眼下有十几个弟兄跟在身边，比不得以前独自勾当，不可因为自己一时意气用事让他们冒险。

念及此处，鹧鸪哨只好捺下性子，仔细打量了一番山腹内的地形和建筑结构，便和红姑娘带众人撤出盗洞，留下些人手对穿山穴陵甲打出的盗洞进行加宽，为后边的大队人马开道。

这瓶山周边地形险要剥断，派出两名盗伙去联络山上的陈瞎子，这一来一往的过程，非是旦夕之间就可完成。鹧鸪哨索性就在山根里找了块干燥平整的地方，躺下来倒头大睡，养足了精神就跟群盗高谈阔论，众人豪性大发，各自说些个以往倒斗勾当的得意之事。

鹧鸪哨记得当年在陕西盗挖大唐司天陵宫的时候，曾结识了两个陕西放羊的娃子，正好当时陈瞎子在山陕两省有生意，他就把这一对放羊的兄弟托付给了陈瞎子，此刻想起来就向群盗打听那两个兄弟现在如何了。

提起他们来，卸岭群盗大为不屑，老羊皮和羊二蛋那俩小子，是人又窝囊心眼又小，虽然跟着舵把子在常胜山插香头入了伙，可也只能跑前跑后地办点小事，上次倒斗的时候这两块料吓尿了裤，这回听说来挖湘西尸王，这二位便又四条腿一齐发软，干脆就没让他们跟来，真不知道舵把子当初怎么会收了他们。

鹧鸪哨听罢也是觉得好笑，那两个放羊的娃子都是本分良民出身，违法的不做，犯歹的不吃，结果竟然半路上山插香做响马，倒斗造反杀人放火的勾当确是难为他们了。他心想实在不行，将来就同陈瞎子说说，让他们拔了香头金盆洗手，给笔钱财去做正经营生才是。

如此捺着性子等了多时，陈瞎子终于带人来到山阴，同鹧鸪哨说起在山脊上炸了整整一天，没炸出什么名堂，既然山根里打通了盗洞，正可率众进去盗墓，当下一同进了盗洞观看山腹里的那座宫殿。

陈瞎子和罗老歪等人也是头一次见到如此雄伟的宫阙宝殿，皆是啧啧称奇，更按捺不住心头的狂喜。尘世上只有号称真龙天子的皇帝才能住宫殿，除此而外，仅有释、道、儒三教的神圣可以拥有宫殿，大部分建造在神仙佛道的洞天福地里。别看瓶山这弹丸之地，可藏在山腹里的丹宫，比起那些名山大川里的佛道名胜宫殿来，也是有过之而无不及，真不愧是"红尘倒影，太虚幻境"，其中宝货必是取之不竭。

罗老歪用枪顶了顶帽檐，心喜之下觉得口干舌燥，喜道："陈老大，咱们还等什么？让兄弟上吧！"

陈瞎子上次险些被护陵的鬼军射死在瓮城里，此刻却是学了乖。眼见地宫大得惊人，料定应该不是虚墓疑冢的陷阱，但仍是不敢轻举妄动，不可急功近利再冒风险了，万一有些毒龙伏火的机关埋伏，岂不又着了墓主人的道了？

他当即吩咐下去，先让一百名工兵营的弟兄带着鸡禽过去，把那一重重的殿阁大门洞开，要是没有意外，再起大队进去搜刮宝货；另拨两百名工兵，分头在山根的积水淤泥里架设竹桥，并且挖宽盗洞，准备往外运输墓中宝货。

而罗老歪瞎了只眼，伤还没好利索，陈瞎子就让他带重兵，架上机枪在山外守住路径，以免盗墓的部队半路哗变。另外还要伐条山道出来，以便骡马过来驮东西。罗老歪恨不得亲自动手去搬明器，但转念一想，这回进山的部队虽然都是心腹，可其中仍有不少见钱眼开的兵油子，对他们也是不得不防，于是按照舵把子的吩咐，自去后山调遣人马。

陈瞎子和鹧鸪哨率众观望，只见前边进去的百来个工兵，赶着成群的大公鸡把山中殿宇的大门一座座砸开，惊得那些蜈蚣四处乱窜，一片混乱嘈杂之中，也并没见到触动到什么机关。

陈瞎子心中暗喜，看来此番是胜券在握了，带头将黑纱蒙在脸上，遮住了口鼻。盗墓时以黑纱覆面这种传统，是起源于响马贼杀人放火做那瞒天的勾当之时，担心被人见了面容泄露身份，引得官兵前来缉拿；倒斗的时候则怕墓中怨魂窥视，只要不被识破了面目，就不用担心回家后被鬼缠上。

群盗黑纱罩面，臂系朱砂绫子，点了灯笼火把，扛着蜈蚣挂山梯，在首领的一声招呼之下，数百人发声呐喊，一齐赶着无数鸡禽蜂拥而入。

这些天里罗老歪的部队在四处征缴，把十里八乡的鸡禽抢了一空，又从湘阴收购来一大批，基本上都是公鸡，有老有小，连半大的鸡崽子也都给弄来了。但鸡一多了，难免就有搞混的，其中也不知怎么混进来一些母鸡，此时在地宫里一撒开来，便立刻有许多争风吃醋的大公鸡你啄我啄，相互间打得鲜血淋漓。不过一碰到殿中的蜈蚣，就都直了眼去追逐争食，鸡子按住一条条大大小小的蜈蚣，活活鸽死在地。

陈瞎子等卸岭盗众，见搬山填海之术果然非同小可，无不叹服。此术虽不合五行之理，却能利用世上万物性质的生克制化，驱赶鸡禽将蜈蚣赶尽杀绝，总算是除了这一大患，如今那墓中宝货，当真是取如坦途。

一时之间，那寂静的地宫里鸡鸣四起，到处都是追赶蜈蚣的雄鸡，顷刻间就有数千条蜈蚣死于非命。世上物种相克，乃是上天造化，故称"天敌"。

普通的蜈蚣毒液发黑，但这瓶山古墓是处药山，生存在里面的大小蜈蚣毒液都是五彩斑斓。有些老蜈蚣身上更是彩气变幻，被那些鸡禽赶得走投无路，即便是面对天敌，虽然无法吐毒，却也只好舍命相拼。在接连不断的恶斗之中，有数十只老弱病残的鸡禽猛性不足，也都被蜈蚣咬死，羽翎脱落横尸就地，全身发黑，慢慢化为一摊血水。

瓶山地宫虽然灯火辉煌，但毕竟常年不见天日，阴气极盛，养得那些蜈蚣好生肥大，吞噬其他几种毒虫为食，使得其毒性格外猛烈。而且殿中蜈蚣实在太多，它们初时被天敌追赶，只顾四下里逃窜，但被鸡群逼得实在紧了，竟做出困兽之斗，纷纷从殿柱缝隙里钻了出来，三四条蜈蚣合斗一只雄鸡。数重大殿之间，遍地都布满了死鸡和死蜈蚣的尸骸，其余活着的还都在红着眼拼死缠斗不休。

群盗都是杀人如麻的江洋大盗，那些工兵里也有许多上过战场的悍卒，但他们这辈子里所见过的腥风血雨，似乎也不及眼前这场群鸡和古墓蜈蚣间的恶斗。那不是一只两只，也不是十只八只，而是成千条蜈蚣和成千只公鸡血战成一片，杀气激荡，冲得灯球火把一阵阵发暗。

那些公鸡都是好斗成性，可能它们也是见了死敌就全身羽冠倒竖，非置对方于死地不可；而那些蜈蚣也都被追得急了，只要听得鸡叫，就算躲进岩缝里也不得安生，只好豁出命去要和天敌同归于尽，灯烛摇曳下的剧斗之中，双方竟没一只后退半步，一时斗了个难解难分。

群盗里有些胆子小的，见了这阵势都已面如土色。陈瞎子心道不妙，看这势头，蜈蚣和群鸡还不知谁胜谁败，早知道就再多带些雄鸡进山了。

鹧鸪哨也一直在旁观望，他背的那只怒晴鸡，始终藏在竹篓里不肯放出。那血冠金爪的雄鸡是鸡中之凤，不见到那快成精的六翅老蜈蚣显形，绝不肯放它出去厮杀，只是困在竹篓里积攒它的怒性。

那怒晴鸡察觉到外边群鸡恶斗蜈蚣，果然是跃跃欲试，想出去啄它一个痛快，奈何被竹篓困住，急得不断撞笼，作势欲出。

但此刻鹧鸪哨见大群鸡禽竟然无法占了上风，被蜈蚣咬死毒杀的反倒越来越多，只好用手狠狠一拍身后竹篓，里面的怒晴鸡正急得没处使劲，顿时振翅怒啼，高亢的金鸡啼鸣在大殿之中跌宕回响。那些舍命恶战的蜈蚣听得这阵鸡鸣，全被吓得全身一颤，好像忽然失了魂魄一般，纷纷行将就木，步足脚爪发麻，爬在殿柱和石壁上的也都是一头栽了下来，被附近的雄鸡赶上去啄死。

陈瞎子见强弱之势登时逆转，心头一阵大喜，对鹧鸪哨赞道："搬山之术名不虚传，大事定矣！"说罢对身后数百名手下一招手，大呼叫道："小的们，有想发财的，就跟爷爷并肩上罢！"

近千名盗众和工兵跟在舵把子身后，高举火把分成几路，犹如一条条流动的火龙，踏着大殿前的石阶石桥，拥进第一重大殿之内。这里大部分蜈蚣都已被除尽了，群鸡被进来的盗众向里一赶，又都冲进后边的殿阁里继续追杀剩余毒虫。

群盗各自拽出枪械，见有没死绝的蜈蚣就补上一枪，或是用铲撬砸它个稀扁。杂乱的脚步和枪声响彻山腹，众人蜂拥着一路进殿。瓶山中的丹宫是方士给历代皇帝烧丹炼药的所在，一座座殿阁依着倾斜的山势，也是缓缓升高，有些地方是洞中有殿，殿中有洞，利用天然的地形地势，营造得极是巧妙。

陈瞎子和鹧鸪哨等人提着刀枪，进了最外边这道大殿，只见里面也吊着八宝琉璃盏，还燃着的约有一半，火把灯盏照耀之下，殿中光影一派绚烂。这殿内只有一根朱漆抱柱，上面横托十八道梁椽支撑，是古代宫殿建筑中罕见的一柱十八梁，丹宫里的主殿，则应该是有柱无梁，取仙法"无量"之意。

一柱十八梁的前殿里，壁上多有神仙彩绘，镶嵌着好多点缀用的珠宝玉石，被火光辉映，显得溢彩流光，看得群盗眼都直了。陈瞎子说："如今天下大乱，世上哪儿有什么正经营生？为了分赃聚义，百事可为，这就叫'遍地英雄起四方，有枪就是草头王'。这正是咱们常胜山该着兴旺发迹的时候。吾辈干的就是发掘古墓明器的勾当，既到了此间，更不必有所顾忌，看着值钱的都挖回去，半点也别留下。"

卸岭盗众可不像摸金校尉般在一座墓里只取一两样东西，还处处讲究个进退之道，常胜山有十几万弟兄，明器拿少了还不够给众人塞牙缝的。既然舵把子发了话，底下这些群盗还有什么可不好意思的，当即分出人手，拿铲子去抠刮墙上的珠玉。

其实这座殿中真正值钱的宝货，当初就已被元兵洗劫一空了，剩下的这些在当时看来都不算什么，可时光推移，到了民国年间，几百年前的这些古物也都是宝贝了，包括那些焚香的鹤形铜炉，以及殿中柱上嵌着的镏金装饰，凡是能拆能卸的，全都被群盗敲下来取走。那些八宝琉璃盏则先留下照明，要等撤出去的时候再取。

盗众里有若干头目都是盗魁的心腹，也是倒斗的老手，由他们分头指挥手下兄弟搬取金珠之物，虽杂不乱，且井然有序。

而陈瞎子和鹧鸪哨这两位大当家的，自然不能被区区一座前殿里的东西吸引住，他们没怎么停留，便又带着大队人马，呼啸声中穿殿而过，直奔后面那片殿堂。一路走去，遍地都是死蜈蚣，即便已经死了，但数量之多恐怕都过万了，看得众人心头好生发毛。

但人多势众格外壮胆，众人蜂拥而上，穿过数座殿堂之后，就已是在最高处的无量殿了。那殿正处在一处岩洞之中，殿前是个宽阔的平台，周围有镂空的汉白玉栏杆，后面就是山体内的暗青色岩石，将无量宫主殿之后的后殿封死，以宫殿结构推想，那后殿就是陈瞎子初探瓶山时从山缝里下去的位置。

这些殿中都没见到有墓主棺椁，料来必定是在面前这丹宫无量殿之中了。群盗想起湘西尸王的传言，心中难免栗然，便把脚步都放慢了，缓缓簇拥着陈瞎子和鹧鸪哨走上殿前的平台。

只见平台上有数百只全身鲜血淋淋的大公鸡，正在围斗残存的百十来条蜈蚣。旁边刚好有座拱桥，桥下是深不见底的水潭。以前应该有喷泉涌出，从高处经过一处处亭廊流到山外，使丹宫里增添了山水林泉的意境，可如今泉水早就干涸了，只剩个空潭黑洞洞地陷在殿前的山坡上。

群盗正待上前，去结果了剩下来的大小蜈蚣，鹧鸪哨却猛然察觉不对，忙于袖中一占，知有杀机在前，抬眼正看见有几名盗伙走上桥头，赶紧叫道："快退！"

第二十八章
强敌

陈瞎子也已听见枯潭深处似有异动，但他和鹧鸪哨出言示警的时候已经晚了，猛听下面"哗啦啦"一阵爆炒般的响声，那条六翅蜈蚣已经顺着石壁游了上来。原来它似乎感觉到有天敌进了瓶山，物性使然，惊得躲在深涧里不敢稍动，不过眼看它那些重子重孙都快被群鸡赶尽杀绝了，忍无可忍之下，终于狂冲上无量殿前的石桥。

老洋人和花灵这两个刚出道的搬山道人，刚好和几名盗伙走在桥上，谁知那蜈蚣来得好快，别人想救他们也已来不及了。只见那六翅蜈蚣攀在桥下，弓着身子猛地从桥栏上探将出来，黄褐色的腹下百爪皆动，狰狞已极。

群盗虽是有备而来，可事出突然，见那大蜈蚣蓦地现身出来，竟连躲闪都忘了，老洋人和另外两名盗伙，当场就被六翅蜈蚣卷落桥下，惨叫着摔死在枯潭底部的乱石之中。

凄厉的叫声和骨头摔碎的声音从底下传来，在宫殿洞穴间反复回荡，骇得群盗面色骤变，站在前排的群盗发一声喊，想要举枪射击。进古墓的时候，枪里的子弹就已经顶上膛了，这一排乱枪打过去，好歹也射它几个窟窿出来。

但鹧鸪哨见六翅蜈蚣爬在石桥侧面，如果乱枪齐发，不但难以射杀那条大蜈蚣，反倒是桥上没死的几个幸存之人，包括花灵在内，都会成了它的挡箭牌，此时万万不能胡乱开枪。他赶紧抬手拨开前排几名盗伙的枪口，实是间不容发，"啪啪啪"一排乱枪都贴着桥上几人的脑瓜皮射了过去。

陈瞎子也急叫："休得开枪伤了自家兄弟！"群盗听到首领招呼，这才硬生生将枪口压下，有些胆量稍逊的工兵看明了情由，纷纷掉头向外逃跑，混在群盗里的手枪连专门负责射杀这些逃兵，当即就有几个最先逃跑的被当场击毙，人群中顿时一阵大乱。

鹧鸪哨见老洋人就这么不明不白地死了，心中又急又恨，抬手推开挡在身边的几个人，抢步上了桥头，想把师妹花灵从桥上救回来。可就在这时，只见那六翅蜈蚣倏然间从石桥下蹿了上来，两只腭足攫住花灵，振动六翅百足，拖着她游上无量殿的重檐大顶。

那蜈蚣动作快得难以想象，不容人有丝毫反抗躲闪的余地。红姑娘也是救人心切，当即便是几枚袖箭脱手而出，可那蜈蚣硕大的身躯进退之际快逾闪电，黑影在殿前一闪，那几支袖箭虽然准头奇佳，势劲力足，却竟然慢了一瞬，全都钉在了大殿的门柱之上，连蜈蚣的影子都没碰到分毫。

鹧鸪哨见花灵生死不知，哪儿还顾得上细想，他也是仗着身手矫健，劈手从旁边的人手里夺过一架蜈蚣挂山梯，钩住殿角歇山顶的戗脊①，三蹿两纵之际，就跟着六翅大蜈蚣前后脚上了殿顶。

鹧鸪哨脚下踏着溜滑的长瓦，只听前边"哗啦啦"砖瓦撞击，抬眼一看，原来那蜈蚣伸展百足，把殿顶上铺的琉璃瓦蹬挠得纷纷滑落，它爬行的速度也顿时缓了下来。

殿下的群盗在陈瞎子的带领下稳住阵脚，举着枪对着殿顶瞄准，但一来鹧鸪哨也在房上，二来蜈蚣伏在殿顶重檐垂脊之间，暴露出来的部分很少，一时之间，谁也不敢轻易开枪。忽听乱瓦响动，众人急忙向后退开，几十片滑下来的大瓦片，"噼里啪啦"落了一地。群盗见那六翅蜈蚣身手

---

① 戗脊，起支撑作用的大脊。

非凡，简直已经成了精，可搬山道人鹩鸪哨竟敢上殿追赶，当真是不要命了。许多人爱惜他的人才，都替他捏了把汗，纷纷呼喊，让他赶紧退下来，千紧万紧，毕竟都不如身家性命要紧。

可鹩鸪哨做惯了迎风搏浪的勾当，视千难万险如同无物，哪里肯听那些卸岭盗众的话！他一闪身形避开从上边滑落的瓦片，在殿顶兜个圈子，迂回到了蜈蚣身边，只见那六翅蜈蚣用腭足抱住花灵，馋涎流了满口。

鹩鸪哨见状立刻醒悟，这蜈蚣常年盘踞在药山之中，最喜那些炼丹的奇花异草奇味，而花灵自幼就在山中采药，常和药石芝草等物做伴，所以六翅蜈蚣才要掠了她去，打算拖回巢穴慢慢吞噬。

这念头在鹩鸪哨脑中一转，他身子却不曾停下，趁着蜈蚣在殿顶琉璃瓦上立足不稳之际，便欺身上前，探手从蜈蚣头前夺过花灵，抱着她便顺檐顶斜面滚落下去。

那蜈蚣正想从殿顶蹿到洞壁上去，抓着花灵的腭足稍稍松脱了些，哪里想到竟有人跟得如此之近，一闪之间就把到嘴的活人夺去了。它本就被逼得狂怒暴躁，岂肯甘休，当即掉头摆尾，在琉璃瓦的乱响声中腾空而起，追着鹩鸪哨猛扑下来。

卸岭群盗在下面看得真切，只见鹩鸪哨抱着花灵顺殿顶滑了下来，而那蜈蚣猛然抖翅追赶，势头之猛如同雷霆万钧，都惊得张大了嘴，同声大叫不好，所有人的心都悬到了嗓子眼。

鹩鸪哨听得身后风声不善，已知万难躲避，只好想办法挡其锋芒。他腰眼发力，抱住花灵猛一转身，后背贴在殿顶打了个转，顺势滑到大殿翘起的一角斜脊上，就此停下身来，两支德国造手枪已抄在手中。

殿底下仰着脖子观看的群盗只觉眼前一花，谁也没看清他是如何在殿顶转身拔枪，又是如何拨开机头的，看清楚的时候，枪声就已响起。

鹩鸪哨手中的两支镜面匣子手枪都拨到了快机上，一扣扳机，双枪里压得满满的四十发子弹，便如同两串激射而出的流星，电光石火间，全打在了随后扑至的六翅蜈蚣口中。

那六翅蜈蚣扑下来的势头顿时止住，它每中一弹，就被毛瑟枪强大的

第二十八章 强敌

掼击射得向后一挫,中了第一枪就躲不开第二枪,四十发子弹一发也没浪费,在身上穿了四十个窟窿,里面都涌出白色浓稠的汁液,重伤之下,它翻身落在了殿顶的横脊上,疼得拼命挣扎扭动,搅得瓦片稀里哗啦地乱响。

这一切发生得非常快,殿下的盗众甚至还没来得及搭起竹梯上去相助,殿顶上便已斗出了分晓。群盗都在下面看得目瞪口呆,直到枪声响过,这才如雷般轰然喝彩,那搬山道人鹧鸪哨果然是个有大手段的人。可不等喝彩声落下,就见那蜈蚣一扭怪躯,弓身甩出,又从半空中蹿了下来。它突然卷土重来,那四十发子弹竟没能要了它的性命。

鹧鸪哨双枪子弹射尽,尚且来不及更换弹匣,就急着去看花灵的伤势。只见她身上被蜈蚣腭足戳穿了几个窟窿,鲜血汩汩流淌,面如金纸一般,真是"身同五鼓衔山月,命似三更油灯尽",进气少、出气多,眼见是要香消玉殒救不活了。想不到这一眨眼的工夫,世上最后的三个搬山道人,就要剩下鹧鸪哨一个了,他心中一瞬间空落落的,完全忘了身在何方。

忽听群盗在殿下一阵鼓噪,纷纷大叫不好。鹧鸪哨猛然醒过神来,见那六翅蜈蚣正从半空扑至,顿时红了双眼,咬紧牙关,心中全是杀机,刚才始终未能腾出手来扯开竹篓放出怒晴鸡,此时脑门子青筋直蹦,着地一撑,也从琉璃瓦上纵身跃起,骂道:"好孽畜,接法宝罢!"

断喝声中,他已扯掉竹篓封口,飞脚将竹篓迎头踢向那条大蜈蚣,竹篓破风飞出,里面的怒晴鸡早就察觉到了外边正有它的死敌,借势从中跃出,抖动红冠彩羽,正落在六翅蜈蚣的头顶上。

那蜈蚣本已受伤极重,仗着一股怒性还想暴起伤人,可突然见到一只彩羽金爪的雄鸡迎头飞来,正是它的天敌克星,顿时魂飞魄散,急忙甩头闪躲。

怒晴鸡哪里容它闪展腾挪,虽在蜈蚣头上落足不稳,仍是一通金鸡乱点头,猛鹐了它十几口。这时那蜈蚣突然腾跃起来,怒晴鸡红了眼只顾置对方于死地,被那蜈蚣身躯猛地一抖,便从它头顶滑落。鸡足金爪深深抓进蜈蚣壳里,正在它背翅之处停下,金鸡怒啼声中,早把蜈蚣背上的一条透明翅膀扯了下来。

鹧鸪哨眼见一团彩气和一团黑雾在殿顶缠在一处，斗得难解难分，不时有雄鸡身上的五彩羽翎和蜈蚣的断翅断足从天空散落下来。他心知怒晴鸡虽然不是凡物，可那蜈蚣也已在药山里潜养多年，此刻虽然为天敌所制，不敢喷吐毒雾，但它生命力似乎格外顽强，要真想毙了它也绝没那么简单。这也就是现在撞见了，再过个十几年，恐怕天下再无一物能够伤它分毫，如果让它就此脱身逃走，将来必成大患。

于是鹧鸪哨决心尽快除掉这个妖物，以免夜长梦多走脱了它。他立刻给两支二十响重新装上弹匣，纵身接近殿顶的横脊，想要和怒晴鸡两下夹攻，一举宰了这六翅蜈蚣，这边陈瞎子也率人架了竹梯往殿顶攀来。

但这时那六翅蜈蚣垂死挣扎，竟然在殿顶猛一翻身，将缠斗在一处的怒晴鸡甩了开去，自己也重重落下。这无量殿实际是座无梁殿，没有一根承重的横梁，全凭橡柱支撑，虽也是极为坚固，可终究比不得四梁八柱来得稳定。殿顶被这大蜈蚣连番舍命撞击，早已经承受不住，最后被蜈蚣从上一砸，松脱的橡木和瓦片顿时陷落，无量殿的顶上塌了一个大洞。

鹧鸪哨正行到一半，脚下突然塌了下去，有道是力从地起，不管如何举手投足地施展，也都是由地发力，他有多大本事也不可能凌空飞行，随着"轰隆"一声，鹧鸪哨连同那蜈蚣，都跟着断橡乱瓦掉了下去。

鹧鸪哨忽觉脚下无根，眼前一黑，身子已落在殿内，不料殿内更有一口深井般的无底洞，直径大得出奇，上边有个玉盖，落到玉盖上顿时砸了个对穿，周身奇疼彻骨，下坠的势头却并未停止，随着碎砖断木继续跌落下去。

也就是鹧鸪哨身手不凡，又是屡涉奇险经验老到，有临危不乱的机变，虽然身上吃疼，心神未乱，下坠之中，忽见眼前亮光一闪，赶紧扔了手中枪械，伸手按将过去，在直上直下的绝壁上，不过是有一个小小的凹洞，竟被他用手扒住。他一身翻高头的功夫，并不比卸岭盗魁陈瞎子逊色分毫，手指上虽然磨脱了一块皮肉，毕竟在半空中挂住了身子。

这时只闻头顶上面轰隆几声闷响，又一阵沙石尘土纷纷落下，原来殿堂里的几根明柱也随即倒落，把那殿内的深井井口压了个严实，就算卸岭群盗马上开挖救人，一时三刻也挖不开这倒塌的丹宫无量殿。

鹧鸪哨深吸了一口气，换只手扒住壁上的凹槽，此刻身悬半空，也不知到了什么所在，忍着身上的疼痛，向四周看了看，原来自己正挂在一个巨大的井壁上。说是井也许并不准确，洞壁广可十余丈，倒像是一个巨大的垂直洞窟，四壁光滑平整，每隔一段距离，绝壁上就凿有一个凹洞，不过不是用来给人攀登的，那些凹洞里都有个由金甲神人捧火的石灯，全是万年不灭。皇帝的祖庙祖陵里用的就是这种灯盏，装有石灯的凹洞都是灯槽。

只见这大地洞里，星星点点的满壁皆是这种石灯，数不尽有多少，鹧鸪哨就是拼死抓住了其中一个灯槽，才没直接掉下去摔死，但石灯年头久了，油料将枯，灯光格外暗淡，往下看不到底，只有一层层恍恍惚惚的昏黄光晕。

鹧鸪哨单臂坠在井壁上，看清地形后调匀了呼吸，将腿脚稍一伸展，已知没受什么硬伤。他一身是胆，身临险境也从容镇定，望了望头顶距离无量殿不远，就打算攀着绝陡的峭壁回去。

正要行动，忽听这深井里"哗啦啦"一阵蜈蚣游走之声，鹧鸪哨全身一凛，暗骂那厮的命果然够硬。他刚扔了平时最得心应手的两支镜面匣子枪，那怒晴鸡又被拦在了洞外，此时纵然有心杀贼也是无力回天，不禁暗暗叫苦，循声一望，只见那条六翅大蜈蚣，正绕着井壁盘旋而上，奔着自己爬来。

那蜈蚣身具百足，天生就是爬壁的高手，身上虽然带伤，速度却仍是奇快，顷刻间就绕壁而上，不容鹧鸪哨再做准备，三转两转就已到了近前，挠动的腭足和满身伤痕都已清晰可见。

鹧鸪哨心知这回是被逼到绝路上来了，不是鱼死就是网破，事到如今，只有搏命一击，当即大叫一声："来得好！"松开扒住灯槽的手指，在井壁上双足一蹬，躲开了那蜈蚣猛蹿过来的势头，清啸声中，他已纵身跳下深渊。

第二十九章
诈死

鹧鸪哨也是人急拼命，为了避开六翅蜈蚣急速接近的势头，双脚蹬着井壁将身体弹出，纵身跳下了深井。可鹧鸪哨身手虽快，那蜈蚣的速度却是更快，蜈蚣见扑了一个空，就舞动触须腭足，猛然间在陡壁上探出半截身子，犹如黑龙回首探珠，直取身在半空的鹧鸪哨。

鹧鸪哨并非逞匹夫之勇，他是谋定而动，就知那蜈蚣扑空了之后会有这一下。他跳离井壁的时候脚底下使足了力，身子在半空一个回旋，已将身上道袍扯掉，兜头甩出，手劲分寸奇准，正好向那六翅蜈蚣头顶罩去。

那蜈蚣的头突然被一件道袍蒙住，它也不知这是什么东西，不免有些惊慌，挂在壁上拼命甩头摆尾，想将道袍撕扯着甩掉，但越是挣扎道袍钩挂得越牢，一时之间又哪里摆脱得开！

鹧鸪哨虽在半空用道袍阻住蜈蚣，但他凌空一个霸王卸甲甩掉道袍，实已竭尽平生之所能，道袍掷出后，身体立即坠了下去，眼前只见井壁上好似繁星般的灯光一片生花。

无量殿下这处满是石灯的井穴深不见底，更不知底下是水是石，直接落下去，就是周身钢皮铁骨也得摔散了。不过鹧鸪哨冒死跳下来，并不是

第二十九章 诈死

自寻死路,而是死中求活。

他外边穿着道袍,里面则是一身能耐水火的掘子攀山甲。这套掘子甲是用土鲛皮制成,接缝处则用鲛筋相连,在肘、腕、踝、膝的内侧都有许多细小的倒钩,平时卧在甲槽里,机簧设在腰后,用的时候一扯身后的筋绳,攀山百子钩就立刻从甲槽里弹出。所谓百子钩的"百子","百"是指众多,"子"是指细小,盗墓器械中多有具备"百子"构造的工具,攀山掘子甲里藏的都是这种又细又坚韧的精钢钩子。

深井中不同开放的空间,里面有气流存在,所以身体坠落下去的速度比寻常慢了些。此时鹧鸪哨在空中拽开筋绳,借着井中的气流张开双臂,像飞鸟般滑向了最近处的井壁,腕上百子钩在陡峭笔直的绝壁上一按,下落的势头顿时减慢,如同壁虎般轻捷地贴在了墙上。

鹧鸪哨贴在绝壁上长出了一口气,刚才扯掉道袍、蒙住蜈蚣头,再使用掘子甲挂在井壁上,这几下是一气呵成,把压箱底的绝活全使出来了。倘若其中稍有半分差池,不是喂了蜈蚣,就是跌得粉身碎骨,饶是他胆大,心头也是"怦怦"跳作一团。

可不待鹧鸪哨稍作喘息,就听头顶上蜈蚣爬壁之声作响,那六翅蜈蚣已经摆脱了道袍的纠缠,再次绕着井壁爬了下来。它也是在连番恶斗之后遍体鳞伤,恼得发了性子,非要置鹧鸪哨于死地不可。

鹧鸪哨在进瓶山之前,本打算用怒晴鸡对付这条成了精的老蜈蚣,不料阴错阳差,自己竟和它一同落入无量殿下的这口大井,出口又被封了个严严实实,自知此番是身临奇险,遇上了平生前所未有的劲敌,当下不敢托大,赶紧深吸了一口气,利用攀山掘子甲挂住井壁,施展出壁虎游墙的功夫,迅速向井底攀爬。

鹧鸪哨一步步向下攀爬虽然也是迅捷异常,但那蜈蚣自上而下追得太急,他只好放开井壁,连蹿带跃地向下移动,几乎不在壁上停留,只是在下坠的过程中不时用身上的掘子甲刮按陡壁来减缓落下的力道,以免直接落地摔死。

这井深能有数十丈,直上直下的,几乎快到山底了。鹧鸪哨身如一叶落下，眨眼的工夫，井底的情形便已经出现在了眼中。只见井底堆积着数百口棺椁，有棺有椁，也有瓮葬的陶骨罐，都异常陈旧，款式年代也大不相同，上至金玉镶嵌的奢华漆椁，下至蛆虫蛀噬的柏木棺材，好像达官贵人和贫贱百姓的都有，乱糟糟地堆积如山，也数不清究竟有多少。

鹧鸪哨是倒斗的行家，但见到井底诸棺混杂，也不禁感到惊诧，未及细看，就已经攀着井壁落到了底下，这才看见众多的棺椁周围更有无数尸骸枯骨，有的死而不僵面貌如生，也有的就剩下骷髅头了，看那些尸骸形貌服饰差别更大，简直是夷汉混杂，年代更是从商周到唐宋皆有。

鹧鸪哨站在一口玉椁上看着四周，真是满头雾水，暗骂作怪，瓶山里究竟有什么名堂？抬眼正看见堆积成山丘般的棺椁尸骸中间，有一口巨大的青铜丹炉，铜迹斑驳，铸着许多铭文鸟兽，虽无暇细辨，但可断言，必是件秦汉之时的古物。

鹧鸪哨阅历极广，而且搬山道人常年扮了道士行走天下，也知道些黄老之法，他一看那巨大的青铜丹炉，心中立刻明了七八。原来这深井是瓶山丹宫里的丹井，炼造阴丹的丹火上行，正需要这样一个所在，而那些古时棺椁，则都是被炼丹的方士们从各地暗中盗掘来烧丹头的。在古代，世人认为僵尸肉可以入药，称为"闷香"。死而不腐的僵尸都是借了地脉的龙气，龙气无影无踪难以捕捉，但煮了僵尸肉就可以把尸骸里的龙气提炼出来。

而装殓尸骨的棺椁，其原料包括木、石、玉、铜等物，埋在地底年头多了，也吸纳了地脉灵气，可以作为炼丹时的炉火之道。烧丹服食成仙的事情，古来已有，谁不想求个冲虚清静、出有入无、超凡俗而上升、同天地而不老的神仙做做？可那修真炼性、吐故纳新的内外丹法，也有上下高低之别，大多方士是不肯用死人炼阴丹的。想不到瓶山表面是给皇家烧丹的丹宫，里面却实为藏污纳垢的所在，为了烧成真丹，竟如此不择手段，实是令人发指。

鹧鸪哨双眼一扫，已知究竟，看这井底周遭有许多岩石裂缝和窟窿，都是瓶山倾斜的山势而产生的。六翅蜈蚣可借此在各殿间倏来倏去，但人

第二十九章 诈死

在井下却好比是坐井观天，莫辨东西南北，也不知哪条岩隙可通往外边。正要进去躲避，却听井壁高处百足抓墙之声越来越近，正是那六翅蜈蚣紧追而至。

鹧鸪哨见那蜈蚣来得恁般迅速，在斗洞般的井底如何与它周旋？想闪身躲进岩隙怕也来不及了，何况一旦蜈蚣追进山缝里，自己更是难免送命。

他急中生智，四处一张望，跳下玉椁，滚进下边的死人堆中，随手扯了一具古尸挡在身上。那古尸一身绛紫色的枯皮，空张着两排缺东少西的牙齿，双目深陷下去，头上和下颌还有花白的头发和胡须未曾脱落，显得十分狰狞诡异。

但鹧鸪哨浑身是胆，硬是敢藏身在死人堆里装死，把那干尸搭在玉椁之侧，恰好把自己遮在底下，身周则都是其他死者的嶙峋骨骸。他躲在尸骨堆里，运起龟息之术，呼吸和心率顿时缓慢了下来。

搬山倒斗常在空气不畅的地底古墓里穿梭往来，那种地方阴气尸气都是极重，应对之道，除了服用药物之外，还必须要学会如何闭气，精通此术的最多能练到只比死人多留一丝活气。生存在地下的地龟，呼吸速度和心跳都缓慢异常，但都活得几百年。曾有人挖出过一块墓碑，碑下压着一只地龟，被压在地下数百年，只凭地缝里的空气存活，没吃过任何东西，只喝渗入泥土中的雨水，饿的时候就以极慢的速度吞吃地缝里的空气，直到几百年后被人从碑下刨出来，那石碑都已残破不堪了，可它却仍然活着。所以盗墓之辈在地下呼吸的办法，也称龟息之法。

鹧鸪哨就使出这种手段，屏气埋息地藏在干尸底下，警惕地察觉着外边的风吹草动，只听丹井壁上"唰唰唰"一阵响动，那六翅蜈蚣已从壁上爬至井底。

鹧鸪哨偷眼望去，只见那蜈蚣正爬在棺椁和干尸堆积的井底打转，不时把两条长长的触角探进死人堆里，似乎想找出刚才伤它的那个活人。它身上中了一通乱枪，又被怒晴鸡一番扑啄，六根透明的翅膀都被撕掉了一半，周身上下也快散架了，但狰狞依旧，仍然精力十足，须爪攒动，在井底来回游走的速度极快。

171

鹧鸪哨暗自心惊,这厮莫不是真修炼得大道已满,怎么受了这么重的伤,却丝毫不见颓状?正自纳罕,忽然眼前一黑,那蜈蚣刚好从他身上爬过,枯叶般的一节节腹甲近在眼前,好在有干尸挡在上面,那大蜈蚣转了几圈,都没发现鹧鸪哨的踪迹。

鹧鸪哨本以为六翅蜈蚣受伤将死,想躲在干尸堆里拖延片刻,等它伤势发作死在当场再理会,可未曾想到那蜈蚣生性如此悍恶,身上千疮百孔还能游走不停。他却不知这蜈蚣虽然厉害,并非不顾伤势严重,实是因为瓶山里有群鸡鼓噪,搅得它三神不宁,如癫似狂,无法停歇片刻。

六翅蜈蚣转了几圈,未能觅得活人,就势爬到丹井边上,在墙上来回摩擦身体。鹧鸪哨心觉奇怪,偷眼去看,只见丹井的那处角落里,堆放着许多药石芝草,还有许多丹瓶药罐,都已经碎了满地,各种丹药四处散落,那老蜈蚣在药石上磨蹭伤口,竟然是在给它自己疗伤。

鹧鸪哨暗骂一声"好孽畜,还不肯死",虽是有心了断了它,奈何现在赤手空拳,扔掉的两支镜面匣子枪也不知掉到哪儿去了,想到自己的师弟师妹都惨死在它手里,不禁恨得牙根发痒,又念及现在搬山族中都是病弱妇孺,昔日从沙漠孔雀河双黑山迁徙到内地,传了千载的搬山道人,如今竟只剩自己一人,心中好生绝望,忍不住就想推开干尸,出去同那蜈蚣拼个你死我活。可他也十分清楚,倘若自己逞得一时血勇,再次有个闪失,搬山道人就算彻底绝了,只好强行忍耐,躲在恶臭的干尸下等候时机,如果没有万全的把握,绝不肯轻举妄动。

正当鹧鸪哨思潮起伏之际,忽觉耳上一阵麻痒,险些惊出了一身白毛汗来。原来死人堆里有条三寸来长的蜈蚣,从身下一个骷髅头的眼眶里爬了出来,它似乎察觉到鹧鸪哨是个活物,竟从他的耳旁爬上脸来。

鹧鸪哨心说:"苦也,想是掉进蜈蚣老巢里了,这却如何是好?"只觉那蜈蚣从耳朵爬上额头,又攒着数十只足爬到鼻梁上,两支一节一节的触须灵活地来回扫动,这感觉实是麻痒难当,更难忍的是心头发麻,那龟息之术眼看就要破了。

鹧鸪哨知道只要呼吸节奏一乱,必被那条六翅蜈蚣察觉,只好强行忍住，任凭那小蜈蚣在眉间额前爬来爬去，也不敢稍动分毫。所幸山中鸡鸣杂乱，所有的蜈蚣都失了常性，不肯轻易吐毒，否则沾上瓶山蜈蚣的剧毒，就算有通天的本事，也连同性命一起断送在此了。

那百足爬动的蜈蚣，就这么在脸上来回游走，实在令人周身毛骨悚然，也就是鹧鸪哨定力惊人，硬是如同死尸一般，连眉头都没动上一下。不过也是怕什么来什么，那蜈蚣爬了几个来回，竟打算从鹧鸪哨嘴里钻进去。

丹宫深井里尸骨堆积成山，这蜈蚣本来就是钻进钻出习惯了，它觉得尸体似乎还有活气，可也难以确定，就没头没脑地爬向鹧鸪哨口中。

鹧鸪哨全身紧绷起来，让条蜈蚣钻到嘴里如何使得，而且这事情发生得太过突然，事先全然预料不到会有此遭遇，如今强忍诈死是不行了，可身体动静如果稍大一些，定会惊动了那条六翅蜈蚣。

鹧鸪哨应变奇快，更是当机立断，专做那些常人连想都不敢想的事情，当即横下心来，趁那蜈蚣刚一探头，不等它弓身进来，抢先张开牙关，用牙齿将它狠狠咬住。

第三十章
丹炉

卸岭群盗携带了大批雄鸡进山盗墓，公鸡和蜈蚣是天生的死对头，古墓地宫里大大小小的蜈蚣，开始先是没命地躲藏，后来都忍受不住鸡鸣杂乱，纷纷出去以性命相搏，拼个同归于尽，却正落入搬山道人生克制化的圈套之中。劫后余生的，也只有那条六翅蜈蚣，以及一些惊得肝胆俱裂的蜈蚣崽子。

瓶山里的大群蜈蚣已死了十之八九，藏在丹井死人堆里的这条三寸蜈蚣，更是被山中鸡鸣惊得三尸神乱跳，它没头没脑地在干尸骷髅的眼鼻耳口里钻进钻出，不肯有一刻安宁，偏巧就钻进了诈死的鹧鸪哨嘴里。

鹧鸪哨虽是胆智超群，但万一惊动了那条打不死砸不烂的六翅蜈蚣，在丹井里必定是死路一条，可任由这条小蜈蚣爬进口中，也是眼睁睁地等死，他只好将心一横，堪堪等那蜈蚣爬到嘴边，两条触须刚碰到舌头，他便稍一抬头，猛地张开牙关咬去，竟一口将这三寸多长的蜈蚣咬作两半。

鹧鸪哨的劲力拿捏得恰到好处，这一口咬得隐声避息，只听"咔"的一声轻响。可被咬掉的那颗蜈蚣头，虽然与身体分离，却没有当即死掉，在他口中又挣扎了两下，腭牙触须尽皆张开，方才不动了。

第三十章 丹炉

鹧鸪哨感觉到舌尖和牙床发麻，自知蜈蚣临死之际吐出毒来。虽然蜈蚣并没咬破口腔，其毒还不至于融化血肉，但含了毒素在嘴里终究不是办法，急忙侧头将蜈蚣脑袋和一口浓血吐在尸骨堆里，可口舌间的麻意兀自未消，不免暗自心惊，定是已经中毒了。

不料鹧鸪哨刚刚发出如此轻微的动静，就惊动了那条六翅蜈蚣。它正在药石膏芝堆里摩擦身上的伤口，也不知那些药散的原料都是些什么珍异之物，竟有止血生肌的奇效妙验，只见那蜈蚣抖甲振翅地翻动身体，蹭得满身都是药粉，身上筛子般的伤口就随即愈合凝结起来。它似乎察觉到了丹井中的动静，猛地扭转身子，腭口触须一阵乱摇，便攒动着脚爪，向着死人堆爬了过来。

鹧鸪哨正自发愁中了蜈蚣毒，忽听角落中的六翅蜈蚣迅速爬了过来，心想这可真是浓霜偏打无根草，祸来只奔福轻人。花灵和老洋人都已死在了瓶山，想不到现在自己也是在劫难逃，原来搬山道人竟是绝在此地！

但鹧鸪哨很快镇定下来，他屏住呼吸，手中轻轻摸到一根死人的臂骨，臂骨一端折断了，颇为锐利，恰好能当成一条如刺的骨锥。他心里打定了主意，既然诈死就诈到底，给它来个你不动我，我不动你，真要被那六翅蜈蚣在死人堆里翻将出来，拼着一死，也要将这条臂骨刺进它的脑门子里。

鹧鸪哨抱定了必死的决心，伏在死人堆里一动不动，偷眼看去，只见那条大蜈蚣在起伏的尸棺堆上一阵攒行，竟是奔着丹井的另一边去了。他心中一动，暗道："又搞什么古怪？如今只好以不变应万变，且冷眼看它，看它究竟想做什么，再做道理。"

却见那蜈蚣爬到一口描彩嵌金的漆棺之前，忽然停了下来，蜷起身子张开腭口，对着漆棺一阵张牙舞爪般地蠕动。鹧鸪哨越看越奇，借着丹井里繁星般的灯光，可以窥见那口硕大的漆棺上彩绘尚存，是数位体态婀娜的古装女子，身处祥云宫阙之间，弹拨吹抚着琵琶琴箫，看来都是天上的仙子，绝非人间气象。

古时棺椁上经常绘有镶金缀彩的仙人图，用来寄托棺中死者在冥冥之中的归宿。这口漆棺也不知出自哪朝哪代的巧匠之手，仙女们的神态惟妙惟肖，画中意境格外传神，令人一见之下，竟不由自主地产生出聆听到仙宫中天籁仙乐的超尘脱俗之感。

那六翅蜈蚣在漆棺前盘旋游走了好几圈，久久不肯离去，似乎是在膜拜画中的仙子。忽地蜈蚣从口中吐出一枚龙眼大小的红丸，鲜红胜血，外边隐隐有层光晕包裹着，被蜈蚣吐出来又吸进去，反反复复地舞弄不休。

鹧鸪哨忽见蜈蚣吐纳红丸，心中也是不胜惊诧，又闻到丹井里忽然异香扑鼻，心中不禁一阵发毛。原来这六翅蜈蚣果然是外伤愈合了，便吞吐内丹给自己治疗内伤。不管是什么生灵，体内结出内丹在山间吐纳之际，都只会在子午相交、阴阳分晓的时辰。

鹧鸪哨心底明白，这世上的万事万物都是大道里的定数，具有阴阳两极，正所谓是造化使然。阴阳一理，不管什么生灵事物，有其生，必有其灭，只有存在于虚无缥缈传说里的神仙，才能证得大道，彻底超脱了生死轮回。

不论是人还是其他生灵，一旦生在世上，免不了受生老病死之苦，所以自古就多有那抛弃家业亲人、终其一生求仙炼丹的，只为飞升羽化，金身成仙，长生不老，与天地日月同生共存，这种念头可能是出于对大自然残酷规律的恐惧。

其实不仅人类有这种恐惧，世上其余的生灵，也同样贪生惧死，妄图窥破天机，得成大道。在千年万载之下，这诸多生灵寻求长生的办法，也无外乎是内外两丹。外丹是药汞金石烧炼而出，而内丹就显得更为神秘了，其中有阴阳采补的，还有炼气吐纳的。

单说这炼气之途，实则是通过吞吐日月精华在体内养出内丹，其中法门之多，数不胜数，而且繁杂奥妙，难以尽表，不过大多都是唬人的伎俩，无论是天地间的哪种生灵，如果不遇到极特殊的机缘，绝难有所成就。

反倒是牛马猪羊一类的牲畜蠢物，却往往会在不知不觉之间，生出接近内丹的牛黄、狗宝一类的结石，只因它们远比其他生灵更加没有杂念。不过也正因为它们都是蠢物，体内有了丹也难以自知，更不会吐纳修炼，最后全都便宜了宰杀猪羊的屠户。宰解牛的时候，执刀的屠夫一旦从牲口内脏里捡得牛黄、驴宝之物，再卖给收购药材之辈，便能从中得到一笔横财。

从秦汉之时开始，就有这么一家修筑坎离的内丹术，男女都有习它的，其实就是根据"牛生黄，狗结宝"的原理而来。这套丹法认为世间生灵之所以脱不开生老病死，是因为体内都有一个筋结，司掌着生命寿数，可以通过吞吐日月精华，把此肉筋化为真胆，等到形炼圆满了，就可以脱出生死轮回，修成大罗金仙。这门吐纳的气功流传了几千年，也确实有极个别的人炼出来了，炼到最后能在丹田里结出血丹，但他们该死时还是死了，活过百岁的似乎也是没有，死后成没成神仙就不好说了。

　　想不到那六翅蜈蚣潜藏在丹宫药井里多年，吞服了地宫里残余的丹头，竟然也炼出了红丸般的内丹。看它的举动，像是要在丹井里吐纳几个来回，攒足了精力再出去和怒晴鸡相斗。

　　鹧鸪哨心念猛地一动，心想："这红丸乃是六翅蜈蚣的性命所在，它全身精气都聚在其中，现在机不可失，何不冒死夺丹？否则它吞回红丸，还不知什么时候再吐出来，此时若不将其粉身碎骨，绝难将其置于死地。"

　　鹧鸪哨觉得舌尖知觉渐失，知道再有片刻犹豫，自己必然毒气攻心，到那时，只能眼睁睁看着六翅蜈蚣飞上丹井了。于是再不多想，看准时机，趁那蜈蚣背过身去吐出红丸之际，迅速推开遮在自己身上的干尸，从死人堆里纵身跃起，抬脚便将一个骷髅头踢向六翅蜈蚣。

　　这一招是声东击西，他踢出去的这颗骷髅，"呼"的一声从六翅蜈蚣头顶掠过，重重撞在了井壁上摔成碎片。突如其来的动静，果然惊得那大蜈蚣全身一颤，一股丹气断绝，正吸在半空的那枚红丸，当即就落在了一面漆黑的棺材盖子上，滴溜溜地打着转。

　　鹧鸪哨乾坤一掷，踢出骷髅头的同时，身体也立刻弹了出去，快得如同足不点地一般，那蜈蚣丹落地之际，他已几个起落冲到了近前，还不等红丸从棺板上滚落，就被他一哈腰抄在了手中。

　　那六翅蜈蚣视此丹如同性命，但重伤之余，也成了惊弓之鸟，被撞在井壁上的头骨吓得不轻，稍一分神竟将红丸落在地上，赶紧躬着腰掉过头去想要立刻吸了红丸藏纳入体。岂知就在这瞬息之间，内丹就被人盗了去，它急得发起狂来，全身须爪攒动，对着鹧鸪哨便扑来。

鹧鸪哨刚一俯身抓得红丸在手，脚下没有分毫停留，借着惯性继续向前奔去，同时将地上的棺板向后揭起，拦在六翅蜈蚣身前。

待那蜈蚣拨开腐朽的棺材盖子，鹧鸪哨已在丹井中兜了半个圈子，斜刺里奔向井底中部的青铜丹炉。他深知纵然身法再快，也绝难在铁桶般的深井里同那六翅蜈蚣周旋，唯有寻个所在避其锋芒。蜈蚣失了内丹就活不过一时三刻，他奔逃中放眼一看，也只有那个丹炉是一个容身的绝佳去处。

鹧鸪哨无暇回视身后的蜈蚣追到了什么地方，提着一口气，径投丹炉而去。他一步六尺，两步就是一丈二，身形晃动之间，几步就蹿到了炉前，当下扯开一字马，使个魁星踢斗，用脚力将青铜丹炉两百余斤重的盖子朝天顶开一条缝隙，也就是刚可容人，随即腾空一个侧翻，凌空从丹炉盖子的缝隙里滚入炉内。

猛听铜炉盖子"咣当"一声落下，紧跟着就听六翅蜈蚣扑到了青铜丹炉上，猛然撞出一声闷响，这一切都只发生在电光石火的瞬间。鹧鸪哨翻身躲进丹炉，身子还没等落到底碰到炉壁，就听头上丹炉关闭，那蜈蚣追上来撞击丹炉的响声同时传来。

青铜丹炉的炉腹内格外拢音，撞击铜钟似的声响，在耳边"嗡嗡嗡"来回轰鸣不绝。鹧鸪哨急忙张口捂耳。这时就听丹炉外百足抓挠铜皮，发出一阵阵"咔嚓咔嚓"乱响，任凭他如何紧紧捂住耳朵，那密密麻麻的声音却似无遮无拦，硬往他脑袋里钻来。

第三十一章
冷酷仙境

鹧鸪哨夺了蜈蚣丹，趁势藏身在青铜丹炉里，他身在炉中，对外边的动静却听得一清二楚。只听那六翅蜈蚣随后追到，撞不开丹炉，便紧紧盘绕在炉外，以须爪狠狠挠动铜炉外壁。

六翅蜈蚣似乎知道失了那颗红丸是必死无疑，把它满腔的哀狂怨恨，全发泄在了丹炉上，没命地用无数脚爪刮抠铜壁。虽然它奈何不得这铜疙瘩般的丹炉，但密密麻麻的响声从四面八方传来，像是无数小蜈蚣直钻入鹧鸪哨脑中，逼得他抱着头几乎发了狂。

鹧鸪哨本是定力过人，但刚刚夺丹的那一连串举动都是一气呵成，快得匪夷所思，实是孤注一掷，使尽了平生所学。由龟息的状态下突然跃起疾奔，导致胸口气血翻涌如沸，此刻困在青铜丹炉里，脑中满是六翅蜈蚣的百足攒动之声，头疼欲裂难以忍受，心中"扑扑"乱跳，竟是怎么也镇静不下来了。

鹧鸪哨心智尚且清醒，生怕自己癫狂而死，想咬破舌尖收摄心神，却感觉到舌尖的麻痹正逐渐扩大，知道这是嘴中的蜈蚣毒发了，刚才用力过度，超出了身体承受的限度，舌尖牙床上沾染的毒液，怕是快要侵入脑髓了。

他猛然想起手中紧握的那枚红丸，蜈蚣内丹是瓶山日月药石的精华，六翅蜈蚣失了它不仅性命堪忧，更是无法吐毒。常闻内丹有起死回生之力，不管病到什么程度，只要尚有一丝活气，吞下一枚百年真丹，就绝对能把命吊回来再次还阳。想那蜈蚣珠已能解得蜈蚣毒，这内丹也许会有原汤化原食的解毒效力，不过蜈蚣珠不能近人口鼻，也不知内丹红丸之性是否与其近似。

鹧鸪哨心想如今横竖都不免一死，何不吞丹求生？若是搬山道人不该从此绝迹，也许尚有一线生机。他历来不信鬼神之说，也并非贪生怕死之辈，可如今自己这条性命干系重大，好歹不能断了搬山分甲术的香火，不由得暗中祈祷："安息在双黑山里的祖先，你们信奉着唯一全知全能的真神，倘若扎格拉玛神山真有灵验感应，就保佑我留得这条命在……"

鹧鸪哨转念之间，已觉喉头微麻，自知若再不吞了蜈蚣丹，哽嗓咽喉也要麻痹了，到那时就算这金丹是仙药也难以下咽。事到临头，岂容再度犹豫？抬手将六翅蜈蚣吐出的红丸抛进口中，一仰脖子就吞进腹中，只觉五脏六腑似是被火焚烧，口鼻中随即流出鲜血。

鹧鸪哨不仅胆色非凡，更是心硬如铁，即便有剔骨拔筋之痛，也断不会动一下眉头，可此时却疼得他咬碎牙关，再也忍不得这深入五内骨髓的苦楚，只好一拳拳打在炉壁上，以求缓解噬骨般的剧烈痛楚。

趴在青铜丹炉外的六翅蜈蚣，似乎感觉到自己的内丹被人吞了，铜炉上虽有许多镂空的间隙，却无法钻入其中，面对厚重的铜壁更是无计可施，唯有空自焦急。只听那无数脚爪挠铜的声响愈加密集，可它也已到了强弩之末，不多时便渐渐转弱，最后六翅蜈蚣终于从丹炉上掉落下来，几对翼翅和触须颤了几颤，便就此没了动静。

丹井内顿时变得一片寂静，鹧鸪哨在丹炉内好似万箭钻心，自忖是必死无疑了。也不知过了多久，只觉得胸臆间气血逐渐顺畅，一股股清凉透过三关，行遍了四肢百骸，心神逐渐凝定下来，张口呕出几口黑血，嘴里的麻木之感已消，手足活动如常，暗道一声："侥幸。"

听听外边一片死寂，鹧鸪哨就推开青铜丹炉的盖子，单手在炉口一按，从中翻身而出，只见那条六翅蜈蚣已死在炉边地上。它全身枯槁，原本漆黑发亮的甲壳都如蝉蜕一般发皱发黄，好似一瞬间年华老去，衰老而亡，料来定是失了金丹之故。

这时井底边缘的山隙里忽然一阵大乱，卸岭盗魁陈瞎子带着百十名盗众挑灯赶来。原来他们先前在无量宫前，看鹧鸪哨和那六翅蜈蚣都被倒塌的殿宇埋了下去，还以为这搬山道人此番生还无望了，就赶紧过去撬柱抬砖，搬山卸岭结义一场，好歹收他个囫囵尸首回去装殓安葬了。

但那无量殿结构极其特殊，通体无梁，都是木椽抱柱相接，牵一发而动全身，卸岭群盗虽多，也无法在片刻之间挖开倒塌的废墟，有些人就下到枯潭里，收殓其余同伴的尸体，结果发现潭底有裂开的岩缝，那六翅蜈蚣就是由此爬上石桥的。

于是陈瞎子带了一伙人，驱赶着鸡群穿岩而入，却不料正看到鹧鸪哨在一口硕大的青铜丹炉旁站着，而那穷凶极恶的六翅蜈蚣竟已死在他脚下，再看这丹井中堆积如山的古尸，人人脸上皆是一片惊异。

红姑娘更是又惊又喜，料来今生死别了，想不到还有再见之时，当即抢步上前，拽住鹧鸪哨反反复复看了几个来回。鹧鸪哨苦笑道："诸位，我是人不是鬼，可吃不住你们如此观看。"当即对众人说起从无量殿坠下丹井后的来龙去脉。

群盗听罢无不叹服，搬山道人真有通天的手段。自秦汉至今，世上盗墓之辈，无外乎发丘、摸金、搬山、卸岭，搬山道人和摸金校尉历来人数不多，同常胜山成千上万的盗众相比，几乎微不足道。可这仅是就势力而言，若从倒斗的"手段"来说，搬山尚在卸岭之前。以前有些卸岭盗众对此颇是不以为然，如今亲眼见到搬山道人鹧鸪哨夺丹灭了六翅蜈蚣，都彻彻底底地心服口服了。

而且入瓶山盗墓，虽然有搬山分甲术的生克之道，携带了千百只雄鸡对付大群蜈蚣，最后却是凭鹧鸪哨硬功硬马的真实本领力歼强敌。

盗墓行里有个很久远的传说，说是以前有个倒斗的前辈，在一座荒山古庙里寻到一口败棺。那棺材腐朽得很了，里面没有尸体，金玉明器却是极多，他自是贼不走空，顺手卷了个干净。正要离去，忽然阴风大作，有一飞僵抱着一个女子从庙外进来。这盗墓贼见有僵尸，知道在夜间撞见肯定被它坏了性命，于是急中生智，缩身藏进棺材里，用棺中锦被套住棺材盖子，任凭那僵尸在外如何发作抓挠棺材，他只在里面死死扯牢了不放。等到天亮鸡鸣，那僵尸扑到棺盖上就不动了，指甲深深陷在木头里，根本无法分离，这盗墓贼赶紧点把火将它连同棺盖一并烧为灰烬。

这个传说在倒斗的手艺人里流传极广，此番鹧鸪哨夺丹的经过，竟与这传说有些类似，实是有倒斗先人的古风，所以群盗都是交头接耳地私下里称赞不已，夸他真乃神勇之人。

陈瞎子也赞道："若无擒龙手，难取龙首珠。这条老蜈蚣终归是被兄弟以奇计铲除，真令吾辈抚掌称快……"随即又是长叹一声，三入瓶山，又死了几个弟兄，老洋人和花灵这两个搬山道人也在乱中折了，瓶山古墓似乎是个极晦气的所在，至此竟已交去了一百多条性命，老熊岭义庄里的临时灵堂，都已摆不开这么多牌位了。

鹧鸪哨眉宇间也笼上了一层阴云，侥幸死里逃生，何敢言勇，世上的搬山道人只剩下自己一个，成孤家寡人了，这跟头栽得也太大了些，而且瓶山古墓真正的地宫冥殿还未找到。看来这丹宫丹井里，并未埋葬元人贵胄，仍然是处虚墓。

撒山卸岭中皆是争强好胜之辈，岂肯平白折损了这许多兄弟，都决定横下心来，绝不肯轻易善罢甘休，就算是挖碎了整座石山，也要盗空瓶山古墓。

陈瞎子和鹧鸪哨的盗墓经验都是非常老到，可在判断瓶山古墓冥殿的位置上却屡屡失手，看来不能用以往山陵的常理推断，只恨不会分金定穴，难以直捣黄龙。二人当即稍加商议，觉得这丹井中颇多古怪，炼丹的仙宫本应是洞天福地，谁知丹井里面尸骸棺椁密布，在那"红尘倒影，太虚幻境"的仙宫底下，却埋藏着用僵尸烧炼阴丹的密室，怪不得山中阴气如此沉重。

这烧阴丹的丹都，是把埋在风水位中的古尸掘出，用鼎镬烹煮煎熬，把僵尸体内的地脉龙气，以尸油尸膏的形式提炼出来，作为烧金丹的引头。

此道为正派所不齿，一向被视为"妖术"，几乎没人敢明目张胆地炼阴丹。不知这瓶山仙宫的丹井里烧炼阴丹之事，是哪朝的皇帝想长生不老想疯了，还是炼丹的方士为应付皇差，才会如此使用邪术。如果皇帝老儿不知道有此内幕，却一直服用尸油尸膏烧炼的阴丹，他死后在皇陵里得悉真相，说不定也会诈尸起来，大大呕吐一番。

这丹井的井壁，在瓶山倾斜的山势压力和几百年前地震的作用下，裂开了许多缝隙，除了通往无量殿下的枯潭，另一端应该也由山缝通到后殿，也就是被陈瞎子率众放火焚毁的那处。另外丹井里除了这口丹炉，应该还有丹房、火室、药阁，以及提炼尸油的场所。

而今丹井里被六翅蜈蚣盘踞多年，它贪恋药石，常常在井底翻腾摩擦，把成堆的尸骸棺椁搅得一团混乱，想找出井壁或井底的其余暗室，只有先清理干净这些古尸旧椁。

于是陈瞎子传令下去，先调遣一部分盗众把死伤的同伴抬出瓶山，另一部分继续搬运仙宫里值钱的东西。山外有罗老歪率部接应，他自己则与鹩鸰哨亲自督阵，带了大批工兵，挖掘分拣丹井里的尸骸棺椁。

鹩鸰哨见师弟师妹的尸体都被盗众抬出山外，心中悲苦难言。他们之间虽以师兄弟相称，实际上花灵和老洋人都是他一手带出来的，又都是同宗同族，兼朝夕相处，实有骨肉血脉之情。但凭他一个人本事再大，胆略智术终究是有个限度，如今眼见师弟师妹命丧荒山，自己竟无力相救，奈何不得心热事冷，虽然亲手替他们报了仇，可心里仍然万分难过，更担心搬山分甲术从此失传。

不过眼下大事未定，只好强打精神，指点群盗收拾井底堆积的尸骸棺椁。盗众们也担心丹井里有突然诈尸的僵人，分出数十人来持了白蜡杆守在四周，一有异动，就群杆齐戳制住僵尸扑人。

丹井里从各地挖掘收集来的古尸，绝大多数都是从风水脉里启出来的，所以有许多都是栩栩如生的僵尸。这所谓的僵尸，并不一定都是尸变诈尸的怪物，死而不化的，且身体僵硬不能弯曲的，皆可称作僵尸。

还有那些人死之后，尸体产生异象，例如有百年古尸，尸身的头发指甲依然持续生长，指甲长得都打卷了，而且尸体皮肉柔软如生，四肢关节依然可以弯曲活动，这也算是僵尸，若是细论之，则应列属"行尸"。

两百多名工兵和卸岭盗众，人人脸上遮了黑纱蒙面，个个手戴手套，在陈瞎子的指挥下，忍着熏天的恶臭，硬着头皮在死人堆里翻来翻去，先把一具具棺椁全都砸开，抠刮棺板上的金帛玉璧，随后又是钩锹齐上，钩住古尸的嘴部，把尸体一具具拖出来，先用绳子捆扎起来，再用刀子割嘴剜肠索取珠玉。陪葬的明器有内外两等，其中藏在尸身内的明器往往更值钱。

这卸岭倒斗的手段，自然是与摸金校尉不同。摸金是"摸"，用手在尸体上搜一个来回也就是了；而卸岭则是"卸"，也就是拆，就算古尸嘴里嵌有金牙，他们不是用榔头敲，就是用钳子夹，好歹也要卸了下来。古尸口里含有珠玉的，落在卸岭群盗手里就算倒霉了，若是尸骸僵硬嘴巴掰不开，就用斧子劈开颌骨强取。

古时殓葬死者风俗不同，有些人希望死后尸解得个解脱，但在春秋至秦汉之间，也多崇尚保持死者面目如生。在保留形骸的办法上更是形式各异，正是富有富法，穷有穷招，所以有用玉匣、玉衣盛殓的，也有以凉玉堵塞人体诸窍的，也有含驻颜珠、驻颜散的，也有在尸体里灌砒霜、注水银的，薄葬的穷人，顶不济也含一枚老钱作为"压口钱"。

卸岭剥尸取珠玉几乎没有禁忌，各种手法无所不用其极，这也是和当年赤眉军留下的传统有关。那时赤眉起义，盗遍了汉帝陵寝，毁掉当权者祖宗的尸体，正是农民起义军中鼓舞士气的一种办法。造反的乱军，谁管古墓里的尸体生前如何显贵，即便尸体中没有明器，也照样要祸害一番，或焚烧或肢解，手段格外残忍。他们同那些贵族墓主之间，似乎都有血海深仇一般。

所以陈瞎子的手下，依然都用这些早年间一直留下的手法和规矩，这是其手法使然，传到民国年间已无什么特殊意义了。但这手段极其残忍，看得搬山道人鹧鸪哨也是唏嘘不已。搬山倒斗的手段，与摸金卸岭又是截然不同。

只见仙宫的丹井里是一片混乱，尸骸棺椁破碎，腐液汞砂遍地，全是刀斧劈棺斩骨的刺耳响动。群盗早已放开了手脚，把一具具古尸倒挂在青铜香炉上，先扒光了殓服饰物，然后挖出尸腔里的腐液水银一类的毒物，再把古尸开膛破肚，直到确认尸骸中再没任何有价值的东西了，这才把碎尸装到竹筐里，由工兵抬到井外。

随着丹井里的尸骸棺椁陆续被搬运出去，井底的全貌逐渐浮现出来。陈瞎子和鹧鸪哨借着纷乱的灯光放眼打量，看到井底凹凸不平的石板极不寻常，似乎是两个模糊人形的浮雕，心中当即打了个突，二人面面相觑："这丹井中除了尸骸，难不成还用鬼魂做丹头？"

第三十二章
云藏宝殿

陈瞎子带着卸岭群盗，在丹井内捣棺毁尸，哪儿有什么忌讳可言！一个个昧着心，横着胆，只管尽情做去，眼看着将古尸旧椁销毁殆尽，却见井底的石板上露出一片浮雕来，竟是两个披头散发的厉鬼形象。

虽然形状模糊，但仍能看出面貌狰狞，如同修罗、药叉，更诡异的是这二鬼皆无目，眼中只有黑漆漆的一个窟窿。

陈瞎子和鹧鸪哨两人见多识广，可也从没见世上有什么无目的盲鬼，见到这奇诡怪异的厉鬼被刻在井底，心中一片狐疑，实在不知有些什么名堂。

世上自古确实有用僵尸烧阴丹的，却绝没有以鬼魂炼丹头之说。瓶山丹宫看似是琼楼玉宇的神仙瑶台，里面却暗藏从各地掘来的尸骸，专做些旁门左道的邪术，不能以常理度测，而且看来元代将军的墓室并没设在丹宫正殿，井底雕有厉鬼的石门中会藏有什么玄机？

陈瞎子眼珠子转了两转，让手下把那向导带到丹井里，问他瓶山是否有闹鬼的传说。洞蛮子连连摇头摆手："好教诸位英雄得知，咱们这儿的瓶山历来只风传有古之僵尸为害，却不曾听说几时闹过鬼。"

陈瞎子听罢点了点头，没鬼就好，都说瓶山里有道君皇帝供奉神仙的藏宝井，莫非正是着落在此处？大概元军占了瓶山之后，也并未发现井底的尸骨堆下藏有这样一处隐秘的所在，便对鹧鸪哨说："井底密室八成是个藏宝洞，看此光景，倒不像曾被元兵卷了去。那皇帝老儿用尸油炼丹，天理不容，丹宫里的宝货，咱们兄弟正可图之。"

鹧鸪哨已重新找回了两支德国造枪支，他平白折了两个同伴，心中不由得顶了一股邪火，正想挖透这座仙宫，听到陈瞎子的言语，便即点首称是："如今还剩下几百只活鸡，雄鸡的鸡鸣鸡血最能辟邪挡煞，密室里纵有邪祟毒异之物，也不必为虑，我等自当不辞险阻，穷讨其中异迹。"

于是陈瞎子立刻命手下撬开刻有厉鬼的石门。石门在外都被铜锁扣死了，那锁头都是宋代锁城的狗头锁，锁齿如犬牙闭合，如果没有特殊的钥匙，根本没办法打开。可卸岭群盗是一力降十会，百十条锹凿锤锯齐上，不到一盏茶的工夫，就将石板撬得洞开。

井底赫然露出一个大窟窿来，里面没有灯盏，完全一片漆黑，伸手不见五指，只听得下边风声呼呼作响，好像洞穴极广极深。有工兵用长绳坠下马灯去查看，众人看清楚时，都吃了一惊。原来井底是株大桂树，扶疏遮阴，枝叶如冠，生长得很是茂密，不知覆盖面有多广。

这桂树是借着丹井里的尸气在山底生长，茂盛的树冠里阴气逼人。群盗在洞口边站着向下张望，都能感到树中凉气透骨，全身起了一片毛栗子出来。

陈瞎子越发觉得奇怪，井底这株枝繁叶茂的老桂树，为什么被石门锁住？下面洞穴空间广阔，也不像是藏有珍异宝货的密室，暗骂一声"作怪"，便令手下抬过蜈蚣挂山梯，挂住桂树枝杈下去探个究竟。

群盗搬了竹梯，各自背着鸡禽刀枪，从阴风阵阵的树上攀了下去。井底洞中的桂树大是大了，生得却不高，只不过树干极粗，树上全是疙里疙瘩的老树皮，有名盗伙摸到树身上，触手所及觉得有些古怪，在竹梯上提灯照了照，吓得险些翻身坠落，多亏被鹧鸪哨一把拽住。

鹧鸪哨也用马灯照了照树干，原来树身上的凹凸之处，都生成一个个人头脸面的形状，眉目耳鼻口依稀可辨，竟是五官俱全，与人脸极其相似，不过树身人脸上的表情都像是在鬼哭神嚎，面目扭曲可怖。

鹧鸪哨倒吸了一口冷气，桂树生性属阴，丹井里埋了许多尸骸，里面的尸气都被吸浸到这树身里了，随手用刀在树上一割，树中就汩汩流出血来，便是想破了头，也猜不出炼丹的仙宫里为何要藏这么一株吸透了尸气的大桂树。这应该是一株"尸桂"，同"鬼榆"一样，都是草木中罕见的不祥之物，传说这种树是阴阳两界的通道。瓶山丹宫里处处透着诡异，还不知真正地宫藏在哪里，他念及此处，便暗自戒备起来。

陈瞎子也有同感。他和鹧鸪哨率众攀到树根处，举着灯笼火把四下一照，只见树根都扎入了石中，也不见洞中有什么潮湿之气，只是阴凉透骨。丹桂全借古尸里的阴气生长，树枝长得都快垂到地面了。

而在树冠覆盖之下，雾气缭绕如同幻境，围着桂树一圈，筑着四幢楼阁，大小格局别无二致，都是飞檐覆瓦、栋宇轩窗的二层建筑。在树底一看，倒觉得洗涤胸中俗念，颇有出尘之感，不像是人间的境界。

但楼内没有丝毫光亮，整座楼阁都是黑漆漆的，连瓦片和窗棂子都是乌黑的。这种仙境般的景致，与老桂树间的阴森气息同存共在，强烈的反差极不协调。群盗在树下四周打量，都有身入险境、栗栗自危的感觉，也不用陈瞎子发令，便自发地背靠着背结成阵势，以防会有突如其来的意外发生。

陈瞎子等人已被瓶山中的机关埋伏吓成了惊弓之鸟，见树下的四处楼阁外边雕栏玉砌，造得格外精妙，不由得紧张起来，举着藤牌缓缓接近，到得近处，那玲珑楼阁仍是黑得好似泼墨，通体都没半点色彩，加上洞穴中没有灯盏，显得那四幢楼阁仿佛溶化进了黑暗之中。

鹧鸪哨仗着胆大，又有甲胄护身，自行提了一盏马灯，拎着镜面匣子枪，从群盗中走将出来，到其中一座楼前查看。可楼阁乌黑一团，有灯光照着也瞧不真切，只能看出云雾里有座朦胧恍惚的屋宇轮廓。

他只好用德国造往那黑楼上一戳，立刻传来当的一声回响，好像撞在了铁板上。陈瞎子在后奇道："这楼阁竟全是用生铁铸成？"

第三十二章 云藏宝殿

鹧鸪哨点了点头，的确通体是铁，难怪没有碧瓦朱扉的色彩。他也从没见过如此怪异的铁楼，铁门铁窗修得精致非凡，尽是镂空的纹饰，都和寻常的楼阁一样，可以开门开窗，楼中也有房舍，只不过整体使用生铁铸就，格外坚固结实，在外看不到内部有些什么，楼外应该有机关闭锁，由于不知销器儿所在，所以一时未敢轻入，转头同陈瞎子商议了几句。

陈瞎子脑中一转，说道："铁楼自然不是住人的，看这铜墙铁壁如此森严，又锁得严密异常，里面肯定是藏着什么珍异宝货。"卸岭盗墓就是求财而来，寻到这藏宝楼，正好比是老猫撞见肥鼠，怎不动心？

陈瞎子当下吩咐下去，便分派出一伙盗众，个个膀大腰圆，都是擅长分卸破拆手段的精壮汉子，仍然是用撬锯凿劈的办法卸门。虽是人手众多，却由于找不到铁楼机括，不得不费了好大力气才卸开铁门。楼宇四檐都藏有连弩一类的暗器，可都已生铁锈失去作用了，并没给群盗造成多大麻烦。

见铁楼设有弩机防范，众人更加肯定了里面会有宝货，在铁锈摩擦声里推开了铁门。群盗加倍小心谨慎，先派两人进去探得再无机关，这才进去十多个人，挑着马灯寻找丹宫里隐藏的珍宝。

鹧鸪哨好奇心起，让陈瞎子在楼外接应，他自己也拿着枪跟一伙盗众进了铁楼，抬眼四顾，只见一进门的一楼便是正堂，就连里边的地面也是生铁铺的。堂内供着一尊赤足玉像，应该是仙道中的药王，神像不高，大约只有两尺，却是通体莹润，立刻就有几人上前，把药仙玉像从桌上搬下来装入皮囊。

鹧鸪哨看在眼中，心想原来铁楼是处药王阁。丹宫中藏纳丹药的所在也称露阁，露阁里存放的肯定都是极珍贵的药料，井底栽大桂树应该是为了吸纳阴气，以便保持露阁里的丹丸膏散不会变质。他边走边看，在堂后狭窄的数间铁室内转了一圈。

后室里都是装药的瓷瓶玉坛，有些密封甚固，里面的芝草肉菌药性依旧。其中有一个玉函最为显眼，上面有彩绘漆画，都是松鹤仙草的祥瑞图案。鹧鸪哨揭开函盖，只见函内是若干格子，每一格上都有一个小小的金牌，格中是形态各异的药石。

鹧鸪哨在灯下仔细分辨，见金牌上写着狮子鳌、蜘蛛宝、蛇眼、狗宝、鳖宝之类的字样，全是各种灵物的内丹和结石。这都是大内皇宫才有的名贵药材，就连里面形状最小的蜘蛛宝也有核桃大小，呈黑色药丸之状，都是罕见罕有的灵丹妙药。

　　群盗也大多都是识货的，单是装药的器具就已极其昂贵华美，里面的丹丸药石更是价值不菲，当下无不大喜，见了一样就取一样，毫不客气。由铁楼梯往二楼走的时候，雾气渐渐变浓，铁壁又是黑的，昏黄的灯光中看什么都不真切了。

　　鹧鸪哨提枪挑灯，当先走在前边。刚到二楼，抬脚拨开铁扉，猛见屋中站着一个浓妆艳抹的女子。那人脸朝屋内，在漆黑的铁房间里纹丝不动，看背影像是活人，可又感觉不到她身上有活人的气息。

　　专盗古墓的鹧鸪哨那双眼睛是干什么使的，灯影一晃，便已看清那女人竟然一身明人的装束。她脚穿木底弓鞋，身上穿着四种零碎锦料拼制而成的水田服，样式有些像僧人所穿的袈裟，外着一套比甲，正是明代女子中流行的水田服。

　　从明代开始，士农工商军民人等，一概禁穿胡服，大明皇帝诏告天下"衣冠悉如唐代制制"，整体上恢复汉族衣冠体系，所以明代沿用了远在商周时期便有的大襟右衽交领或圆领服饰。明代妇女多穿霞帔、比甲、背子，在服装颜色上也有极为严格的要求，只能有紫、绿、桃红等浅淡颜色，不可以使用任何艳丽的颜色。

　　明代的古墓鹧鸪哨盗过不下十座，自然一眼认出这衣服的年代，心中一片惊疑。这自元代起便已尘封的铁楼，门户闭锁严密，好似铁笼一般，恐怕连老鼠都钻不进来，怎么会冒出个明朝女子？她如何进得楼来，难道会使缩骨法移形术不成？

　　鹧鸪哨带着群盗上得楼来，那女子只是露个背影站着不动，对一切动静恍如不觉，竟如木雕泥塑一般。黑色的铁窗里流进一缕缕的雾气，那朦胧的身影如同鬼市幻景。

　　群盗挤在门前都看得呆了，盗墓盗多了果然撞上厉鬼，别看平时挖坟掘墓都不在乎，那是没真正遇上邪门的事情，一想到真有鬼就不免腿肚子转筋，想掉头逃下楼去，可此时腿脚似乎都不听使唤了，灌了铅似的钉在原地。

鹧鸪哨不管其他众人的反应，提灯上前，突然喝问一声："是人是鬼？"说话声中，他从后边抬手去拍那身着明代服饰的女人肩头，不料触及之处，竟是空无一物。

第三十三章
雾隐回廊

　　鹧鸪哨见有个身穿明装的女人，站在铁阁子二楼一动不动，铁楼地面上有层尘土，并没有什么脚印，看来几百年都无人走动，却是见鬼了不成？他心中冷哼一声，偏要看看这女子有什么古怪，上前两步，抬手就从后去拍那女人的肩头，不料手落下来却是一片虚空。

　　鹧鸪哨手中落空，急忙闪身退开，只见那女子原本站立的位置，蓦然间升起一片尘雾，在狭窄的楼内飘散开来。

　　群盗以为有毒，赶紧闭了气，捂着口鼻纷纷躲闪。鹧鸪哨从进这铁楼开始，就觉得药气沉重，唯恐撞上毒烟机关，事先也已加了防备。但那女子被人一碰就立刻轻飘飘地化作一片尘埃，浓得像是雾气，雾状的粉尘里，并没有出现任何异常的气息。

　　鹧鸪哨手上有土鲛皮的手套，随手在面前的尘雾里一抄，举灯细辨，手套上沾的，竟像是枯碎的纸屑，碎得极是细微，只剩些纸张里的经络痕迹，应该是个精妙的剪纸人，在房中放了几百年不动，纸筋早已枯散，被人一碰就当即化为灰烬了。他心中更是奇怪："难道这女子非人非鬼，竟是剪纸而成的人形？竟如真人一般，真神工也。可它既然穿着明装，何以会在这座生铁封闭的露房当中？这年代……"

鹧鸪哨在瓶山里连遇许多奇事，凭他博物之学也难推测究竟。在二层铁阁中转了一遭，眼见再无异状，门窗都是紧紧闭锁的，实是难以判断那明代的剪纸人是如何摆在其中的，甚至有点怀疑是不是自己眼睛看花了。他心中满是疑惑，便转身回到楼下，到桂树下见了陈瞎子，把露房中的所遇之事说了一遍。

陈瞎子听罢也觉得出乎意料，搜肠刮肚地想了几遍，也是找不到半点头绪，只好再派人去搜索其余的三处铁楼，或撬或穴，座座都拆得门户洞开，将里外翻了个遍。原来这四座铁楼，却并非是什么储藏大内珍宝的。井底这个洞穴是个密室，而那四座漆黑的铁楼，都是用来藏纳名贵丹药和书册经典的露房，搜刮出许多珍品，光是成了形的何首乌就有十几对，但是再没见到其余三座楼里有什么明装女子的纸形。

陈瞎子见收获不小，且不说那些千百年前的丹丸膏散还有没有药性，单是装药的瓶匣之器，也尽是汉唐年间的古物，件件皆是价值不菲，但始终没找到那具被称作"湘西尸王"的老僵尸。倘若就此作罢，终究是让他这盗魁的面子上有些下不来，毕竟已折在瓶山百十个兄弟了。

于是陈瞎子决定继续寻找大藏，在生长尸桂的洞中散开队伍搜索。群盗点着火把驱赶着鸡禽，排成了人墙，在周围一个洞口一个岩缝地详细查找。

随着搜索范围的扩大，逐渐发现这个洞穴周围铸了一圈钢板铁壁的围墙，形成了一个院落。除了桂树下的四座铁楼，其中还有烧丹的丹室，里面砌着砖炉和风箱，以及一些古代青铜秘器。在一面玉石屏后，是道在内侧锁住的大门。

陈瞎子和鹧鸪哨等人虽是倒斗的状元魁星，但向来只是盗发古冢，丹宫里有不少东西都是平生前所未见之物，心中皆是暗自惊奇，但寻了几遍，并没有发现古墓大藏的踪迹。最后来到玉石屏后的大门前，便命人砸锁撬门，还要再向深处前进。

陈瞎子根据瓶山地形判断，这道门后也许正是通着后殿的底部，但山腹里面地形复杂离奇，瓮城、正殿、丹井之中都没有元墓的踪迹。后殿被焚烧后一行人就匆匆离开了，那殿中确实有陪葬的马骨、兵器、甲胄之物，看这丹井里的结构如此之深，也许后殿底层也有密室密洞一类的所在，那真正的墓室多半就在附近了。

盗魁陈瞎子让手下人去卸开巨门，他则同鹧鸪哨站在铁壁院落中等候。当时陈瞎子野心极大，他认为卸岭群盗专做谋反聚众的勾当，在各朝各代都被官府视为"眼中之钉，肉中之刺"。虽然卸岭势力不小，可这些绿林盗匪在太平年月里，往往都会成为官兵镇压的主要目标。如今难得遇上一回天下大乱、军阀割据的局面，正应当扩展势力，渗入"昆仑山"的官面，所以暗中资助了好几路军阀。

而且陈瞎子还到处笼络天下的能人异士，他眼见自己倒斗的本事似乎比搬山道人鹧鸪哨要稍微逊色半筹，所以早就有心拉拢搬山道人入伙。有鹧鸪哨这种手段高强的人作为左膀右臂，他就可以腾出手来专心经营军阀势力，那何愁大事不成？但此人一向独来独往，眼界极高，让他入伙可并不简单。

趁此间歇，陈瞎子便想同鹧鸪哨盘盘道，找个情由拉拢搬山道人入伙，于是他甩开两行伶俐齿，翻动三寸不烂舌，先从这瓶山古墓里的湘西尸王说起。听那向导讲，猛洞河流域的深山老林最多，尤其是老熊岭下的瓶山。以前常有人上山采药，被山隙里的僵尸拽了进去吸净血髓，有侥幸逃过的，都说那僵尸身材高大，紫袍金带，看装束不是王侯就是将相，所以都以"湘西尸王"呼之。据说其大白天也敢出来伤人，以至于近代就没人敢接近此山了，可我等在山上只见有许多毒虫，却不曾见有诈尸的精怪，可见洞夷之辈的传说不可尽信。

鹧鸪哨满腹心事，听了陈瞎子没头没脑的一番话，便随口应道："陈总把头所见极是。素闻在那粤东粤西两广之地，也多有此类传说，凡是挖出贵族古尸，只要见到其服饰奢华，腰束金绦玉带的，便以讹传讹，称其为'尸王'，似乎连僵尸也可分为三六九等，生前是王公的，死后出现尸变也比寻常的僵尸厉害许多。此等愚民散盗的见解，说出来让人好笑。"

陈瞎子说:"兄弟说得在理,实则生前为贵,死后保存尸骸的营葬手段自是非比平民百姓,所以贵族的尸骸被从古墓中掘出,往往会因为棺椁明器的作用,显得尸体鲜活生动;而穷人的尸首埋到乱葬岗中,不是被野狗刨出来啃了,就是遭虫蚁侵蚀,过得不到半年,就连骨头也难保全。所以生前为王为尊,死后的尸体仍然比寻常百姓尊贵万分,还要做个'尸王'吓唬咱倒斗的苦汉子,想想着实令人可恼,不倒之不足以平民愤。"

陈瞎子乘机把话锋一转,切入了正题,他接着说道:"倒斗这行当虽然能发横财,但在外人眼中却极是晦气,常年和古墓里的棺椁明器打交道,难免会染一身阴气。咱们自家里,也不是生来就想做这等挖掘墓中古董的勾当,不过造化阴阳自有其理,按你们搬山分甲术的宗旨来看,世上有一物,便必有一制,倒斗的手艺人,便是那些生前显贵之辈的克星。看如今的世道,天灾兵祸是一个接着一个,哪儿有给老百姓安居乐业的日子!按说我陈家祖上留下的产业,自家纵然是十世也花不空,但想要济此乱世却是杯水车薪。愚兄既然学了一身卸岭倒斗的本事,又蒙弟兄们抬举,做了南七北六一十三省的卸岭盗魁,便不耐烦在世上随波逐流,只想趁着乱世高举义旗,盗墓取利周济苍生。"

陈瞎子说到这里叹了口气,做出踌躇满志的姿态来,又说道:"无奈心虽有余,而力不能足,身边缺少有真本事真手段的能人。如果兄弟愿意到常胜山插香入伙,为兄担保你坐第二把金交椅。咱们常胜山十几万盗众,要风得风,要雨得雨,今后你我二人联手……"

鹧鸪哨早听出他的意思,等他说到入伙的话来,赶紧推辞道:"从古传下这三门盗墓的秘术,摸金、卸岭都是聚义取利,以济世人,奈何搬山道人不属此道,道不同不相为谋,虽承高谊,却实不能为。"

陈瞎子本以为鹧鸪哨这搬山道士已剩孤家寡人了,自己刚刚这番话说得简直是"周公吐哺,天下归心",让他到常胜山入伙是何等的诚意,竟被对方一口回绝了,心中不免有些诧异和恼怒,就问:"倒斗之道,不外乎盗亦有道之说,难道搬山之道会有所不同?可否直言,以解愚怀。"

鹧鸪哨如今也是有些心冷了,并且对那种造反图霸的举动没任何兴趣,就直言相告："小弟原是有些心事，别个面前也不好讲，既然兄长垂询，敢不奉告？"就简略地把搬山道人盗墓寻找雮尘珠的事情说了一些，这条线索越来越是渺茫，眼看搬山道人只剩最后一个，看来天意使然，人力也难强求了。但他只要还活着一天，就要遵照祖宗遗训，接着在各地古墓中继续寻找这颗珠子。

陈瞎子恍然大悟，原来是这么个"寻不死仙药"，笑道："何不早说？等从瓶山回去，为兄就多派人手去各地探访线索。"他善于笼络人心，正要大包大揽把鹧鸪哨的为难之事料理了，然后也不怕他不肯入伙了，可话刚说了一半，却听撬砸石门的群盗一声惊呼。

陈瞎子和鹧鸪哨心知有异，赶紧率众过去查看。原来群盗已洞开巨门，铁墙上的这道大石门只能从内侧打开，只见门外是条山中隧道，廊道曲折幽深，里面轻轻流动的云雾，犹如香烟缭绕，也看不清深处的情形。

陈瞎子见群盗大惊小怪，真是折了卸岭的威风，心头有些不快，沉下脸来问道："刚才大呼小叫的做什么？不过是条甬道而已，里面八成就是元人的墓室了。"说着话挑灯往石门外一照，不料正瞧见那隧道里烟雾轻渺流动，好似有一人盘腿坐在地上，恍惚中就见那人全身黑衣，装束十分诡异。他身体肥大高壮，狮鼻阔口，脸上虬髯如戟，两眼精光四射。双方视线刚一相交，就惊出了陈瞎子一身冷汗，再想细看，那人又被云雾遮在里面了。

刚刚那一瞬间，跟在陈瞎子身边的人也都个个瞧了个真切，向导顿时双腿打战，连话都说不利索了，惊道："僵尸……是……是瓶山古墓里的尸王啊！"

群盗闻言立即竖起削尖的竹竿，撑开渔网待敌。僵尸有死而不腐的，还有遇活人阳气诈尸扑人的。要真遇上大粽子，水火刀枪之类未必能起作用，只有戳住它覆盖渔网，或者往嘴里塞个黑驴蹄子。

陈瞎子刚要招呼众人上前围攻，忽然那只怒晴雄鸡从鸡群中腾起跃出，金鸡独立恰好落在陈瞎子肩头，引颈怒啼。这只雄鸡自从鹧鸪哨落入丹井后，就混在其余的大群公鸡之中，在宫殿里到处追逐蜈蚣。群盗进入露房铁阁之后，为了防范毒虫，也将大批鸡禽带了进来，但一直没见有什么异常状况发生，然而怒晴鸡突然威风凛凛地鸣动起来，定是有什么征兆预警。

群盗见状微微一愣，脚下不禁有些踌躇，都隐约有种预感：只要接近瓶山尸王，立即就会惹祸上身。鹧鸪哨见状便说："里面那厮绝不寻常，不会也是彩纸剪出来的人形？廊道内又都被雾气锁了，恐有妖术作怪，容某先独自过去看个究竟。"说罢就要提灯进去。

红姑娘拦住他说："且慢，你们难道都不识得，那尸……尸王穿着黑袍顶着黑帽，足底踩着靴头，元人贵族怎会这副打扮？"

陈瞎子和鹧鸪哨都觉奇怪，怎么红姑娘会知道那身诡异的黑色装束？那是什么打扮？红姑娘道："我以前曾在月亮山里跑江湖卖艺为生，说书唱戏和古彩戏法都是同行，戏班子里的各种行道笼头，我也尽数识得。刚才看得清清楚楚，世上只有班子里的伶人戏子才会如此装扮，那套满身黑衣袍靴戴帽的装扮，分明就是在演戏文里面的勾死鬼！"

第三十四章
观山太保

红姑娘熟识戏班子里的行头,一眼断定,甬道里那厮穿的,绝不是元代将军的装束,而是满身黑衣靴帽的无常恶鬼打扮。殓葬时尸体穿着的凶服寿衣虽是不比寻常衣衫,可墓中的贵族怎么会穿着戏装埋尸于此?古人穿着的服饰,也许在民国时期看来差不多都像是在戏台上穿的,但哪里会有人在墓中穿一套勾死鬼的黑袍行头?

群盗闻听此言尽皆愕然。先前在铁阁楼里见到个一身明代水田服的剪纸女人,这会儿又冒出个穿勾死鬼戏袍的,瓶山丹宫里真正的墓室还未找到,却先撞上如此之多古怪诡异的事情,不免生出一阵栗栗自危之感,万一那山雾中真藏着黑无常又如何是好?

盗墓掘冢,全凭一时胆气,心中越是不安,越是疑心生出暗鬼,所以历来都有"倒斗不信鬼,信鬼不倒斗"之说。卸岭群盗向来都认为古墓中的威胁最主要是来自机关和诈尸,极少有人谈论鬼神精怪之类犯忌的话。可那黑袍勾死鬼刚刚是众人亲眼所见,在那个年代里主要的娱乐活动就是听书看戏。民间戏曲比较低俗的有鬼戏、狐戏、猫儿戏之类,都是依靠渲染鬼狐情节来吸引观众。黑袍黑帽的勾死鬼是这类戏文中的主要角色,正因为离实际生活较近，才更容易令人信以为真。

陈瞎子见人心惶惶，担心手下兄弟们折了锐气，便道："想那戏文本子多是胡编乱造，十出戏中倒有八九出都是生捏瞎拼出来的，岂可信以为真？漫说是什么勾魂索命的无常鬼，当今这世界，就连神仙也难躲洋枪洋炮的一溜轻烟，管这廊道中有些什么，先放两排枪过去再说。"言罢一挥手，命手下举起步枪，齐刷刷拉动枪栓，顶了子弹上膛，就要对着甬道里乱枪齐发。

鹧鸪哨在旁见群盗要开枪射击，他心中一转，忙低声告诉陈瞎子不可用枪，鸡禽鸣动有异，定是因为那穿黑袍的死者身上有什么剧毒之物，不可仗着器械之利就大意了，否则溅出毒来，这条隧道就进不得人了。

陈瞎子心中恍然，忙道："真乃英雄所见略同。枪里的子弹顶上火那是壮胆用的，正要叫小的们用钩竿子去搭。"随即命十几个手下上前，向雾中探出蜈蚣挂山梯，搭在那黑袍人的身上向后拉扯。

群盗领命出手，一番连拖带拽，便用竹梯将那盘膝而坐的黑袍人拖进了铁壁围墙，其余的人一个个枪上膛、刀出鞘，如临大敌般围拢在四周。拖到近前一看，果然是一具形貌诡异的僵尸，也就是死而不腐的古尸。

这黑袍男尸高大肥胖，盘腿而坐，手中掐了个奇特的指诀，穿的确实是一身戏台上勾死鬼的行头，被竹梯一阵拉扯，早就开始腐朽的服饰都丝丝缕缕地裂了开来，露出身上发胀的白如浸水的皮肉，用竹梯一碰就往外淌出脓来，耳目口鼻内都是黑色的粉末，可能当初是七窍流血而亡。这身打扮却没办法分辨是哪朝哪代的，只看靴袍都已经朽了，料来死去的年头已是不短了。

群盗见只是具僵硬的古尸，这才将心放下，纷纷骂道："死鬼，偏穿成这副鬼模样，刚刚险些吓破了爷爷们的虎胆……"

陈瞎子觉得这具尸体死得奇异，便率群盗留心查看。古尸体内注满了剧毒，但是看起来并非是瓶山里常见的蜈蚣毒，毒液行遍了全身，应该是生前服毒。由于担心沾染毒脓，众人就用竹签子翻拨尸体，将死人身上的事物一件件清理出来辨认，只见都是些药瓶药罐，还有纸木造成的傀儡人形肢体，并有一个大皮囊，里面都是漆黑坚硬的豆子，看得众人如坠云里雾中，竟不知这些五花八门的东西都是什么。

最后有名盗伙用竹签从尸体腰间的黑袍里挑出一面金牌，上面铸有字。陈瞎子和鹧鸪哨都识得古文书，定睛一看，是四个苍劲挺拔的老篆——观山太保。

二人乍见此物，脑海里正如满天的乌云突然亮了一道闪电，猛然记起一段早已尘封多年的往事，原来这瓶山古墓里还有别的盗墓贼，早已有人捷足先登了！两人异口同声地说道："原来是大明观山太保！"

陈瞎子低头沉思片刻，便急忙让人把尸体拖到烧丹的砖炉中点火焚化了，这才转头问鹧鸪哨："观山之事扑朔迷离，以前只道是做不得真的传说野史，原来这世上真有观山太保。贤弟足迹遍布天下，可曾听说过此中详情？"

鹧鸪哨对此事所知所闻，并不比陈瞎子多出多少。故老相传，天下盗墓之辈，有字号和传统的仅仅是发丘、摸金、搬山、卸岭，说是四路，实际上是三支，因为发丘天官和摸金校尉本是一回事。发丘印毁了之后，世上便只剩下摸金校尉了，其余便是人多势众的卸岭力士，以及机变百出的搬山道人。

除了这三支以外，便尽是散盗和民盗，稍微有点名堂的，也不过就是南边背尸翻窨子的，其余鸡鸣狗盗之流，都不值一提。但在近几百年的盗墓史上，却始终流传着一个极其神秘的传说。据说明代有群倒斗之徒被称为"观山太保"，善于观山指迷，秘密发掘了许多帝王陵寝，他们的手法和盗墓动机从来没人知道，一旦做出事来连神仙都猜不到。传说仅限于此，当世之人对他们再无更多了解了，连那些传说里的观山事迹是真是假都不好判断。

想不到今日竟在瓶山露房后的隧道里，撞见了一具观山太保的尸体。看此人装扮举止和所携物品之诡异，实是平生前所未见之奇。陈瞎子联想到以前走千家过百户的飞贼里，有一门善会"缩骨法"，也就是贼偷作起法来，便可以钻狗洞老鼠洞进入门户紧闭的深宅大院，在里面窃取钱物，

第三十四章 观山太保

然后原路潜回。

但这邪法为时辰所限，一旦延误耽搁了，小偷就得死在屋内。不过这毕竟只是市井传闻，世上虽是真有脱铐破枷的缩骨之术，却只是拆脱身体关节，并不能钻猫狗之洞。但另有门与控尸术近似的傀儡术，可以控制纸人纸狗钻入门墙缝隙偷盗，其控制原理并不是以魂附纸，而是驱使大批虫蚁为盗，其中的具体情形连陈瞎子也不清楚。

看那铁阁子里的剪纸人与死在大门外的观山太保，似乎也正是用邪门方术窃取铁楼中的丹药。为了免于被山中蜈蚣咬噬，这位观山盗墓之人在自己体内灌注了药水，才得以潜入此地，可似乎这铁楼尸柱的格局出乎他意料，时辰耗得太久，竟至术尽身亡于此。

陈瞎子以自己的经验推断出了七八分，只是大明观山太保的盗墓之道奇诡无方，不是内行人根本看不出这些底细。卸岭群盗为了盗掘瓶山古墓，可谓倾尽了全力，不仅耗费钱物，更折损了许多人手，却不料竟遇到一出"二进宫"，足足晚了观山太保几百年。

不过看这黑厮死在隧道里，身上并无明器珍宝，而且无人收尸，这也足以说明他虽捷足先登进入瓶山盗宝，但并没有随行的其余同伙。如果山里真有古墓大藏，墓室里的东西多半还是完好的。

陈瞎子想到此处，心意稍平。从古到今，成体系的盗墓组织之间，从无恩怨过节，相互间完全处于一种互不干涉的状态。谁要是比别人晚了一步，等到进古墓倒斗之时，发现墓中已有其他人事先光顾过了，那也最多自认倒霉而已，所以对在墓中发现一具身挂观山腰牌的古尸，群盗都没有太过放在心上，毕竟是早已死去两朝的古人了，于砖炉密室里焚化了这具尸体之后，便不再理会此事。

看看搬空了老桂树下的珍宝异器，群盗便遣出几个手脚麻利的探子，当先摸进隧道里探路，其余的大队跟着陈瞎子与鹧鸪哨在后攒行。这条造在山腹里的地道迂回曲折，随着山势缓缓而上，走出一段，石道渐行渐高，陡然变为石梯，攀上去又是个狭窄的山洞。密道口的盖子已被揭掉，众人笼着火烛出了洞，眼前就是一片残垣断瓦的宫殿废墟。

果然不出陈瞎子所料，这里就是最初进来的后殿。后殿与丹宫无量殿之间的通道，都被元人用巨石铅水封死，这片殿阁已在陈瞎子等人逃离之时被付之一炬了。连接丹井的密道藏在庭园假山之中，位置极其隐蔽，若不是从里面钻出来，在后殿绝难找到。

到了此处，陈瞎子心中不免有些焦躁，藏在山里的蜈蚣都被剿尽了，却始终没找到半点墓室的痕迹，一处处的全是虚墓疑冢，不禁暗骂元人奸猾。历朝历代中最难盗发的便是元墓，盖因元时各种文化兼容并收，即便同样是贵族王公，他们的葬法葬俗也大相径庭。陵墓的布局和选址，带有许多西域漠北的风俗，又混合了中原风水龙脉的奥妙，横埋倒葬的匣子坟，便是这一特殊时期的产物，所以倒斗的手艺人盗掘元墓之事，大半都是误打误撞挖出来的，元代古冢历来便是盗墓这一行当里的"盲点"。

这时有陈瞎子的手下给他献计，既然遍寻不见墓室大藏，何不再用"瓮听法"探知？这瓮听法便是在山里挖个坑，埋个大小可以装人的瓮器下去，然后盗墓贼蹲伏在瓮内，相当于身在地中，借巨瓮来扩充耳音，侦听地下空间的方位。

陈瞎子摇了摇头，这显然是外行话。瓮听法只能探听低于埋瓮位置以下的地底，多用于土层之中。瓶山的山势歪斜欲倒，又是满山青岩大石，根本无法施展此法。另外初探瓶山之际，便已用"闻"字诀听过此山了，只辨得山腹里洞穴广大，一处接着一处，正因洞穴太多，影响了地底回声的精准，即使陈瞎子耳力超于常人，也不能细辨此山内部的各处轮廓，遂不用其言。

如今瓮城、无量丹宫、藏尸井、铁阁露房、后殿全部找了个遍，都不见那元朝将军葬于何处，不得不怀疑是否除了墓址上不封不树之外，那墓穴也曾用土回填，根本没有空间缝隙。倘若真是以土夯实的坟墓，在这地形复杂的瓶山里根本无法寻找。元人不依风水形势，恐怕搬来摸金校尉相助，都难以使用分金定穴直捣黄龙。

不过陈瞎子也明白，此次虽是得了许多珍异之物，但找不到真正的墓穴，就算是失了手，赔了如此大的本钱最后却落得个铩羽而归，他这当舵把子的盗魁，今后便再也没有面目和天下人争长道短了。

　　正为难的时候，鹧鸪哨忽然有了计较。闻地盗墓之法虽具奇验，但瓶山里边的丹宫规模巨大，使得群盗的精神命脉全都倾注于此，却忽略了此山的地形。瓶山如同仙人装丹的宝瓶坠地，山体形似古瓶，山腹内也犹如瓶腹一般中空，丹宫宝殿都建在其中，所以来此山盗墓的无不把目光盯在山窟里，唯独把山巅的瓶口忽略掉了。

　　古之陵寝皆是建在地底，即便是斩山为椁、穿石做藏的山陵，墓室也建在山腹深处，可瓶山古墓岂能以常理度之？说不定那墓穴的选址与世间古墓截然相反，竟会是造在山巅至高处，山下却故布虚墓疑冢搅乱视线。

　　瓶山之顶绝险无比，如果古墓真的藏在上面，卸岭群盗的大队人马则根本施展不开，这种反其道而行之的策略，确有出人意料之处。不过鹧鸪哨心机灵敏，盗墓经验也极丰富，在山里转了两趟，就猜到了有这种可能。

　　陈瞎子论才智谋略并不逊于搬山道人，奈何他统帅天下盗贼，图谋甚巨，人事繁杂，遇到疑难之处，反倒不如鹧鸪哨心中空明、灵台透彻，故此始终未曾想到此节。这时他听得鹧鸪哨一说，顿时醒悟，连道："真是一语点醒梦中人也！"元人在瓶山丹宫造墓，本就有镇压洞夷的意图，此乃"厌胜"之法，以陵墓厌胜镇物的确实不多见，可扎楼墨师建造阳宅的厌胜之法，正是设在屋宇高处，瓶山古墓必定是藏在山巅。

第三十五章
山有三香

陈瞎子打定了主意，却见卸岭群盗和一众工兵，到此都已精疲力竭了。尤其是其中有许多烟客，烟瘾发作了，更是全身乏力，眼看那元代古墓还不知藏在哪里，脚底下都有些迈不开步子了。

陈瞎子只好给众人鼓气道："弟兄们，按咱们常胜山的惯例，凡是掘得大古冢，都免不了要有一番利市。今天正是倒斗的黄道吉日，虽然一路过来遇了些波折，使得一百多个弟兄命丧瓶山，但这些都是英雄好汉中有志的儿男，也皆是咱们的结义手足，必定能早升天界，在上边保佑我等洪福绵绵，今生与他们是不得再相见了，来世却还要共续桃园之义……"

陈瞎子先对众人晓以这"利、义"二字，又提醒群盗，须记得当初进山之前都赌过大咒，不盗空了瓶山绝不回还。虽然绿林中人可以不信鬼神，但对赌咒发誓的行为看得极重，违背誓约便称作"坏了大咒"，为众人所不齿。史书上有多少明文所载的显著事迹为证：当年梁武帝不信咒，饿死台城无人收；隋唐年间的银枪将军罗成不信咒，成了三十二岁的短寿之人；水泊梁山的宋公明不信咒，到头来一壶药酒把命丢。

群盗"利"字当头，又肯图个义气为重，便都强打起精神，纷纷向舵把子请缨向前，此次即便肝脑涂地，也不肯折了常胜山的锐气，务必要收取全功。其余那些不属卸岭之盗的工兵，虽是有心要打退堂鼓，可在这些响马的督率之下，也只好硬着头皮跟着前进。

一路踩着烧毁的后殿废墟，将附近搜刮一空，最后终于来至瓶山最大的裂隙处。这道刀削斧劈般的巨大缝隙，恰好起自瓶肩，由于山体歪斜，山缝便斜贯下去，插入瓶腹的前端，裂缝上宽下窄，深处乱云流动，古松倒长，从高处看下去目眩腿麻；自下仰望高处，则是峭壁耸立，天悬一线，似乎只要山风稍大一些，便可轻易将瓶颈前端悬空的山岩从山体上刮断。这古瓶状深裂开来的山体，就如此将断未断地悬了无数岁月，倾斜悬空的山体之下，便是峰林重叠的峡谷沟壑，无论从哪个方位来看，瓶山的山势都是险到了极致。

陈瞎子在山缝底部看了许久，山巅有如一块千万斤的巨大青岩，两侧森森陡峭的石壁虽窄，但宽度极广，最深处都是积在山体里的雨水，如果想向两侧移动，只有使用蜈蚣挂山梯在绝壁上攀爬而行。他又把向导唤到近前，命其指点方位，告知平时采药来的山客都是从哪里爬下深涧，他们采药的地方又是哪里。

苗人虽从没真正上过瓶山，但他毕竟是当地土人，仅仅耳闻目染，也或多或少了解一个大致，知道得远比外人详细。他仰头对着石壁指画方位。

瓶山盛产奇花异草和诸般珍异药材，附近的山民洞夷常有人依靠采药为生，如果能在山上采到黄精、紫参，便可以转卖给收购药材的客商，也可以拿到城中自己贩卖。这山里最值钱的便是何首乌、灵芝、九龙盘等物，怎奈这些东西都生长在绝壁危崖上的岩缝山隙深处。

那岩缝里本来都是青石，但偶尔有泥土从高处落下，积年累月就填满了细小的石缝，再借着深涧中的露水雾气，就生长出许多灵药，所以瓶山山巅的这道大裂缝被当地山民称为"药壁"。但据说药壁中藏着成了精的古代僵尸，进来采药的人即便遇不到尸王，也会被山中毒物取了性命。而且瓶山中药气环绕，四周潜伏着很多邪祟之物，例如白老太太之类的，等闲没人敢轻易进山，偶尔有那不要命的胆大欺心之徒冒死进来，也多半进得来回不去。

在这药壁之中，有片区域叫作"珍珠伞"。山壁上露出许多凹凸不平的岩脉，状如钟乳，质如玛瑙，形如伞状珍珠，是以得名。但珍珠岩并不是灰或白色，而是殷红似血，像是鸡血石，此地生长着最珍贵的九龙盘。

曾经有个善于攀山的洞夷汉子，他家族上八代都是采药的能手，为了给老婆治病，从绝壁上舍命下去寻找九龙盘。他熟识药性，所以随身带了驱蜈蚣和毒蟒的药物，最后竟被他找到了珍珠伞，可正要动手采摘九龙盘，却见山缝里爬出一具紫袍金带的高大僵尸。那古尸已经成了精，张口吐纳紫气，探出一只满是白毛的大手照他抓来，那采药的洞夷惊得魂飞魄散，哪里还顾得上九龙盘，仗着自家身手不输猿猱，攀藤穿云，飞也似的逃回了山巅，从此惊出一场大病，不出两年就呜呼哀哉了。

当年据此人描述，那片珍珠伞就在这巨大裂缝背阴的一侧。陈瞎子听罢，心中便动了念头，此等传言不可不信，也不可尽信，即使找不到古墓的入口，至少也要把那珍珠伞上生长的九龙盘摘下来。他又问了问鹧鸪哨的意见。

鹧鸪哨见古壁陡峭，但若凭借蜈蚣挂山梯，也足能够履险如夷，珍珠伞附近有无墓道、墓门，毕竟还要亲眼看了才知，当即点头同意。于是选了三十余名擅长飞檐走壁的盗众同往，每人用竹筐背了两只公鸡，如果真有成精的尸魔害人，也有鸡鸣之声震慑，又各带两架竹梯用以攀山，其余的工兵都原路撤回去帮助同伙搬运丹宫里的琉璃盏等物。

瓶山裂隙最底部积了许多雨水，其上生了一层厚厚的浮萍，潮湿之气甚重，岩壁上都渗着水珠，兼之隙底狭窄，一旦被卡在下面就进退两难了。群盗只好用竹梯挂住岩缝，在绝险的石壁上凌空而过。

众人展开数十架蜈蚣挂山梯，使出拼、接、摆、挂的浑身解数，提气凝神地攀附在绝壁上。一路顺着岩缝过去，只见那两侧陡壁之间，已多在翠云处，又进数武①，瓶口一侧的山岩上果然如同珠壁。岩石的颜色也逐渐

---

① 武，半步，泛指脚步。

变深，周遭都是垂入深涧里的紫藤，藤上生满了奇花异卉，石隙的泥土里则满是杂草。

此处接近瓶肩山阴一面的尽头，在这终年不见日光的药壁上，各种叫不出名目的奇异植物却是越来越多，显得颇不平常。陈瞎子和鹩鸪哨两人，都做得盗墓寻藏中"观泥痕、辨草色"之道，看坟头上的植被杂草，便能确认墓中所埋尸骨的年龄、身份、性别。不论年代远近，坟墓附近的植物生长必然有异。坟上植物的生长状态俗称"坟脉"，此脉兴衰的断法都来自古之《陵谱》，若是细说起来，怕也不比摸金校尉的风水秘术简单。

比如某处荒坟无主，也没有墓碑一类的标记，唯见坟头上杂草丛生。但在懂"坟脉"的人眼中看来，这简单的乱草，却藏有许多信息，比如"坟上草青青，棺中是弱冠"，又云"坟头草，生得杂，土下必有病亡人"。

这是说如果坟头上的草又青又嫩，墓中所埋的肯定是少年夭折之人；草色杂乱枯黄，显得无精打采，那坟里葬的死者，一定是染病而亡；那些骁勇之人的陵墓附近，则多是苍松劲草……诸如此类，不胜枚举。所谓坟头，乃是宽泛而言，陵丘山坟处有土有草的地方，都属坟脉，土下的坟墓规模越大，坟脉范围越广。但在这世上，也只有掌握"望"字诀的盗墓贼才懂得观察区分。

群盗攀在蜈蚣挂山梯上，挑灯仔细观看药壁上生长的植物。鹩鸪哨看看左右，松枝藤萝生得苍郁遒劲，视之皆是武将冢的坟脉。他又指着藤上的一大丛金色花朵，对众人说道："此乃猫儿眼，只生长在坟墓左近，山巅里必有墓穴。"

陈瞎子见那片奇花果然形似猫眼，都是借着古墓里凝结的阴气而生，花草中透着隐隐的杀气，看来这元墓藏得虽深，却终究是有迹可循。他观遍了草痕，又提鼻去嗅那药壁上的气息。这"闻"字诀嗅土之法，虽沾个"土"字，却根本没人会像狗一样趴在地上一寸寸地去闻，此法必须自幼学起，一生禁忌烟酒辛辣之物，而且并非仅嗅土，凡是深山绝壑，多有异香萦绕，陈瞎子可以通过闻山法嗅此奇香来辨穴寻藏。

这种深壑峡谷中常见的香气共有三种，无香之山皆为荒山，诸如两壁对峙，极深处山气凝聚，只有在这类特定的地形中，才可施展此法。最香的气息是山中毒瘴毒虿，瘴气愈毒，香气愈浓，但毒瘴之香带有尘土气息，是土香，很容易辨别出来。

还有药草、野花、山药一类草木精华的香气，其香气氤氲迷离，闻之使人精神爽朗。最奇特的香味，要属古墓的气息，由墓土里的水银、棺木、明器、尸体以及防腐的石灰等物混合而成，在墓室里肯定会觉得阴冷恶臭，但在外边夹杂上坟脉草木的气息，闻起来却似扑朔迷离的一缕幽香，忽隐忽现，若即若离。离墓穴的位置越近，这股幽寒的冷香越是强烈，而且里面含有一股奇特的腥气，但这种阴森的腥气并不难闻。

陈瞎子用鼻子深深吸一口气，觉得这片珍珠伞里的冷香气息中腥味奇重，向深处便转为浓郁奇特难以描述的腥香，闻上一闻竟觉得寒意彻骨，更加断定山岩中藏着墓穴。此处在山阴偏僻之地，若非特意来寻，也难轻易找到这里。只见药壁上紫藤古松密密叠叠，墓道口想必都被遮蔽住了，于是打个手势，命群盗将蜈蚣挂山梯架成竹桥横在山涧当中。

众人眼见古墓踪迹已现，都打起了十二分的精神，在药壁上搭起竹桥，一个个放慢脚步，踏着颤悠悠的竹梯穿云而过。他们不是攀住老藤，便是用其余的蜈蚣挂山梯搭住岩缝，将身体挂在半空，然后拔出刀斧，去砍削覆盖在珍珠伞上的植物。

被斩断的紫藤花草和松枝，纷纷落下山隙深处，不多时便将那片凹进去的鸡血岩显露出来大半。只见岩壁上裂开了数道大缝，最大的那条宽可蔽牛，里面黑蒙蒙不知深浅，细小的缝隙里生长着几株鳞甲鲜艳的九龙盘。

陈瞎子等人心中暗喜，那苗人在药壁珍珠伞上采药的传说果然不假。这九龙盘在山阳处长的都不值钱，普通的只可以祛风解毒，唯独终年不见天日的深谷幽壑，才能生长这种鳞叶肥大的龙盘，也称九鬼盘，每株价值千金，有吊命的神异功效。

群盗见状，都暂且将那古墓之事扔到了九霄云外，离得近的，当即便伸手采药，小心翼翼地连根刨起，倘若九鬼盘少了一根须茎或半片鳞叶，便相当于破了品相，不值钱了。

鹧鸪哨却对此物视若无睹。他纵身从竹梯跃入鸡血岩里的大裂缝中，探手一摸石壁，指尖立时感受到一阵恶寒，正是古墓中才有的阴冷。提着马灯往前照去，发现灯光的尽头恍惚有个人影，再向前半步便已照得真切，只见山隙里一动不动站着一具身材高大的男尸。古尸低头垂臂，看不清它的面目，身上积满了塌灰，以那层灰土的薄厚判断，这死者孤零零立在这山缝里，已有许多年不曾动过了，但仍然能看得出那死尸顶盔贯甲，显然是一身古时战阵上披挂的戎装。

　　鹧鸪哨常常独来独往，而且他艺高人胆大，不耐烦再等那伙一寸寸搜刮的响马子，心想何不先看它一个究竟，便不等陈瞎子等人从后边跟进来，当先将那马灯高举在头里，抽出腰间插的德国造镜面匣子枪，用枪口去拨那古尸的脑袋，想看看这元尸生得什么样子。不料匣子枪还没碰到那全身披挂的古尸，洞内便阴风四起，那僵尸竟然忽然抖开厚厚的灰尘，合身猛扑过来。

第三十六章
撼岳

那具全身披甲、低头垂臂的元代古尸,在毫无征兆的情况下,忽然向鹧鸪哨扑倒过来。它这一动,积在尸体身上的灰土蛛网也随之散开,洞中烟尘陡起。

鹧鸪哨绝非是有勇无谋之辈,他既然敢用匣子枪去戳那古尸头盔,便是胆大艺更高,没有金刚钻也不揽这瓷器活,脚下步子早已站得不丁不八,不论遇着什么突变异状,进退回旋的应变之策都已预先有所准备。他忽听铁甲铿锵之声,不等那古尸接近,早已俯身转了半个圈子,在狭窄的墓道里与僵尸贴身而过,转到了对方身后。

鹧鸪哨的身形之快,直如一缕轻烟,一个旋子便已转到僵尸身后,立即探出双臂,从古尸腋下穿过,两手自上交叉相互扣住,锁住了尸体的后颈,同时抬起右膝,顶住它的后脊椎骨。这招看似简单,但实是搬山道人千锤百炼的绝技魁星踢斗。他两臂和膝盖同时发力一绞,只听几声骨骼碎裂的闷响发出,那身披铁甲的干尸,就已被鹧鸪哨卸断了大椎,如同一摊烂泥般瘫倒在地。

倒斗之人多少都得准备几套对付开棺诈尸的办法,以防古墓中的不测之险。摸金校尉有钉尸针和黑驴蹄子，而搬山道人最拿手的就是魁星踢斗。

如果不发生尸变，僵尸未必都会诈尸扑人。据说僵人诈尸之因，其中最普通的，便是尸气积郁难消，遇电气或生人阳气而产生感应，突然跃起追扑活人，其力无穷无竭，而且皮硬似铁，刀枪皆不能伤，唯独背后颈椎尸气最弱，可以用巧劲绞断其椎骨，再用力一抖，便使它全身骨骼都散了架，再也发作不得。

不过事情并非这么简单，鹧鸪哨动作实在太快，他见僵尸扑来，便以快制快，转将过去绞断了尸体的大椎，这一串动作既快且狠，一旦出手就绝不留任何余地。但正因为鹧鸪哨手底下太过狠辣，半道想收都收不住，他欺身上前之时，已觉得山体内部有阵剧烈的摇晃，似乎并非是突然诈尸，而是这瓶山整个动了起来，震得那具干尸扑面倒来。

鹧鸪哨心中猛醒："难道是山中突然地震了？"他担心持续地震，导致山体塌方后被活埋在其中，当下也不敢在墓道里继续停留，急忙抽身后退。出了鸡血岩上裂开的山缝，只见攀在药壁上的群盗都已是面如土色，紧紧抓住竹梯藤萝，似乎也都感受到了刚刚的剧烈震动。

陈瞎子见鹧鸪哨从窄洞中出来，忙对他叫道："大事不好，瓶山要断了，赶快走反！"

"走反"就是逃跑的意思。原来瓶山上的这道裂隙太深，瓶肩和瓶颈相接的部分，仅有十成中的一成，其余九成早已断裂得年深日久了，如此欲断未断地在风雨中经历了几百年岁月，这是大自然鬼斧神工的造化，就如"风动石"一般，看似危险实则稳固，在绝险之中有着极其微妙的平衡，如果没有极为强大的外力相加破坏这种平衡，也许几百年几千年之后仍是如此。

但卸岭群盗从没盗过崖墓，使用炸药过量。这伙人里并没人懂得什么是"爆破作业"，一味地多设炮眼，多埋炸药，炸得山口、山脊等处千疮百孔，爆炸的冲击波一次次在山体中传导，使得这条裂开的巨大缝隙即将断裂，刚刚那次震动，只是一个前兆而已。

山体又传来一阵阵颤动，比第一次的要轻许多，但震颤连绵，却是一阵接着一阵。药壁上的泥土和碎石纷纷从高处落了下来，鹧鸪哨也知这山体一旦真正断开，攀在绝壁上的这伙人都得跟着倒塌的巨岩摔入山阴里的密林之中，就算是有铜头铁臂金钟罩的功夫也休想活命。可是山体震颤不绝，若有一步踏空，便会立即跌落深涧，如此情形之下，最忌轻举妄动，此时他听陈瞎子让众人赶快凌空撤回另一边的崖壁，赶紧加以阻拦。

可不等鹧鸪哨开口，已有数名盗众怕得很了，急于脱离险境，心神大乱之下再也沉不住气，他们不管山体震动愈来愈烈，便莽莽撞撞地举起蜈蚣挂山梯纵身跃向瓶肩一侧的峭壁，满以为可以直接用竹梯挂在山壁上，不料这时山间发出天崩地摧的隆隆巨响，山体的裂缝猛然间扩大了数丈，那几名当先逃窜的盗伙身在半空，原本掐算准的距离再难触及，蜈蚣挂山梯落了空，在众人的齐声惊呼中坠入了裂缝深处。

这几人倒也命大，掉下去的时候手中依然抓着竹梯不放，几架蜈蚣挂山梯纠缠在一起，形成了一张竹网，卡在了两侧古壁的狭窄之处。可不等他们庆幸自己死里逃生，上空"轰隆隆"落下数十块从山体上碎裂下来的岩石，竹梯上的几个盗伙哪里有处藏身，都被砸了个"万朵桃花开"。大大小小的岩石落将下来，撞击在绝壁上发出"轰隆隆"的沉重回声，夹杂着撕心裂肺的惨叫哀号，一同落进了最深处的积水里，传来一阵"扑咚咚咚"的杂乱响声。

这时剩余的群盗都紧贴在瓶口侧的峭壁上，身体和山体都颤成了一处，一块块岩石古树黑乎乎地夹着劲风从面前落下。山体上那些松动的岩石全掉了下来，避得开一块也避不开这阵接连不断的落石，不断有盗伙被乱石砸落，掉下去死于非命。事到如今，众人也只好听天由命了，砸死了那是该死在此地，侥幸砸不死的，这条命就算是捡回来的。

只听山体的岩层深处如裂帛般响作了一片，陈瞎子和鹧鸪哨等人忽觉药壁倾斜加剧，原本乱云汹涌雾气环绕的山隙，裂痕是越来越大。众人觉得眼前一花，似是阳光夺目，山缝里的草木尽皆暴露无遗，原来裂缝扩大后，外边的天光都已照了进来。

瓶山这一瞬间真是摇晃得日月如覆，星河似坠，群盗眼前是一片天旋地转,手足都已惊得麻了。鹧鸪哨在岩壁上左躲右闪,眼见瓶口这块千万钧的巨岩缓缓倒向外侧,半空里坠下来的碎石顿时减少,当即叫道:"要走就趁现在了!"伸手扯起身边惊得体如筛糠的盗伙,让众人搭起蜈蚣挂山梯,架成竹桥逃回对面的陡壁。

陈瞎子等人见状也明白这是最后的机会,这形如古瓶的山体马上就要折断了。但是欲速则不达,群盗心慌意乱,加上手脚发颤,接连失手掉落了几架竹梯,仅剩的四架蜈蚣挂山梯拼成了双桥,搭在两道裂壁之间。

群盗把陈瞎子当先推上竹桥,他是常胜山的舵把子,理应先保他脱险。陈瞎子在此时已完全顾不上故作姿态,毫不推辞,抬头看了看上边没有碎石落下,便提气踏上竹梯,三步并作两步,摇摇晃晃地蹿了过去,直到尽头,一跃攀住一段岩缝定住身形,回过头来连连招手,示意鹧鸪哨不要再去管旁人了,这座石山说塌就塌,赶紧逃过来,你我兄弟保住性命要紧,否则万事皆空了。

鹧鸪哨却自恃身上本事了得,不愿争抢这条生路,对幸存的十几名盗众一挥手,示意让他们先行过去,自己断后。这伙盗众见状,虽然心生敬意,脚底下却顾不上谦让了,当即争先恐后地跑上竹梯,在瓶山山体轰天吓地、掣电奔雷的猛烈震动中,又有几人失足落下蜈蚣挂山梯活活摔死,最后这一侧仅剩下红姑娘与鹧鸪哨两人了。

此时鹧鸪哨见川岳震动草木披靡,山体断裂在即,已容不得两人一个个地过去了,当下也顾不得理会竹梯能否同时承载两个人的重量,推着红姑娘飞身踏了上去,拽开身形,在阵阵巨岩断裂的声响和半空激荡的气流中急速穿过。

鹧鸪哨走到一半,忽觉脚下竹梯晃得势头不善,只觉山隙间一阵狂风吹来,人在半空身如飘叶,似欲乘风归去。他知道风势太大,再急于向前赶去,稍有差池就得被风吹下深涧,赶紧拽住身轻如燕的红姑娘,两个人联手,就不易被山间的乱流卷入裂缝了。

但刚刚稳住重心,瓶山的裂痕深处,就是一阵天摧地塌岳撼山崩的剧烈震动,怪嘴般张开的两道陡壁越离越远,终于从中轰然断开,瓶口这块千万钧的巨岩翻滚着落向地面。山体崩塌带动的乱流，把鹧鸪哨脚下的蜈蚣挂山梯卷得如同一片飘叶，打着转落进山底，鹧鸪哨和红姑娘也身子一沉，耳边生风，忽地掉了下去。

鹧鸪哨临危不乱，紧紧捉住红姑娘的手臂，借着一股乱流，合身扑向陈瞎子等人所在的峭壁。两人如同一对大鸟，在山风呼啸的半空中划出一条弧线，斜斜落下，陡壁上的景物在眼前飞驰掠过。

鹧鸪哨眼明手快，眼看接近了峭壁，伸出空着的左手，臂弯和手腕内侧的攀山甲百子钩立时抓到了岩壁，奈何青岩坚硬溜滑，生满了绿苔，百子攀山甲只在石壁上抓出数十道白印，又被落下来的红姑娘一坠，两人贴着陡峭的绝壁慢慢滑了下去，竟是不能停留。

红姑娘此时也已吓得魂不附体了，闭了眼睛不敢再看，忽然觉得自己被鹧鸪哨抓着胳膊，在半空里腾云驾雾一般慢慢落向大地，大着胆子低头一看，正好瓶口那块巨大的山体砸落在地，把山底的树木泥土拍得寸寸碎裂，各种乱七八糟的碎片都飞溅到半空当中。她赶紧抬手遮住脸以防伤到眼睛，只觉一阵令人窒息的气流撞在了身上，也不知自己是生是死了。

山下的丛林地势凹凸，瓶口巨岩落地后就势滚了两滚，天摇地动的巨响中落在一片树木高大的密林里，方才止住。鹧鸪哨却无暇去看山底的情况，他被红姑娘拖得不断向峭壁下滑落，接连几条凹凸的细小岩缝都没能阻住二人下坠的势头，耳中只听得百子攀山甲的钩子摩擦山岩之声尖锐刺耳。

鹧鸪哨知道剩下的这半截瓶山已成了一面悬崖，由于山势歪斜倾倒，垂直的崖壁底部与地面之间是空的，照这么滑下去，手中马上就会落空，直接摔到地上身亡，一颗心不由得悬到了嗓子眼，手上暗中加力，猛觉臂上一紧，他拽着红姑娘挂在了悬崖断面的棱线处，两个人的身体都悬在半空摆来摆去，终于挂住了岩隙。那百子攀山甲并不能抓挂虚空，哪怕再落下半尺，就绝无回天之力了。

鹧鸪哨单臂挂在悬崖绝壁上，长出了一口气，眼看瓶山周围云山淡淡、烟水幽幽的景色都在眼底了，暗道一声"造化了"，低头看了看红姑娘，问道：

"悬在这半空里，风光虽佳，胳膊上的滋味却不好受，你自己还能不能动弹？我先拽你上来如何？"

红姑娘毕竟是个女子，虽然也是手段狠辣，又入了绿林道，她却没有鹧鸪哨这等神勇胆略。她面色惨白，心口"突突"地跳个不停，但想到此时此地身临奇险，可天幸是和鹧鸪哨在一起，死也不枉了，惊慌之意这才稍定，两手紧握住鹧鸪哨的手臂，喘了口气，惨然答道："我没什么，可是……山下搬运明器的那几百号弟兄全完了……只怕都被这块巨岩砸扁了……"

第三十七章
夜幕

　　山阴下有军阀头子罗老歪率领部队搬运宝货，千百号人的队伍都聚集在山底，那片区域地形崎岖，他们就算发觉到头顶的山体崩塌了，也绝难在一时三刻之内逃个干净。瓶口这块千万钧的巨岩砸落下去，声势凌厉已极，连参天的古树都被压为齑粉，料来山下的绝大部分人都已死于非命。

　　鹧鸪哨身悬半空，听得红姑娘所言，低头向下看了看，虽然自己逃得了性命，心下却也是惨然一片，想不到一瞬间竟然死了这么多人。

　　鹧鸪哨感觉到臂上渐麻，难以在峭壁边缘再耽搁。他急忙让红姑娘攀在他背后捉牢了，随后展开攀山甲，如壁虎游墙一般贴在百仞绝壁爬行而上。

　　红姑娘实在不敢往下再看，干脆闭上了眼睛，只觉耳畔"呼呼"风响，凌空涉虚，云生足底，似乎是乱云迷雾一阵阵从身边掠过，上升得却甚是平稳。她自问平生遭遇，从未有如此之奇险，又不禁佩服鹧鸪哨的身手和胆量。

　　二人攀着峭壁而上，快到丹宫后殿的缺口时，便有卸岭盗众以蜈蚣挂山梯接应。此时陈瞎子等幸存之人都已到了后殿，众人会合一处，各自惊叹不绝，还以为鹧鸪哨已经坠崖身亡了，没想到这搬山道人当真命大。

眼见藏在山巅里的元代古墓，竟如自身具有灵验感应一般，在被盗墓者发现之后，这墓穴便从山体上崩塌断裂，砸死了许多卸岭盗众。群盗都以迷信的角度去揣摩此事，却并未考虑到山体崩断实是因为炸药爆破之故。

众人惦记着山下弟兄的伤亡状况，急匆匆掉头出了瓶山，到山阴处一看，果然是死伤惨重，被巨石砸成肉饼的不计其数，又有许多头破血流身受重伤的，连横行湘阴的大军阀罗老歪也是当场毙命，落得个粉身碎骨。

那瓶口巨岩掉下来顺坡滚到了一片密林中，离山阴处已经远了，地面被砸出的大坑里，树木山石，以及人肉人血，还有驴马牲口都混在一起，一片狼藉。侥幸没死的，个个面如死灰，神色一片呆滞，抽一个耳光过去也毫无反应。

陈瞎子见状心中凉了半截，暗道一声："真乃天亡我也！"苦心经营多年的局面，似乎都跟随瓶山一起崩裂了。死伤几百号人本不算什么，但地方军阀本就是乌合之众，如今罗老歪一死，他手下的几万部队就立刻变得群龙无首了。湘阴乃是卸岭群盗的老巢，此事后果之严重，已难估量，而且三盗瓶山，死伤折损的弟兄是一次多过一次，常胜山舵把子威信扫地，要不再盗得十几座大墓，这场子是找不回来了。

正所谓"掬尽湘江水，难遮面上羞"，陈瞎子沮丧到了极点，觉得自己这一生的事业和野心，都已经在今朝一并付诸东流了，是非成败转头空，转眼间，泰山化作冰山。想到这些，他不由得一阵急火攻心，险些吐出血来。

他的手下赶紧将他扶在一旁坐了，纷纷劝道："陈总把头神勇盖世，咱们这回虽是栽了个大跟头，但常胜山的根基却不曾动摇，将来必有东山再起的时候。当初首领不是总教诲小的们胜败兵家不可期吗？罗帅虽然伏惟尚飨了，死得也是惨烈，却算得上是刑天舞干戚，猛志故常在。英雄好汉不死就算了，既然要死就一定要为举大事图大名而死，只要常胜山舵把子没出意外，咱们就是留得青山在，不怕没柴烧。"

陈瞎子见手下人净说些不疼不痒的屁话，并无半句当用的良言，心中更是懊恼，挥手让他们退在一旁，只把鹧鸪哨请到近前，嗟叹一声，对他说道："兄弟啊，你我结义一场，从不曾亏负了义气，如今为兄方寸已乱，实不知该如何是好了，也只有你能帮我拿个主意了。"

鹧鸪哨是绝顶机灵的人物，他自是明白陈瞎子眼前的处境，这卸岭盗魁的金交椅怕是坐不稳了。为今之计，只有亡羊补牢，绿林道上做事，自古便是逆水行舟，不进则退，而且绝难回头。

当务之急是首先稳定军心，防止罗老歪的部队哗变溃散。现在各路军阀之间抢地盘的斗争很是激烈，如果不把部队稳定住了，一旦出现大批逃兵，周围的大小军阀很可能就会乘虚而入，那样一来，卸岭群盗在湘阴就站不住脚了。

其次，还要再盗瓶山古墓。如今那山巅里的墓室随着山体崩塌落入坡下密林了，里面的棺椁明器不知是不是也跌碎得七七八八了，但要不把这座古墓盗空，陈瞎子就更没脸面了。

鹧鸪哨愿意单枪匹马前去林中盗墓，而陈瞎子则应该指挥手下聚拢残部、安抚伤兵、收殓死者，并且派人星夜赶回湘阴，找罗老歪军阀队伍里的二号人物，用些手段让他为常胜山效命出力，以便尽快稳定局面。

陈瞎子道："此乃万全之策，只不过那座古墓已经是颠倒无常了，让贤弟一人前去盗墓太过冒险，有道是孤掌难鸣，须得有人相助才是。"

鹧鸪哨本不想再有旁人相帮，搬山与卸岭手段不同，从不依仗人多，对搬山道人而言，人手众多之时反倒不得施展，但也不好回绝陈瞎子。最后两人一商量，只让红姑娘和苗人向导跟随同去，如遇险情，可放火箭为号，附近收拾残局的盗众都会立刻赶去接应。

那红姑娘是月亮门里的好手，破关解锁都有过人之处，又有飞刀袖箭的绝技，并且她不像寻常盗众一样急功趋利，跟在身边是个得力的帮手。而那苗人虽然胆小如鼠，却是当地土人，熟悉老熊岭的地形地貌和一切风物掌故，进山钻林，都离不得他。这厮贪图陈瞎子多赏他几两烟土，当即豁出性命了，愿意跟搬山道人前去盗墓。

等到安排已定，众人吃了些干粮，夜幕便已降临了。鹧鸪哨和红姑娘都换上黑色的夜行衣，让那向导拖上一架蜈蚣挂山梯，三人又各自背了一个竹篓，将怒晴鸡和另外两只雄鸡装入其中，看看皓月初升，光近白昼，便立即动身前行。

那座断裂的山体一路滚入谷底，沿途压断了许多树木，满目皆是血污碎肉，并无一寸平地可行，只好从另一边的林子迂回入内。这晚的月色似水般明澈，三人也就并未挑起灯火，都把马灯熄了挂在腰间，穿林过去，一派林深人静。转进山坳没走多远，身后卸岭群盗收尸整队的躁动之声便听不到了。

路上三人谈论瓶山古墓之事，红姑娘乘机谢过鹧鸪哨日间相救之恩。鹧鸪哨对此毫不在意："些许小事，何足挂齿。"

红姑娘说："救命之恩岂是小事，虽然暂且托寄在绿林中栖身避祸，专跟着舵把子做些没王法的勾当，可也不敢忘了滴水之恩当涌泉相报的为人处世之道。"搬山道人在日间也折了两人，她眼见鹧鸪哨再无其他的帮手了，便说今后愿意脱离常胜山，跟在他身边去各地倒斗，虽然力量单薄，却必定不计安危舍命相助。

鹧鸪哨何等之精明，见红姑娘如此说，早知她是有意以身相许，就只好把话摆明了，免得日后情愫纠缠生出许多不必要的麻烦。搬山道人虽也和外人通婚，可这一族中之人尽受鬼洞恶咒折磨，寿命都很短暂。

红姑娘见对方识破心事，觉得脸上发烧，好在月光下也看不分明，倒不易被那不相干的苗人看到，只好说些旁的，把这话头岔开。她对这世上的得失成败并不关心，但要说到命苦，月亮山自古便是处在社会底层，备受压榨欺凌，短命夭折的艺人何曾比身受恶咒的搬山道人少？红姑娘的师妹黑丫头十六岁就丢了性命，她家里连老带少七口人，也都是被官府逼死的，说起来就止不住要流眼泪。

鹧鸪哨不想谈及世态炎凉，说起来难免让人心灰意冷，只是觉得红姑娘的师妹竟叫黑丫头，这月亮山里的艺名却真古怪，都是以颜色做字。瓶山附近的老熊岭义庄，本来是座"奶奶庙"，里边供着白老太太，难不成那老狸子也是月亮山里的？难怪会使幻术。

说话间差不多就快三更天了，月色已高，烟雾四合，密林中又是妖气朦胧。鹧鸪哨让那二人暂时停住脚步，纵身攀上一株大树举目四顾，看清了那块巨岩在林中的方位，都笼在一片诡异的薄雾之中，看罢便溜下树来，仔细询问苗人这后山的地形。

洞蛮子忙不迭地回答："好教这位墨师哥子得知，山后林谷重叠，尽是不见人烟的荒凉地界，四周那些天然生成的石笋石柱，咱们洞民们称其为笏岩。笏岩密林之地，正是形如飞凤展翅的怒晴坳，最深处据说早年间是七十二洞的祖洞，如今好像还有些玄鸟、黑熊的石像遗迹，荒废已久，现在的当地人也不怎么看重此地了。"他对鹧鸪哨的印象先入为主，还以为此人是陈瞎子请来帮忙盗墓的扎楼墨师，兼之当地洞民对木匠极是尊敬，便仍是以墨师相称。

鹧鸪哨暗中点头，心想瓶山古墓果然取的是厌胜之法，以悬空墓穴的阴气压制夷人祖洞的祥瑞之气。元人厌胜之道并非鲜见，元灭南宋后，江南释教总管杨琏真迦曾把南宋历代皇陵盗挖一空，将南宋多位皇帝的尸骨捣烂，混合在猪狗牲畜的骸骨之中，埋在一个大坑里，又在上面建了座镇南塔，用以镇压南人的龙兴之气，这办法便是典型的厌胜。又想："夷人祖洞却不知是否真有什么名堂，看这林中薄雾不散，料来也不是太平的去处，不可不加防备。"念及此处，鹧鸪哨便让红姑娘和苗人都放轻了脚步，寻那月光照不到的树影里潜行过去。这时就听得那林子深处哭声四起，哭得呜呜咽咽极是悲切凄惨，好像死人出殡时号丧的一般，中夜的密林里听来极是凄楚，使人毛骨悚然。

苗人知道这山里绝对再没旁人，怎么会有这许多哭声，心道莫不是祖洞里的先人冤魂在夜里出来诉苦了？想到这儿，吓得他抖成了一团，头皮上的头发都一根根竖立起来，脚底下发虚如踏棉絮，当场就要一屁股坐倒在地。

鹧鸪哨抬手将他后领子揪住，没让他坐到地上发出声响，并对二人做了个噤声的手势，带头把黑纱蒙了口鼻，掩盖住了活人的气息，随后抽出德国造镜面匣子枪，拨开了机头拎在手中，使之处于随时可以击发的状态。他对红姑娘和苗人指了指方向，示意二人在后边紧紧跟上，自己当先蹑足潜踪，慢慢顺着那片林中的哭泣惨号之声摸了过去。

第三十八章
白猿

　　鹧鸪哨身着夜行衣，带着红姑娘和苗人，三人在夜色中循声前行。林中那片哭泣之声传来的方向，恰巧是在巨岩坠落之处，离得越近，呜咽悲泣之声越是清晰，啼哭惨叫极是凄楚杂乱，似是一大群人同声哀哭，只听那哭声随风在林中回荡，绝不是什么风动林涛之类由自然界所发出的动静。

　　鹧鸪哨见深夜之中有此异响，岂是寻常？他心下暗自纳罕，便打起十二分的精神，屏住呼吸捉着脚步向前攒行数十步，眼前便出现了一片密密匝匝的老树。那片鬼哭神嚎的动静都来自其中，林中月影扶疏，鬼气逼人。

　　向导当此情景，已是心惊肉跳，他也知此时不能作声，连打手势，示意鹧鸪哨和红姑娘不要再向前半步了："深更半夜的密林里哪里还有旁人？肯定是瓶山古墓中的厉鬼见墓穴毁了，阴魂不散地在附近徘徊。咱们三个就算吃了熊心豹子胆，也不敢往里走了。"

　　鹧鸪哨哪里肯去理会苗人，他见树影浓密遮住了月色，在林中穿过未必稳妥，便揪了苗人衣领，对红姑娘一指树梢，便当即带着苗人攀上一株老树。那片树林枝杈粗大，树梢枝头都可承受不小的重量。

　　这三人中的苗人，也是惯能爬树钻山的当地土著，红姑娘和鹧鸪哨身手更是矫捷不凡，不声不响地上了树冠，将身形伏低，隐在林梢枝叶当中，从高处借着朦胧的月色，悄然向树下窥探。

月影之下，只见林后正是瓶山前端断裂下来的山体，青幽幽地眠在地上，如同一个沉睡不动的巨大怪兽。山体已经裂开无数大大小小的缝隙，有许多岩石已经从中崩塌，山体内部暴露了出来，只是鹧鸪哨等人是在远端，看不太清楚山岩里的情状。

岩石前边，遍地都是散落的碎瓦和各种明器，金银铜玉皆有，想是墓室受到剧烈冲击，内部的砖石器物都已经跌散了，另有一具高大异常的紫金棺椁斜在当地。那紫金椁好生奢丽，周遭罩了珠襦玉匣，所谓珠襦，便是珍珠帐幕，椁身上都嵌满无瑕玉璧。

但这紫金椁已经碎裂，珠玉残破粉碎，散了满地。椁中是具金丝楠木的漆棺，棺盖已被震开，仅有一面七星板，半遮半掩地挡在棺上。此板以杉木为材料，度棺内可容之尺寸，置于棺盖之内，板上凿有七个大小如铜钱的圆孔，刻视槽一道使七孔相连，所以称作七星板，从隋唐年间就有了这种风俗。

七星板半遮住棺内，里面黑漆漆的什么也看不到，不知那元将尸骸怎样，只有无数悲哭之声在林中飘来荡去。此刻的林子里，树隙间夜雾流淌，月光也被天空的轻云挡住，四下里朦朦胧胧。鹧鸪哨三人伏在树梢，虽听得四面八方都是哭声，却无法辨认哀号声到底从何而来，只好打定了不动如山、静观其变的主意，将张开机头的镜面匣子枪枪口压低，瞪大了鹰般的眼睛，凝神注视着树下动静。

正自屏息观看，红姑娘突然轻轻一扯鹧鸪哨的衣袖，举手点指那口紫金椁，示意以她所在的角度，可以看到椁底有些极不寻常的事物。鹧鸪哨在树杈上轻移身形，换了一个角度，把眼一睁，顿时心中一凛："那是什么？"

原来紫金椁底下压着一条白森森的人臂。那手臂粗壮长大，五指爪长数寸，白毛茸茸，从椁底露出多半截，一动也不动。

僵尸身上出现尸变，突然生出尸毛，历来都被传说为"凶"，既为行僵的代称，素有"黑凶""白凶"和"披毛煞"之说。但在民国年间，科学观念已远比封建时代昌明多了,连鹧鸪哨也知道,尸变生毛乃是霉变作用所致。

棺中密闭千百年,只要内部空气不曾流动,开棺后千年古尸仍会如同生人,但在接触到空气后,千年僵尸必定会在瞬间产生变化,其变化和棺椁材质、尸身上藏带的明器有关。如果棺中铺了防潮的尸灰或水银,尸体必为干尸,不会产生霉变。

而含以珠玉、堵塞九窍的千年古尸,若是保存妥善,则开棺时多为湿尸,也就是尸体内部所含的水分仍被锁存牢固。古尸的头发和指甲甚至还能继续在棺中生长百年之久,在接触到流动的空气时,水分迅速流失,若突然被电气或生物触动,就会出现加剧的霉变,迅速长出灰白色的尸毛,诈尸和行僵多是由此而来。

对专盗古墓的搬山首领鹧鸪哨而言,尸变和诈尸的现象,乃至行僵扑人一类的骇异情形,都是平常的事,他见过不知多少,何足为奇?但看那镶珠嵌玉的紫金椁下竟然压着僵尸,不禁觉得极是古怪,瓶山崩塌下来的山体包裹着墓室,棺椁从中跌落出来,恰好是正面朝上,难道这连棺套椁竟恁般不结实,里面的古尸竟从椁底露了出来?还是这林中本就藏有僵尸,却被这紫金椁砸个正着,压在了底下?

墓室藏在山巅内悬在半空,随后山崩地裂,棺椁又从墓室内掉落到密林里,此等情形恐怕从未有盗墓贼撞见过,鹧鸪哨当然也没有这类经验,林中妖氛浓重,在没摸清状况之前,自是不肯轻举妄动。

那向导见鹧鸪哨与红姑娘都在树上紧盯着紫金椁侧面,不知他们二人在看些什么,当下也手脚并用,攀着树杈挪了过去,揉了揉眼睛仔细一看,见棺底压着一具遍体白毛的僵尸,顿时惊出一身冷汗。

有道是:"黄口孺子,哪儿敢听雷电轰鸣?病体樵夫,怎闻得虎啸龙吟?"偏僻山野之辈,最是迷信,对鬼狐僵尸的畏惧之意深入骨髓,一看之下骇然失色,趴在树上全身战栗,只比那木雕泥塑的多得一味抖。

红姑娘在旁见洞蛮子吓得狠了,手足都已废了,随时都可能失手一头栽下树去,便急忙将他背心揪住。这时只听林中悲啼之声渐渐聚拢过来,树丛中人影纷乱，撞得枝叶一片窸窣乱响。

鹧鸪哨心中明白这是"正点子"来了，于是对红姑娘和苗人轻轻一摆手，示意："千万别再发出任何动静打草惊蛇，只管潜伏不动，先看看林子里的是什么来头，再去理会。"他手还没放下，树下已有成群的黑影蹿跃而来。

此刻夜雾已薄，月亮也从云中探出一半，只见树林里竟出现了一群猴子，猴群连老带少约有百只，甚至连刚出生不久的小猴崽子也被母猴抱了来。群猴奔泣而至，到距离紫金樟十几步的距离，便纷纷停住，似是对那口碎樟十分惧怕，再也不敢往前接近半步，只围在四周抓耳挠腮地掩面哭嚎，而且上蹿下跳的，不肯有一刻安宁。

鹧鸪哨与红姑娘见这大群猴子都如人间奔丧的一般，也觉心下骇异，鹧鸪哨心中一动："莫非棺樟砸死了一只白毛老猿？"有了这个念头，再看紫金樟下的手臂，确实长得异于常人，正如猿臂一般，似乎是林中有只白猿突遭飞来横祸，惨死在了棺樟底下。

据说世上的万种生灵都有定数，活得年头久了，必遭天地诛灭，如能躲开种种天诛地劫，才可跳出五行轮回之苦，得个神游太虚长生不老。那白猿赶前一步，错后一步，都不会被从天而降的紫金樟砸中，若没冥冥之中的定数，怎会遭此横死？

鹧鸪哨一时也吃不准自己的推断，只好继续窥视猴群动静。那些猴子围在四周，哀号恸哭之声大作，似是有意过去抬开棺樟把底下的白猿尸体搬出来看个究竟，却又像极其畏惧什么东西，鼓噪着向前半步，又似火烧屁股般"咿呀"怪叫着飞蹿回去。

三人在树上看得清清楚楚，都不知群猴为何如此畏怖紫金樟，难不成猴子也知道棺中粽子的厉害？常言道："辰州的粽子，柳州的鬼。"湘西辰州最著名的几样土产之物，除了被称为辰州砂的朱砂，以及辰州苗器之外，便就是僵尸最有名了。行僵送尸的习俗渊源悠久，尸变的传说也是最多，所以在湘西瓶山见到什么尸变异状也不奇怪。恐怕连山里的猴子都知道古尸不能轻易接触。

那苗人只是畏惧狐鬼行僵，见了猴群却不甚惊异。因为猛洞河流域常有成群的野猴出没，老熊岭也有远近闻名的白猿洞，这些猴子是往来深山行商之人的大敌之一。猴子们都知道过路的人身上带有酒水干粮，它们就在深山老林里用石子砸人，然后抢夺食物，所以当地为往来客商做向导的，都会唱"猴歌"，可以驱散猴群的骚扰。

鹩鸪哨擅长口技，也会唱猴歌、猴赞来驱猴。不过此时群猴云集，都围在紫金椁四周蹄跳哭嚎，行动极是反常。在没看明白发生了什么事情之前，鹩鸪哨暗示另外两名同伴在树顶窥视，不可惊动了群猴。

这时就看那数百只猴子急得团团乱转，其中似有若干睿智之辈，转了几圈就蹲坐在地，捡起石子向那棺椁投掷，其余的群猴也纷纷效仿，一时无数石子如同雨点般落了过去，砸到紫金椁上"啪啪"乱响，然而棺椁内死寂沉沉，并没有半点动静。

鹩鸪哨暗道："好狡猾的猢狲，竟晓得投石问路，不知它们究竟要做出什么事来。我且冷眼看个仔细。"又想，"棺椁被乱石击打都没有任何动静，看来这伙猴子要过去了……"

刚动这个念头，果然见几只胆大快捷的猴子从猴群中蹿出，其中有一只似乎有些胆怯，出来后要打退堂鼓，便被猴群里的一只老公猴连挠带咬地赶了出来。五六只猴子战战兢兢地向阴气沉重的紫金棺椁接近，不住手地抓挠猴腮"吱吱"乱叫，显得又慌又急，恨不得立刻把棺椁搬开，却又唯恐棺中有什么可怕的东西突然出现，进三步退两步，好不容易壮着猴胆凑到跟前，仍是警惕地四下张望，只要稍有风吹草动，立马就会一阵风似的逃掉。

正这时，那被压在巨椁下的白猿手臂猛地动了一下，也不知是诈尸还是还阳，吓得附近几只猴子毛发尾巴全都竖了起来，原地蹦得老高，"嗖"地蹿回猴群。其余的猴子也受惊不小，顿时逃散开来。

过了一会儿，逃开的猴子们又探头探脑地从远处往这边观看，叽叽喳喳的好一阵骚动，方才重新聚拢过来，再次围到紫金椁前。鹩鸪哨看在一旁，都暗中替这伙猴子着急。只见猴群逐渐从惊慌中镇定下来，发现压在椁下的白猿似乎还活着，都在树丛中跳上跳下的，显得皆有喜色。

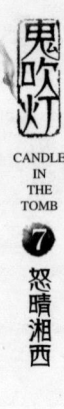

当下便有几只猴子翘着尾巴爬了过去，试探着伸猴爪摸了摸棺椁，想要搬开这沉重的紫金椁，却又不知从何着手，急得前蹿后跳。其中有只体形很大的秃尾老猴，似乎是猴群中胆子最大的一个，它反复试探了几回，见棺中并无异常，便纵身跃上七星板，想将那木板搬开。

　　正在这时，棺中忽然冒出一阵黑气，腾地坐起一具古尸。这具僵尸魁梧高大，面如牛肝一般血紫，首上无冠，满头披散着头发，周身穿着锦绣紫袍的凶纹殓袍，腰围嵌玉金带，正是一介大贵巨权的模样。尸起迅速如电，不等那秃尾猴有所反应，就惨呼着被僵尸揪入棺内，没入了漆黑的棺椁之中。那棺材既深且大，在树上已看不到里面的情形，只听那秃尾猴在棺材里面的尖声惨叫突然断绝，紫金椁中便又没了动静。

第三十九章
挑尸

秃尾猴被僵尸拖入棺中的一幕,快得让人无思量余地,鹧鸪哨等人在树上只觉眼前一花,紧接着便听到紫金椁内传出几声老猴临死前的惨叫。鹧鸪哨担心向导受惊不过叫喊出声,赶紧用手将他罩着黑纱的嘴巴按住。

林中聚集的猴群也都吓得怔在当场,视线齐刷刷投向紫金椁,看得连猴眼都直了。直到秃尾猴撕心裂肺的悲惨哀号突然停止,群猴方才如梦初醒,如同树倒猢狲散一般,嗷嗷乱叫着四散逃入林中,顷刻间便不见了踪影,密林深处又恢复了寂静,连根猴毛都没留下。

红姑娘见有尸变,连忙摸出三柄涂了黑狗血的飞刀在手,当即就要发难。鹧鸪哨悄悄举手示意她先别妄动,棺中那元代贵族的僵尸好生厉害,不过看其形貌应该是西域色目人。元代是多民族兼容并存的局面,有色目人为将并不奇怪,讨伐老熊岭七十二洞之时的统兵大将,很可能正是此人。元代活人殉葬之风极盛,先前在墓中所见的披甲干尸,大概是陪葬的武士。天子可有百人陪葬,王公可有数十人,统兵的将军安排几个亲随殉死在墓道里看守门户,就当时的社会风气而言,也不算是什么残酷奢侈之举。

但西域文化背景独特,丧葬习俗也与传统葬制存在很多区别,棺椁、墓穴、明器，以及保存尸体的办法，在当时看来，都透着极其神秘的色彩。搬山道人从西域沙漠双黑山迁入中原，已逾数千载了，对自汉代开始繁荣起来的西域丧葬之法所知有限，吃不准瓶山巨椁里尸变的底细，只好动心忍性，继续在树上潜踪窥探。

死寂的林子里，只有棺中发出一阵阵"咔嚓咔嚓"的响动，像是僵尸正在里面啃噬秃尾猴的尸体，听得苗人寒透了心肺，忽觉脖子上滑溜溜的一阵冰凉。他还以为是鹧鸪哨为了防止他坠树给他绑上一条索子，一边胆战心惊地用手去摸，一边低声道："墨师哥子，休要捆小的脖颈，这地方还得留着喘气……"

话未说完，却摸到后颈上并非是什么绳索，心神恍惚之下，抄在手里一看，竟是一条剧毒的白花蛇，冲他"咝咝"吐着毒芯，顿时惊得有一半魂魄超生到天上云端里去了，忙使出全身力气，把手里的白花蛇甩掉，但身下的树枝可经不起他如此折腾，顿时"咔嚓"一声断裂开来，连人带树杈同时掉了下去。

鹧鸪哨和红姑娘正自留意树下棺椁的动静，没提防苗人会有这么一手，饶是鹧鸪哨身手奇快，等察觉到树杈断裂时也已晚了半步。这株大树高可数丈，他担心苗人从高处落下去摔个非死即伤，救人心切之下，顾不得再隐匿行藏了，急忙在树杈上倒悬下来，脚踹树干放开双臂，如同一只夜行蝙蝠般飘身落下。他后发先至，在半空中一把扯住苗人的衣领。

在如此高的树上落下，即便是鹧鸪哨也难保不会受伤，好在林木茂密，挂满了藤萝，不等落地，就扯住了挂在树干上的老藤，这才放开苗人的身体，从树上下来，二人已站在了那具紫金椁前。

此时红姑娘也从树上下来，听得棺中"窸窸窣窣"响个不住，似乎里面的僵尸随时会爬出来扑人，不禁秀眉紧蹙，暗自打了个寒战，问鹧鸪哨道："如何理会？放火烧吧！"

鹧鸪哨本想先藏在暗处看个仔细，但既已来至棺前，也只好立即动手，不过盗墓者自古以来很忌讳在没看棺前便纵火烧棺，烈火一焚，里面的明器可就全都完了，还指望从中找出丹珠之物，怎能轻易放火来烧？他对红姑娘道："别用火，先用蜈蚣挂山梯把僵尸从棺中挑出来再理会。"

鹧鸪哨说完便转身去把竹梯拖了过来，命苗人和红姑娘将这蜈蚣挂山梯抄在手里，平举了探入棺内，不管钩到什么，都用力将之拽出棺外，他自己则手按快枪窥伺在侧。

苗人遇蛇后从树上跌下，已自惊得心慌意乱，就动了逃跑的念头，但看鹧鸪哨手里拎着的德国造镜面匣子枪，心里明白此时逃走免不了要挨上一梭子枪弹。此人天生就胆小，这些年见了许多军阀土匪草菅人命的事端，相比起厉鬼僵尸，还是更惧怕手里有枪的军阀。他一看见黑洞洞的枪口，腿肚子就软了，再借几个胆子也不敢逃开半步，只好硬着头皮，帮红姑娘把竹梯抬起来，对准紫金椁探了过去。

二人先用蜈蚣挂山梯拨开半遮在棺上的七星板，压低了梯首，如同飞龙搅海，在那棺中一卷，触手沉重，便知竹梯前的挂山钩已搭住东西了。红姑娘看了鹧鸪哨一眼，见他蓄势已待，便对苗人使了个眼色，手上加劲，把蜈蚣挂山梯挑将起来。

红姑娘和苗人都感觉竹梯变得格外沉重，只好并力挑动，不料竟从棺中拽出一大团物体。此时清冷的月光洒将下来，三人站在侧近都看得一清二楚，只见蜈蚣挂山梯前端的包铜乱钩，正挂在那已死的秃尾猴嘴上，死猴的嘴巴被扯得豁张了，毫无生气的脸孔仰着朝天，钓鱼一般地让乱钩从棺材里扯了起来。

鹧鸪哨见惯了生死之事，死状再如何诡异的尸首，在他眼中看来，都如泥塑蜡雕，不到事不得已之时，也绝不肯采取极端举措残害古尸。他认为只有懂得对死亡的敬畏，才能一次次躲开死神的召唤。但眼下以竹梯戳尸，实属无奈之举，因为谁也不知棺中僵尸会如何发作，此刻见从棺中扯出死猴尸体，他连眼眉都没动上一下，依旧沉静如水地在旁注视，全身蓄势待发，准备随时应付即将发生的种种不测。

但红姑娘见那猴尸死状如此狰狞可怖，她毕竟是半路入的倒斗行，不免感到一阵毛骨悚然，也不敢直视猴脸，当下壮着胆子，和早已吓得体如筛糠的苗人一起用力，颤抖抖地缓缓抬起蜈蚣挂山梯。

只见竹梯从棺中挑出来的，不单单是一具毛茸茸的猴尸，秃尾死猴的尸体与棺中僵尸紧紧连在一起，那古尸的头埋在死猴颈中，似乎张口咬住不放，竹梯扯动死掉的秃尾老猴，竟连同那具元代僵尸一同从棺中启出。

秃尾老猴的分量毕竟有限，只是那具元代僵尸体格魁梧，尸身极是沉重，这也可能是灌了水银防腐。总之，红姑娘与苗人额头都见了汗，接连抬了几次竹梯，而那一猴一人的尸体竟似在棺中生了根，急切之间难以挑出棺来。

鹧鸪哨之所以要让他们以蜈蚣挂山梯在远处挑尸出棺，是因为担心距离紫金椁太近，棺盖棺板都已经震散了，一旦棺中僵尸暴然而起，须是被它攻一个措手不及，离得远些才有应变的时机。不料竹梯只把尸体斜斜地挑起数尺，便再也挑不动分毫了，长梯被重重坠成了一张弯弓，梯身颤动着"嘎吱嘎吱"作响。

鹧鸪哨心觉有异："却又作怪，难道是那僵尸不肯出来？"疑惑之下，他迈步转向棺侧，谁知刚一挪动脚步，便发现僵尸身后探出一对黑色的巨螯，如同蟹钳一般，紧攥住那只死猴不放，在僵尸后颈处又探出一条漆黑的肢节钩尾。原来是有体大如犬的山蝎子贪恋棺中阴气，在棺椁摔出古墓震裂之机，钻入了棺材内部，刚才群猴所惧之处，可能也正是藏在棺内的这剧毒之物。

那山蝎子临敌必将钩尾高高竖起，不知为什么钻进棺椁之后，却要伏在僵尸身子底下，等秃尾老猴翻动七星板之时，始终潜伏不动的山蝎子突然发难。它一抬长尾，顿时把那僵尸也托了起来，蛰死了秃尾老猴，隔着古尸一并拽进棺内。这时被竹梯从棺底扯出，那山蝎子却似乎不情愿离开紫金椁，更不肯放脱了猴子尸体，竟与蜈蚣挂山梯较起力来。

鹧鸪哨刚看到棺底藏着只硕大的山蝎子，他下意识的反应便是开枪射杀，否则等它回到棺底，就不得不接近棺椁才能开枪，手中那支德国造二十响早已机头大张，随时都可以击发。鹧鸪哨平生最是擅长用枪，有百步穿杨的准头，当即抬胳膊就要扣动扳机。

谁知鹧鸪哨身手虽快，那只山蝎子却是更快。它也感觉有活人接近，

第三十九章 拱尸

猛然掉转蝎尾，一股漆黑的毒汁似水箭般喷向鹧鸪哨。老熊岭瓶山附近气候独特，常年阴雨连绵，山间盛产各种奇花异草，这一带的山蝎子不仅体形硕大，而且母蝎子的钩尾可以和眼镜王蛇一样激射毒液，其快如电，令人防不胜防。

鹧鸪哨只闻一阵腥风，甚至还没来得及看清山蝎子如何喷毒，剧毒的水箭便已射到身前，无论如何都躲闪不及了，情急之下，鹧鸪哨也只好先求自保，把手中的镜面匣子枪举在身前一挡，毒液"刺啦"一声轻响，都射在了德国造的枪身之上。他担心毒水淌到手上，只好立刻把这柄镜面二十响丢掉，同时抽身向后疾趋退避。

红姑娘和苗人此时也已看到了藏在僵尸背后的山蝎子，皆是吃了一惊，手中稍松，山蝎子便拽着僵尸和死猴缩回棺内。

鹧鸪哨跳在一旁叫道："快把竹篓里的凤凰鸡放出来！"他们三人进入密林盗墓之前，都用竹篓子背了一只雄鸡。鹧鸪哨亲自带着那只最是神异的怒晴鸡，红姑娘与苗人所带也都是千中所选。

"凤麟龙龟"为中华四灵，自殷商以来，世上便已有了玄鸟金凤的图腾，但是就如同龙一样，凤凰本是虚幻之物，它在神话中是长生不死的玄鸟，死后可以在火焰中涅槃重生，栖息在梧桐树上，不落无宝之地，所以它也是自古修仙炼丹之人最重视的一种神灵之物。怒晴即是凤鸣之兆，历代皇帝将丹宫设在湘西怒晴县的瓶山，恐怕也与这地名脱不开干系。

倘若追根溯源，凤凰的原型很可能脱化自山鸡，山里的野生山鸡羽毛绚丽缤纷，尾长堪比孔雀，也可在空中飞舞盘旋，十分接近凤凰。不过只有家禽中才会出现极罕见的怒晴鸡，眼皮子和凤凰一样是自上而生，与寻常的鸡禽截然不同，是百种毒物的天然克星。

不过鸡禽体内的生物钟作用明显，天色一黑，便即无精打采，而且一旦到了晚上，视力和感知能力都严重下降，虽然被装在竹筐中，一路颠簸不曾入睡，但都昏昏沉沉地不声不响。鹧鸪哨三人眼下也顾不得许多了，扯开竹篓，将里面的三只雄鸡远远地朝紫金椁抛了过去。

以怒晴为首的三只雄鸡，在空中振翅落下，它们与毒物是与生俱来的死敌，只要见到了，必然斗个有你没我，有我没你，虽然在月光下精神不振，可陡然遇到山蝎子，仍是红了眼睛，刚落在棺内便是一通乱啄。

那藏在僵尸身下的山蝎子虽是不愿离开紫金椁，但被逼不过，狭窄的棺内又不得施展，只好放开那具僵尸和秃尾巴死猴，从它钻进来的棺椁裂缝里原路退出。

鹧鸪哨三人在远处观看，只见这只山蝎子全身尘芥，遍体青黑，两螯巨如儿臂，上边满是坚硬如针的黑毛，腹背奇厚，尾部环节十三，行动之际，奇快如电。它在原地乱转，毒尾向上弯曲起来，显得极是暴躁不安。三只雄鸡虽是团团将其围住，但在深夜之中，一时也难迅速靠近扑杀，只是与之不停游斗，消耗它的凶悍之气。

鹧鸪哨见已将山蝎子逼出了棺椁，便拽出另一支德国造，想一枪结果了它的性命，不过眼见三只雄鸡与巨蝎斗得正紧，遮住了开枪射击的角度。此番盗墓都离不开怒晴鸡抵御毒物僵尸，自是不能轻易伤了它的性命，只好沉住了气在旁观斗。

正在这时，见那山蝎子背部突然鼓起一团，竟将背壳撑得几欲透明了，似是发了狂一般四处乱突，蓦地里一声闷响如同裂帛，蝎背从中裂了开来，从中冒出一缕白气，其状如汞，直迫"玉兔"。

第四十章
黑琵琶

　　搬山道人盗墓时所用的搬山分甲术，在世人眼中看似神妙莫测，但其要旨都不离生克制化之道。此次入瓶山盗墓，正是由于药山中多有毒蠹虫瘴，才特地从附近的金风寨中寻得了怒晴鸡，山阴里潜养成形的百毒，都不是其对手。但夜色正浓，雄鸡猛性先自减了一半，一时竟奈何不得从棺里钻出的山蝎子。

　　鹧鸪哨等人站在十几步开外观战，只见那腹宽背厚的山蝎子狂性大发，但左冲右突都无法脱身，最后全身忽地蜷缩起来，背上裂开一条巨缝，从中冒出一团白雾来，直上直下地聚而不散，那三只雄鸡虽也斗红了眼，但见山蝎子突现异动，不免吃了一惊，又不知其虚实，便立刻分头疾退躲避。

　　鹧鸪哨见那蝎背里冒出的白雾古怪，也赶紧挥手让红姑娘与苗人再后退数步。这时山风轻拂，化开了白雾，但见那山蝎子从背脊开裂，如同豁开一张黑洞洞的大嘴，里面爬出一片白花花的小蝎子。它们从母蝎背中挣脱出来，四下里乱窜逃逸。

　　背上完全破裂的山蝎子，则像只破甲囊般伏在地上，再也不动，竟已毙命多时了。怒晴鸡见从母蝎背中爬出许多赤白的小蝎子来，它们之间是物性相克的天敌，哪里肯放过了，立即舒羽鼓翼，扑上去将小蝎子——撕啄了吞进肚中。其余两只雄鸡也先后上前，顷刻间把几十只小蝎子风卷残云般扫了个干干净净，没令其走脱半只，统统葬身在鸡腹中了。

苗人在旁见了，将手一拍自家脑袋，对鹧鸪哨道："原来山蝎子钻进棺里，是想借阴气产子来着。"瓶山当地的毒物皆有奇毒，又常年吐纳山中药性，所以都喜欢躲在阴晦冷僻之处，尤其是母山蝎子在生产之时，更是喜欢钻棺材和坟土。

老熊岭附近流传着一句民谚："蝎子自小没有娘。"当地的山蝎子一生只生产一次，都从背后分娩，产下小蝎子之时，便是老蝎子毙命之期，所以湘西寨子里没有亲人的孤儿，都被山民们称作"蝎孩"。

母蝎子钻入有尸体的棺椁中，是由于阴晦的尸气可以令其暂时缓解背裂而死之苦。当地山民大多都知道母蝎一胎所产的小蝎子历来都是三十有六之数，不多不少，恰好是一副骨牌的数量，故此也有俗称山蝎子为"骨牌"的。

鹧鸪哨以前从没来过老熊岭这猛洞之地，他虽广晓博见，却也有不知道的事情，对当地山蝎子奇特的习性并不了解，听苗人向导说出根由，这才得知。不过他看瓶山多有珍稀药石，山中潜藏的毒物也是奇形异状，又怎理会得了这许多，只要辨明生克之道，带着几只雄鸡进山，料也无妨。

鹧鸪哨眼见三只雄鸡抢食了几十只小蝎子，饱食之后，神情更显萎靡，便命苗人将它们捉回竹篓，他自己则与红姑娘上前去查看棺椁中的事物。

二人拎着刀枪走到棺前，先是看了看压在椁底的老猿。紫金椁底部铸有八尊异兽抬棺，都是粗壮披鳞的半人半兽模样。抬棺的鳞怪不仅显得棺椁中尸首地位尊崇，也有在墓室中防潮的作用，使紫金椁离地稍微高出一块，倘若墓室内渗入雨水，即便一时难以尽数排出，也不至将棺木浸泡淹没。

那遍体白毛的老猿被棺椁砸在当地，幸得椁底有异兽抬棺的构造，离地面还留有这么一段间隙，而且密林中多有被雨水打落的败叶，铺得地上绵绵厚厚，又加上这白猿筋骨顽健，在一场天劫之下，竟得不死，但它受伤也不轻。

第四十章 黑琵琶

鹧鸪哨俯下身子，提着马灯往槨底照了一照，只见那白毛苍猿口鼻中都流着鲜血，压在底下一动不动，已如死掉了一般。

鹧鸪哨心想，这老猴头刚刚还能动，怎的此时却不动了，便抬脚踢了踢苍猿露出来的胳膊。那槨底的老猿果然缩臂躲闪，睁开两只眼睛贼溜溜乱转，对着鹧鸪哨龇牙咧嘴地作势恫吓，眼神中除了七分惊惧，更有三分阴狠的恶毒之意。

鹧鸪哨看这苍猿神色狡猾，便知其绝非善类。世上万物俱随自然生灭，活得年月深了，便会退去自身原本的毛色，由灰转白，再由白入银，到这种程度，已不是常物了，非仙即妖，可通人心。

听那苗人说，这瓶山白猿洞附近的猴群，常常拦截过往落单的客人抢夺食物，已害了许多人命，就连服饰货物都不放过，夺进猴洞中你争我抢，也穿戴装扮起来，学着活人的样子在山中招摇，多半都是这苍猿领头做出的歹事。

鹧鸪哨估量这厮和古狸碑的老狸皆是一路货色，心中早有杀意，当下便想一枪点了这老猿，消了白猿洞的字号。但红姑娘对苗人所说的群猴害人性命之事并不当真，又不曾亲眼见过群猴为祸于人，况且这老猿受创甚重，放它出来也活不了几天了，就劝鹧鸪哨手下留情，念在白猿仅剩一口气的份儿上，且饶它再多活几日，今天身死殒命的兄弟极多，须为他们谋些阴福。

鹧鸪哨听她如此说，不便反驳，也只好按捺下杀机，反正这老猿只剩半条性命了，权且留它多活一时也罢。他自恃枪快，想取此猿性命实不费吹灰之力，如今大事当前，还是开棺取宝要紧，便收枪起身，任由白猿压在槨底咬牙切齿，不再去理会它了。

三人随即站到紫金槨侧面，在月色下探身去看棺中情形。此时月影下落，清冷暗淡的光芒洒在棺内，只见棺中死猴与僵尸仍然叠压在一处，便仍以蜈蚣挂山梯扯动秃尾猴的尸首，将它挑出棺槨，甩脱在远处的树下。

如此一来，棺中古尸平躺的情形便历历在目了。那元代僵尸虽已死了近七百年，连身穿的紫绣锦袍都已开始变质，可面目未变，只有全身肌肤颜色涨紫僵硬，一头乱发披散了半遮头脸，身形高大过人，虽然死了几百年，可一身英爽凛然的杀气至今还未散尽。

元代军中并非只有蒙古人，西域漠北诸国乃至高丽、汉夷之人皆有。这将军发色形貌都有浓重的西域特征，但见其口部紧闭，看起来两颊微鼓，未曾塌陷枯瘪，料来口中含着驻颜奇珍。

鹧鸪哨自是盼着僵尸口含之物是颗明珠，但他也清楚，王公贵族之流的尸首，在口所含驻颜之物，向来是有三种：一是驻颜散，是以水银为主要原料的防腐秘药；二来是玉含，玉能生寒，把凉润的美玉制成人舌之形，待死者入殓时纳入其口，凉玉就可以使九窍清爽，防止尸体腐烂；最贵重的便是海底所产的月光明珠，或是异类珍珠。至于含压口铜钱的方式，在古代贵族中几乎不会采用。

看这具紫金樟楠木棺里的僵尸，始终暴露在夜风下，可皮肉萎缩塌陷之状却并不明显，尸身中肯定有特殊的防腐手段。但等鹧鸪哨凑近一看，心中立时惊疑不定，原来僵尸鼻孔耳孔里，塞得满满的全是纯金粉末。用黄金驻颜的事情，世上从来没有，元代僵尸体内怎么会有金粉？用枪口在死尸耳部一按，金粉立刻掉落了一片，从耳孔里涌出许多污血来，血水淌到棺内，臭不可闻。

鹧鸪哨心下疑惑，也琢磨不出什么头绪，眼下只好撬开尸口看个究竟了。正待入棺启尸，忽然听得树后一阵轻响，忙抬头看去，就见一株歪脖子树干微微摇颤，树叶纷纷落下，似乎是在被什么人用力推摇，可那树身有一抱来粗，等闲的力气又怎摇得动它？

鹧鸪哨骂道："聒噪，莫非又是那群贼猴子回转来了？"说着已拽了德国造二十响在手，枪在手上刷地转了一圈。机头便已挑开，枪口对着棺椁下的白猿，心想若是猴群在旁扰乱，也难安心启尸抠取珠玉，不妨一枪点了这半死的老白猿来得干净。

眼看鹧鸪哨就要一枪结果了白猿的性命，这时那苗人却原地蹦起一尺多高，叫道："大事不好，竟忘了此等大事！墨师哥子，子时早就过了，现在却是初几了？"

鹩鸪哨和红姑娘见苗人神色大变，不知是吃了什么惊吓，就好似诈尸了一般，更不明白他所言何意，都道："什么初几？"

苗人此时早将鸡笼拎起来抱到怀中使劲摇晃，也已记起了日期时辰："好教二位得知，到得子夜相交之时，山蝎子便是逢单见单，逢双见双，刚除掉了一只雌的，左近必还藏有一只更狠的公蝎子。"山蝎子里以公蝎最恶，体形虽比母蝎子要小，但其毒猛性猛，绝难对付。如今正是深夜，三只雄鸡刚刚吃饱了小蝎子，都精神衰竭，任凭怎么摇动竹篓，也不肯就此醒来。

苗人又惊又慌，额头上出了一层虚汗，鹩鸪哨按住他道："慌什么？无非又是只山蝎子而已，它能兴多大风浪？"

这时红姑娘忽然指着远处晃动的树梢底下，低声叫道："你们快看，树上到底是什么？"鹩鸪哨与苗人闻声望将过去，月影下看得好生真切，歪脖子树上挂着一只漆黑的山蝎子。这蝎子倒挂在树上，如同悬着一把漆黑的古旧琵琶，稍微一动，身体上的肢节硬壳便如铁叶子摩擦般铿然有声，精猛异常，实不亚于藏身在丹宫中的六翅蜈蚣。

苗人惊道："我的爷，是湘西山蝎子里的黑琵琶精……"其话音未落，那倒挂树身的黑琵琶，已伸展腭牙亮出一双血螯，自歪脖老树上倏然而下。

蝎性不比寻常物，皆为至急至躁，比如自尽自杀之类决绝之事，有些人可以做到，并非人人可为，但若说到毒虫之属，却仅有山蝎子能够自杀。如果捉到一只蝎子装入玻璃瓶中，以凸透火镜在日光下照射它，蝎子急痛之下又在瓶中无可逃避，便会倒转尾锋自刺而死，其狂躁之性可见一斑。

那黑琵琶自树上下来时，感觉到棺椁附近有死蝎和雄鸡，便已经引发了狂性，浑身上下满是愤恨之意，就如一阵黑风般在树底打了一个盘旋，歪脖子树顿时被它连根拔了，轰然倒入树丛。形如黑琵琶的山蝎子顺势隐入草木深处，只见乱草拨动，迅捷无比地向紫金椁附近逼来。

鹩鸪哨叫声"来得好快"，举起手中二十响的镜面匣子枪，一个长射扫将过去，弹雨切掉的长草唰唰倒下一片，但是林木茂密杂草丛生，也看不清是否击中了那黑琵琶，顷刻间弹匣中的二十发子弹便已告罄。鹩鸪哨双眼紧盯着山蝎子拨动草丛的踪迹，手里迅速换下弹匣，同时出声让洞蛮子和红姑娘赶紧开笼放鸡。这树丛密林之中障碍物太多，离得稍远便难以开枪射杀目标，只有使雄鸡前去围斗才是上策。

其实红姑娘和苗人不用听令，早已经将竹篓中昏睡的三只雄鸡抛到外边。奈何雄鸡都吃饱了肚子，又加上夜色正深，虽然那死敌就在眼前，却完全无法抖擞精神扑将过去拼力厮杀，急得苗人束手无策，眼瞅着黑琵琶在草丛里越逼越近，哪里还管得了那么多，一一抱起三只半睡半醒的大公鸡，瞄准了方向从半空里投向山蝎子。

那怒晴鸡被人突然扔上了天，它身在半空，猛然警醒过来，血红的鸡冠立时竖起，怒气直透全身彩羽，高啼一声，从空中滑翔落入长草中，顿时同黑琵琶翻滚着斗成一团。鸡禽之属不比飞鸟，双翼舞动幅度和筋力都是有限，唯独颈足之力强健异常。怒晴鸡一双金爪狠狠抓住蝎尾，奋力一扯，竟然硬生生将骨牌黑琵琶拽得就地打了个转。

这时，另外两只大公鸡也先后被扔了过来，它们本无怒晴鸡一般的壮烈神采，刚刚同母蝎子经过一场恶斗，都已困乏不堪，此时陡然临敌，不免有些发蒙。其中一只雄鸡还没醒过神来，就被那狂躁发疯的黑琵琶一螯钳落了鸡头，蝎尾甩处，把那血淋淋的鸡头撞向苗人。

洞蛮子正自心慌，只见那鸡头带着鲜血破风飞来，直看得眼也花了，哪里还避得开它。好在鹧鸪哨眼疾手快，一把将苗人扯在一旁，鸡头正好从其脸旁飞过，若差得数寸，撞来的公鸡脑袋就势必戳瞎了苗人右眼，只听一声沉闷的响动传出，鸡头已撞在了身后的什么事物之上。

鹧鸪哨等人听得声音不对，鸡头并不像是撞在棺椁或者树木之上，赶紧回头一看，不禁倒吸了一口冷气。原来紫金椁里的元代僵尸，已不知在什么时候，无声无息地从棺中坐起，指爪戟张，似乎正要爬出棺椁，那鸡头不偏不斜地撞在了僵尸脸上，古尸面部和满头乱发被溅得鸡血淋漓，在月光下真是分外狰狞。

第四十一章
湘西尸王

此时月光洒落，犹如霜华满地，四下里好不透彻。鹧鸪哨等人都看了一个真切，皆道："作怪了，那元代僵尸怎的自己从棺材里坐了起来？怕是僵尸要变行尸！"

鹧鸪哨情知那元代尸王身材高大，异于常人，生前必是内外双修的奇人，尸变起来非同小可。当下也顾不得再去关注怒晴鸡同黑琵琶精的恶斗，眼见事出突然，说不得了，先下手为强，忽地一转身，就要拽起身形跃进棺内把僵尸大椎卸掉。

不料未到近前，却见棺中坐起的古尸身后，露出毛茸茸的一张脸孔来，挤眉弄眼的，竟然是只猴子。原来此猴见棺中的毒蝎死了，另一只黑琵琶又在远处被雄鸡缠住，便趁众人不备想来救出压在棺椁下的苍猿。它悄悄溜进棺内，想把僵尸搬出去，减轻紫金椁的重量。

没承想刚从身后把僵尸推起来，断落的鸡头就恰巧飞将过来，撞得僵尸脸上满是鸡血。猴子最怕见鸡血，故有"杀鸡给猴看"之说。那猴子探出脑袋看见鲜血淋漓，又瞅见那半截鸡头掉在身旁，兀自死不瞑目，似乎直眼相视死盯着自己，登时吓得魂魄飞散，张大了猴嘴"嗷"地发出一声惊呼，屁滚尿流地蹿出紫金椁，攀树遁入了林中。

那猴子一逃，棺中僵尸失去了支撑，便又咕咚一声重新躺倒回去。鹧鸪哨看得又是好气，又是好笑，心中骂了句："泼猴，逃得恁般快捷。"他见不是僵尸异变，心中也是一块石头落了地，但并未掉以轻心，反倒更是觉得棺中古尸有异。那僵尸少说也死了数百年，其入地不化，郁而成僵，所谓"名之为名，必有其因"。那时候僵尸的"僵"，还应该写作"殭"，有地下尸体僵化如同树干枯蜡之意，也可以解释成不腐之尸即为僵尸，但即便尸身不腐，也必僵硬如木，关节弯曲不得。可那猴子却把那古僵从棺中推得坐立起来，难道说那僵尸竟然体质如生，与活人没有什么区别？

在湘、黔、粤东、粤西之地的荒僻山区，常有僵尸成精的传说，成了精的僵尸仍然以藏尸棺椁作为巢穴，遍体披毛，每到黑夜降临，就会从棺材里出去掠人畜而食，民间称其为"尸王"。

另有一种说法，之所以有"尸王"之说，乃是由于死者生前地位显赫，陪葬品和镇尸防腐之物都是珍异诡秘的明器，一旦诈尸而起，其尸变必厉，寻常的黄道纸符或桃木剑之类的法器都难以将其制服。尸王生前必是贵胄，普通薄葬的老百姓，即便死后诈尸，也没福气被冠以此名。实际上，这正是代表了古时民间崇尚权贵的一种偏见。

传言"湘西尸王"百年一现，也多是子虚乌有，不同的目击者所见的古僵，未必就是同一具僵尸。先前曾有采药之人称其在瓶山山隙里见到尸王，可能正是那具被鹧鸪哨以魁星踢斗卸断脊椎的干尸，视其装束估计是墓中殉葬的武士。元时生殉之风极盛，并不为奇。

鹧鸪哨已见到紫金椁里的古僵口鼻中都是金粉，而且那尸身看似枯僵，但容颜如生，英爽之姿未散，并且还能腰部弯曲，于棺中坐立起来，便猜测是这元代僵尸体内藏有珍奇之物。

搬山道人遍搜天下大藏，只为找一颗藏在古尸口中的雹尘珠，遇到这等情形，鹧鸪哨自是不肯轻易放过。但那僵尸形容怪异，不得不加防备，只好先行将其断骨抽筋，再在其身上细细搜寻，才是万无一失之策。

鹧鸪哨心中一闪念，打定了主意就要上前动手，忽听脑后风声呼啸。

他眼观六路耳听八方，急忙闪身躲过，只见一块拳头大小的石子从身旁掠过，硬生生砸在紫金椁的椁壁上。

原来躲在林中窥探的猴群见鹧鸪哨接近棺椁，都以为他是要动手加害那头苍猿，便纷纷捡了石头朝三人砸将过来，只是畏惧棺中鸡血鸡头，没一只敢接近半步，只在远处叫嚣投石。

群猴盘踞在深山老林，顽劣无比，遇有过路的客商，便悄悄尾随而行，待其走到峭壁险径之时，就突然以乱石投掷，行商之人猝然难防，或是失足跌入深谷，或是中石受创，往往就被它们害了性命，衣服干粮都被其辈劫掠一空。这群野猴尝惯了甜头，根本不将外来的人放在眼中，已然成了老熊岭中的一方祸害，比土匪山贼还要难缠。

林子里的大小石子顿时如飞蝗一般"呼呼"砸下，向导躲闪不及，后脑被其中一块乱石打个正着，只觉眼前金星直冒，用手在脑后一摸，满手都是黏黏的鲜血，那苗人也来了火气，骂道："人人都欺我胆小怕事，竟连天杀的野猴子都不把我放在眼里。好教你们这群猴儿知道，便是泥人也有三分土性！"叫骂声中，他也捡起石子回掷过去，但群猴数量太多，又一阵石雨砸来，顿时打得苗人抱头鼠窜，急忙向鹧鸪哨身边躲去。

鹧鸪哨和红姑娘虽然都是身手敏捷的人物，可飞掷过来的乱石实在太多，身上不免挨了几下。鹧鸪哨见苗人头上血流不止，就将他和红姑娘推到紫金椁里，好在那棺椁大得出奇，里面容纳三四人也有余裕，他自己则提了厚厚的椁盖在手，滴溜溜转动身形，如同一阵旋风般遮挡了四面八方飞来的石子。

鹧鸪哨此次来瓶山盗墓，出师未捷就先折了两个同伴，又见卸岭群盗死伤惨重，实是平生前所未有之挫折，心头早有一把无名之火高烧了三千多丈，攒着满腹的杀机没处发泄。但盗墓的大事当前，本有心留了紫金椁下的老猿性命不去理会，可是见那群猴子好生碍手碍脚，竟一而再，再而三地搅乱事态，奈何不通猴言，也没办法知会它们，只好下狠手来个敲山震虎，杀一儆百以绝后患。

想到此处，鹧鸪哨杀机顿现，他心中本就有心魔，当真是一怒使人愁，杀念一动可就收不住了。杀一个是杀，杀一百个也是杀，眼中精光一闪，瞅冷子在槔盖后举起镜面匣子枪，接连扣动扳机，子弹脱膛击射之声划破夜空，每一声枪响，便有一只猴子从树上倒栽下来。他是百步之外能打灭香火的准头，真叫弹无虚发，每只猴子都是眉心中弹，还不等从半空里掉在地上，就已被子弹贯脑而亡。

一眨眼的工夫，二十发子弹就射杀了二十只猴子，其余的大小猴子都吓得呆住了，抱着树杈瞪着猴眼一动不动，都如木雕泥塑一般。有些更已惊得屎尿齐流，身前身后湿淋淋地滴着猴尿，最后也不知是哪只猴子带的头，嘶叫了一声，争先恐后没命地逃入山林深处，这一去就再也不敢回来了。从此之后，老熊岭的猴子看见穿黑衣的人，便如遇蛇蝎般避之唯恐不及，直到今天，仍是如此。

红姑娘和苗人在紫金槔里听得枪响，也探起身子观看，见了鹧鸪哨的快枪手段，也是十分惊悚，作声不得，心想此人下手实在是太狠太辣，想必他杀起人来也是如此，真如修罗道上杀人的魔君一般。

也就在这同时，那边厢的两只雄鸡也与黑琵琶王斗出了分晓。这一场天敌之间你死我活的恶战，真使得日月无光。怒晴鸡本是蛇蝎蜈蚣的天然克星，但刚过子夜，月光匝地，不是它施展的天时，堪堪与那黑琵琶斗了个平手。金鸡彩羽和蝎甲碎片混合在卷起的落叶中到处飘动，对林中猴群的连番骚动恍如不觉。

另一只大公鸡虽不是怒晴神种，却也是彩羽高冠出类拔萃的好斗雄鸡，身上虽已多处带伤，全身鲜血淋漓，兀自舍命相攻，不退半步。

蝎子精黑琵琶是瓶山古墓附近的千年毒物，极是妖异凶残，但物性相克相制，它见了公鸡就先怵上了三分，虽然一上来仗着一股猛性，钳断了三只公鸡中一只的鸡头，但和另外两只斗成一团，时间一久就显出颓势，渐渐招架不住。

但两只大公鸡都仅数年之龄，哪里有黑琵琶服食芝草延年增寿来得老奸巨猾？只见那蝎子忽然蜷缩起来，只把硬壳留在外面任凭两只金鸡撕扑，那两只雄鸡不知是计，径直抖翅探爪合身扑上前去。

老蝎子为求活命，只好不顾鸡鸣冒死吐毒，早将全身毒性缓缓注在蝎尾，它孤注一掷，猛然把钢鞭似的蝎尾甩出，一股比夜色还黑的黑雾从尾中射出。这片黑雾都是毒液逼化凝结而生，奇毒无比。怒晴鸡知道厉害，不敢直挡其锋，高啼声中腾空跃开，而那只高冠雄鸡刚好被毒雾兜头裹住，全身羽翎顿时凋落飘散，皮肉骨骼也都化为污血。

黑琵琶虽是一击得手，其自身却也几乎是油尽灯枯了，此时腾在半空的怒晴金鸡恰好凌空落下。它也是越战越勇，来势凌厉如电，抓住了蝎尾蝎背，蓦地里生出一股神力来，再次抖翅升腾，如鹰搏兔般将黑琵琶王揪上半空。

回落下来的时候，那凤鸣怒晴鸡早已揪翻了蝎身，金爪撕开了蝎甲缝隙，蝎子王黑琵琶吃疼不住，顿时扭动钢节般的怪躯，同那大公鸡卷作一团，怎奈腹甲早被鸡爪戳抓透了，挣扎了几下便扭曲而亡。

但黑琵琶王毕竟是妖异悍恶，临死前蝎尾插入了怒晴鸡的腹腔，透体而过，蝎螯更钳断了一只鸡足，这一对生死对头般的天敌，就这么血肉模糊地死在了一堆，至死难分难解。

鹧鸪哨击杀群猴，回过头来，刚好看到了这最后一幕，心中轻叹了一声，颇为惋惜。这只被自己从无知村民屠刀下解救出来的"凤凰鸡"，乃是世间稀有之物。有道是"壮士刀下死，好马阵前亡"，怒晴鸡同千年黑琵琶王同归于尽，算得上是死得其所了，如此壮烈，总好过成为愚夫愚妇的盘中之餐。

鹧鸪哨见密林中重又陷入了一片死寂，就对紫金椁中看呆了的红姑娘和苗人道："棺椁阴晦，不宜久留，快些出来。"

不等这话说完，忽听紫金椁下的苍猿惨声哀号起来，似是受了什么巨大的惊吓，使得它再也不敢继续装死，惊噱之声动荡林梢，说不出的诡异可怖。

鹧鸪哨心知不妙，湘西老熊岭怕是要有大变发生，立即抢身过去，揪住红姑娘的胳膊，将她从棺椁中拽了出来。红姑娘虽然胆大，此时听那苍猿叫得凄惨，却也不免心慌意乱，她哪里有鹧鸪哨的金刚胆略，脚底下如同踩到了棉絮里，有些个不知上下高低了。

这时就听得紫金椁中的元代僵尸全身骨骼作响，手爪戳动棺板之声不绝。苗人发觉身下僵尸要变行尸，也已吓得毛发森立，手足并用着想爬出棺椁，但心惊胆战之余，手足俱是废了，口中只叫："墨师哥子，快来救救小的性命……"

鹧鸪哨不敢怠慢，正待再去帮衬苗人向导出来，就见棺底僵尸"腾"地坐了起来，张开黑洞洞的大口，分着两排獠牙，猛向苗人后颈咬去，直如恶虎扑羊也似，将那苗人抱住了啃咬起来。

鹧鸪哨眼疾手快，见僵尸忽然张开嘴来，正是要诈尸吸咬活人阳气血髓，也不及多想，就将手中的镜面匣子二十响空枪塞入那元代僵尸口中。只听得一片牙齿乱啃金属之声，千钧一发之际终究是没让它咬住苗人，苗人魂不附体，真是从死边过了。

鹧鸪哨替向导苗人挡的这么一下，立时轻舒猿臂拽住了苗人衣领，想将他从紫金椁里揪到外边。谁知那僵尸手指上指甲暴长，都戳入了苗人臂膀之中，似有千钧之力，鹧鸪哨一拽之下，竟没能动得苗人分毫。

鹧鸪哨应变奇快，一计不成，一计又生，正要再施展手段相救，却听"轰隆"一声巨响如雷，密林中天崩地裂。

第四十二章
虎车

湘西最有名的猛洞河，这"猛洞"二字，就是夷人居于山洞之意。当地洞多那都是出了名的，山有山洞，树有树洞，崖有崖洞，更有一个最大最深的地洞，广不可测，乃是历代洞夷祖先埋骨的所在，是土人眼中的禁地。

形如古瓶的巨大石山斜耸于地，山巅里的元代将军墓穴，不依山形水势，取的是一种厌胜之术，用以压制苗人祖洞龙气。瓶口般的山头下方，正是怒晴县老熊岭下的凤凰坳，这片山坳草木茂密，把原本的地下洞穴都掩埋遮盖了。

瓶山崩塌之后，千万钧的巨大山体砸落下来，"祖洞"洞口外的地壳遭到冲击，初时并未显出什么塌陷迹象，但那压在紫金椁下的苍猿年久通灵，伏在地上已有所感，知道立刻就会有塌天大祸，故此挣扎哀号，狂啸不止。

恰在此时，棺中的尸王忽然诈尸，攫住了苗人不放，不等鹧鸪哨再次动手相救，猛然间天塌地陷，大地就像裂开了一张魔嘴，方圆几里之内的树木岩石，以及棺椁猴尸，都一股脑地坠入地下，轰隆隆烟尘陡起，星月无光。

鹧鸪哨虽然手段高超，毕竟没有三头六臂的神通变化，翻天覆地的剧变来得好生突然，事先竟没半点征兆，身子一晃便跟着塌落的地面陷入虚空，一落就是数丈。

他情知眼下自保都难，实是救不得那向导了，急忙抬臂遮在额前，以免被烟尘迷了双眼。地面虽然塌陷，但地底下的祖洞里也自有许多柱石古树，从上方塌落的土壳岩石，都被地穴里乱七八糟的东西阻挡，并不是直坠到底。

鹧鸪哨踏着一块八仙桌面大的土壳子，落到一半之时，硬土壳子被地下横生倒长的树根阻了一阻，"砰"的一震，立刻碎为土屑，他便借此机会提身纵跃，用夜行衣中暗藏的百子攀山甲挂住洞中古树，将身体悬在半空。

鹧鸪哨在混乱之中，也无暇去看周遭环境，不知这苗人祖洞究竟有多大多深，更不知苗人和那紫金椁里的僵尸落到了何处，只好先求脱离险境再理会。这时就听风声呼啸，闷响如雷，头顶都是大片碎石断树裹在一处陷落下来。

洞中飞沙走石，尘土激扬，使人难以呼吸，鹧鸪哨只好含住了一口气，抓住粗大泥滑的古树根须，足上一点，悠着老藤般的树根把身体荡向远处，避过了头上落下的碎石硬土。黑暗中只觉有一只柔软的纤手将自己胳膊捉住，急忙松掉即将被扯断的树茎，借力附在凹凸不平的洞壁之上。

定睛看去，原来是红姑娘也在地陷时落了下来，她慌乱中抓住了蜈蚣挂山梯，挂在树根处，才没继续摔入洞底，正自惊得花容失色，见鹧鸪哨从半空里闪身过来，就连忙伸手将他扯住。

鹧鸪哨屡涉艰险，此时毫无惧色，看到地面越裂越大，深处黑茫茫的阴气萦绕，料来地颤还没结束，必须抓紧时机脱身，便反手抓住红姑娘的手腕，另一只手拽了挂在洞壁的蜈蚣挂山梯，纵起身来，三蹿两跃，就攀到梯顶，抬脚钩起竹梯，正要再把梯子向上送去。

此刻尘埃落定，天上的月光照入祖洞古墓之中，只见洞内是百来根数围之粗的圆木，如殿柱般支撑着广阔的洞穴，柱身上多是密如虫洞般的墓

第四十二章 虎车

室，一室便是一洞，墓洞里都是没有棺椁的枯骨，一时也看不尽有多少。

就这么稍一愣神，忽然又是地动山摇般一阵剧颤。先前地面塌陷，只是地层中接连几声巨响，此番却是自上而下，势若奔雷，轰然不绝，就连鹧鸪哨这等心硬胆豪之人，听得如此动静，也难免有些心肝托不着五脏地战栗起来，不知祸端起在哪路。

蓦然间月色被遮，头顶出现了一片巨大黑暗的阴影，鹧鸪哨与红姑娘抬头看去，不住口地叫苦，原来林中地面下陷塌落，落在不远处那块从瓶山上崩落的巨岩顺着松动倾斜的地面缓缓滚了过来，堪堪就要从洞口处砸下。

那块千万钧的巨大青岩，里面藏着元人的墓室，崩塌后连撞带滚，山体已碎去了三分之一，内部的棺椁明器以及殉葬的铁甲干尸都散落出来，但剩余的这部分空心巨岩仍然如同一座小山，如果坠入祖洞古墓，攀在洞壁上的二人，自是没有生机可言。

巨岩压断树木的声音"咔嚓嚓"乱响作一片，出现在洞口的阴影也越来越大，一旦落下来，难免玉石俱焚。鹧鸪哨从十三岁入行，盗墓搬山已历一十四载，没少见过大风大浪，每日都在撕扑里行走，自恃尽得搬山秘术真传，又兼身手不凡，常有傲物之心，情形越是危险，心中越是镇定，不过撞在这没着没落的境地，如雀在笼中，他便真有冲天之翅也难以施展，不由得口干舌燥，进退无策。

正焦躁间，忽听头上巨岩墓室中"咔啦啦"铁轮滚动，鹧鸪哨不禁心中一怔："山间墓室里哪儿来的铁车轮子？"红姑娘也奇道："莫不是戏文中的铁滑车？"

戏剧中有一回本子，唤作《铁滑车》，演的是金宋激战于牛头山，金兵阵中有铁叶滑车，都是千百斤的生铁铸就，从山坡上推下来一冲就是一趟血胡同。岳飞帐下大将高宠神勇绝伦，枪挑十一架铁滑车，终因坐骑力竭，被第十二架铁滑车压死在阵前。红姑娘先前在月亮山中多次看这出戏文，听得岩中墓室里铁轮响动，便立时想到了此节。

鹧鸪哨听她提及此节，心中恍然，不及再想，就见悬在头顶那片破损

247

的山体突然从中裂开，铿锵声中轰然撞出一辆古代战车，车前都是利刃，在月光里泛着几点寒芒，车身上筑有数只铁虎头，虎口衔着铁环，车身一动就跟着乱响，整车皆是铁铸，底部有八道滑轮，正是宋元时期出了名的"虎车"，多用来从高处冲撞敌军阵势。

宋代以后的古墓里，常有倾斜狭窄的墓道，内藏飞虎车、飞龙车等大型器械，盗墓贼触动销器儿，就会使得虎车撞出，将墓道里的贼人碾撞成一团肉泥。想来元代将军墓里也有类似机括，可山崩地裂，千斤虎车还没露面，就跟着墓室一并滚落山底。

瓶山内的墓道墓室虽然坚固，在连番冲撞之下，墓砖墓墙也早已经碎裂了，此时不早不晚，铁虎车的销器儿偏在此时松脱，便撞破了墓墙，夹着一股疾劲的金风，以上盖下，直砸向鹧鸪哨与红姑娘头顶。

鹧鸪哨知道洞下深不可测，人向下跳绝没有千斤铁车落下的速度快，身在半空就得被撞得骨断筋折，只好死中求活，效仿古时名将高宠之举，冒死接它一接。想到这，他将身体从竹梯上移出，虎吼了一声，顶起蜈蚣挂山梯来，对准轰然落下的虎车就挑。

不过那铁甲虎车凌空冲击之势何其迅猛，真如雷霆一击。鹧鸪哨深知万难以一架竹梯之力拨开千斤虎车，他使的是个巧劲，方位分寸不差分毫，梯尾顶住祖洞内凹陷的墙壁，梯头斜指，刚好戳在虎车边缘。

耳中就听得"呛啷啷"一阵巨响，金铁摩擦撞击洞壁之声，在地穴里来回鼓荡，那千斤铁虎车被蜈蚣挂山梯弹在一旁，整个竹梯被压成了弓形，一端插入壁中，另一端卷住铁虎车的乱刃，死死卡在洞穴对面的圆木柱子上。卸岭群盗制造的蜈蚣挂山梯，不愧是倒斗行中一等一的器械，关键时刻竟然挡得千钧之力。

鹧鸪哨与红姑娘都被刚才落下的铁车劲风带动，觉得脸面双手都生疼，紧紧攀住洞壁不敢稍动，鼻中所闻，全是地下泥土的腥臭潮湿之气。

蜈蚣挂山梯将虎车挡悬在半空，自身也已吃了这生铁砣子猛烈一挫，竹身"咔咔"崩裂，终于同铁车一同掉落下去，过了许久才传来沉闷的落地撞击之声，夷人这处祖洞坟墓实在是深得可以。

第四十二章 虎车

鹞鸰哨和红姑娘长出了一口气。不料一波未平，一波又起，铁虎车刚从身边砸过去，悬在洞口的万钧巨岩就紧跟着滚了下来。铁车虽然沉重，毕竟体积有限，二人在洞中还有个腾挪回旋的余地，可那瓶山巨岩铺天盖地，漫说是高宠还魂在此，就算是大罗金仙也挡不得它。只见它直如滚石一般压碎了土石树木直坠而下，顿时遮蔽了月色，整个地洞里陷入了一片漆黑。

但在月色被遮的前一刻，鹞鸰哨已见到洞壁上有片深凹处，是天然形成，正可容身藏纳。他听声辨形，也不回视，就一把拖住了身后的红姑娘，拽着她从壁上弹身起来，躲入山壁之间，巨岩紧贴着他们二人的藏身之处砸入洞穴深处。

两个人紧紧贴在凹壁中，几乎被震破了耳膜，身上也被刮出了几道口子，流血不止，好不容易挨到巨岩过尽，震动平息，这才觉得有些后怕，暗叫一声："侥幸！"若不是古苗人的祖洞里有这一块天然造化的凹壁，即便二人是铜头铁臂怕是也被砸为齑粉了。

鹞鸰哨低头看时，见那块巨岩半卡在洞穴深处，岩中墓室、墓道都暴露在外。那墓中也有宫殿建筑，不过规模比丹宫小得多了，只不过一二进深，同样是重檐走瓦、朱漆抱柱的古朴格局，但砖瓦凌乱、柱梁倒落，皆被冲撞震荡得不成模样了。

巨岩墓室并未落到洞底，伏在壁上似乎还可以听到洞穴深处苍猿啼哭之声。鹞鸰哨拉着红姑娘落在岩石上，各自简单裹扎了一下身上伤口，抬头看看上面，凭他们的身手，爬上去易如反掌，不过鹞鸰哨想单独穿过元人墓室，进入古苗祖洞里搜查一番。既然那苍猿还活着，说不定向导也同样没死，那人的命虽不值什么，却是同来的伴当，进山前都是起了盟誓的，可不能就此撒手不管。

古苗祖洞里皆是夷人历代首领贵族的尸骨，阴气深沉，里面是否有什么凶险尚且不得而知，鹞鸰哨心想让红姑娘一个女流之辈一同下去，万一有照顾不到之处，让她送了性命。但红姑娘这女子是极要强的人，这话绝不能当着她的面直接说，于是就让红姑娘先回去找陈瞎子，请他想办法派

249

些人手来相助。

红姑娘却已察觉到鹧鸪哨是想单干，忙道："你莫不是嫌我碍着你的手脚？卸岭舵把子先前吩咐过了，若遇危难，可放响箭为号。如今这林子里地动山摇，又是枪声，又是山里猴子们的鬼哭狼嚎，瓶山那边的同伙自然是听得清楚，但始终无人过来接应，恐怕那边的残局更是难以收拾，我回去又能搬得谁来？"

鹧鸪哨不想惹得她恼怒，就说道："何出此言？有月亮山里的高手相助，在下求之不得，只不过出来得久了，理应与陈总把头通个讯息……"

红姑娘不等他说完，便抢道："你要是看得起我，就让我跟你一同前去，那苗人生死未卜，再不快去救他，说不定就被湘西尸王吃空了脑髓。他还有一家老小尚要养活，要在此遭了横死，也该算是常胜山害他遭殃。我们常胜山里的人物，虽专做杀人放火的勾当，却最讲'义气'二字，难道避艰畏难见死不救不成？也许我月亮门的手段不如你那般高强通神，但只此义气一节，断不肯输给你这搬山道人的。"

鹧鸪哨根本不是优柔寡断的啰唆之人，一看自己还没说两句，就惹出红姑娘振振有词的几十句来，赶紧住口不提了。既然她有这个胆子，索性就并肩一起上了。立刻紧了紧装束，他两支快枪都已失了，但他是常在刀枪丛里行走的，身边多是利器，就把以前装着怒晴鸡的鸡笼从背上取下，这竹筐底下藏的都是分拆开的枪弹。

鹧鸪哨三下五除二，就组装出了一把英国造斯坦恩式冲锋枪。这些军火都是从洋人的走私船上直接买的，在当时属于极为犀利的枪械。在腰间插了三两个长弹匣，又同红姑娘二人把马灯绑在胸前，就踏着那卡在洞穴内部的巨型山岩，找到一处坍塌的墓道口，一前一后跳下了前后颠倒的墓室之中。

第四十三章
颠倒乾坤

坠入夷人祖洞的瓶山巨岩，不上不下地卡在洞穴当中，巨岩早被冲撞得残破了，里面的古墓也面目全非。那山巅墓室暴露在外的墓道口，恰好如同井穴般直指夜空。

鹧鸪哨是百年一出的搬山奇才，他自入行至今，出没于荒坟野墓不下十余载，盗过的古墓丘冢，没有一千，也有八百，但这墓道墓室颠倒反转的，却还属平生初遇。

而且墓室从高空跌落，内部建筑早已面目全非，原本的墓门墓道都已被乱石堵死，反倒是厚重的墓墙上却破出几个大洞，一切皆不能用以往的经验判断了。他不由得加了十二分的小心，挑亮了马灯，当先跳下墓道。

鹧鸪哨觉得落足处砖石松动，四壁都在微微发颤，心知这巨岩悬在地洞当中，下边没着没落，周围的树木岩石若撑不住重量，它还会继续砸落下去，此时穿过墓室进入夷人祖洞，便如同头顶上悬了千柄利剑，随时都有可能斩落下来。

但鹧鸪哨也是艺高人胆大，不将这些艰险放在心上，抬手将紧随其后的红姑娘接了下来，低声嘱咐她："瓶山巨岩悬在半空，风吹可动，在墓室中举手投足之际，务必谨慎则个。"

红姑娘点头答应，二人蹑足屏息，小心翼翼地攀在残破倒塌的墓道墙壁上，如涉冰渊险壑。一步步向下挪动的过程当中，绝不敢有半分用力之处，饶是如此，仍是碰得那些碎石残砖"哗哗"掉落。

此时墓中的销器儿机括多半都已撞毁了，一具也发作不得。二人转过几条斜倒的石梁，从碎砖缝隙中下去，脚下就是墓室的殿门了。

瓶山山腹中依次有城门、瓮城、甬道、丹宫、后殿，以阶梯形修建，丹官无量殿下是炼丹藏药的秘洞。搬山卸岭的群盗最初见这丹宫全貌，气象恢宏壮丽，不异于古之皇宫内苑，满以为元将墓室定是藏在层层殿阁中，却忽略了山巅里还藏了一座相对独立的殿堂。

鹧鸪哨这时将那山巅里的殿门踏在足底，觉得此情此景极是怪异，参照物全是歪斜倾倒的，原本的地面和房顶，都变为在身前身后了，仿佛天地乾坤颠倒了一般，自身的重心也被这种错觉带得不稳。

他急忙抱住殿门前横倒的大石碑，收摄心神，逐渐适应了这种怪异的环境。触手所及，碑上满是凹凸的文字，鹧鸪哨和红姑娘在马灯下看了一眼，见碑文词句古奥，似乎都是古时皇帝祷告天地求仙药的内容，估计山巅里这座被当成墓室的大殿，曾经应该是用来收藏术士炼成金丹的密殿，不过料来丹宫里始终都未炼得金丹大成，因为从没见历朝历代，有哪个皇帝老儿通过服食丹药活过百岁的。

再看那殿门早已飞脱了，里面的梁柱房椽倒得一塌糊涂，封住了门户，但殿顶揭开了半面，里面黑咕隆咚的似是极深，隐约听到下面有苍猿哀呼惨叫之声，看来那老猿被困在下面脱身不得，想要招呼同类前来相救，却不想山中的猴群都被鹧鸪哨吓破了苦胆，远远遁入密林深处再也不敢出来了。

鹧鸪哨心想既然那老猴子没死，祖洞墓穴里必无瘴疠毒气，下去无妨。他和红姑娘救人心切，不顾那殿阁随时有可能坍塌活埋的危险，当即便在殿顶破了的大窟窿处攀梁抱柱而下。

墓室分作前后两进，前殿偏小，后殿却极是宽阔，殿后墙壁都已碎裂，那具紫金椁就是从那里甩落而出。殿内陪葬的明器大多都成了碎片，玉瓦瓷石混在一处，只有两侧山墙还算比较完整，墙上五彩斑斓，尽是壁画，在马灯昏黄的灯光照射之下，但见得画中人物栩栩如生，多是戎装结束顶盔贯甲的行军之事。

鹧鸪哨和红姑娘对这些墓中壁画并不在意，管那将军生前何等耀武扬威，到头来还是不免一死，"尔曹身与名俱灭，不废江河万古流"。盗墓倒斗之人，谁又会理会那古尸的生前事迹！可鹧鸪哨在灯光一扫之下，猛然见到壁画中有一珠酷似人目，只这一眼，竟看得鹧鸪哨气血翻涌。

搬山道人发掘古墓，实是为了寻找一枚珠子。那珠子来历不凡，不知是上古生灵内丹凝结，还是天地造化而生，其形状、色泽与人眼无异，据说藏在世上某处墓中的古尸口里，唤作"雮尘珠"，别名"凤凰胆"。

千年易过，古咒难消。搬山道人世世代代盗墓，也不知为此断送了多少性命，始终连那珠影都没见着分毫，反倒是人丁凋零，可能不出百年就会断绝香火。鹧鸪哨发过大愿，粉身碎骨也要将此物寻到手中，想不到竟在这颠倒反转的古墓中见着，让他如何能不心惊神摇！

鹧鸪哨为了看得更加真切，就将双腿挂在一根盘龙抱柱之上定住身形。他身轻如燕，横挂殿柱提了马灯观看，原来殿中古老的壁画，正是记载着紫金椁中古尸的事迹，其姓名难以从壁画中考证，只能推测出此人出身西域，多有战功，蒙古灭西夏之后，获悉西夏王宫中藏有异宝，此人便受命盗发西夏王陵，要在其中寻找雮尘珠，掘了若干陵寝，却始终无获。

后来终于得知雮尘珠藏于西夏黑水城通天大佛寺之中，但黑水城古迹早被黄沙掩埋，沙草茫茫没有标记，难以寻找离城不远的寺院踪迹，又值大军南征，要平定洞夷之乱，此事才不了了之。

其后的山墙壁画脱落破碎，都已不可辨认了。鹧鸪哨二目几欲喷出血来，恨不得肋生双翅，立即飞到西夏黑水城，去挖出那座埋在沙漠里的古刹。想来信奉唯一全知全能真神的扎格拉玛祖先显灵了，这千年之中断断续续的线索，终是在自己眼前有了眉目。

又叹惜自己的师弟师妹临死都不知道这个消息，自己在瓶山随同卸岭盗魁陈瞎子盗墓，出生入死几个来回，数不清在鬼门关里进进出出多少遭了，做的都是刀尖上的勾当，险些连身家性命都搭在此地，但在古墓中能得到这条线索，也真不枉了经受的这些艰险危难！

鹧鸪哨心中思潮翻滚，一时庆幸、一时狂喜、一时伤感、一时失落，全然忘记了身在何方，更担心那西夏黑水城之事是真是假。

红姑娘正要穿过墓室下到洞底，却见鹧鸪哨如失心了一般，身体悬在半空，盯着山墙一动不动，不免吃了一惊，急忙摇他手臂。

鹧鸪哨被她轻轻一推，这才回过神来。他虽是心绪如潮，久久难以平息，却已打定了主意，眼下在瓶山盗墓之事，必先做个了断，成全了同卸岭群盗盟约一场的义气，随后便要单枪匹马去沙漠里走上一趟，不挖出黑水城通天大佛寺就绝不甘休。

红姑娘奇道："你刚才咬牙切齿的满脸杀气，为何要对着壁画发狠？"

鹧鸪哨知道红姑娘要是知道真相，必定不顾安危要随自己同去黑水城。他习惯独来独往，当今世上有几人的身手胆识能与鹧鸪哨相提并论？虽然是旁人好心相助，却净是凭空增添累赘，只好瞒着红姑娘不提此事，只是说："先前在丹井里死中求活，不干不净地吞了六翅蜈蚣的内丹，刚刚觉得头疼恍惚，想是丹中药力未散，现下已不打紧了，那苗人生死未卜，你我快去寻他才是。"

红姑娘道："正该如此，我看那向导苗人虽然胆小，却也是精乖伶俐之辈，不像是横死暴亡的命蹇之人，此刻或许还能有救。"说话声中，她已抢先穿过墓室后壁的破墙，轻捷地攀向洞底。

鹧鸪哨见她性子好急，唯恐她在前边有闪失，急忙随后跟上。最底层的墓墙下方，是纵横交错的树根古木，堆积着许多原始森林中都已罕见的粗大木料。木料有横有竖，每一方都有许多天然的树窟，直径有菜篮子大小，深可数尺，刚好可容纳一具尸体。

在鹧鸪哨这种盗墓行家看来，这古夷祖洞，是名副其实的"匣子坟"，一墓多尸，没有棺椁只有墓洞，每具尸体相对隔绝，墓洞密密层层，像是中药铺里药匣排列的柜子。

第四十三章 颠倒乾坤

古时夷人居于洞中，所以又称洞民，其中虽也尊卑有序，上有洞主，下有洞奴，但生活条件原始简陋，故墓葬形式多用"匣子坟"集中安葬。尸体会佩戴一些生前常用的饰物，不设金玉之器，向来没有厚葬之俗，长江流域的崖洞之墓，实际上也是与之类似。

直到后来有朝廷官府设立的土司，才逐渐有了棺椁厚葬之风，所以盗墓行里有这么句话"竖葬坑，匣子坟，搬山卸岭绕着走"。因为匣子坟皆是洞夷藏骨之所，没有搬山卸岭要找的东西，即便见了也不会动手发掘。

鹧鸪哨同红姑娘到得洞内，提灯举枪四下里一望，满眼皆是虫窟般的墓洞，里面的尸骸枯骨尚存，蛛网地菇遍布其中，阴郁的恶臭令人欲呕。落进来的树木土石堆积如山，看不到紫金椁和苗人落在了哪里，那哀号不绝的苍猿也没了动静。

正要张口喊他名字，突然听到洞穴角落里有人低声呻吟，呼喊声极是微弱。鹧鸪哨举灯照向那个角落，隐隐见似有个人影，但从体形和声音来看，又不是向导苗人。

红姑娘当此不禁有些憷头，手中扣了三柄飞刀，壮着胆子问了一句："谁在那边？"然而那边的人影佝偻着身子依在墙边，全身瑟瑟发抖，却始终不肯作答。

鹧鸪哨胆色过人，偏不信邪，拎枪走上几步，举灯一照，不由得倒吸了一口冷气，见一个干瘦的老头蹲在一排墓洞前边，满脸讶异地看着走过来的鹧鸪哨和红姑娘。那老者满头白发，两腮都瘪了，贼眼转动，直如苍猿老猴一般，看那神态，又哪里是人！

第四十四章
吸魂

鹧鸪哨和红姑娘一见那蹲在古墓中的老者，心头立刻掠过一抹不祥的阴云。此前有只深山老林里的苍猿，被遭天诛般地砸在紫金椁下，山下地面塌陷之后，那苍猿便同棺椁僵尸一并坠入地穴。

这地穴本是洞夷埋骨的墓场，里面哪里会有什么老者！看他嘬着两腮挤眉弄眼，满头白发苍苍，实已到了风烛残年，与那苍猿何其相似！

红姑娘惊呼一声："不好，此人必是妖猿变化！"她也是常胜山里杀人如麻的响马子，手底下极是利索，出手如风，更是毫不容情，要图个先下手为强，说话声中右臂一抖，三柄早已扣在掌中的飞刀送出，金刃呜呜破风，直射向那个诡异古怪的老者。

鹧鸪哨见机更快，正自纳罕之时，见红姑娘已忽施杀手，急忙抬脚踢开射到半空的飞刀，低声喝道："且慢动手，那人不是猿精猴怪，你看他身上衣衫……"

红姑娘听得此言，忙走近几步，提灯细看，真是好生讶异，不由自主地"咦"了一声，奇道："这老头是那苗人？"

原来那蹲在角落里的老者，虽然形容枯槁，皮肤干瘪皱褶，须眉都已白如霜雪，看起来足有上百岁之寿，便用大气吹他一口，恐怕就会油尽灯枯死在当场，但容颜身体虽然衰老，可那人腰系花带，身穿格子布衣，上下装束半苗半汉，显得格外庸俗，不是年老之人的穿着，看他这套衣衫，却正是那位当地烟客——自打群盗进入老熊岭，便一路同行而来的向导苗人。

苗人的这身衣服，鹧鸪哨与红姑娘自是熟得不能再熟了，可那厮最多三十岁上下的年纪，虽然大烟抽多了人就会提前衰老，但也绝不可能一瞬间就老了七八十岁。

那苗人全身颤抖，挣扎着似乎想要说些什么，却由于身体衰老朽迈，口里半点声音也发不出来，瘪着两腮好不容易张开嘴，只见牙床上的牙齿全都掉落了，张开嘴还没等说出话，反倒先吐出几颗老化的牙齿来。

鹧鸪哨与红姑娘二人心中又惊又疑，吃不准这墓场地穴里到底有什么玄机，当下不敢大意，又缓缓走近半步，离得苗人两三尺远，一边问："苗人？你怎会变成这副模样？"一边环顾左右，暗中提防。

衰老虚弱的向导苗人见有人来扶，还以为自己有救了，激动之余，老化的心脏气管似乎都已不堪重负，拉风箱般地喘成一团。随着几声沙哑的咳嗽声，他头上白发纷纷脱落，脸上皱纹越来越多，面目都已不可辨认，似是又老了几十岁，只剩下一具枯朽的皮囊在此了。

红姑娘怜悯此人横遭劫难，当即就伸手过去搀扶他，可旁边的鹧鸪哨为人十分机警，此时用夜鹰般的敏锐目光向四周一扫，只见那紫金椁空空如也地斜倒在旁，里面的僵尸和苍猿都已不知去向，再看那苗人斜倚洞壁的姿势好生怪异，身后似乎藏着什么东西，但墓穴中地形复杂，苗人身后便是马灯光亮照射不到的死角，其中怕是有什么古怪，忙对红姑娘叫道："别动他！"

但这声示警却已晚了，就见苗人身后突然出现了一对闪烁如烛的目光，腋下探出一只爪子，快如闪电般地扣向红姑娘手腕。

红姑娘花容失色，惊呼一声"湘西尸王"，急忙松开苗人的胳膊缩手闪避。她毕竟是做了几年杀人越货的响马贼，虽是临危生惧，心神却是不乱，躲得也算及时，在间不容发之际躲过了那只怪手。

不料手腕虽未被藏在苗人身后的僵尸扣住，那古尸竟然又生出一股怪力，推着苗人朝她直扑而来，奇快如风，再也无可躲避。

这时鹧鸪哨已经看得清清楚楚，原来那元代将军的尸体紧贴在苗人背后，就似吸了活人生气一样，僵尸脸上竟然变得红润光泽了几分，绝不是先前在林中看的那般死人脸色，可能苗人在一瞬间衰老，正是因为被僵尸吸干了阳髓之故。

眼看僵尸就要扑住红姑娘，鹧鸪哨有心要开枪射击，却担心地穴中狭窄，跳弹伤了自己同伴，只好一咬牙关，扔掉手中枪械，空手上前相救。

鹧鸪哨腿功超群，最擅长搬山道人对付僵尸的绝招魁星踢斗，以前也没少拆卸过古尸脊椎，可那元将古尸似乎并非寻常古僵，其尸变迹象十分异常。寻常僵尸诈尸起来扑击生人，一般扑着一个人或木板就会停止，虽遭乱刃相加，烈火焚烧，也绝不放松，而且他从没听说过，会有僵尸吸了活人阳髓，那人却还活着不死，只是身体迅速老化。

不过此时为了救人，根本容不得他仔细思量，鹧鸪哨身子一晃，直如一缕黑烟飘在洞中，不等那僵尸接近红姑娘，就已赶到近前，借着一冲之力，从侧面合身将它扑倒，连同衰老不堪的苗人一同滚在地上。

鹧鸪哨周身的真本事，曾学过当年梁山好汉燕青流传在世上的相扑之技，若论近战格杀，当今绿林道中无人是他对手。他这一扑之势，如猛虎扑羊，凌厉之极，着地一滚，已锁住了元代僵尸手臂，解脱了被古尸缠住不放的苗人。

那苗人一溜烟似的滚到远处，老迈不堪的躯体呼哧哧上气不接下气，终究是捡了条命回来。

鹧鸪哨见苗人和红姑娘都已脱身，心中更无牵挂，一手揪住古尸臂膀，另一手扯住紫袍金带，低喝一声，双膀使出全力，就想当场将尸身倒提起来，使魁星踢斗搅断它的大椎。

谁知那身材高大魁梧的元将尸体，却倒在地上纹丝不动，鹧鸪哨额头见汗，也如蜻蜓撼柱般动它不得。

第四十四章 吸魂

那古僵外罩紫绸殓袍，内套锁子连环甲，忽地全身一震，"哗啦啦"抖甲而起，竟然甩开被鹧鸪哨锁住的胳膊，转头张口，朝着鹧鸪哨吐出一阵黑惨惨的阴风。

鹧鸪哨暗道不好，这具元代僵尸果然非比寻常，搬山手段竟是制它不住，见尸体冲他吐出一缕阴气，也不敢不避，便想抽身退开。谁知那僵尸猛然翻手扣住他的肩头，尸身指甲都如铁钩，亏得鹧鸪哨夜行衣中也暗藏着分山掘子甲，若没这层软甲相护，古尸满是尸毒的指甲就会陷入肌肉，再也挣脱不开。

鹧鸪哨被僵尸抓住肩头，眼看古尸口中阴气逼至面门，急忙使个"霸王卸甲"，抖开被其缠住的肩膀，腰上使力，一个旋子从地上拧身跃起。

鹧鸪哨满以为就此脱身，只要转到僵尸身后，管它是尸王还是尸魔，也必搅碎其椎骨。不料他刚刚翻身跃起，地下那具元代古尸，竟也如影随形般跟着一同尸起，好似附骨之疽，紧缠在鹧鸪哨身后，又将鹧鸪哨重重拖在当地。

鹧鸪哨被僵尸从身后抓住，便有天大的本事也使不出来，就感觉到僵尸体内有股巨大的吸力，似是阴寒无底，心中立时醒悟：古僵并不是尸变成精，而是此人生前曾有奇遇，竟是炼得真丹在腹，他身死之后，那颗内丹仍藏在丹田之内。先前见到死尸口鼻中都是金粉，应该都是用来封堵九窍的镇尸药粉。

古时丹道大行，不仅烧炼外丹，也有炼气之士专修内丹，但人之寿命有限，若不是吃过什么万年成形的首乌、灵芝，绝没有人能轻易炼成真丹。因服食灵药之区别，内丹也有阴阳之别，阳者为"乌金丹"，阴者为"吸魂丹"，即便丹主死后，其内丹在特定环境下仍然如生。

瓶山崩裂之后，紫金椁里爬进去一尾寻找阴晦之地生产的母蝎子，结果又被山中野猴惊出，那蝎子一进一出，使得古尸口中的金粉都被震出，僵尸丹田中的内丹，与活人之间好比是磁石两极，阴丹借着尸口，见了生气就吸。

这僵尸的内丹就像能吸去活人魂魄，一个正值壮年的苗人，片刻间就在它身前散了生气，变为秃发掉牙的苍老之人。鹧鸪哨身为搬山道人，虽不画符捉鬼，却也多读道藏，晓得世上旁门左道里有此吸魂阴丹。

此刻鹧鸪哨发觉背后僵尸口中阴气寒如坚冰，离得尚有半尺之远，就已觉得全身汗毛上都起了一层冰霜，苦于身体已被拖住，不能脱身，只好抬肘顶住古尸下颌，耳中只听得身后僵尸全身骨骼咯咯作响，力量越来越大，鹧鸪哨眼前发黑，胸前气血翻腾，手臂更是酸麻疼痛，实不知还能撑到几时。

而旁边的红姑娘险些被僵尸扑中，多亏被鹧鸪哨救下。她翻身而起，就想上前相助，可是刚一抬脚就踩到软软的一团事物，还以为是踏中了一具墓中尸体，急忙挪开脚步，却听黑暗中一声怪叫，露出毛茸茸一张脸来，冲着她龇牙咧嘴，神情极是恼怒凶狠。

原来被紫金椁压住的那头苍猿，随着地陷跌入墓穴，它腿骨被砸断了，又折了几根肋骨，狂呼惨叫着招呼猴群前来相救，但猴子们都已逃远了，只有三个盗墓者从上面钻入墓场。那苍猿极是奸猾，唯恐来人于己不利，赶紧缩在暗中屏气不动，不料却被红姑娘在慌乱中一脚踏中断腿。

苍猿剧痛之下狂性大发，再也隐忍不住，对着红姑娘张牙舞爪地作势恫吓，又抓了石块，劈头盖脸就砸。

红姑娘心中正有些惊慌，又被突然冒出来的老猿吓了一跳，不由得柳眉倒竖，闪头避过飞来的石块，抖手就是一支飞刀，她还算是手下留情，飞刀"嗖"的一声贴着苍猿头顶掠过，直插在它身后的木桩子里，没入两寸有余，刀柄兀自嗡嗡颤动不休。

月亮门中的古彩戏法也囊括杂耍杂技，多有以飞刀射活靶子的惊险表演，红姑娘自幼练得精熟，即便蒙了眼睛，手中飞刀也不会失了准头，她见那老猿凶悍霸道，便随手掷出一刀挫挫它的锐气，想要将其吓退，免得它再纠缠不休。

谁承想那苍猿不依不饶，竟然龇牙瞪眼探出猿臂抓住了红姑娘的脚踝，一抓一扯，就在红姑娘雪白的脚踝小腿上抓出几道鲜血淋淋的口子。红姑娘哪里曾吃过这种暴亏，杀心顿起，骂道："泼猴找死！"又是一柄飞刀脱手而出，刀光闪动，正中苍猿肚腹，直插至柄。

那老猿虽然中了致命刀伤，却也当真顽强，怪啸声中不顾遍体鳞伤，人立起来挥着双臂挠向红姑娘面门。

红姑娘没想到这苍猿死缠烂打，心中也是一股邪火直撞顶梁门，只想尽快结果了它的性命，把手去探刀囊，鹿皮囊中的飞刀都已用净了，但她精通销器儿机关，周身都是暗器，鞋前藏有见血封喉的剧毒暗剑，脚底一拧就已弹出寸许长的剑头，当即下了死手，对准那扑来的白猿哽嗓咽喉处飞足踢出。

红姑娘动了杀机，只顾一击要了那苍猿的性命，却没注意身前地形，洞穴中乱石纵横，她抬脚处刚好横倒着一根石梁，迎面骨踢个正着，"咔嚓"一声腿骨断裂，顿时疼得晕厥过去。

与此同时，搬山道人鹧鸪哨正被僵尸纠缠，倒在地上动弹不得，刚好瞥见红姑娘身上挂的马灯灯光闪烁，她飞刀伤猿，又一腿踢到石梁，断骨昏倒的一幕，全都让鹧鸪哨在旁看个正着。只见那老猿似乎也自知命不久长，正自歇斯底里地发起狂来，拖着流出肚腹的肠子，瞪着血红的双眼抱起斗大一块碎岩，高高举起，想要砸死昏迷不醒的红姑娘。

第四十五章
魁星踢斗

老熊岭山区洞多林深，盘踞其中的猴群肆意横行，为祸不小，远近过往的单身行商，多受其害。那为首的苍猿更是奸猾阴狠，它腿骨被紫金椁砸个稀碎，落下地穴时连滚带撞，肋骨也断了数根，又被飞刀开了膛，它拔出刀子，顿时肚肠横流，眼见是活不成了，却兀是忍痛拖着断腿肚肠，要举起石头砸死红姑娘，便是死了也要拉上她这个垫背的。

鹧鸪哨眼观六路，虽然被僵尸缠住不能脱身，但对周围的动静一清二楚。眼看红姑娘的性命只在呼吸之间，要在平时早就一枪崩了那苍猿，不会费吹灰之力，可身后的元代僵尸体内阴丹极是厉害，一旦被那僵尸张口咬到，立刻就会散尽生气。

他使出全身力气用手肘顶住僵尸下颏，但不消片刻，已觉难以支撑。那僵尸生前毕竟是久经战场的悍将，在那个冷兵器时代能做统兵大将的，多是凭战功出身，马上马下抱锤使槊①的力气，使得全身筋骨发达，而且此人本身就体格魁梧，高出鹧鸪哨一头还多，死后尸体并未枯朽，加上尸

---

① 槊，音 shuò，古兵器，长杆之矛。

起乃是古尸体内阴丹未化，阴阳两气相吸相引，并非是僵尸扑人，而是僵尸体内真丹鼓荡，带动尸身。

鹧鸪哨额头上满是冷汗，正没奈何处，见那全身是血的苍猿猛下杀手，转眼间就要举着石头砸下，再不动手阻拦，就只能眼睁睁看着红姑娘脑浆横飞，只好冒死行险，做个死中求活的搏命一击。

闪念之间，鹧鸪哨心中已有了计较，当下将胳膊肘撤开，身后僵尸黑洞洞的大口立即张开，直朝他后颈咬来。

鹧鸪哨趁着那僵尸从后上扑之力，翻身而起，背着那甩不脱的尸身着地一滚，就已到了红姑娘身边。

这时鹧鸪哨仰面向天，僵尸就在他背后张着阴气森森的大嘴，就在即将一口咬下的时候，鹧鸪哨猛一偏头，那苍猿正好举着岩石砸将下来，斗大的岩石贴着鹧鸪哨的脸颊落下，恶狠狠砸在元代僵尸头上。

猛听一声闷响，如中败革，由于鹧鸪哨与身后僵尸离得太近，那山岩砸下来的同时，也将他的脸上刮出几道血痕，火辣辣的生疼。

这一滚一躲，实是鹧鸪哨毕生绝学之精髓，早一步、迟一步，或是有半寸一毫之差，苍猿砸下来的这块石头，所砸中的就不是僵尸，而是他和红姑娘这两颗活人的脑袋了，是生是死只相差在毫厘之间。鹧鸪哨顾不得脸上疼痛，暗道一声"真神保佑"。

这时就见那苍猿全身血淋淋的犹如恶鬼，它也没想到冷不丁从旁边滚过来一个活人一个死人，想砸死那女人的石头，竟然砸到了僵尸头上，心中更是愤怒，肚肠越流越长，乌青乌青的一团拖在身前，它流血太多，眼神都已散乱了。

可那苍猿年老通灵，知道自己即将丧命，全都是因红姑娘下的毒手，若不亲手弄死这个仇人，死了也闭不上眼，双目突然现出一抹凶光，也不理会肚破肠流的苦楚，又抱起一块岩石，再次对准晕倒在地的红姑娘砸了下去。

鹧鸪哨见那苍猿垂死之际仍要行凶，不禁怒发冲冠，厉声喝道："大胆！"双肘一撑身下的僵尸，就要起身结果了那苍猿的性命，谁知被他压在身下的僵尸脑袋虽然被岩石砸中，脑骨碎裂，脸部都凹了下去，可体内阴丹完好无损，岩石滚落在旁，僵尸口中随即又有一股阴气席卷而来。

鹧鸪哨心中一寒，真教阴魂缠身，难不成今日就都折在此地不成？搬山一脉的福祸存亡全部系于他一身，如何肯轻易就死？也是急中生智，看那苍猿毛茸茸血淋淋地恰好站在身旁，正在举起岩块，鹧鸪哨起身不得，便抬腿朝它下盘着地扫去。

那苍猿垂死之躯，此时全身鲜血都快从肚腹的伤口处流尽了，哪里架得住鹧鸪哨的钩扫连环，当即被卷倒在地。

鹧鸪哨出手如风，一把揪住老猿脖颈将其扯到身前。倘若是换作平时，那苍猿必能挣扎一番，鹧鸪哨也未必能一举将它擒住，可它重伤之余已是油尽灯枯，竟是丝毫反抗不得，恰好被鹧鸪哨掼在地上，不偏不斜地恰好送到僵尸口边。

老猿连叫都没来得及叫上一声，就被元代古尸体内的阴丹吸住，周身上下残存的生气，不断被吸入僵尸口中，只听得"嘀嘀"几声哀鸣，一只苍髯白猿，全身长毛尽落，犹如一瞬间光阴飞逝，生命弹指间老去。

这苍猿本就只剩下半条性命苟延残喘，被那阴丹一吸，全身血液仿佛都已经凝固干涸住了，顷刻间就化作了一副毫无生机的空皮囊，只是与那苗人一样尚未断气，四肢都不能动，空剩两颗眼珠子，毫无神采地在干瘪深陷如骷髅般的眼窝中乱转，脸上神情都已阴阳难辨，显得极是可怕。

鹧鸪哨出其不意，把那老猿当作了替死鬼，只觉身后阴寒无底的吸魂之力顿时消失，多亏他先前在瓶山仙宫里吞了六翅蜈蚣的真丹，否则就算那僵尸没咬中他，单是从口中吐纳出来的阴气，便不是活人所能承受的。而如此一来，鹧鸪哨体内的蜈蚣丹也就此化去，倘若蜈蚣丹不化，鹧鸪哨也早晚会因丹田炸裂而亡，可该着他不应就此丧命，此等机缘巧合，却是当时他完全所料不及的。

鹧鸪哨趁苍猿被阴丹所吸的一瞬间，一个鲤鱼打挺从地上跃起，更无半分犹豫，立即揪住僵尸身后袍服，连同那苍猿一并从地上拽起。

此刻古尸仍然死缠住魂气未尽的老猿不放，鹧鸪哨施出克制僵尸的绝技魁星踢斗，身形晃动中，已绕到僵尸身后，双臂从它腋下穿过，反锁后颈，抬膝顶住大椎，如此一来，便是千年尸魔，在搬山秘术面前，也只有束手就擒的份儿了。

盗墓穴陵，都免不了要和墓中的死人打交道，但发丘摸金与搬山卸岭之间，不仅倒斗之术有别，对付墓中古尸的手法更是截然不同。摸金校尉行事都带有一层神秘色彩，他们轻易不侵害棺椁中的墓主尸体，常常戴着手套摸去明器，一旦失手了就会立刻脱身，遇到墓中古尸僵而不化，起尸伤人，则用黑驴蹄子塞入尸口的方法对付。

卸岭人多势众，惯用器械，开棺后会立刻用竹竿戳住僵尸，并覆以渔网，随后将墓主尸体倒吊起来，鞭尸蹂躏，刮肠剜嘴掠取珠玉，最后不管墓中古尸是否有尸变的迹象，都要乱刃分尸，或是积薪焚烧，挫骨扬灰，手段之残酷，在各路盗墓贼中无出其右者。

而搬山道人穴陵入冢，历来都凭借生克制化的方术对付古墓尸变，有从西晋古术"天官伏尸阵"中流传下的绝技魁星踢斗，凭着一股巧劲，卸去僵尸大椎，施展出来，成形的尸仙也躲不过去。

鹧鸪哨是出手不留情，留情不出手，先前三番五次都不得时机，反倒险送了命去，眼见现在正是机不可失，时不再来，当下手脚加劲，只听那元代僵尸体内筋骨缓缓撑裂，如同层层旧帛棉纸来回摩擦，整具古尸都被他从后反绞得仰起头来。前面那半死不活的老猿如遇大赦，顿时从僵尸口中松脱，软塌塌地瘫倒在地，至此方才咽下了最后一口气，瞪目而亡。

那生前身为统兵大将的古尸，也当真了得，若换作别的，早被鹧鸪哨轻而易举地绞碎脊椎，可这具尸身内丹凝结不化，虽死如生，周身筋骨肌肉仍是紧密结实，体格又是粗壮高大，鹧鸪哨一绞之下，竟未听到骨骼碎裂折断之声，不由得发起狠来，手上扣紧颈骨，使出了十二分的力气。

猛听僵尸身上锁子连环甲"哗啦啦"一片抖动，骨骼摩擦断裂，古尸的首级连着十几节脊椎，硬生生被搬山道人鹧鸪哨从腔子里揪了出来，高大的无头躯体"咕咚"一声跪倒在地，漆黑的血液混合着内脏，从脖腔里随着脊椎喷出，溅得遍地都是。

鹧鸪哨也斗得脱了力，双眼布满了血丝，整个人几乎进入了一种半癫狂的状态，揪住那僵尸人头提到面前看了一眼，狠狠地抛在地上，站在当地怔了半天才回过神来，只觉四肢百骸都是疼不可当。

鹧鸪哨咬着牙定了定神，将掉在地上的马灯提起来看看左右，只见一片狼藉当中，那猿尸和身首分离的僵尸横倒在地，一旁的红姑娘面如金纸，但她是腿骨折断，剧痛之下昏死过去，只要加以救治，料无大碍，反倒是另一边的向导苗人，此时直如风中残烛，眼瞅着是进气少出气多，性命即将不保。

鹧鸪哨实不想看那苗人就此丧命，眉头一皱，低头看了看僵尸流出体外的内脏，只见血肉模糊中，有指甲盖大小、蓝幽幽的一粒真丹。瓶山仙宫里的方士曾用古尸烧炼阴丹，历时数百年而不得，想不到那西域奇人的尸体中却有此一粒。

阴丹脱了丹田，便已失了那股阴寒的吸魂之力，如果不用特殊的方法保存，此物就和肉芝肉菌等物一般，不消半日，便枯萎风化了。

鹧鸪哨心念一动："此物当可续命！"立即俯下身去，将那粒元人阴丹抄在手中，抢步走到苗人身边，揉碎了和水灌到他口中。苗人浑浊散乱的目光渐渐凝聚，这条命算是暂且保住了，但他身体气血衰竭，老态龙钟之状再难恢复，恐怕出去之后，活不过三年五载，但总好过命丧当场。

鹧鸪哨见阴丹果有奇效，总算把提着的心放下了，正想转身去给红姑娘接续断腿，忽觉身后一阵阴寒，忙回身一看，不由得冷汗直冒，那具湘西尸王的无头僵尸，也不知道究竟是撞了哪门子邪，阴风起处，竟又悄然无声地站了起来，一动不动地正立在他身后。

第四十六章
剥龙阵

鹧鸪哨察觉到一阵阴风从身后而起，当即凝神提气，回身一看，却见那具无头僵尸蓦然而起，尸身上脏器淋漓，溅满了黑色的血水，被揪掉头颅的躯干犹如一截干木桩子。

鹧鸪哨正自惊疑，却见尸身紫袍中阴风涌动，一缕缕黄烟从它腔子里向外冒出，尸身咕咚咚流出脓水。原来宋末元初，盗墓之风盛行，而且人心丧乱，穴陵之徒为索取明器，不在乎戳害墓主遗骸，手段令人发指，所以元人最惧倒斗，唯恐百年之后不得安宁。这元将死后，除了故布疑冢，藏设销器儿埋伏之外，更有西域秘法硝制尸身。

尸体在入棺下葬前，用五毒混合幽绒草汁浸泡，一旦有盗墓贼绕过机关撬开棺椁，他不动尸身则罢了，倘若抠肠破腹分裂尸体，立即会使僵尸皮肉中的秘药流出，整个尸体就变成了一个毒源，向四周散布浓重的毒雾。

方圆百尺之内，无论人畜虫兽，所有的死尸，遇到僵尸化出的这种浓雾，就会跟着融化为同样剧毒的尸气，称为"陵瘴"。活人吸得稍多即死，死后也会变为陵瘴的一部分，一传十，十传百，直到陵瘴外围百尺开外，再无生灵为止，最是狠毒不过。在没有防毒面具的那个时代里，是盗墓贼闻风丧胆的一种诡秘防盗手段，对那些毁尸之辈，起到了极大的威慑作用。

鹧鸪哨对此久有所闻，却因此术是从大食国传入中土，历代掌握配置陵瘴秘药的人并不多，所以始终没真正碰上过。他知此物阴毒厉害，中者即死，绝无解药，搬山分甲术中并无应对之策，唯有疾退逃避。

一闪念之间，鹧鸪哨猛然想到，搬山卸岭盗发瓶山古墓，折损人手不算，搬山道人并非混迹绿林，倒还好说，可陈瞎子是卸岭盗魁，倘若开棺启尸后不得一件明器作为信物，将来常胜山陈总把头在绿林中哪里还有脸面坐头把金交椅？

可元代古尸身上的内丹以及紫金椁、七星板都已毁了，僵尸正在化作陵瘴，哪里还有什么明器可取？他心念一动，见马灯昏黄的光影中金光闪烁，正是那紫袍古尸腰上束的金带，此带镶玉嵌珠，俨然王者风范，何不取了它去？

鹧鸪哨也是艺高人胆大，不顾陵瘴升腾，当即出手如电，一把扯断了紫袍古尸腰上金带。那条金带上挂着绿幽幽的一件事物，看似碧玉，实则青铜，铸成披发恶鬼的形状，鬼头无眼，瞎了二目，正与丹井中所见相同，铜鬼线条古朴简洁，乃是三代以上的古物。

鹧鸪哨虽见过无数珍异宝货，却看不出那铜鬼的来历，就这须臾之间，祖洞中的陵瘴已浓得好似化不开了，刺得人双眼流泪，当下再也不及多想，一个转身纵到红姑娘身前，用那条古尸金带将她缚在自己背后。

红姑娘腿上断骨受挫，立时从昏迷中疼得醒了过来，额上全是冷汗。鹧鸪哨把她颈上的黑纱罩在她口鼻之上，打个手势让她闭住气息。穴陵倒斗的高手，都多少练过一些"闭气功"，可以支撑一时暂不呼吸，红姑娘忍痛点了点头，鹧鸪哨丝毫也不停留，又把一旁的苗人夹在腋下。

鹧鸪哨夹住向导苗人，感觉他已瘦得皮包骨头，身体犹如柴草枯木，手上便不敢用力，唯恐将他勒断了气，而那红姑娘是个女子，身体轻盈。鹧鸪哨虽是连背带抱地带了两个活人，却并未觉得吃力。他抬眼看了看周遭地形，只见祖洞墓场中那密密麻麻的墓穴，都已被陵瘴覆盖。

陵瘴就如传染迅速的瘟疫一般，将墓场里的洞夷尸骨，多是融化分解为毒鼍，一片片剧毒的浓雾从中蔓延涌动，渐聚渐浓，已无活人容身之地。

鹧鸪哨不敢怠慢，提着一口气，施展开提纵之术，攀岩挂壁向上逃去。他边逃边想，此时即便能逃到洞外侥幸脱身，那林中也是生灵虫兽极多，都免不了被陵瘴灭绝一空，受此一场前所未有的大浩劫。

心中正自焦虑，三蹿两纵之间，已攀回了瓶山巨岩中的墓室，那墓室被三人重量一坠，四壁都是颤的。鹧鸪哨灵机一动，脚踏住当中一根梁柱，使个千斤坠顿足一踩，随即借力攀住头顶的墓墙缝隙，将身体提了上去。

猛听墓室中"咔嚓"一声，柱倒梁塌，碎石砖瓦"轰隆隆"地塌落下去，烟尘障目，早将下面的地穴遮了个密不透风，祖洞里的陵瘴都被堵在了其中，再也蔓延不开。

鹧鸪哨背着红姑娘，提着苗人，一路穿土破石攀回了地面。此刻月已西沉，东方欲动，四下里静得出奇。

鹧鸪哨长出了一口气，林中空气湿漉漉的格外清爽，回想这一进一出，真乃两世为人。此时忽见林中火把晃动，到得近前，双方在黑暗中一报切口，原来是陈瞎子带了几十个弟兄前来接应。

陈瞎子等人赶过来，急忙把身受重伤的红姑娘和苗人抬去救治，鹧鸪哨见陈瞎子这伙人大多满身是血，似是经过了一场血战，忙问究竟。

双方各自说起情由。原来陈瞎子本想收拢残兵败将，稳定住局面之后就来接应鹧鸪哨，但那山崩之后，山阴里的大队人马非死即伤，军心大乱，那些军阀的倒斗部队，本就多是烟客、赌棍和一些老兵油子，侥幸没死的，见了眼前这局面，都以为是山神爷爷发怒了。

有些老兵就说，这是天公之怒，连罗帅都给砸成肉饼了，我等还能有何作为。顿时作鸟兽之散，临逃跑前还把从丹宫里带出的珍宝哄抢一空。督战队虽然心黑手狠，可兵败如山倒，枪毙了几十个，看看实在禁止不住这些逃兵，最后也都跟着一发逃了个精光。

剩下的就是陈瞎子率领的卸岭群盗，约有两百多人。陈瞎子先命几名心腹星夜赶回湘阴老巢进行部署，然后便开始带着这些手下收拾残局，把那些折胳膊断腿的弟兄从死人堆里抬出来，有懂针石医理的盗伙负责救治，死了的都收殓尸首。正忙得不可开交之时，那裂开的山隙间，突然蹿出一条黑蟒。

黑蟒瓮口粗细，全身鳞甲森然，见首不见尾，它本是盘在一个隐秘的山洞之中，瓶山山崩时将它惊了出来，一张口就吞了两名盗伙。

群盗见了立刻大呼小叫地举火驱赶，把这怪莽又赶回了山缝深处。陈瞎子何等眼力，看到怪蟒藏身的山隙里黑云犹如宝气蚀天，断定那山洞里还有奇珍异宝。丹宫里的宝货被乱兵哄抢得所剩无几了，陈瞎子正愁这次瓶山盗墓一无所获，真是赔了夫人又折兵，竟然撞见黑蟒巢穴里似有所藏，立刻动心要夺。但洞中蜿蜒曲折，里面黑风阵阵，腥不可闻，群盗虽有快枪，但贸然进去猎蟒寻宝，必遭吞噬，用炸药又唯恐再次引发山崩。

好在这伙卸岭群盗最擅器械，其中不乏捕蛇捕蟒的好手。盗魁当即传下号令，派出二十个精壮汉子，把蜈蚣挂山梯拆散了，用利刃削成大小不等的竹签，布成一座"剥龙阵"。

一直忙活到月上中天，才把上千根锐利的竹签准备妥当，从洞口开始埋设，四处都是极细小的签子，细如钢针，插在土中，仅仅露出一毫，每隔一步再设一枚，顺着蟒路一直铺下去，签刃逐渐加长加阔，到最后的竹签都如竹刀一般，上面涂满了麻药。

熟知蟒性的人都知道，大蟒穿山过岭，来去无碍，怪躯所到之处，连百年老树都能绞而断之连根拔起，普通枪炮也不能瞬间将其击杀，一得空隙，临死前必会暴起伤人，当其锋芒者立毙。但其弱点是贪恋巢穴，出入只走一条路径，是其习性使然。

卸岭群盗布妥了竹刀剥龙阵，当下点燃了成捆的巴茅花，一团团冒着浓烟抛入蟒洞。那怪蟒体形太大，吃不得烟熏火呛，烟火一起，洞中黑气立灭，不到一盏茶的工夫，黑蟒便从洞穴里被逼了出来。只见蟒头大如水桶，五彩斑斓，视之真乃罕见异常的蟒中巨擘，群盗发一声喊，立即远远散开。

那黑蟒刚出洞口，腹下便已被埋设极短的竹签划开，可它皮糙肉厚，浑然不觉，继续蜿蜒游出。体下所中竹签越来越尖锐长阔，但此时竹签上涂抹的麻药已经发作，仍然是感觉不出有异。

第四十六章 剥龙阵

群盗在远处看得真切,那黑蟒越是前行,蟒躯越是沉重缓慢,身下拖着长长的一条血迹。而且蟒蛇之行有进无退,它明白过来时早就晚了,只能向前边更长更锋利的竹刀丛里蠕动,不出三五百步,就被彻底开膛破肚了,鳞肉破碎,鲜血喷涌如泉,当场伏地而亡。

卸岭群盗齐声呐喊,从四面八方围拢过来,乱刃相加,剥皮扒鳞,剖脑去角,又掏了蟒眼和脑髓,这些都是很值钱的药物。陈瞎子阴沉的脸色至此才缓和了一些,不费一枪一弹就结果了黑龙似的一条巨蟒,总算是找回了几分颜面。

随后陈瞎子又带着数十名盗众,笼烛钻入蟒洞,眼中所见,遍地都是人兽骨骸,仔细辨认,原来那些骨骸多是山中大小猴子的,残骨上盖着厚厚的一层蟒蛇分泌物,腥秽触脑。底层多是整箱的道藏典籍,原来是处藏经洞,并无太多金玉珠宝。

陈瞎子见率众忙活了半夜,只是掏了个藏经洞,不免失望至极。有名卸岭头目撬开一口箱子,箱中尽是小巧的青铜器物,另有一檀木小匣,匣上金线攒着一条张牙舞爪的四脚两头蛇,揭开一看,其中摆着一枚小小的铜人。那铜人彻骨般莹绿,面目体形浑然凝重,而且双眼不知去向,只剩空空如也的眼眶,不似近代之物。

如此秘藏,当是非同小可的古物,那头目不敢怠慢,呈至盗魁面前。群盗围上来观看,尽皆称奇,以前从未得见,连卸岭盗魁陈瞎子也辨别不出它的年代来历,脑中一片茫然,这铜人似符似饰,好生古怪,其中必有名堂。

第四十七章
动咒

陈瞎子捉摸不透铜人中的玄机，又不想在群盗面前露出疑惑，他引经据典地胡乱敷衍了两句，便命手下众儿郎一把火烧了洞中狼藉满地的骸骨。那整箱整捆的道藏典籍，尽被付之一炬。如此作为，并不是为了泄愤，乃是绿林道上行事的规矩，不论是杀人越货，还是挖坟掘冢，最后都要纵火焚烧，以图灭迹，不留后患。

随后群盗又把怪蟒尸体分解了投入烈火，火光中臭气扑面，不少人都被熏得呕吐起来。这时有探子来报，说是怒晴县老熊岭周围，又出现了数股来历不明的队伍，有军队，也有土匪，看样子是想趁卸岭群盗大乱之际，乘机到瓶山来捞上一把，那些先前逃散的败兵，多被这几股人马劫杀在了半路。

陈瞎子心想这他娘的就叫破鼓万人捶啊，怒晴县周围的山贼土匪也都来浑水摸鱼了。这回盗墓卸岭之徒死的人太多了，群盗人心浮动，继续留下来硬撑着，也得不了好果子吃，好汉不吃眼前亏，留得青山在，不怕没柴烧，不如尽早撤出这是非之地。

陈瞎子打定主意，赶紧招呼众人，把被砸死的盗众和工兵尸体，尽数扔到山洞里一并烧了，然后带上那些受伤的弟兄从林密处连夜撤出老熊岭。一过苗疆边墙，就是自己的地盘了，他自己则带了二三十个亲信，腰挎快枪，怀揣利刃，到山坳里去接应鹧鸪哨等人。

鹧鸪哨也拣紧要的，说了一遍他在林中的遭遇。不管怎么说，到现在为止都不算是无功而返了，好歹也是破了瓶山古墓，开棺启尸，拽了一条玉扣金带在手，把惨败变为了惨胜，收取了全功，多少为陈瞎子挽回一些颜面。

陈瞎子看鹧鸪哨出生入死，心中大是感动，拱手道："你我兄弟间就不言这个'谢'字，将来你去找雮尘珠的时候，常胜山十万盗众，定当助你一臂之力。水里水里去，火里火里去，若违此言，让我跟这铜人一般坏了一对招子，终生做个废人。"

鹧鸪哨赶紧说："陈总把头言重了，我盗此墓，在墓室中寻到了凤凰胆的一丝线索，若非常胜山的诸位好汉相助，我如今还同大海捞针一般在黔边乱转，此乃天大的恩德。陈兄下次进山盗墓，不论山难水险，我定追随左右，舍命报此大恩于万一，否则也教我鹧鸪哨终生做个缺足短臂的残废之人。"

这二人激于一时意气用事，不经意间动了大咒，当时却谁都没真正往心里去。看看天色将明，忽听远处枪声杂乱，细辨动静，似乎是几路窥探瓶山宝物的土匪接上火了。陈瞎子唯恐遭遇大股土匪，仗着这些时日在瓶山附近勾当，对周围地形也都熟悉了，就率众抬着伤者，抄小路出了山，翻岭涉河，到了苗疆边墙，终于与大队会合，马不停蹄地撤回到湘阴老巢。

群盗疲惫不堪，接连休整了几日，那苗人向导就因在墓中未能闭住呼吸，吸入了不少陵瘴之毒，一命呜呼了。红姑娘断了的腿骨终于被接上，可常言说得好，"伤筋动骨一百天"，不满三个月，她都不能下地行走。

等到元气稍复，陈瞎子已察觉到自己这常胜山总舵把子的地位岌岌可危。从古到今，盗墓贼死伤最重的一次，可能就要属卸岭盗发瓶山古墓这回了，而且罗老歪手下的部队逃的逃，散的散，多已收拢不住，常胜山在湖南地面上威风扫地。

陈瞎子不由得大动肝火，眼下这局面不容乐观，倘若不盗一座大墓狠捞上一笔，绝难东山再起。可眼下周围几省的古墓大多已毁，哪里还有诸侯王级别的大型古墓？他心中稍一盘算，就动了一个念头。

早年陈瞎子刚出道的时候，常在南方倒斗，从两粤两湖，到云南江西，足迹无所不到。他曾在云南李家山盗掘过滇王墓，李家山的古滇国墓葬层层叠压，历代盗墓贼多有在此山中挖到过宝货的，但是正因为李家山滇王墓的目标太明显，从宋代起，便被盗过了不知多少遍，不是十墓九空，而基本上是十墓十空。

陈瞎子去的时候，都到民国了，到李家山一看，早已是"石人徒瞑目，表柱烧无声"，好一派被盗挖得千窟百孔的荒凉境界。倒斗之辈管盗别人盗剩下的墓叫"滤坑"，第一拨找到古墓穴陵而入的盗墓贼，最有油水可捞，金珠宝玉满载而归，其余的就看不上眼了。

第二批进来的盗墓贼，虽然省了些力气，可值钱的明器多是没他们的份儿了，只好拣第一拨人挑剩下的，比如墓主尸首穿着的殓袍，或是墓室里的铜灯盏、陶瓦罐、人俑、石兽之类，就被第二拨人搜刮一空。

等到了第三拨盗墓贼进来，墓室里基本就剩一副空棺材和四个墙角了，但有道是贼不走空，第三拨贼人自是不能空手而回，要是墓中有壁画，就把壁画切刮下来，没壁画就挖墓砖、瓦当，最后还要把棺材板子拖回去，洗刷一遍，就可以卖到棺材铺里当作棺椁材料。

陈瞎子等人到了李家山，一看那些古滇王公贵族的墓葬群，只剩下一个个烂泥窟窿，早不知被民盗、散盗滤了多少遍坑，连根死人骨头也没给后人剩下。

不过当时陈瞎子还算运气不错，他们不死心，又在几个泥色草痕深厚的泥塘里挖了一通，发现了一座仅被盗过两三回的末代滇王墓室。不过这墓中也没什么明器了，只有空棺一具，看材质也是不凡，都是云南原始森林中的珍贵木料。陈瞎子只好把棺板拆了，不料却在里面发现了一张人皮地图，回去请巧手匠人复原出来，地图中所描绘的区域，竟然是献王墓的具体方位。

盗墓之人大多知道关于献王墓的种种传说。据说那座古墓建得穷极奢华，曾用万人活殉，而且地宫是座天上宫殿，凡人想入古墓拜见献王，只有从天河中驾乘一叶扁舟，渡过阴河，才能抵达，而且去了就永远回不来，都得留在那伺候献王。

此墓天上有、人间无，永远都不可能被盗墓贼倒了斗。这些传说流传的年头久了，难免渐渐失真，有许多盗墓行里的老手，都认为献王墓仅仅是个传说，秦皇汉武、唐宗宋祖那些天子人物，都只好把墓建在地下，他一个南疆的草头天子，怎么可能把古墓造在天上的龙晕当中，此事绝对做不得真。

可眼见周围古墓难寻，又急于做一出大手笔，陈瞎子就打起了献王墓的主意，当即取出人皮地图来同鹧鸪哨详加商议。

鹧鸪哨却满脑子尽是西夏黑水城藏有雮尘珠之事，对献王墓毫无兴致，全部精力都倾注在雮尘珠这一件事上。云南虫谷的传说虚无缥缈，世上有没有献王墓都不确定，兴师动众远赴云南，未必能有收获，所以他对陈瞎子说要先到黑水城沙漠盗宝，事成之后，再来相助卸岭群盗去找献王墓。

陈瞎子却不以为然，如今巩固常胜山舵把子的地位是当务之急。按理说去找深山老林中的献王墓，远比寻找埋在黄沙之下的黑水城来得更加容易，毕竟有张标明路线的人皮地图可以参考；而在沙漠中寻找古迹，真是比登天还难，从没听说过有盗墓贼能在沙漠里寻藏掘宝。无边无际的沙漠，是盗墓者难以涉足的禁地，搬山卸岭的手段到了那种地方，都难以施展。

鹧鸪哨常常独来独往，此去西夏黑水城，本也不想让卸岭群盗相助，但他心胸坦荡，就对陈瞎子直言相告，说起沙漠盗墓之事。其实搬山道人的整条族脉，皆是从西域沙漠里迁徙至江南的，也曾多次深入沙漠寻访古迹，不过那已是几千年前的旧事了。

早在汉代，搬山道人就已为寻找雮尘珠穷尽了心智，当时曾有人想过，要是找不到雮尘珠，不如返回祖地双黑山，到扎格拉玛神山的无底鬼洞下一探究竟，说不定可以找出恶咒的根源。不过那时候的扎格拉玛双黑山，已被鬼洞人占据。他们在双圣山谷的尽头，建造了一座城池，国号精绝，其中的精绝女王，更是一位不世出的奇人。

传说精绝女王能以目摄人，有人说她那是搬运挪移的妖法，还有人说是圆光摄魂的邪术，没人知道她的真实底细。孔雀河流域的三十六国多受精绝所制，搬山道人几次潜入戒备森严的扎格拉玛山，都被守卫发现，凭空赔上了几条性命。

后来终于有位搬山道人，想出一条奇策对付精绝国，精绝之强，实是因为国中女王厉害，只要除了此人，破城易如反掌。

于是这位搬山道人的前辈，扮作从遥远东方而来的占卜师，施展纵横联合之术，使饱受精绝奴役的西域诸国同仇敌忾。诸国携手联合，暗中筹划集结人马，起兵攻打精绝主城，搬山道人又调配慢药，暗藏在金羊羔的肉中，使三十六国的第一勇士姑墨王子携带金羊羔进献精绝女王，用慢药害了女王性命。

那精绝女王的弱点就在自视过高，她是沙漠中使群星失色的明月，认为只有她这种天神一般的人物，才可以品尝金羊羔，未承想果然中了此计，没过多久，便毒发身亡，被葬在扎格拉玛山的无底鬼洞之上。早已在沙漠中埋伏多时的诸国联军，得知女王死讯，顿时士气大振，一鼓作气攻入城中。

联军将精绝之人，不分良贱，尽数屠戮在城内，激战从第一天的清晨持续到第二天清晨，最后终于攻陷了地下王宫，跟精绝女王仇深似海的联军将士，正要去挖开女王的古墓鞭尸泄恨，再搬空女王搜刮来的大批珍宝，沙漠里却突然飞沙走石，日月无光。

吞噬一切的黑沙暴就如真神的长鞭，所到之处使沙丘移动，覆盖了扎格拉玛山的一切。攻入城中的联军，包括那名出奇计暗杀精绝女王的搬山道人，都被沙漠所吞。此后的千百年中，只有沙漠风暴过后，精绝古城才会偶尔揭开它神秘的面纱，随着流沙移动，这座如昙花一现般的鬼眼之城，再次沉入滚滚黄沙。

其余的搬山道人并不甘心，此后不断深入沙漠，寻找深埋在黄沙下的双黑山，但都无功而返，竭尽所能，却终不能找到毫无标志的扎格拉玛神山，至此才彻底断了这个念头。

第四十七章 动罡

在此期间，进入沙漠的搬山道人遭逢无数奇遇，也无意中找到了一些古迹古墓，最终得出一个共识：在沙漠里寻找没有任何特殊地理标记的墓穴古城，对搬山道人而言，连万分之一的机会都没有。

陈瞎子听了这些旧事，野心勃勃，不禁神驰想象：自己带着大群盗贼，深入狂沙大漠，挖出了精绝古城中堆积如山的金银财宝，回到湘阴做些惊天动地的大勾当，给绿林道做出些争气的举动来，将来姓陈的说不定就是开国太祖了，也让那屡屡犯我中华上邦的美英倭夷，挨个儿给我天朝"写降书、纳顺表，年年进贡，岁岁来朝"，如此方随心意，不负大丈夫平生之志，管教那几行青史之上，留下一笔"卸岭"之名。

鹧鸪哨见陈瞎子脸上阴一阵、晴一阵，好似忽喜忽忧，哪里看得出他野心之盛，忙问他何事分心。陈瞎子这才回过神来，连连叹气，他也明白去沙漠寻宝的勾当，对卸岭群盗来说终究是痴人说梦的妄想，即便有几万人马，到了那漫无边际的大漠中，也只如沧海一粟，起不了什么作用，天知道应该上哪儿挖去。

陈瞎子想到此处，就问鹧鸪哨："既然沙漠里无踪可寻，为何还要去找西夏黑水城？早在几百年前，一场流沙铺天盖地席卷而来，早把那座西夏的一代名城彻底掩埋，就与精绝古城一样，如今多半是找不得了，还不如去云南按图盗墓，多少还有些线索可寻。你我兄弟的本事合在一处，天底下有什么大事是做不成的！"

第四十八章
点名状

鹧鸪哨摇头道："西夏黑水城遭流沙埋没，搬山填海之术的确对此无能为力。可自古相传，世上有一路摸金校尉，擅搜山寻龙，分金定穴，他那寻龙诀里有天星风水秘术，可以仰望天星，俯察地脉，倘若学得此术，或是请到摸金校尉相助，想找那黑水城通天大佛寺古迹，犹如探囊取物。"

陈瞎子说："摸金校尉？据说传到清末张三爷那一代，这天底下也仅剩三枚摸金符了，民国以后，便再没听过世上有摸金的事迹。当世就算还有三两个懂分金定穴的好手，如此世外高人又上哪里去寻？"

据说无苦寺住持出家前就曾是位摸金校尉，只不过现今世上捕风捉影、招摇撞骗之事极多，陈瞎子与鹧鸪哨没跟那长老打过交道，不知他的真假来历，而且那老和尚虽然禅学精湛，但毕竟年事已高，天知道是不是至今还活在人世。况且摸金校尉的天星风水秘术在沙漠里能否施展，也尚难断言。

鹧鸪哨和陈瞎子各有一件不得不做的大事，并且都认为"对方设想之事缥缈无据，难以成功"，二人皆是心意已定，便八马九牛也拽不回头了，说到最后，也只道是"人各有志，不可强求"了，只得在湘阴准备分头去找献王墓和黑水城。

过几天又传来消息,老熊岭附近的山贼草寇大举出动,到瓶山丹宫古墓里滤坑,各方发生了激烈的武装冲突,死伤了许多人,不仅把丹宫祖洞都毁了,而且还尝到了甜头,觉得盗墓能发大财,纠集队伍打破了当地县城,用炸药炸开了怒晴县的"凤鸣古塔"。

这座古塔极有灵异,历史上曾反反复复盖过八次,每一次不出十年,必然坍塌,并非是偷工减料或是人为破坏,古塔坍塌的原因无法解释,直到元代最后一次修葺,方才保留到今天,是地方上出名的古迹。

土匪和地方军阀借着瓶山盗墓的声势,用酷刑逼问守塔的老僧,得知凤鸣古塔底下埋着一座陵墓,可能是同瓶山元代将军一同死亡的一位番僧。

群贼得到讯息,立刻炸毁了古塔,在塔基下果然找到数道千斤石门,不过里面除了番僧金身之外,并无太多珍宝,还闹出了一场诈尸吐丹的事端,混乱中有人点燃了炸药,死人无数。老百姓都说是毁了古塔,镇不住山中尸王了,家家户户贴辰州符,整个老熊岭乱作了一团,惊动得四方不安。

陈瞎子闻讯大怒,卸岭群盗失手的机会,倒成全了那些不入流的毛贼,不由得好生恼怒,思量着要做一番大举动出来,重振声威。

适逢阴历三月十五,正好是关老爷磨大刀的日子,要有一年一度的赏罚大典。常胜山各股各路插香的响马子,都要在这一天里从各地赶来聚会,当下在湘阴武圣庙里开了香堂,供上神位圣像,把各路盗贼响马的头目召拢来,七八百人全部汇集在堂前。

每年三月十五没有不下雨的,屡应不爽,这一天也是如此。只见天空中阴云密布、细雨如愁,乌云深处,隐隐有雷声滚动。堂内虽然宽阔,也仅能容纳百余人,其余的数百人都只好肃立在雨中。新败之际比不得往年,气氛格外凝重,近千人鸦雀无声。

首先由盗魁陈瞎子出来,率众叩过了关公刀,然后在神位前烧香祷告。绿林道上与普通的烧香不同,盗贼响马烧香,按古例都要烧三把半,其中多有"崇盗尚义"的典故成规在内,暗示着三支半的义气。

第一把是烧给春秋战国时期的羊角哀和左伯桃。当年这两个人相伴去投奔楚国，走到半路衣食缺乏，只够一人维持，左伯桃为使羊角哀顺利抵达楚国，就自尽而亡，把衣服食物都留给了自己的朋友，舍命助羊角哀成就功业。古人之风，至今令人动容。

其余两把香，分别是烧给桃园结义的刘、关、张，以及水泊梁山一百单八将，他们既有兄弟之"义"，又有君臣之"忠"。加上先前的羊、左二人，皆是至死不肯相负，传为美谈，尽可以令后人顶礼膜拜，享受全香。

而最后的"半把香"，则是烧给瓦岗寨的一众好汉。为何瓦岗英雄不能受全香？原来隋唐年间，隋炀帝无道，天下大乱，贾家楼三十六友结义造反，聚义在瓦岗寨，挑了旗号，要替天行道，讨伐不义，一度名扬四海。可后来这伙人顺天意归顺李唐，唯有单通单雄信宁死不肯降唐，丢了性命，在被押到法场行刑之时，他的这些结拜兄弟里，只有秦琼秦叔宝一人来法场相送。所以瓦岗之义结局不全，只能供奉他们一半香火，以警后人。

烧香敬过了神道圣灵，便是卸岭群盗每年一次的论功行赏，其中有作奸犯科的，也要一一诛罚。所谓"盗亦有道"，响马盗乃是梁山本色，官逼民反，落草为寇，或者是怀才不遇，借这绿林中暂且栖身的，并不足以为耻。不过响马也有响马的行规，谁犯禁忌了谁就是自寻死路，常胜山里的惩罚极为严酷。

陈瞎子命掌刑执事上前，重申一遍常胜山戒条，那执事先在堂前香案上摆开诸般刑具，随后当众念道："扒灰倒灶①忘忠义，折足断手挖坑埋；以下犯上不服令，八十红棍皮肉焦；贪水通风②有关照，三刀六洞也难饶；言语不慎坏山名，自己舌头自己嚼……"

等执事逐条念罢了，陈瞎子一招手，就有人将七八名盗众五花大绑押到堂前。这几个人都是此前瓶山山崩之时，同那些军阀部队的逃兵一起，卷了宝货临阵脱逃的胆小之辈，后来都被擒了回来。他们见盗魁面沉似水，庙堂上下一派杀气，知道此番必死了，个个体如筛糠。

---

① 扒灰倒灶，意指吃里爬外、背信弃义。
② 贪水通风，水是指明器钱财，风是指机密消息，意为泄漏机密，私吞赃物。

只听陈瞎子问那执事道:"按我常胜山的规矩,临阵吞水、走反脱逃之徒,该当如何发落?"

执事答道:"此乃大过,不容赦。按例该当在白刃之下身首异处,死后也不能以全尸安葬。"那七八名被缚的盗众一字一句听了个清清楚楚,更是面如死灰,死到临头,也怨不得旁人,只好自作自受闭目等死了,其余群盗也都在堂前看得栗栗自危。

可陈瞎子却道:"瓶山古墓空折了咱们许多兄弟,此乃我临机不决,事先又未能谋划周全之过,倘若按例应当白刃过颈身首异处,理应先斩吾头。这几个兄弟虽然有过,却罪不至死,灭灯惩治①即可。"

群盗叹服盗魁坦言己过的胸怀,赶紧劝阻,都说瓶山之事乃是天意,也该当我常胜山有此一回挫折,不是人力所能扭转,错不在一人,常胜山绝不能群龙无首,日后还指望舵把子带着大伙儿东山再起。

陈瞎子本来也舍不得自己这一百多斤,装腔作势寻死觅活了一场,被众人一劝,便赶紧就坡下驴,也借机饶了那几名盗伙,命他们跟着自己一并将功折罪。几名盗众把性命捡了回来,涕泪横流之下,死心塌地地拜服领命。

陈瞎子走到堂前,当着群盗的面高声说道:"现今世道衰微,正是英雄好汉建功立业之秋。吾辈卸岭响马十万之众,自汉代赤眉兵败之后,分散四方,啸聚山林,如此潜隐山岳、寄踪江湖已久,虽只做些倒斗取利、分赃聚义的勾当,却也常有大图谋在内。纵观天下局势,已是四海动荡,人心思变,吾辈岂能不动一念?识时务者可称俊杰,知世道者当为英雄。值此良机,我等英雄合志,豪杰同心,必能图个腰金衣紫,青史留名,也不枉人生一世、草木一秋。"

群盗都是草莽之辈,听了陈瞎子这番极具煽动色彩的言语,顿时轰然称是。只不过现在北方的军阀势力强大,都是洋枪洋炮,极为犀利,常胜山里虽然也有几股军阀,但都难以与之抗衡,没有大批先进的军火,定然

---

① 灭灯惩治,指剜眼珠子。

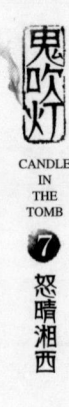

无法成事。

陈瞎子说卸岭群盗一贯是以盗墓取利为主，古时随便一座帝陵，便纳尽了当时天下财富的大半，只要盗他一座完好无损的帝陵，或大诸侯王墓，那金珠宝玉，乃至上古的珍物，只怕上万人数月也取之不竭。日前恰好获悉，澜沧江畔遮龙山后，正有一座献王墓，墓中穷奢庄严，多不是人间之物，如能盗发了此墓，大事必成，墓中宝货，十世也花不尽。

可那云南毕竟山高路远，此去跋山涉水，不是一朝一夕之功，而且是远离常胜山势力范围的蛮荒之地，种种异常艰险之处自是不消多说了，但也是扬名立万、大发横财的机会。群盗有野心大的就想跟着前去，老成持重的便不主张去，也有许多犹豫不决的，一时议论纷纷。

陈瞎子自从在瓶山受挫，觉得人多反而不易成事，这次只要带上几十人南下云南，万一盗不得献王古墓，也不至折损太多人手，否则再死个千百号人，就算旁人不说什么，自己也没脸再做舵把子了。他脑中一转，已有了主意，等堂前人声稍微平息，这才说要布设黄纸，请出自古流传下来的"过红鸡"大咒，由此决定谁去谁不去。

群盗立时赞同，这是听天由命的举措，不让你三心二意地徘徊不前，戴罪立功的自然要去，其余被红鸡点中的也再没二话可说。

所谓绿林，就是黑道，开香立会都离不开"斩鸡头、烧黄纸、赌咒盟誓"的举动。"过红鸡"也是"裁鸡令"中的一种，却非结义赌咒，而是要选拔所谓的盗墓敢死队。

"过红鸡"怎么点人名？只见在那阴霾的雨雾笼罩之中，关帝庙里灯烛高烧，先请出"文笔"，把卸岭群盗的名字，尽数写在一张极大的黄纸之上。由于人太多了，写完了一看，纸上密密麻麻的几无间隙，跟随盗魁前赴云南遮龙山盗墓的帮手，就将从这个名单里选出，去多少人，都有谁去，皆听天意。

又有裁鸡执事选了一只生猛鲜活的大公鸡，当着众人唱了一番"裁鸡赞"，无外乎就是那些"此鸡本是天上有，下界而来何所为？凡人要它无处用，弟子拿来裁红鸡……"赞词唱罢了，执事拽出明晃晃的刀子，对陈瞎子单膝点地跪在地上："敢问舵把子，今日裁此凤凰鸡，是用文裁还是用武裁①？"

陈瞎子原本端坐堂上，此时起身对那凤凰鸡行了一礼，对执事说道："按赤眉旧例，此乃红鸡点名状，既不用文裁，也不用武裁，要看兄弟的口裁。"

执事领了"口裁"号令，把霜刃衔在口中，提了那大公鸡拎在眼前，将头一甩，嘴里咬的利刃便划开鸡颈，随后执事张开嘴放脱刀子，大叫一声："过红了！"两手擒住被划开气管的金鸡，从铺在香案上写满姓名的黄纸上方，由西到东地横着一扫而过，鸡血恰好涌出，热血点点滴滴地淋在黄纸之上。

名单纸上凡是被鸡血点中的人名，就算是"犯红"，这些人都要跟陈瞎子去云南勾当，数了数有三十余人，当即宣读了名姓。

没入红名的盗众，都抱拳向犯红之人贺喜，纷纷敬上酒来；点中姓名的必须连喝三碗血酒压惊，酒到杯干。血是金鸡血，酒是杜康酒，喝完血酒算是消除了"点名状"上大红的煞气。盗魁又当场分给每人一笔钱财，用以安顿家中老小，称为"压命钱"。

---

① 文裁，指割鸡颈；武裁，指刴鸡头。

第四十九章
江湖

"压命钱"既是赏钱又是安家费，倘若"犯红"之人有去无回，其一家老幼都有这笔钱维持正常生计，没有后顾之忧；一旦收功而回，"压命钱"就成了赏钱，此外还要另行犒奖。

陈瞎子不愧是天下盗贼的总把头，惯会收买人心，压命钱给得格外丰厚。安排就绪，便一声令下，群盗从关帝庙内散去，连夜着手准备起来。

卸岭盗墓有种种阵法、器械，出发前要加以演练磨合，各种盗墓工具也要一一整顿齐备，并且学习云南当地方言风物，要等到万事俱备，非是一日之功。

而鹧鸪哨则是单枪匹马，说走便走，没过几天，就已经收拾完备，当即就要动身起程。陈瞎子执意相送，便带着几名亲信，一路把鹧鸪哨送到洞庭湖边。

八百里洞庭烟波浩荡，帆影点点，陈瞎子和鹧鸪哨二人一生奔波，向来为世间俗务所缠，从没有片刻闲暇，见了山光水色，都有洗涤胸中尘埃之感。抬头看见湖边山上有处酒楼，陈瞎子便提议到楼上登高远望，一壶水酒，为鹧鸪哨送行。

鹧鸪哨道："如此甚好，正要见识洞庭风光。"陈瞎子就吩咐手下在楼下相候。他同鹧鸪哨二人一前一后上了二楼，拣个临窗的位子落座，要了酒菜，先对饮了数杯，抬眼看向窗外，只见这酒楼位置绝佳，在楼上登高一望，风帆起于足下，那远处的江山，尽在眼前。

二人原本满腹焦虑，在楼头见了湖水远山，正如行在酷暑当中，忽然遇着清泉万丈，心中多有所感。陈瞎子手握酒杯，眼望湖面，不禁踌躇满志，对鹧鸪哨说道："贤弟啊，你看从古到今，专就有那一班惊天动地的英雄好汉，不惧险阻艰难，只为了这锦绣江山，施展开奇谋伟略纵横天下，好教英名千古流传。你我皆是满身的真才实学，绝不可落后怠慢。"

鹧鸪哨却没陈瞎子这等野心，早已厌倦了整日出生入死，见陈瞎子又旧话重提想劝自己入伙，只好敷衍他道："得失枯荣之数多是天意，怎争由人计较？在下与陈兄不同，本无宏图之才，寻到雮尘珠后，倘若天见可怜，让我侥幸留得一条命在，愿学一棹五湖同遁隐，如古时隐士一般远涉江湖，从此再不做此搏命的勾当了。"

陈瞎子见鹧鸪哨心意已决，知道难以挽留了，心想："如此也好，反正一山难容二虎，既不能为我所用，还不如任其退隐江湖，免得最后刀枪相见，坏了义气。反正这厮眼下去西夏黑水城挖沙子，多半是空费力气的举动，等我盗取了遮龙山献王墓，才让你知道常胜山的真实本领，绝非是搬山道人所及！"

陈瞎子还打算将来拿红姑娘做个筹码，让鹧鸪哨再为常胜山卖几次命，便又对鹧鸪哨说："还有一事，咱家山头里的红姑娘托陈某做媒，为兄好事，就答应了她，拿她当作亲妹子一般。将来等你从黑水城回来，想必那红姑娘的腿伤也该痊愈了，不如就让她随了你去，她家遭灭门之祸，也是苦楚孤零的一个人，绿林里终究不是她安身立命的地方。"

鹧鸪哨不拘小节，当即应道："此去西夏黑水城，成败难料。但只要有命回来，必不负陈兄美意，愿带她远走高飞。"

陈瞎子心中暗骂："好你个修心不修口、戒色不戒淫的假道士，你倒答应得真痛快，也不推辞推辞。可红姑娘毕竟是在常胜山里插香的，将来她想拔香离山金盆洗手，只怕没那么容易，到时候看我怎么难为你。"

二人心中分歧已深，只不过都未流露出来，这时酒楼上的食客渐多，座无虚席，陈瞎子和鹧鸪哨所作所为多是隐秘勾当，不便在大庭广众面前吐露，当下绝口不谈盗墓之事，只是饮酒赏湖，指点江山景致。

不料喝着半截酒，旁边一桌商人的谈话，反复提及"风水、倒斗"之类的字眼，不由得立即吸引了鹧鸪哨和陈瞎子的注意。那伙人有意压低了声音交谈，但怎瞒得过这两个倒斗大行家听穴辨藏的耳朵。

鹧鸪哨和陈瞎子都是常在江湖上走的，经验何等丰富，常说"人在江湖"，什么才是江湖？其实江湖并非打打杀杀，而是一种隐性社会的代称，有着自成一体的规矩和暗语，寄生于正常社会之中，没接触过这种隐性社会的人，自然是不懂得这些，可如果碰上行家，那自然是一眼就被识破。当下二人看似漫不经心地饮酒闲谈，旁边那桌商人的言语，却都被他们听了个一字不漏。

那一桌围了六个行商打扮的客人，个个皮糙肉厚，喝酒说话的时候都是佝偻着身子，看起来常年挖土，而且他们身上隐隐有股土腥气。这种气味是盗墓贼常年挖盗洞、撬棺材、抬尸体留下的，搓出血来也洗不掉，不过一般人甚至连他们自己都闻不出来。

可这伙人碰上陈瞎子和鹧鸪哨，却是瞒不过了。陈瞎子暗中察言观色，早已看出这几个装扮成客商的都是盗墓贼，心想："这是哪路不长眼的散盗，倒斗竟敢倒到湘阴地面上来了？"便对鹧鸪哨使了个眼色，且在旁冷眼相望，看看他们究竟有什么图谋。

只听那几个客商打扮的贼人密谋商议，其中一个麻脸汉子说："这次把弟兄们召集起来，原本是要图谋一件大事。最近大批军阀在湘西怒晴县盗墓的事情，想必都有所风闻吧？"

另一个刀疤脸的莽撞汉子说道："此事闹的动静当真不小，当地土匪军阀多有参与，连新闻纸上也全是此事。据说有一伙军阀在古墓里用斧子劈棺，结果棺中一股白气冲出墓室，连他娘的几十里外的山民都瞧见那股气了。当时一具僵尸从棺中坐起，口吐镇尸金丹，把那伙当兵的吓得扭头就跑，好家伙，这事可真够吓人……"

那麻脸汉子啐道："贾老六，你他娘懂个屁，这都是省里的小报记者自己编出来耸动视听的，要不照这么写，他们那烂报纸给人擦屁股都嫌硬。"

旁边另一个车轴脖子问道："我说吴老大，我有个表弟就在军阀部队里混饭吃，听他说到湘西老熊岭盗墓的，都是成群结队的大批人马。咱就这几个兄弟，能济得甚事？再者说，拣别人吃剩下的——那也不解馋啊！"

那叫贾老六的刀疤脸也附和道："二脖子说得没错呀。老大，现在怒晴县深山里的古墓，差不多都被军阀土匪挖绝了，咱们再去滤坑能有多大作为？再说咱们对那一带也不熟。依兄弟所见，不如咱奔陕西算了，据说那边有座大山，里头埋着一个女皇帝，还有她生前偷来的汉子。"

麻脸汉子又啐了贾老六一脸唾沫："啊呸，放你娘的狗臭屁，就属你有见识，陕西你就熟了？再跟我这儿不懂装懂，我就先掐巴死你。现在先说正事，湘西的事情虽然已是满城风雨了，但越是这风口浪尖越是有利可图。以我吴老大的经验判断，老熊岭很可能有一大片墓葬群，那些军阀土匪的乌合之众懂什么盗墓之术？鸟毛灰……他们还不就是胡乱刨坑，真正的大墓多是埋在极深的地下，挖地三尺都找不出来。我估计那些军阀可能也就挖了几个近代的浅坟，那山里用金银塞满的古墓，如今多半还没露头呢。"

贾老六和二脖子贪心大起，但还是顾虑重重："军阀和土匪动辄就是出动上千人，那漫山遍野还不都得挖到了？连他们都挖不着的古墓，藏得必定极其隐蔽，天知道在哪儿！虽然老大的倒斗手艺独步天下，可要找那种地下陵寝，怕也不容易啊。难不成咱们要学愚公移山，子子孙孙挖个不停，照这么挖下去，到咱重孙子那代能挖出来就不错了。"

陈瞎子和鹧鸪哨听到这里，心中颇为不屑，原来是伙不知天高地厚的民间散盗，听他们在此鸟乱有什么用处，稍后派两个手底下利索的弟兄，找没人地方结果了他们，把尸体沉到湖里也就是了，免得被他们搅了清兴。

二人正想不再理会，却听那麻脸吴老大冷笑起来，低声对他的几个兄弟说道："你们这伙村夫，只晓得盗墓是挖土刨坑，这真正会盗墓的高手，都是用眼睛看,那叫看风水。山里的古墓都埋在风水宝地,只要看出龙脉在哪儿,一铲子挖下去必有所获,哪里是什么漫山遍野地乱刨!这寻龙点穴的高深道儿你们懂吗?"

其余的几个盗墓贼一齐摇头:"我们是蛤蟆跳井——扑通(不懂)。难道吴老大你竟然懂得寻龙点穴?莫非平日里都是深藏不露?"

那吴老大道:"我谅你们也不懂。不过说实话,我他妈也不懂,咱不懂不要紧,我告诉你们可别声张出去,城里就有个算命的胡先生,在临街开了间卦铺相面测字,谈人祸福,无不奇中。这也罢了,重要的是此人善于相地,阴宅阳宅无所不精,只要有他懂就行了。等会儿吃饱喝足了,咱们就先去城里踩盘子,摸清了这胡先生住在什么地方,到了晚上天一黑,二话不说直接闯进去绑了他的票,拿他家中老小的性命相要挟,让他给咱们指点山里的风水穴位,何愁找不到深山老林里最大的古墓?等咱们挖得盆满钵满,再把他全家杀了,管教神不知、鬼不觉。"

陈瞎子和鹩鸪哨对望了一眼,都吃了一惊,这伙贼人好歹毒的图谋,常胜山虽明目张胆地为匪为盗,却也不肯干这下三烂的勾当。难道城里真就有个会看风水的胡先生?以前可没听说过,未知真假,不过风尘莽莽,豪杰众多,俗眼不识,多曾失之交臂,既然遇此机缘,何不到城中去会他一会?此人是否浪得虚名,一试便知。

第五十章
风水先生

陈瞎子当即付了钱钞，起身走下酒楼，那几名散盗兀自不觉，仍在低声密谋。陈瞎子对候在楼梯口的手下打声招呼，让他们送吴老大等一伙贼人到洞庭湖底的龙宫里快活快活，随后找当地人打听到那风水先生的铺面所在，便与鹧鸪哨一同进城寻访。

那胡先生在城中小有名气，不论是测字问卜，还是相取阴阳二宅，都是屡试屡验，从不走眼。所以他们稍加探寻，就找到了地方。

陈瞎子自恃才高八斗，他早年曾在山上学过《月波照管洞神局》，对那些星象占卜、相面相地的江湖术士勾当，无一不通，知道无非是那些乡间油嘴村夫，哄骗愚弄百姓的伎俩，要真能卜算命运，还不如先给他自己算算。

他和鹧鸪哨都不信此道，只不过一时心中好奇，才顺路过来瞧瞧。到得卦铺门前，看那堂中摆设清洁，那位胡先生正自摇头晃脑地为三五个乡绅财主谈论如何迁移祖坟。

陈瞎子和鹧鸪哨在旁听了一回，只听那胡先生谈起阴阳宅来，真是百叩百应，对答如流，显然对青乌之道极是精熟。虽然说的都是民间迁坟改祠的乡土之事，确实有真知灼见，妙语连珠，常发前人所未发之见，听得二人不住暗中点头："这胡先生谈吐娴熟，世情透彻，必定得过高人指点，不是个落后的人物。"

那胡先生给一众豪绅分说了一番祖坟风水，收了谢钱，便将他们送出门外，转身一看，就见着了陈瞎子和鹧鸪哨。胡先生前些年曾在旧军阀部队里当过军官，最是懂得人情世故，又常年做打卦问卜的营生，专会察言观色、照面识人。

他一看这二位就不是小可的人物，别看穿着便装，却掩不住周身上下的出众风骨，而且身上杀气凝重，不像是做本分生意的，定是无事不登三宝殿，不敢有丝毫怠慢，赶紧请二人落座，烹茶待客，寒暄道："适才与本地乡绅们磨了好一会子牙，不知贵客驾临，有失远迎，还乞罪则个。"

鹧鸪哨抱拳还礼："哪里，我兄弟二人久仰先生高名，故此特来登门叨扰，冒昧之处，万望海涵。适才听胡先生谈吐口音，想必是本地人氏了？"

胡先生说："小可祖籍并非在此，只不过飘零江湖日久，常学南言，早已忘却乡音了，倒让阁下见笑了。"

鹧鸪哨和陈瞎子一听，这胡先生果然精细，说话滴水不漏，探不出他的来历。陈瞎子有心要试他的本领，便仰天打个哈哈，说道："咱开门见山就不客套了，我兄弟恰好要出远门，先请先生给咱测个字，问问此去吉凶如何，请借纸笔一用。"

当下走到桌前，抓过文房四宝，磨得墨浓，喂得笔饱，提起狼毫，在白签上挥出一个"山"字，笔画森然戟张，要请胡先生讲讲这个"山"字。

陈瞎子写此"山"字，意带双关，胡先生自是明白人，望着那字微微一愣，已然会意，赶紧出去看看四处无人注意，立刻把卦铺的门关了，回身再次按规矩行礼，用山经里的暗语试探道："今朝四海不扬波，原是高山过海来，西北悬天一块云，罩住此山生紫烟，山是君来云是臣，不知哪位是山哪位是云？"

陈瞎子嘿嘿一笑："西北晴天没有云，只有黑白两座山，不知你问的是黑山还是白山？"

第五十章 风水先生

那胡先生一听实乃出乎意料，更觉对方这两人的来头非比寻常，心里有些慌了，忙道："黑山过后是白山，黑山白山都是山；东山鹞子西山来，缕缕金风在九天。未敢请教二位爷台，大驾光临小可这卦铺，是要问什么边儿？"

陈瞎子端起盖碗来品了口茶，翘起二郎腿不慌不忙地说道："五行里不问金木水火那四边儿，单单只想问一问土字边儿。"

胡先生心中暗惊，他阅人无数，早看出这二位客人来者不善，怎么看也不像是来断阴宅祖坟的，就斗胆问了一句："难不成是……倒斗的？"

鹧鸪哨答道："先生果然是明眼人，实不相瞒，我兄弟专做倒斗的勾当。此番前来，是听说世上有一门风水秘术，可以指龙脉宝地，搜山寻龙，百不失一，不知是否真能如此？还望坦言相告。"

此时胡先生已看出这俩人多半是杀人不眨眼的巨盗，心想："这些人目无国法，都是'伸手五支令，卷手就要命'的狠人，我可别敬酒不吃吃罚酒，万一惹恼了他们，只怕是性命堪忧，只好照实说了。"

胡先生说，这测字卜卦的，多是江湖骗子，以前的古卦早已没人懂了，只不过借此谋生而已。不过风水一道，还真得过些许真实传授，他学的这一门风水秘术，源自古法，后融合江西形势宗风水理论，演变而成阴阳风水秘术。

以这形势宗青乌术看风水，观看山川脉里，不仅可以看山形地表，更可看到山脉河流的骨子里，直把它一派精神气质都瞧个透彻，唤作"形、势、理、气"，最是精准不过。

举个例子来说，以风水秘术来"相形度地"，就如同给人相面。有古人认为相面是做不得准的，因为以古鉴今，有多少面善的大恶人，又有多少恶相的真善人。

若说一个人生得相貌堂堂仪表不凡，必是绝佳的好相，却未必了。那史书所载，商末纣王便是生得天庭饱满、地阔方圆、两耳垂伦，怎么看都是个大不凡的尊贵之相。可纣王身为一国之主，无道宠妲己，反了天下七十二路诸侯，使得苍生多受倒悬之苦，如此看来，他这相貌岂不是犯煞带冲荼毒生灵的凶相？

再说一个周文王，人尽皆知是得道的明君，仁善之极，更是爱民如子。可他生了一副吊客眉，水蛇腰，怎么看都是福薄量浅的小人，恰好与之相反，不仅是开周王朝八百年基业的奠基者，更是命中有百子之福，要照这么看，相面就根本谈不上准与不准了。

其实要看一个人，应该是从内而外，有道是"人之所凭，尽在精神"，正所谓"有形不如有骨，有骨不如有神"。一个活人就好比是一盏油灯，精神如同灯油，外表如同灯火，首先灯油清澈充足，灯火才能明亮。

而阴阳风水之术，主要看的正是山川河流内在的精神气质，若把此术研习透了，必能做到天人相应的高明境界，可以"上观天星、下审地脉，观龙楼、识宝殿，凡有所指，无所不中"，非是江湖骗子那套相地的手段可以相提并论。

陈瞎子和鹧鸪哨听罢连挑大拇指。陈瞎子赞道："先生高论绕梁三日，令我兄弟二人如拨云见日。"随后说起想请胡先生出山，去云南和沙漠寻觅龙楼宝殿，为常胜山倾心竭力图效犬马之劳，做一番惊天动地的举动出来，图个大富大贵，后世子子孙孙都跟着享用不尽，岂不快哉？何苦在地方上做这小买卖。

那胡先生先前已猜出他们有此心意，可当着这二位眼明的大行家，自不敢有所隐瞒，此刻话已挑明了，也只好直言其苦："二位爷台都是有大手段的人物，但小可的这点微末本事，只配在江湖上混口饭吃，而且先师临终之前，也曾吩咐小人要本分营生，如今拖家带口，万不敢有那非分之想。"

然后胡先生又说刚才所谈的风水秘术，都是高深艰难之道，他自己也仅管中窥豹，只识得些断阴阳宅的小法，要说到搜山寻龙还差了十万八千里，去了也帮不上忙，反倒耽误了大事。

陈瞎子见此人不识抬举，正要动火，鹧鸪哨却是心高气傲，不愿强求他人，对那胡先生说："人各有志，不便勉强。今日能与先生一谈，已是获益匪浅，临别之际，有一事相告，还望先生好自为之。"于是简略说了说有一伙贼人听了他的名头，动念要劫他全家老小，胁迫他去给盗墓贼指点龙脉宝穴，现在这伙人已经被"打发"了，这辈子不会再来找麻烦，但是树大招风，开个卦铺看风水测字免不了要对各色人等迎来送往，但务必有所保留，若不收敛几分，必然再次招来贼人眼目。

鹧鸪哨说完，对那胡先生抱了抱拳："承蒙先生款待，就此告辞。"说罢起身就走。陈瞎子心想："我是何等样人？在气量风度上绝不可输给搬山道人。"也便不再啰唆了，跟着拂袖出门。

胡先生惊出一身冷汗，连忙跟在后边不住口地称谢，眼看出了大门，他忽然想起一事，又把鹧鸪哨拽了回来，拜道："二位恩公，非是小人贪生怕死不肯前去倒斗，实是在师父面前发过重誓，终此一生，绝不涉足此道，但是……"

胡先生话锋一转，说起自己早年间参加军阀，兵败后去荒山盗墓，被阴阳眼孙国辅所救，遂拜其为师之事。"如今二位爷台既然想以寻龙之法盗墓，何不去请摸金校尉相助？"

鹧鸪哨和陈瞎子闻听此言，犹如晴天里头顶炸个霹雳，奇道："胡先生竟然识得摸金校尉？"

胡先生便说起来龙去脉。原来他师父阴阳眼，虽不是摸金校尉，但师父的师父，也就是师爷，却是清末赫赫有名的摸金大师，人称"张三链子"。张三爷曾随左宗棠左大人平定过新疆叛乱，立功不小，收兵后辞去军中职务，专到陕西、河南等地古墓摸金，平生所遇极是离奇，后来他一个人竟然戴了三枚摸金符，真正流传至今的古符，只此三枚而已，故此得了这么一个绰号。

胡先生多曾听他师父提及，知道许多摸金校尉的勾当，但张三爷门人弟子众多，摸金符并没有传到胡先生这里，所以终生做不了摸金校尉。胡先生说无苦寺里的了尘长老，得过张三爷的亲传，是正宗的摸金校尉，不过如今他年事已高，早就金盆洗手，只肯一心诵经礼佛，再不出山了。

但这长老或许知道其余两枚摸金符的下落，如果能去无苦寺中参见了尘长老，应该可以从他口中得知另外两位摸金校尉在何处勾当，运气好的话，只要能请到其中一位，世上还有什么古墓大藏是找不到的？

胡先生感念鹧鸪哨和陈瞎子的救命之恩，就倾其所知，都告诉给了这两个人。鹧鸪哨这才确认了先前风闻的消息，那了尘长老果然曾经做过摸金校尉，打定了主意要去拜访，于是和陈瞎子别过胡先生，飘然离去。

天下无不散之宴席，二人到得城外岔路，就要分头行事。陈瞎子对鹧鸪哨说："送君千里，终须一别。兄弟你一切保重，他日江湖再会，不妨再到湖畔酒楼上拼个一醉方休。"

鹧鸪哨也道："陈兄谋求大举，乃是领袖群雄的有为之身，不可常常以身涉险，务必珍重万千。"说罢二人拱手作别，各自上路。

陈瞎子自恃手里有幅人皮地图，又生性狂妄自大，也懒得去找什么摸金校尉相助，回湘阴整顿停当了，便带着先前选出的一众手下出发。不料这一去就栽了大跟头，同去的手下兄弟全撂在了云南遮龙山，他自己也废了一双招子，侥幸活了下来。

陈瞎子成了废人，种种图谋野心，顿时烟消云散，自觉没面目再回去见人，隐姓埋名流落各地，一藏就是几十年。常胜山里的人都以为他死在云南了，卸岭盗众群龙无首，没过几年，内部便四分五裂，就此彻底土崩瓦解了。

后面的事，陈瞎子都是道听途说，知道得就不那么详细了。自他去云南之后不久，湘阴地区就闹了场大瘟疫，月亮门红姑娘染病而亡，她临死也没能再见到鹧鸪哨一面。

而鹧鸪哨则拜了尘长老为师，前去西夏黑水城，不料也遭遇不测身受重伤，又见故人零落，不是死了，便是下落不明，不由得心灰意冷，携着举族亲眷，随一位美国神父远赴海外，再没回来。

Shirley杨听了陈瞎子叙述当年盗墓的往事，只觉得恍如梦幻，似乎我们的上两代人之间渊源极深。只不过鹧鸪哨所留下的书信日记中，并没有详细描述瓶山盗墓的事迹，要不是从陈瞎子口中得知，恐怕就永远埋没了。这使她更是相信冥冥中有命运的指引，又问我相不相信命运的安排。

我说这未必是什么"命运"，倒斗这行当从民国那时候就已经萎缩了，这手艺传到咱们这儿，还剩下几个人？这就叫"猫有猫道，狗有狗道，笨鸽子望边儿飞"，倒斗的手艺人平日里接触的圈子，自然离不开"风水、盗墓、古董"这些同业人士，自然是要扎堆的。不过听陈老爷子所讲的这段事迹，真令我们大开眼界，今天才算明白搬山、卸岭是如何倒斗的，和摸金校尉的手段更是截然不同。都说摸金为王，但是看搬山、卸岭的倒斗手段五花八门，令人耳目新奇，绝不输给摸金校尉。

陈瞎子叹道："老夫如今也不好夸口了。你看搬山、卸岭都衰落成什么样了？只怕从此绝迹，而摸金校尉却有中兴之象，思之也是不无道理。搬山、卸岭下手太狠，反倒不如摸金校尉以《易经》为宗旨。生生不息之道为《易经》，古人诚不欺我，可惜当初老夫才智卓绝，唯独没悟出这个道理，现在明白了也晚了。"

我忽然想起陈瞎子提到瓶山古墓中的铜人、铜鬼，似乎与我见过的铜龙，还有嵌在秦王照骨镜上的铜鱼皆是一路货色，他先前曾说过，此物是与古时卦数有关，可当时未及深究，此刻念及此处，便请他指教。

陈瞎子说："这些明器的出处来历……老夫当初虽说也是学究天人、不让孔孟，却还真没在此物上瞧出个子丑寅卯来。说起是怎么知道的，还是另有一段遭遇。"

第五十一章
自然博物馆

陈瞎子说起此事经过，当年率众南下云南倒斗之前，正要把从瓶山挖出的各种宝货估价出售。以往盗来明器出手都没这次迅速，盖因湘西盗墓之事闹得不小，当时不仅社会舆论强烈谴责军阀土匪们盗宝的勾当，更有各地的古物贩子蜂拥而来，都想乘机捞上一票。

正值世道大乱，古董价格低落，但有落必然有涨，许多商人都想在此时囤积一批货真价实的真东西，等到太平年月就可以漫天要价了，所以古董明器的交易始终都未中断。

省里有个嗜古的巨富，姓钱，家里在上海、青岛等地开了数家纱场，在地方上也有许多产业。钱老板出身大儒之家，受家庭熏陶，自幼喜欢古玩，特意托人找到陈瞎子，亲自来挑了几样中意的东西。

其中就有鹧鸪哨在丹井中，见到六翅老蜈蚣拜棺吐丹的那口棺椁，还有丹井中的青铜丹炉，另外又买下造型奇异古朴的铜人、铜鬼，钱老板如获至宝，喜形于色。

陈瞎子一向自命不凡，非汤武、薄孔孟，总觉得自己的才学见识，在当世无人能及，连古圣先贤都不肯放在眼里，但看了那对无眼的铜人、铜鬼，虽知其中多有蹊跷，却揣测不出半点玄机，有心想问问钱老板为何要选这几样古物，看他是否知道其中渊源来历，可话到嘴边，又觉得有失身份。

最后又兜了几个圈子，以谈古论今为借口，从钱老板那得知了一二。

那钱老板最喜欢读《易经》，而且研究得很深，知道如今的八卦都是后天推演所得，最早的古卦，不是用"乾坎艮震"这类符号。这青铜的无眼人符和鬼符，都是古卦象中最原始的符号，要想卜出一幅卦象来，最起码要凑齐四枚古符，可惜只有两个，全套的就更凑不上了。

青铜古符最少有四枚才能使用，据说掌握此道，可以洞悉天机之玄妙。至于怎么个用法，钱老板并不知道，只知道铜符必是三朝以前的古物。所谓三朝是指夏、商、周，至于什么唐宋年间的东西，与三代的历史文物相比，尚未能称古物，在真正的行家眼中，其收藏价值不可同日而语。而那口烧丹的铜炉，则应该是西汉末年之物。

丹炉上有若干精细奥妙的纹绘，都是描绘古人炼丹的场景，仔细观看的话，其中竟然也有青铜古符的标记。但钱先生造诣虽深，也看不懂其中的内容，只是觉得此乃古之奇物，蕴涵着极深的秘密，有很高的收藏价值。

陈瞎子心想，既然不知道是做什么的，藏在家中又有何用？当下送走钱老板，也没把此事放在心上。一转眼光阴似箭，过去了半个多世纪，再没遇到过类似的青铜古符，当年的事早就抛在了脑后，直到上次听我提起百眼窟龙符之事，他才猛然想起了此节。

陈瞎子对我说："你们若有机缘，不妨凑齐四枚古符，也好让老夫知道知道，究竟都有些什么天机。"

我说："其实我只是阴错阳差见过两枚青铜古符，我个人对此虽然有兴趣，可也不会因为想窥探什么古人留下的天机，就满世界去找。现在我最急于知道的是，世上什么地方的古墓里还有金丹。这救人如救火，再找不到古尸的内丹，我的那位朋友就得去见马克思了。"

陈瞎子笑道："此言差矣，人生匆匆数十载，卑微渺小如同蝼蚁，若能以蝼蚁之躯洞悉老天爷的秘密，纵然是粉身碎骨也不枉了。"

我苦笑摇头，这陈瞎子虽然英雄迟暮，野心却是半点没少，不过现在

追求变了，而且境界更高，竟然想知道"神"的秘密。"

我觉得Shirley杨信教，而且很虔诚，她可能会相信这些"天机、启示、神明"的概念，可Shirley杨也摇了摇头，她说："问一个人上帝是什么样子的，就如同问金鱼它生活在其中的水是什么，没什么意义，信仰应该是心灵的归宿。"

陈瞎子说："至于那古尸内丹，在湘西瓶山是有的，而且不止一两枚，皆因瓶山本是丹宫，又是一座药山，有此物不足为奇，其余的地方就少之又少了。但那瓶山早在几十年前就已被盗空了，连当地没什么明器的洞夷墓穴，也都教那些不成气的毛贼刨空了。如今你二人想找古墓金丹，恐怕只有去问老天爷了，不得天启，偌大的世界，纵是踏破铁鞋也难寻觅。"

我见最后的一点指望都落空了，不由得心灰意冷，看来多铃的性命终究是救不得了，可不到黄河心不死，只要多铃还活着，我就会尽力再想别的办法。眼看天色晚了，当天没办法返回北京，只好就近在铁道部招待所里临时住了下来。

转天我问陈瞎子今后有何打算，是否要和我一起去美国逛逛，陈瞎子叹了口气："古人常将浮生比梦，感叹光阴迅速，人生一世，恰似寄身于太虚之中，其间有多少喜怒哀乐，悲欢憔悴，得失聚散，生离死别，移形换壳，到头来都如梦幻一场，有聚终有散，正应得'无常'二字。万万没想到当年洞庭湖畔一别，此生竟再也不得相见，回首前尘往事，恍如昨日，于情于理都该去故人鹧鸪哨的墓前祭拜一番。不过老夫的这把老骨头，恐怕也没几天活头了，实不想死在万里之外的异国他乡，还是想先回湘阴老家走上一遭。"

我只好买了火车票，和Shirley杨到火车站将他送上列车，并且跟他约定，清明节前就去找他，然后一同到美国去为最后的搬山道人扫墓。

送别了陈瞎子，我们就回招待所收拾东西，路上顺便买了张报纸，在公共汽车上翻看了几页，见有一整版的内容，说的都是改革开放之后，党的十一届三中全会以来，在各个领域中取得了什么样的辉煌成就⋯⋯为丰富天津市民的业余文化生活，天津市自然博物馆重新对外开放，各界领导纷纷题词祝贺，等等。

这种新闻随处可见，并无什么特别之处，可其中有一部分却引起了我的注意。新闻中提到，为丰富自然博物馆的展品，湖南省的一批珍贵出土文物，将送至天津展出一周的时间，地点在博物馆二楼的第六展室。

这批湖南省的珍贵文物，包括一批由爱国侨胞捐赠的国宝级文物，其中特别值得关注的，是历史上比较罕见的"无眼人形青铜佩饰（周）、鎏金描银九色绘像铜炉（汉）……"

我奇道："历史总是惊人的巧合，这些东西不就是当年搬山卸岭的好汉们，从瓶山倒斗倒出的珍宝吗？原来已经被爱国侨胞献给国家了，如今又拿到天津来展览供群众参观。"

Shirley 杨接过报纸看了看，她也是好奇心起："报上的照片有些模糊，咱们何不顺路去自然博物馆亲眼看看？"

我们俩一拍即合，当下也没回招待所，直奔自然博物馆买票入场。这个展览馆成立时间很早，可以追溯到民国初年，被称为"北疆博物馆"，后改为"人民科学馆"，在"文化大革命"期间展览曾一度中断。由于重新开放的时间不久，展品显得也不怎么多，但里面参观的来宾络绎不绝，有组织的学校团体占据了人群的一多半，大部分都是去看各种古生物的化石和标本。

当时社会上流行展览热，如果去到公园里，就经常可以见到有"畸形胎儿标本、新疆古尸、人体解剖……"之类的展览活动，甚至还有些珍奇动物展览，无非就是和猪崽一样大的老鼠、人头蛇身的怪物，等等，噱头五花八门，其中却也不乏挂羊头卖狗肉之流。所以我对馆内的陈列品并不感兴趣，见馆外有楼梯，直通二层的"湖南省出土珍贵文物展览"，便带着 Shirley 杨径直上了二楼。

从二层外边进去一看，展品当真丰富，几百件大小文物，分门别类琳琅满目地陈列在各个玻璃陈列柜中，其中有不少都是仿品，真东西不可能这么随便让人看，但普通的参观者也看不出来，就看个新鲜而已。不过到这层参观的人并不多，显得有些冷清。

我见过无数明器，看见这些东西，不免都觉得有些眼熟，走马观花地一扫而过。在一个陈列柜中，赫然见到了传说中的丹炉，果然与陈瞎子描述的完全一致，以我的眼力判断，这件东西绝对是真品，可能由于器形庞大，不用担心轻易被盗。

Shirley 杨想起她外祖父当年曾在此炉中藏身，不由得神驰想象，看得出了神。我则盯着炉身上的纹路，想仔细辨认图中的细节，可奈何丹炉与陈列柜玻璃之间的距离足有一米远，我虽然不近视，却也看不清楚细微之处，而且铜炉上共铸有八幅"仙人化丹图"，其中几面都由于角度被挡，连看都看不到一眼。

Shirley 杨忽然想起形影不离的照相机忘在招待所中了，她急着想拍些照片，就让我在这随便转转，她立刻回去拿相机。我只好在自然博物馆里独自转悠，看了几遍丹炉，又去看了看另一组陈列柜中的铜符。那眼睛中空的人符、鬼符都在，古铜绿迹斑斓，似乎皆是真品，我正待凑近了细看，忽然过来一个穿制服的警察，二话不说就往我肩膀上拍了一巴掌。

我只顾着去看古符，万万没想到会出现这种情况，事出突然，也有些摸不着头脑，看看明器也犯法？我莫名其妙地对那警察说："警察同志，你这是什么意思？五讲四美三热爱我可一样也没落下……"

那警察却叫道："连长，你不认识我了？"说话的嗓门很大，震得人耳朵嗡嗡直响。

我定睛一看，原来是我以前在部队上的一个战友，当初一同在前线打过仗，叫艾红军，我以前给他起了个外号叫"爱捣蛋"，自从我离开部队后就没再见过他，想不到几年后竟然会在自然博物馆里遇上。当年一起从死人堆里爬出来的战友意外相逢，自是又惊又喜。

我笑道："老艾你嗓门还是那么大，怎么现在混进公安队伍了……"正要同他叙旧，却突然见到展室门口有个熟悉的人影一闪而过，我当即一怔，心中隐隐约约觉得不妙，竟像是被人从身后扎了一刀，但又想不出究竟是什么地方不对劲，茫然之中完全捕捉不到任何头绪。我急忙拨开身穿警装的艾红军，快速向那个似曾相识的神秘背影追了上去。

第五十二章
夜深人静

我快步走到门口,不料刚好有一群集体参观的学生进来,把门前的走廊挡了个严严实实,等我拨开众人下到一楼大厅,已然寻不到那人的踪影了。

我喃喃自语地骂了一句,真是见鬼了,刚刚那个人好像在哪儿见过,可偏偏想不起来,隐约有种预感,对方也是冲着从湖南运来展览的几件文物而来。

正当我出神的时候,艾红军从后边赶了过来,大声说:"怎么了连长?看见谁了?搞得和丢了魂一样。这回你可不能说走就走了,等我下班了咱喝酒去。"

我怕艾红军嗓门太大影响了其他人,就把他拽到自然博物馆门外,随便聊了几句。我说:"爱捣蛋你怎么当上公安了?就你这大炮筒子似的嗓门,离着二里地就把贼都吓跑了。"

艾红军笑道:"我们分局领导还就看上我嗓门豁亮了,镇得住呀!上次听别的战友说你快出国了?看来咱国内都招不开[①]你了,真打算出去投

[①] 招不开,天津方言,容不下之意。

机倒把啊？"

我说："国外哪儿有投机倒把这么一说？我也不是出去当二道贩子，咱是弹性生存，看什么合适就做点什么。你穿着制服在博物馆里晃悠什么？现在没当班？"

这么一问才知道，原来艾红军老家是湖南的，从部队出来后被分到天津参加工作，由于工作繁忙，一直没空回家探亲。这次湖南省的一批文物来天津展览，随同而来的工作人员中，有个姑娘是艾红军的亲妹妹艾小红，所以艾红军才特意抽空过来看看她。

我心里一琢磨：老艾这岂不是有现成的后门可走？就赶紧对艾红军说："喝酒的事得先放放了，现在我这有件急事，你得想办法帮我走走后门。"

艾红军说："咱们之间提什么帮忙，有什么事你尽管说，除了借枪，借我脑袋都没问题。"

我说："谁说找你借枪了？是这么回事，你嫂子是美国人你知道吗？别看跟咱中国人长得一样，也是咱中国人民的老朋友了，可实际上是啃洋馒头长大的，说白了就是一老外。他们那些老外，最喜欢看咱们中国的古董。据说咱这儿展出的那口汉代铜炉，在好几代以前是她家祖上收藏之物，所以特别有感情，一看见就眼泪汪汪的。"

艾红军插口道："连长你都结婚了？我可连杯喜酒都没喝……"

我说："你别打岔，暂时还没结婚呢，等结婚时肯定少不了请你喝酒。想喝喜酒吗？要真想喝喜酒你就得帮忙，因为你嫂子说了，她想在近处仔细看看这件古物，我要是满足不了她这点小小的愿望，她就跟我掰。你说我也老大不小了，找个媳妇儿多不容易。"

艾红军面露难色："这些湖南省的文物都锁在陈列柜里，我又不是这单位保卫科的人，手里也没钥匙。何况这都是国宝啊，咱普通老百姓哪儿能想看就看、想摸就摸，外国来宾也没这待遇啊！不过连长你别着急，我找我妹子问问，说不定她能找个机会带你们看看。"

艾红军说完就把他妹妹艾小红叫了过来，介绍我们互相认识。我一看这艾小红以前做过解说员，说话细声细气，普通话很标准，怎么看也不敢相信跟他哥是亲生兄妹。我先套了几句近乎，便问她能不能走走后门，打开陈列柜的橱窗，让我们到近处看看那些文物，再拍几张照片研究研究。

没想到艾小红毫不为难，一口答应下来："没问题，不过这次运到天津的都不是真品，而是由专家按一比一的比例仿制的赝品，专门供展览使用。按有关规定，一级文物都保存在特殊的仓库里，不会轻易搬动，看看赝品又不是什么大不了的事，但白天不方便，晚上我和值夜班的打个招呼，从后门带你们进来参观。"

我一听是赝品，不由得好生失望，那些真东西可能都严密封存在地下珍宝库中，若无特殊机缘，这辈子恐怕都无法见到了，当时就断了这个念头。可艾小红又说："虽是仿造的，但都是出自专家之手，细节一丝不差，和真品几乎没有区别，连上面的裂痕都一模一样。"

我转念一想，我们特地来看这丹炉，主要是想看看炉壁上的几幅炼丹图，也许其中会有古墓金丹的线索，如果仿制品足能以假乱真，其上的纹绘镂刻自是完全相同，就如同实物的照片一样，应当值得一观。于是和艾小红约定当天晚上十一点，在自然博物馆后门碰头。

艾红军尚有工作要忙，嘱咐了艾小红几句，便和我匆匆话别，骑着自行车走了。我在博物馆大门口等到 Shirley 杨回来，把遇到以前的战友，晚上可以走后门进来参观的事对她简略一说，她自是十分高兴，可一听说看的是赝品，也不免有几分失望。

当晚，我们依约来到自然博物馆后门。这是一条狭窄冷清的街道，深夜里寒风正劲，吹得枯树枝"咯吱吱"作响，整条街上没有一个行人。

我敲开了门，艾小红裹着军大衣，拎着很长的一支大手电筒将我和 Shirley 杨接了进去。整个自然博物馆里静悄悄的，主楼里的灯全黑着，外边的门房里有一个值夜的老头，事先已经打好了招呼，问他拿了一串钥匙，就直接来到门前。开锁进了大厅，里面是黑灯瞎火的标本展览室。大厅很宽敞，每走一步，就有空旷的回声传出。艾小红打开手电筒，向四周照了照，那些被制成标本的各种昆虫和野兽，都永远保持着一个凝固住了的姿态，白天看着倒没什么，可是在黑夜中确实显得有几分恐怖。

艾小红似乎有些害怕，转头对我说："晚上和白天的自然博物馆还真是截然不同的两个地方，可能是太静了，我有些不太适应。"

这种寂静而又诡异的气氛我是再熟悉不过了，而且我知道艾小红不是本馆工作人员，里面的环境和建筑结构她并不熟悉，便接过她手中的电筒走在前边，边走边对她和Shirley杨说："在这座大楼里，一楼是粽子，二楼是明器，不静才怪呢。"

艾小红不知我说的是什么意思，而Shirley杨自然清楚，低声道："别乱说，这里展览的都是动植物模型标本，又没有人类古尸，哪里会有什么粽子！"

我信口开河地说："我认为动物标本，应该也是一种'僵尸'，在早期标本制作的过程中，肯定吸取了很多制造木乃伊的经验。而且生物标本中也囊括'人体标本'这一项，只不过粽子标本不会诈尸也不会霉变。听我祖父讲，在清代有位女性起义军首领叫'王观音'，她不幸被捕遇害后，尸体就被外国人偷着买走，制成了一具标本，从海上转运到英国展览，标榜是圣母妖孽的遗体，利用洋人对神秘东方的好奇心来骗取钱财，这种人体标本就是很不人道的，与科普无关。"

艾小红听我谈论人体标本，脸都有点吓白了，赶紧说："胡大哥你千万别再提这些事了，我今天听人说，这座博物馆里有两件标本很……很邪门，你要不是我哥的战友，我在晚上可真不敢带你们进来。"

我和Shirley杨都觉奇怪，什么标本要用"邪门"这个词来形容？艾小红停下脚步，指了指大厅尽头的一个玻璃柜子："就在那座展柜里，有一只白蝙蝠的标本。"

我奇道："白蝙蝠确实比较罕见，不过世上并非没有，怎值得大惊小怪？不妨说来听听，让我分析分析是真是假。"

Shirley杨对艾小红说："博物馆里的藏品多，相关的故事和传说自然也是很多，有些事情传得时间久了，难免会失真变形，是不必当真的。"

艾小红说："大概是我太胆小了，我也是今天听招待所旁一位老太太讲的，她说自然博物馆里有只白蝙蝠标本，是在解放前由一位山民捕杀到的……"

她说的这件事，我也曾有过耳闻。传说当时经常有小孩失踪，老百姓以为是有"拍花子"的拐卖小孩，都不敢轻易让孩子们出门玩耍，谁知附近的小孩仍然是接二连三地失踪，使得家家关门闭户，惶惶不可终日。

后来村里来了个腰系白绦的老者，他说小孩都被"药叉饿鬼"吃了，那饿鬼吃了许多小孩，就要化成人形投胎了。方圆百里内的大肚子孕妇，都有可能怀的是"鬼胎"，如今没办法了，只有拿药堕胎，死胎都要扔到山里。

新中国成立前，人们迷信思想严重，顿时信以为真，愚民愚众从者无数，到处逼着孕妇喝药堕胎，又把死胎扔进一个山沟里，害了不知多少无辜性命。

山里有个猎户，有一天追赶一只白兔，迷路钻进了一处山洞，见洞中白骨森森，正惊慌失措之际，见洞穴深处白影闪动，他当即以手中猎叉击刺，竟然刺死了一只灰白色的老蝙蝠，从那以后附近再没丢过小孩。

有人说这只老蝙蝠是混沌初分时，天地间一股恶气所化，专门吃人，又化为老者在市上妖言惑众，骗老百姓用药堕胎，扔进山里供养它。肯定是观音菩萨显灵，让白兔引猎户进洞，为民除了此害，可见佛天甚近，真是救苦救难，否则若无佛法周全，凭他区区一个猎户，怎有本事杀得了那洞中的老妖？而那猎户得了白蝙蝠尸体，其事迹被广为传播，当即便有几个洋人来使钱买了回去，制作成标本放在了天津的博物馆中，一直保存到了今天。

这种传说在十成里能有八成都是虚的，可能猎户捕到白蝙蝠，转卖到外国人手中制成标本是真，其余的皆不可考证了，多半是传来传去越来越不靠谱的野谈。

我走到近处用手电筒照了一照白蝙蝠标本，完全看不出它活着的时候曾是个吃人的魔君。我正想招呼艾小红也过来瞧瞧，别这么疑神疑鬼的，却忽听头顶上有脚步声传来。艾小红闻声吃了一惊，吓得险些趴在地上："老蝙蝠精真活了！"

我脑中忽然有个念头一闪，立刻想起白天看见的那个背影，招呼

Shirley杨和艾小红道："二楼有飞贼……"话音未落，我已抢先冲上楼去，但二楼的门锁却被锁着，钥匙还在艾小红手中，我只好举着手电筒从玻璃窗外往里面乱照。

黑暗中果然有条人影，正蹲在丹炉附近，他猛然见到我在门外，也吃惊不小，扭头就跑向窗边，从窗台上爬了出去。这时艾小红和Shirley杨也跟了上来，急忙取钥匙开门。

我迫不及待地推门入内，见窗户敞开着，冷风呼呼灌进屋来，而那人逃得好快，早已消失在了夜色之中。我们眼见是没处追了，只好关上窗户，在四周看了看，所幸并没丢什么东西，而且都是仿品，真损坏丢失了也不打紧。不过我初次看到这些展品时，由于距离稍远，都误以为是真东西了，这博物馆又没什么严格的安全措施，难怪会有人打这批古物的主意。

我对艾小红说："既然没什么损失，我看就不用告诉警察了，做贼之辈最是心虚，此番受了惊动，肯定再也不敢来了。"

这时Shirley杨在地上捡起一本红色塑料封皮的笔记本。这种笔记本很常见，大多是单位里发下来使用的，印着"工作记录"的字样，可能是那飞贼走得心急，慌乱中丢在地上的。

我从她手中接过这本工作记录，翻开看了看，只见第一页上写着主人的姓名"孙学武"。我在口中念了两遍，问Shirley杨道："孙学武是谁？这名字好像在哪儿听过，你有没有印象？"

Shirley杨说："老胡你忘了，这是孙教授的名字，那位经常走村串寨收集龙骨天书、研究古代符号与文字的专家孙教授。他深夜时分到自然博物馆来做什么？"

我对孙教授没什么好印象，冷笑道："这老贼，被我抓了个现行，看他以后还有什么面目说我是倒斗的。"说着话随手翻了翻那本工作记录，竟然越看越是惊心动魄，无价之宝秦王照骨镜的图形，赫然绘在当中。

第五十三章
府中求玄

孙学武教授遗落在博物馆中的工作记录本里，精确地勾绘着秦王照骨镜的图案，我虽然从没看过这面古镜的镜背，但嵌在铜镜边的无眼鱼符特征明显，绝对不会认错。古镜图案的四周还注释着许多文字，可能都是孙教授的研究和分析记录。

我还以为秦王照骨镜已经被陈教授交给国家了，难道他竟然暗中先给了孙教授？孙教授在深更半夜偷偷潜入博物馆，究竟意欲何为？

我心中满是疑问，见这本工作记录内容繁多，一时半会儿难以看出什么头绪，就合上笔记本装在了大衣口袋里，准备回去再看，眼下还是要利用这难得的机会，先去看看那口汉代丹炉。

此时展柜的侧面已经被人撬开了，想必是孙教授所为，艾小红见状，当即表示要通知警察。我劝她说："毕竟只是赝品，而且又没丢失损坏，还是别为这点小事麻烦领导和公安部门了，他们的工作负担已经很重了。人民警察为人民，咱们人民群众也是应该与人民警察心连心的，哪儿能总想把麻烦推给警察呢？应该多为你哥他们着想才是。"

艾小红也是个实心眼的姑娘，她点头说："胡大哥你不愧是在部队大熔炉中锻炼过的人，处处都为别人着想，我还是不给我哥添麻烦了。那咱们就快去看那尊錾金银五色铜炉吧。"

艾小红把我和Shirley杨带到铜炉前，这回没了阻隔障碍，炉壁上的一切细节都在眼前，我问艾小红："小红妹子，你们馆有这东西的解说词没有？"

艾小红说当然有了，挺长一大段，都是专家给写的，当下就给我们按博物馆里的解说语解说了一遍。

我听到一半就直摇头。所谓"专家"精心撰写的解说内容，与瓶山丹炉的真实来历、用途相差太多，根本就是驴唇不对马嘴。不过湘西瓶山中的丹宫，在史书上少有记载，近代除了进去盗过墓的搬山卸岭之辈以外，更是鲜有人知，与其听专家们捏造出几句不囫囵的套话来，还不如凭我自己的眼力和经验去解读。

我将手电筒举起来，把光束固定在炉身精致的铜壁上，以便让Shirley杨看得清楚些。Shirley杨指着铜壁上一片凹凸起伏的铭文说："秦汉之际崇信方术丹药，将烧炼不死仙丹称为'炉火之术'。这些铭文可能是药诀。"

瓶山丹宫里有大量从各地挖掘来的棺椁腐尸，按陈瞎子和鹧鸪哨那种盗墓大行家的看法，这是一种以死人"烧阴丹"的卑劣行径。Shirley杨能识古文，她说丹炉上残缺不全的铭文大致记载着："人体以肾为引，生金之本，性命之根，有窍通于舌下。常生神水，左曰金津，右曰玉液，下灌丹田，丹田既满，流传骨髓；骨髓既满，流传血脉；血脉既满，卜传泥丸宫，反归于肾，如日月循环，死后金水凝而为玄珠。"

那八幅铸在炉壁上的仙人烧丹图，前四面都是烧阴丹提取玄珠之法，诸如"切剖古尸取肾，烧煮煎熬出金水玉液，混合铅汞引炼丹头"之类，令人几欲作呕。

我心想这烧阴丹的损招也不知是谁想出来的，要是真能依此烧炼出金丹来，恐怕就不是不死仙药了，而是名副其实的致命毒药，谁吃谁倒霉。

再看另外四幅丹图，则另有一篇较短的铭文，与阴丹药诀相反，说的是真丹，也就是我们想找的内丹。

第五十三章 府中求玄

自古炼内丹即为炼气。气之所以养形，盖于五脏六腑之间，因七情而敛散，故发于五岳四渎之上，有六气之变，能清浊以无余，湛然寂如，固山水之渊，非六气可得而取也。青龙之气，如祥云衬月；朱雀之气，如朝霞映水；勾陈之气，如黑风吹云；玄武之气，如腻烟合雾……

我在内蒙古草原尽头的百眼窟里，曾亲眼见过形体巨硕的老黄鼠狼尸体中有一枚红丸真丹，就如同牛黄、驴宝一类的生物体内结石。在风水一道中，所谓的"生气"，渺渺茫茫，无形无质，而这种古尸中的内丹，正是由于天地间的生灵感受日月山川之精化所凝结而成。《十六字阴阳风水秘术》中的"化"字一卷有详尽阐述，其实所谓的"内丹"并不能使人延年益寿，更谈不上长生不老，只是天地之生气在生灵体内化为实质，但南洋降头师要为多铃拔除尸降，就绝对离不开此物。

以前大内皇宫中收藏了许多内丹，正史所载最著名的，当属北宋年间的"蜘蛛宝"，这些生气凝结的丹头，都有驱尸毒拔尸降的效力。可如今那些古物早就或是毁于天灾人祸，或是失落无踪了，也唯有寄希望于在某地古墓冥府中还能找到，正如古人所言，在古墓地宫中寻找丹药，此乃"府中求玄"之举。

可是錾金银五色丹炉上却并没记载哪里有古墓金丹，我尚不死心，又去看炉壁的上下两端，边看边对 Shirley 杨说："孙教授是研究古代符号密文的专家，他为何会偷偷溜进博物馆看这口丹炉？这老儿也想服食求神仙不成？他可不应该觉悟如此之低，人民群众白培养他这么多年了……"

Shirley 杨忽然按住我手中晃动的手电筒，将光束照到炉顶，对我说："孙教授大概是想看这部分。这铜炉的前身来自归墟。"

炉顶高处是连为一体的纹饰，铸造得很精细，人物和器物都是侧像，神态古朴生动，有些像是连环画，先是大海扬波，成群结队的"龙兵"，负着一口古鼎上岸，此鼎形状特点与恨天氏以龙火铸造的铜鼎完全一样。

随后是百鸟争鸣，一个天子般的人物横卧在鼎旁，似乎是死后将古鼎做了陪葬品，鼎上分别装饰着四枚古符，分别是龙、人、鱼、鬼，都嵌在鼎身的一面圆盘之中。看那圆盘竟极似秦王照骨镜的样子。

接下来山陵遭天雷击穿，有许多人把古墓中的巨鼎抬出，鼎器至此已经四分五裂，又被人铸成炼药的丹炉。

这一层图案应该是记载这丹炉的来历，似乎是周王朝时恨天氏进贡的古物，被某一代周天子下葬时埋入古墓，后来由于自然灾害，使得古墓内的器物暴露出来，才有人将铜鼎取走，改铸为丹炉。如此看来，那些上古的卦符，都是从归墟流传出来的。

我知道恨天人精通古卦，可以照烛以卜万象，但有件事始终被我忽略了，秦王照骨镜既然与那几枚神秘的无眼卦符配套，它就应该是一面卦镜，而关于秦王照骨镜的来历，恐怕就未必如陈教授所言了。也许我们从一开始就被骗了，什么古镜镇尸，镜背为尸气所浸不能照人，都是与这南海卦镜毫不相干的。秦王照骨镜也许确有其物，但肯定不是我们从南海沉船中打捞回来的那面古镜，鬼知道这镜中埋藏着什么秘密。

Shirley 杨的脸色也不太好，她自然已察觉到我们被人欺骗了，可从她眼神中流露出的则是疑问："孙教授潜入博物馆来看五色丹炉，是同他研究所谓的秦王照骨镜有关？他如此痴迷这面古镜，究竟想做什么？"

我说："要想人不知，除非己莫为。这老小子的工作记录本已落在咱们手中，回招待所后仔细看上一遍，也不愁查不出他的底细。"

我们又将五色丹炉从里到外看了个遍，随后又让艾小红带我们去看了绘有女仙的漆棺，以及铜鬼、铜人的复制品，觉得再无遗漏了，这才心满意足。

艾小红把我们送到自然博物馆门口，我跟她握了握手，客气道："我跟你哥爱捣蛋是战友，你就跟我亲妹子差不多，也不跟你见外多客套了，但还是要感谢你今天晚上带我们参观了这些文物，另外还见识了这自然博物馆的镇馆之宝——生前专门吃人的白蝙蝠精标本。"

艾小红说："胡大哥你别开玩笑了，等将来你们有空来湖南，我带你们去参观我们湖南的镇馆之宝，那可是千年湿尸，世界奇迹，比白蝙蝠标本有意思多了。你看到过真正的千年古尸吗？不是仿制品。"

我对艾小红嘿嘿一笑，说道："以前倒是看见过一两回，不过不是在博物馆里，所以没敢细看，等下次去你们那再好好参观。"说完便挥手同艾小红告别。

我们回去的时候已经是后半夜了，路上根本没有车，只好和 Shirley 杨开"十一号"，等走到招待所的时候，冻得肺管子都麻木了，赶紧先用暖壶里的热水冲了杯茶，连大衣都顾不上脱，就点上支香烟，准备翻看孙教授的工作记录本。

我正要翻开来读，Shirley 杨却突然按住笔记本说："我觉得这么做是不是不大好？也许这些都是孙教授的心血，咱们不应该在没经过他同意的情况下偷看……"

我说："偷看也有很多种，有一种偷看是无意中看到的，他掉在地上被我不小心看了几眼，按理说不能算是偷看。再说天底下重名重姓的人多了，咱们要不看明白了内容，怎么好只凭一个名字就还给孙教授？"

我把 Shirley 杨的心思劝活了，说服她陪我一同查看这本工作记录。此时在招待所里，再无旁人相扰，说起来我老胡也算是业余考古爱好者，自然是要静下心来一页页仔细观看。我对 Shirley 杨说："孙教授曾经对我说他的工作内容都是国家机密，他娘的吹牛不上税，咱们就看看这位研究龙骨天书的专家都有什么国家机密……"

我早已抑制不住好奇心，边说边翻开工作记录。这种笔记本是最寻常不过的，里面每隔数十页就有一张彩插为装饰，彩图中多是北京的各种景观，包括天安门广场、人民大会堂、颐和园，等等，纸色微黄，里面还夹带了许多票据，恐怕用了不少年头了。第一页印着孙教授所在单位下发文具的红章，底下有用钢笔写的"谨言慎行"四字，最下边是"孙学武"的签名。

翻到第二页，只看了头一行字，我和 Shirley 杨都是一怔，心中极是惊诧，异口同声地问对方："孙教授怎会知道大明观山太保？"

第五十四章
失落的记录

我记得陈瞎子对我们讲述盗墓往事的时候,曾经提到过观山太保,搬山、卸岭合盗瓶山古墓的时候,在无量宫丹井下的铁阁露房的山腹回廊中见到过一具诡异的尸体,根据尸身上的遗物,推测其为明代的盗墓贼观山太保。

以当年卸岭盗魁陈瞎子与搬山道人鹧鸪哨的阅历见识,尚且对观山太保只闻其名,不知其实,只听闻此辈行踪诡秘无方,观山之事,神仙也猜他不到,当时卸岭群盗正在寻找瓶山古墓,只把那具观山太保的尸体匆匆焚化了事。

陈瞎子的这番话言犹在耳,但我和 Shirley 杨却完全没有料到,在孙教授遗落的这本工作记录中竟会提到观山太保。

我与孙教授只在陕西古蓝县见过两次,双方话不投机,而且此人脾气古怪,喜怒无常,说起话来遮遮掩掩,屡屡欲言又止,似乎对倒斗的手艺人格外痛恨。但他身为考古专家,竟偷偷摸摸潜入博物馆里窥探文物,还在工作记录中研究古代盗墓贼的历史,我看这孙教授一定是个有许多秘密的人,他做的事情才是连神仙也猜不透。

但知道秘密太多，而不能说出来的人，日子一定不好过，时间久了，那些秘密就变成了对知情者内心的煎熬和折磨，所以有些人就会选择一些特殊的渠道给自己减压，例如把事情详细地用文字记录下来。孙学武大概就是这种人，他的工作笔记中，除了详细记载着许多鲜为人知的秘密，也从字里行间流露出许多他个人的主观意识。

我和Shirley杨仔细阅读了这本记录，陈教授与孙学武是多年的老朋友，以前也常对我们提起他的事情，加上一些我们的揣测，很容易就能理解记事本中的内容。原来孙教授提到的国家机密，也确实是"国家机密"，不过他所谓的"国家机密"，并不是现在当代的，而大多是古时候的绝对机密。

占卜、征兆、预言、暗示之类的古老文献记载，不仅东方有，西方也有，内容和形式大多都非常神秘、隐晦。中国古代的秘密文献，最早见于殷商时期的龙骨，也就是刻在龟甲上的铭文与符号，后世学者将这些古怪难解的神秘文字，称为"天书""谜文"。

龙骨天书中记载着大量巫卜、天兆、不死、长生之类的内容，专家对于"天书"的破解工作，是极其艰难枯燥的，从事这一工作的人很少。虽然以现代人的眼光来看，那些巫卜内容多是不可信的，是科学尚未开化的古老产物，但对于研究几千年前的社会、经济、军事、政治活动，龙骨天书仍然具有很重要的价值。

孙学武的工作内容，就是破译解读古代秘密文献，也专门负责从各地发掘收集刻有各种古文字符号的龟甲、兽骨。虽然收集整理容易，解读起来却没任何参考资料，破解那些体系与历史背景不同的古代密文，实在是难于上青天，有时一个简单的符号，就要用掉几个月的时间研究考证。长期面对这种艰难枯燥的工作，养成了孙教授孤僻的性格，但他仍然痴迷于此道不可自拔，甚至用"走火入魔"来形容也不为过。

直到后来出土了唐代的《龙骨谜文谱》，对龙骨天书的研究终于有了实质性的进展。可随之而来的，又是另一道不可逾越的障碍，那就是卦象、机数。

西周时期盛行演卦，照烛龟卜所产生的卦象，是巫卜的最高境界，也是所谓的"天机",可能现在有许多人难以理解,既然古人有预测吉凶祸福之术,为何要将结果用卦象显示,而不直接描述结果?

其实不仅是演卦获天机,包括后来中国历史上各种预言,诸如推背图、马前课、梅花诗、烧饼歌之类,无不隐晦难解,多有故弄玄虚之意,把所谓的预测和秘密,都用暗示的方法流传下来,或图画,或诗词,种类五花八门,事后方解其意,似乎故意不肯预先告诉人们结果。

这种形式,实际正是古代传统观念的一种体现,古人认为"幽深微妙,天之机也;造化变移,天之理也。论天理应人,可也;泄天机以惑人,天必罚之"。

意思是说,生生不息的"天道"可以谈论,让人们懂得天人相应的道理,但"天机"则不可明言,因为天机微妙,容易使人迷惑妖妄,正如常言所说"天机不可泄露",君子应当"藏器于身,待时而动"。

西周时期的周天十六卦,却穷通天地之变化,烛万物而无所隐。据"龙骨天书"上记载,周天卦数出世之时,夜有鬼哭,随后黄河泛滥,淹死人畜无数,只因造化中的秘密,从此发泄尽了,所以才被迫毁去二分之一,仅留八卦存世。

这些失落的古卦,也成了孙教授研究过程中的瓶颈,记载古时卦象的龟甲数以万计,是一个庞大无比的信息宝藏,但没有周天卦数,就根本无法解读,他一生倾心竭力的研究成果,只缺少最关键的一把钥匙。

又因为孙教授性格古板,不通人情,打点不好人际关系,所以常常得不到应有的重视。但他死钻牛角尖,打算找出周天卦数,把西周的古卦龙骨彻底破解,到时候必定震惊中外,也不负这许多年耗费的无数心血。

古代的秘密文献,大多藏在遗址、古墓或者洞窟里。因为古墓深处地下,空间相对封闭,里面的陪葬品往往能完好地保留下来,孙教授寄希望于此,每当考古部门发现古墓陵寝,他总是格外关注墓中的龟甲、兽骨和钟鼎铭文,指望从中得到一些启发。

但新中国成立后的考古发掘,大多是被动发掘,而对那些尚未遭到破坏的古墓,则是按规定原封不动地保护起来。孙教授常年在基层和考古现场工作，这些年来所见所闻，各地的古墓大多是十墓十空，早不知被历代盗墓贼滤了多少遍坑。

有几次考古人员发现古墓盗洞比较少，还满心欢喜，以为里面多少能保存下来一些东西，谁知进去一看，墓底下都被挖成蜂窝了。原来古时候的盗墓贼能观山寻藏，打盗洞可以直捣地宫，故意避开了厚土巨石的墓顶。跟那些经验、器械、手艺传承了几千年的盗墓贼相比，当代考古的方法显得格外笨拙、落后、缓慢。

孙教授对此痛心疾首，恨盗墓贼入骨。这些家伙从古到今前赴后继，不停地盗墓盗了几千年，才导致大量埋藏珍贵文物的陵墓，都只剩下一个个空荡荡的土坑。要不是盗墓的贼人太多，那龙骨天书里的种种神秘卦象早就破解了，而他孙教授的价值和研究成果也会得到认可，走到哪儿都受人尊敬，可现在只能饱受排挤，整日怨命苦挨，一时半会儿争不出这口气来。

在学术地位上的这点私心只是其一，另外孙教授已经对龙骨天书中的内容着了迷，他倘若搞不明白龟甲上的古卦天机之谜，便每日每夜都是食不甘味、寝不安席。

有一次，孙教授意外获悉了一条重要线索。在明代，四川省境内有一支豪族，近似神棍邪祟之辈，善于妖术，通晓一种称为"观山指迷"的风水方术，男称"太保"，女为"师娘"。这伙人蛊惑人心，势力极大，明末政府统治能力薄弱，对其也无可奈何。

观山太保为首之人，是地方上的巨富，姓封，懂得炉火之道，炼气养形，有通天的本领、敌国的家私，收得门徒弟子无数，自封为"地仙"。此人不仅有盗墓之癖，盗发了不少各朝古墓，而且还有造陵之瘾，用了几十年的时间，在山里造了座"地仙村"。虽称村庄，实为阴宅，也就是墓穴。

他将盗挖来的明器棺椁、丹鼎[①]陶俑，甚至别的古墓中贵重罕见的建筑材料、墓砖木椁，一律收藏在自己的墓城之中，建造了许多风格诡异的墓室。他又在墓室中布设种种机括销器儿，地仙城中铸有"银屏铁壁"，

---

① 丹鼎，指内丹。

内置"璇玑楼",历朝山陵中的秘器珍物,多在其中。

拿现代的眼光来看,这位观山太保可能有某种精神异常的症状,多半是个疯子,对机关、风水、陵墓过度痴迷,不知出于什么动机,竟然花了半辈子时间,为他自己造了这样一座"古墓博物馆"。也有传说此人在当地盗挖过一座大古冢,掘出龙骨卦图,竟然从中窥得天机,从此后性情大变,所以才造了地仙村作为百年之后藏真之所。至于他建造地仙村的真实原因,大概只有他自己知道。

等到明末张献忠带兵大举入川之际,他就率众避入深山,将举族男女老幼和所有造陵挖山的工匠,都杀死在了墓中,启动机关放下断龙石,把自己活生生埋在了其中。土人们也称这座神秘的地仙村为"封王坟",而且从此后再没人知道地仙村的位置所在。

此事没有明确的史料记载,只是孙教授在四川工作的时候,听山民们提起过"地仙阴宅"的各种传说,各种说法并不一致,甚至难以肯定这些传说是真是假,而且随着岁月的流逝,知道的人越来越少了。

不过孙教授在工作过程中,接触到越来越多的信息,使他深信,在明代确实曾经有过观山太保和地仙村。当年张献忠的流寇部队入川后曾大举挖山掘墓,史书上记载:"流寇入山穴地,以求地仙所藏之金书玉咒、龙骨天机,未逞,屠戮万人,填尸平壑。"这很可能是说,农民军意图盗掘地仙村,但没有找到位置,于是杀了许多当地民众泄愤,把盗墓时挖山掘开的深沟都填满了。

另外还有些零星的记载,都从侧面证实了此事。这座由盗墓者苦心建造,深藏在蜀地的古墓博物馆,里面收藏了历朝历代古冢中的奇珍异宝,不单如此,其中极有可能存在西周时期的古卦秘器。

于是孙教授便打报告,请求上级批准他组织一个专家组,专门去四川寻找地仙村,结果被许多人指责说他是异想天开。观山太保只不过是民间传说,目前人力、资金都很紧张,怎么可能凭一些捕风捉影的消息,就耗费人力物力去找一座根本不存在的古墓?这不符合咱们的工作原则。

孙教授碰了钉子,被人说成是精神病,只好忍下性子,暗中收集资料,每次出差去四川，总是会挤出时间走乡串寨，多方打听调查，可是随着逐渐深入接触，他发现观山古墓的具体位置根本就无迹可寻。

据说中国传统行业中独占鳌头的摸金校尉，精于寻龙搜山、分金定穴，而观山太保的观山指迷之道，也脱身于后汉时期发丘摸金之辈流传下来的古术，对青乌堪舆的掌握深不可测，而且观山太保本就是盗墓行里的高手，他们建造的陵墓，防盗手段肯定不是常人所能想象，甚至让人连确切地点都无法找到。可能即便再过上千百年，地仙古冢的谜团，仍然只是一个民间传说。

第五十五章
瞒天过海

孙教授为了找到地仙村这处古墓博物馆，颇下了一番苦功，最终却毫无所获。他将这些年来从民间搜集整理有关明代盗墓贼观山太保的资料，全部记载在了这本工作笔记之中，到最后未免有些心灰意冷了。

但在研究观山太保的过程中，他从乡间野谈以及各种史料方志上，了解了许多古代盗墓活动的秘闻，知道这世上自古无不死之人，又无不发之冢，只要是古墓，就早晚有被挖盗的一天。盗墓之术，不外乎"望、闻、问、切"四门。

"望"是指观望风水形势，通过上观天星、下审地脉来确定古墓的位置和布局，这需要洞悉山川河流与日月星辰的脉搏，极为深奥复杂，不是普通盗墓者可以掌握的；另外这望墓之法，还可以观察地表、土壤、植被的差异来寻找墓穴，又称"观泥痕、辨草色"。

"闻"字诀，也可分为两种方法，有一种人天赋异禀，嗅觉极其敏锐，可以通过鼻子辨别深山老林中的特殊气息；"闻"又指盗墓者敏锐的耳音，练到"鸡伺晨、犬守夜"的境界，就可以通过聆听自然界的声音，推断地底的情形，耳音普通之辈，也可借助工具，比如埋瓮于地以耳认穴的"瓮听法"。

据说"问"字诀是通过向当地土人"咨询",从侧面了解古墓的情报和方位,运气好的时候,会有意想不到的效果;而"问"字诀另有一种比较神秘的方式,即问天,据说古代盗墓贼可以通过占卜推演,来确定古墓结构和墓中吉凶,但此术在很早以前就绝迹了,再也无人通晓。

最后是"切"字诀,主要是盗墓者挖掘古墓的各种办法,是如何避实就虚地利用各种工具来挖掘盗洞的,有分金定穴、直捣中宫,也有长锄大铲的崩山揭天顶,更有施术驱兽的穿山穴陵甲。

孙教授知道归知道,但这"望、闻、问、切"之术,多是传了几千年的倒斗绝学,或许在民间可以打听到这些事,可要真想学会这些本事,不得真实传授,是完全不可能掌握的,何况大部分盗墓之术都是失传已久。

按说到了这个地步,差不多该死心了,可孙学武性格偏执,对认准的事情格外执着。他不到黄河不死心,不见棺材不落泪,仍是没日没夜废寝忘食地想找地仙村,妄想窥探璇玑楼中所藏的古卦天机。

也许真是皇天不负有心人,孙教授在一次整理古籍文献时,意外了解到一则秘史。在周穆王时期,曾有过一尊以南海龙火锻造的古鼎,鼎上有卦镜卦符,古鼎出自归墟,其材质是青铜器中罕见的器物,由于鼎器中的海气凝结,其铜性历千年而不失,年代愈久铜色之幽绿愈深。

古鼎上镶嵌的卦符、卦镜,都是西周时期照烛演卦的精髓,可以利用青铜中蕴藏的海气,推演丧葬之象。古代人迷信风水中的形势理气,其中最看重的是"气",也就是所谓龙脉中的"生气",大海上的海市蜃楼异象,多是由于海气变幻所生。归墟中的海气即是"龙脉龙气"。这尊归墟古鼎上的任何一块碎片,都可以将普普通通的墓穴,变为生气凝结的风水宝地,而鼎上的卦镜,更可以用来窥测推演古墓方位。

孙教授开始并不相信真有归墟古鼎,但顺藤摸瓜地略加考证,才知道此事绝非空穴来风。不过此鼎曾作为陪葬品随周穆王下葬,后来周穆王陵寝被人挖开的时候,发现铜鼎已被雷击碎,卦镜和四枚古符分别被人取走,就此散落四方。

历史上盗墓者问天卜卦寻找古墓大藏的传说,很可能就来源于归墟古鼎。据说归墟卦镜上机驳繁杂,通过卦符的指引,便能根据周围生气聚散变化呈现不同卦象。孙教授知道周天卦符共计一十六枚,古鼎上仅有龙、鬼、人、鱼四枚,专是观取阴阳气穴所用,想以此破解西周的龙骨卦象虽然不太实际,但这是一个重要的突破口,凭他几十年潜心研究古代密文符号的积累,自问还有几分把握能解读四枚卦符呈现出的卦象,只要有了这面玄机无穷的古铜镜,也许有一线机会能找到地仙村。

可到此时为止,这些设想还仅是孙教授脑海里的一座空中楼阁。归墟古鼎碎裂之后,铜鼎被熔化改铸为丹炉,卦符卦镜更是下落不明,它们都是古人眼中的风水秘器,天知道是否被哪个识货的墓主带着长眠地下了。孙教授无财无势,仅凭一己之力,想把它们重新收集起来,又谈何容易。

不过有道是"天意难料,天机最巧",也是机缘巧合,还就真让他等到了机会。两年前孙教授到内蒙古出差,借宿的时候,有位牧民对他谈起一件非常奇怪的事情,当时内蒙古草原已经沙化严重,但有一片沙草地上的青草却格外茂盛,远远看去就像一片绿色的草甸子,面积不是很大,约有几十米的范围。

这片草甸子里藏有许多黄鼠狼,成群结队地进进出出,神态极其鬼祟。从前,当地牧民很少见过黄鼠狼,以为此兆不祥,就相约带了大批牧犬猎枪前去剿杀。草原上的牧犬最擅长捕捉地鼠,捉起黄鼠狼来也不逊色,不到一天的工夫,就咬死了大小上百只黄鼠狼,尸体乱糟糟地摆满了一地。

清剿干净之后,牧民们开始剥黄鼠狼的皮筒子,也有人点火焚烧草丛,其中一人见里面的土窝子中,有一枚青铜的龙形器物,看起来也不值什么钱,并不知是古物,随手挂在了坐骑上当装饰品,想过几天去旗里赶集的时候,带到供销社换点纸烟。

孙教授是个有心之人,听到这个消息,二话没说就连夜到供销社买了一条香烟,从那捡到无眼龙符的牧民处毫不费力地将此物换了回来,暗中收藏起来,第一枚卦符,就被他瞎猫撞上死耗子般地弄到手了。

此后,孙教授对卦镜古符之事更加上心,但一直没有其余几件秘器的下落，直到不久前才又有了一些眉目。原来卦镜早已在清末流到境外，并在一次走私途中，随船沉入大海。孙学武知道自己的老朋友陈教授有海外关系，就编了个谎话，告诉陈教授沉入海里的是秦王八镜之一的秦王照骨镜，是件价值连城的国宝，让陈教授想办法找人打捞。

那卦镜背后都是密密麻麻的符号图形，非常精细复杂，收藏者担心遭到磨损，另外也是为了使铜镜中的海气持久凝聚，就以火漆封盖储存。孙学武事先早已获悉此事，却瞒天过海，告诉陈教授说："那是由于照骨镜镇尸千年，镜中阴晦犹存，不可照人面目。"

孙学武知道船沉茫茫大海之中，不易打捞，他利用陈教授的关系打捞归墟卦镜，也是存了"谋事在人，成事在天"的念头，并未抱有太大希望，想不到竟然真的从南海完好无损地取回古镜，实是意外之喜。古镜拿到手后他并未上交，而是秘密地藏在家中，暗中分析镜背的卦图。陈教授在美国治疗期间耽误了不少工作，回国后始终忙碌不停，又对他的老朋友深信不疑，心甘情愿将找到国宝的功劳让给了孙学武，从来都没追问过他是否已将国宝献出，更不知道那面南海古镜根本不是秦王照骨镜。

四枚古符中的铜鱼，历时几千载，仍然嵌在古镜上未曾分离，孙学武连做梦都没想到，两符一镜已到了自己手中，看来合该自己不鸣则已，一鸣惊人。如今只差一人一鬼两枚铜符，把这些东西都凑齐了，就可以入川开启观山古墓地仙村，周天卦数的秘密似乎已近在咫尺了。

孙教授近日得知，新中国成立前有人从湖南盗墓贼手里买到一批文物，在民间辗转多年，幸未残缺丢失，前不久由爱国侨胞捐献了出来，目前正在全国各地巡回展出，其中就包括由归墟古鼎改铸成的丹炉，以及另外两枚青铜卦符，而且在铸造丹炉的时候，还将古鼎从周穆王陵寝中的出土经过，以及鼎身原本的形制——在丹炉上铸成图形记载。

孙教授当时恰好回到北京，见这批古物就在天津展出，便再也忍耐不住。他本就性格孤僻，竟然连假都没请，就直接赶到博物馆来看个究竟。不过在博物馆的展室中离远了看怎能过瘾，而且也不想让任何人知道他多年来一直在研究归墟古鼎，所以不能通过正式渠道接触，索性一不做二不休，在深夜里溜进博物馆，把丹炉上的铭文和图形都抄录下来，想要从中窥探到卦符、卦镜的使用方法。

笔记本的最后几页，都是丹炉上的铭文和图案，但只有一半便戛然而止，这本记载着孙教授秘密的笔记本，也就再没有接下来的内容了。

想来那时恰巧被我撞见，孙教授唯恐暴露身份，匆匆逃离了博物馆，他百密一疏，把他最重要的笔记本丢在了现场。

我看完之后合上了工作记录本，冷哼了一声，骂道："这老小子平时装得一本正经，实际上整个就一黑后台，藏得比观山太保还深，真是他妈的老奸巨猾，竟然拿胡爷当枪使了。我这辈子没让人这么耍过，在惊涛骇浪中提着脑袋出生入死走了一个来回，险些把命都丢在南海，要不是这会儿看到这本变天账，到现在还得被他蒙在鼓里——跟傻帽儿似的以为自己是为国立功了。可他放屁瞒得了响，却瞒不了臭，只手遮天的阴谋诡计终有败露之时，既然被我知道了真相，定要让他吃不了兜着走。"

Shirley 杨却摇头道："你先别急着动火，我看此事未必如此简单，恐怕尚有隐情亦未可知。"

第五十六章
拜访解读谜文暗示的专家

我指着笔记本对 Shirley 杨说:"如今事实俱在,也不用把陈教授找来与他当面对质,只要把这本工作记录拿到他面前,谅他也不敢不说实话,还能有什么隐情?"

Shirley 杨说:"孙教授在事业上始终都不顺利,他暗中研究卦镜卦符,多半是无奈之举,恐怕只是不想让旁人插手他的研究成果。另外,博物馆展出的古物皆为仿制品,此事你我当初虽然并不知道,可孙教授应该早就知情,他趁深夜无人,潜入博物馆看看赝品,似乎也不是什么了不得的大事。铜人铜鬼两枚真正的古符,都已被文物部门收入仓库了,我想即便是孙教授这种身份的学者,在没有正式授权的情况下,也很难接触到那些国宝,想用四符一镜探寻地仙村的构想终究不能实现,他迟早会将手中的铜镜铜符完璧归赵。"

我苦笑着摇头道:"你专把人往好处想,我看却未必。从孙教授这本工作记录里可以看出来,他暗中调查地仙村古墓的时间已不短了,对此倾注的精力和心血都不是常人所及,甚至说着了魔也不为过,所以他绝不会半途而废。"

Shirley 杨奇道："依你看来，孙教授还会到湖南博物馆的珍宝库里窃取国宝不成？我虽然不知道中国珍宝库的严密程度，但料来也不会比银行的金库防卫设施薄弱。孙教授快六十岁的人了，又没什么势力和背景，怎敢去犯此弥天大罪？"

我对 Shirley 杨说："他就算吃了熊心豹子胆，敢去偷窃馆藏文物，却也没有飞檐走壁的手段。但他手中毕竟已有了鱼龙两枚青铜古符，还有一面归墟卦镜，我看他在笔记本中所绘的镜背图案纹路，皆是先天古卦图形，中间有日月纹分为两仪，合着周天三百六十五刻的河图之数，其中千变万化，有神鬼难测之机。"

我曾从南海龙户古猜口中知道了先天古卦之数，现在流传下来的易经八卦，也有阴阳两极，始于震，终于艮，然而古卦并非单以"乾坎艮震"为符，与归墟卦镜合为一套的鱼、龙、人、鬼，都是周天十六卦的卦符，将卦符分别装在周天卦盘上，可以生出无穷之机，机数合而生象。

鱼、龙、人、鬼可能是古卦中表示空间、生命的符号，是古时候占卜山川地脉的神秘暗示，全部的卦符应该有一十六枚，至少有四个机数，才可生成一个特定的卦象，神机越多，呈现出的卦象也就越准确。

只有鱼、龙两枚卦符，其实也能够推演出一个简单的卦象，只不过卦象中的暗示更加隐晦。对先天卦数有所了解的人，大多明白此理。孙教授研究龙骨天书多年，自然晓得其中奥秘，他凑齐了两符一镜，只要找出使用古符在卦镜上推演卦象的办法，就随时可能动身入川寻找那座古墓博物馆。

但以我这些年来接触《十六字阴阳风水秘术》，以及结识张赢川、古猜等了解一些周天古卦奥秘的人，深知此事绝没有想象中的那么简单。十六数老卦穷通宇宙之变、洞悉造化之谜，正如清代摸金大师张三爷所言"谁解其中秘，洪荒或有仙"，根本就不是凡夫俗子可以参悟的玄机，即便把所谓的"天机"摆在眼前，看上一辈子也未必能够领悟其中的深意。

据我所知，周天老卦中分别包含"卦图、卦数、卦符、卦辞"四项，如今绘有卦图的古镜以及卦符都有了下落，我在南海发现的归墟遗民古猜又知道古代流传下的卦数古诀，唯独只差最重要的卦辞，没有卦辞就谈不上解读卦象。

历史上发现周天卦图、卦数、卦符、卦辞最完整的，当数清朝末年，有摸金校尉从西周古墓中挖出来一次，也许是怕泄露天机招灾惹祸，不久后便将这些古物毁了。

按孙教授笔记中的信息，明代盗墓贼观山太保，也曾穴开一处古冢，并将其中陪葬的周天古卦藏在地仙村里，所以才会有明末流寇入川后盗发古墓，意图寻找丹鼎龙骨、金书玉箓的传说。

我根据孙教授笔记中的记录，推测他完全不了解周天老卦，但他自恃多少知道些古代盗墓贼的土方子，可能只会根据后天八卦的机数卦辞，以及常年研究龙骨秘文的经验，用他手里的铜镜铜符去找地仙村，只怕越找离目标越远，弄不好还得把身家性命搭进去。

Shirley 杨听罢我的分析，也不禁忧心起来："倘若真是如此，咱们应该尽快找到孙教授，劝他趁早回头才是。"

我说："孙教授脾气很倔，做事极其执着，他研究龙骨天书多年，看样子不显山不露水，其实野心实在是不小，不肯默默无闻地当一辈子专家。想想也是这么个理儿，现在满世界的专家多如牛毛，挂个虚名又有什么稀罕？他这次大概是铁了心扬名立万，要通过破解周天老卦的千古之谜，做一番轰动效应出来，搏个远乡异域尽皆知闻的高名，传之不朽。别说是你和我了，我看就算是陈教授出面也劝不住他。"

Shirley 杨道："听你这么说，肯定早已有了打算，是不是想乘机做些什么？你出起馊主意来，也算得上是半个专家。"

我说："我可没动歪脑筋，只不过那地仙村里藏有丹鼎秘器，似乎正是咱们想找的那种古墓。孙教授研究多年的详细记录，到头来让咱们捡了个现成的便宜。我的意思是咱们何不去四川走上一回？用分金定穴跟观山指迷较量一番，做回府中求玄的勾当，盗了墓中丹鼎出来，也好救多铃的性命。"

Shirley 杨说："此事怕不易做，观山太保是明代盗墓巨魁，而且凭孙教授的笔记，根本不知道地仙村的位置所在。从古到今，哪里有以村庄为墓的做法？我想地仙村会不会和武陵捕鱼人发现的桃花源一样，是一处与世隔绝的神秘村落？在民间传说中提到的妖术和银屏铁壁机关又是什么？"

我抬眼看了看窗外，不知不觉间天已亮了，便对 Shirley 杨说："这都是后话，眼下暂且不管地仙村是住活人的还是埋死人的，咱们今天必须赶紧回北京，去孙教授家里找他。那面古镜，即便不是秦王照骨镜，也是一件稀世珍宝，怎能任其落在孙教授手中，他要是带着古镜进山寻找古墓，说不定此镜就要跟他一道失踪了。"

说完我带上工作记录本，也顾不上吃早饭，就和 Shirley 杨匆匆赶早班长途车回到北京。

我进家后，先把还没起床的胖子从被窝里揪出来。胖子正睡得迷迷糊糊，抱怨道："老胡你太缺德了，你不知道'春困秋乏夏打盹，睡不醒的冬三月'，这十冬腊月的还不让人睡个安稳觉？太不人道了，当年法西斯都没给犹太人下这损招……"

我说："你赶紧起来吧，咱又有活儿了，我带你吃满汉全席去。"胖子一听这话，立刻精神了："我刚做梦正吃一半呢，既然都这情况了，咱麻利儿地赶紧接着吃去吧，谁请客啊？乔二爷？"

我趁胖子穿衣服的时候，问他跟乔二爷的生意做得怎么样了。那乔二爷在琉璃厂是个有声望的资深人士，其实多半是煽起来的浮名，没有几分真本事，年轻时挖了座元代的虚墓疑冢，竟以为自己找了块移尸地风水宝穴，不过只要他肯出钱，我还是愿意同他做生意的。

胖子说："二爷人不错啊，挺给胖爷面子，关键咱在潘家园也是一号人物了。"说着话胡乱穿上衣服，披了一件大衣，就跟我出了门。

这时 Shirley 杨已经打电话向陈教授问到了地址，我对她说："昨天一夜没睡，你赶紧回去歇着，找孙教授谈心的事，有我和胖子就足够了。我们一定以说服教育为主，向他晓以大义，让他务必认清形势，老老实实地归还国宝。"

但 Shirley 杨不放心，执意要一同去拜访孙教授，她最多一言不发也就是了，却要盯着我们别做出格的事情。

我没办法只好同意，路上又把此事的经过对胖子简略说了一遍，让他不可冒失莽撞，别跟当初抄家似的进去就砸，一切看我眼色行事。

胖子咬牙切齿："老胡你瞧我这暴脾气的，胖爷在南海折戟沉沙，差点就喂了鱼，忙活这么半天，合着铜镜最后落到这条老狐狸手里了。绝不能便宜了他，一会儿他要是肯坦白交代，主动请咱们去正阳居撮一顿满汉全席还则罢了，否则你们俩还真得拦着点我，拦不住就等着给姓孙的老小子收尸吧。"

孙学武教授住在校区的一座筒子楼里。所谓"筒子楼"，就是每层楼有若干单元，厕所和厨房以及上下水，都在每层楼道的尽头，是共用的公共设施。楼道里都被煤烟熏黑了，堆满了各家的杂物，环境和大杂院差不多，居住条件不算太好。

"文化大革命"结束后落实政策，许多知识分子和老干部都重新参加工作，也补发了工资，可孙学武虽然蹲过牛棚下过劳改农场，可他有些问题还没交代清楚，据说他为了自保，出卖嫁祸过某些人，他却一口咬定没做过那种事。现在暂时工作恢复了，待遇却迟迟没有落实，仍和一些资历较浅还没分房的教职员工混住在筒子楼内。

我们到他家门口的时候，门上了锁，可能是他还没从天津回来。我打定了主意要守株待兔，让胖子去外边买了几套煎饼回来，坐在楼道里边吃边等。到中午的时候，就听楼道里有个四川口音的人说："孙教授你回来喽，你来看看我中午买的带鱼，这是啥子嘛？还没得我屋里头的裤腰带宽。亏得你们北京那么大哟，连条像样的带鱼都买不到。"

又听到另一个有几分熟悉的声音答道："噢，老宋啊，改善生活了，晚上吃红烧带鱼？我看看，这不算窄嘛，有的吃就别抱怨了。"

我们三人听得清楚，知道是孙教授回来了。果然从漆黑的楼道里走过来一个老头，头发谢顶比较严重，仅剩的一撮头发，一面倒地梳在额顶，正是专业研究古代谜文天书的专家孙学武。他显然不知道在天津博物馆遇到的人是我，见我们在门前等他，只是有些诧异，问道："潘家园的胡八一，你怎么知道我的地址？你小子找我肯定没好事。"他似乎不愿意让邻居们看到他和我们谈话，不等我答话，便掏出钥匙开了房门，将我们让到屋里。

我也不跟他客气，带着 Shirley 杨和胖子大摇大摆地进去，四下里一打量，满屋子除了书就是书，没什么过多的生活用品，甚至连坐的地方也没几处，我只好坐在书堆上。

孙教授关好了房门，转身告诉我们："没热水，喝自来水自己去倒。屋里古籍图书很多，不可以吸烟，有话快说，说完快走。"

胖子一听如此怠慢，忍不住就要发飙。我按住他对孙教授说："我们没别的意思，就是顺路来看看您。以前在陕西古蓝县，还承蒙您指点过一场。来得太匆忙，没带什么礼物，就给您买了套煎饼，俩鸡蛋的，略表寸心，不成敬意。"

孙教授莫名其妙："煎饼？"随即一摆手，说道，"别套近乎，我可不会指点你们这伙人去盗墓。有什么话就快说吧，我工作很忙，没时间应酬你们这伙文物贩子。"

我茫然不解："教授您是不是对我有误解啊？跟您没接触过几回，怎么每次见了我，都说我是倒腾文物的？您是哪只眼睛看见我有文物了？一而再，再而三地这么说，未免太伤害我们业余考古爱好者的感情了。"

孙教授脸若冰霜，对我说道："我也偶尔去潘家园古玩市场逛逛，如今满耳朵里全是胡爷你的大名，谁不知道胡爷手里全是明器中的硬货？念在咱们相识一场，我也不瞒你，你的事我早就已经掌握了，之所以不给你点破了，是想给你个坦白从宽的机会，你非让我替你说出来，回头广大人民群众就算想宽大你，都找不着借口了，只好从严处理了。"

我不屑一顾地说："您老可真是忧国忧民，都把您自己家当衙门口了？可千万别对我宽大，宽大了我容易找不着北。我这人从小就处处对自己严格要求，能从严的咱绝不从宽。我是在潘家园做些小本生意，可这有错吗？不就是因为我业余时间爱好考古，而且买卖公平不拿假货骗人，才让同行们称道几句吗？难道这也不行？"

胖子听到这也来脾气了："老胡你甭跟他废话，倒腾几件小玩意儿算什么？低级趣味无罪。你就把咱们倒斗的事跟他说说，说出来吓不死他。"

孙教授闻言忙说："你看看，你的同伙都已经承认了吧，你还嘴硬？"

我欲擒故纵，笑道："胖子要不说我还真忘了，不就是倒斗吗？根本不值一提，您要真想听，我就给您念叨念叨。当年我亲手在房山县挖出来一口大棺材，那座古墓可有年头了，不是金代的就是辽代的，我当时一点都没犹豫，三下五除二就把它砸开了，一看里面东西还真不少，就把棺材里的尸体先拿麻绳揪到外头，发现那死尸身子底下，竟然还有两只拳头一般大的金蟾，都是纯金的。"

孙教授没想到我会这么说，显然吃惊不小："你小子这胆子也太大了，在北京也敢盗墓？赶紧老实交代，后来怎么样了？墓中的文物走私到哪儿去了？"

我一耸肩膀，叹道："后来睁眼一看，原来是南柯一梦，梦醒了就没后来了，此梦做得真有点意犹未尽。"

孙教授被我气得脸色更难看了，站起身来就要送客，我忙说："且慢，您先容我把话说完。就因为我做了个盗墓的梦，又觉得意犹未尽，所以才特地跑去天津参观文物展览过过干瘾，想不到还在自然博物馆里遇到一位熟人，这回可不是做梦了。"

孙教授被我的话一下子戳中软肋，已是隐隐感到不妙，盛气凌人的态度没了一多半，颓然坐回椅中，试探着问道："你……你说什么？什么……什么熟人？"

我收起笑容，正色说道："我是在半夜里由工作人员带着，走后门进的博物馆，不料撞见了馆中有贼，还在现场捡到了一本工作记录。封面是天安门城楼的红色塑料皮，里面的内容，我一字不漏地看了整晚，越看越觉得眼熟。原来其中提到的那面铜镜，正是我们这三个人，还有一伙南洋采青头的疍民，舍着命从海眼里捞回的，为此不仅搭上了一条人命，还有一个同伴至今仍是生死难料。现在这面卦镜被人私吞了，此人就算破解了周天卦象的秘密，他头顶的学术光环，也是拿南海疍民的鲜血染红的。我

329

赶上十年动乱，没正经上过几年学，知道的事理也不如您这当教授的多，我到这来就是想问问你，这笔账我们该怎么算？"

孙学武听到最后面色如灰，知道事到如今已是瞒不住了，甚至可能会搞到身败名裂的地步。他半晌无言以对，最后实在扛不住了，嘴也软了，不敢再兜圈子，央求道："请你把……把笔记还……还给我吧，你们想要我……做什么？只要是我力所能及，我都答应。"

我神色略有缓和，对孙教授说："人非圣贤，孰能无过，知错能改，还是好同志。现在认识到错误的严重性了吧？就给你个将功折罪的机会，我要你带着我们，去四川找到地仙村古墓，然后还要把古镜卦符原样不动地交还给陈教授。"

胖子补充道："为了让你悬崖勒马迷途知返，胖爷我操碎了心，使尽了力，这些天最起码瘦了十斤，所以你还要请我们去正阳居吃满汉全席，并且挖出错误思想的根源，对照当前的大好形势，写成书面检查，当众宣读，表示改正错误的决心。你知道胖爷我让你这老小子气死多少脑细胞？"

孙教授此刻已是外强中干，又是做贼心虚，在被揭穿了老底之后，再没了那脸严肃的表情和义正词严的官腔，低着头从床底下找出几个鞋盒子，把铜镜和两枚铜符取了出来，递到我面前。

我把青铜龙符接在手中，心中止不住思潮翻涌，想不到隔了十几年，竟然再次阴错阳差地见到此物。龙符依旧，世事却是无常，当年一同大串联的革命战友丁思甜，此时已和我们人鬼殊途，一想到她和老羊皮都去见马克思了，我心中便犹如打翻了五味瓶，再看身旁的胖子，也早在看到那枚龙符的一瞬间就泪流满面了。

这时就听孙教授说："写检查、正阳居……没问题，可地仙村找不到……不论是谁都找不到。鱼、龙、人、鬼这四枚无目古符中藏着谜一般的暗示，我绞尽脑汁也参悟不透。解不开无眼铜符的暗示，卦镜卦符就没有任何实际用途。"

我用衣袖在眼睛上抹了一把，略微定了定神，问孙教授道："铜符的眼部中空，应该是用来推演卦象所用。自古照烛卜卦的方式，多称龟卜，

330

占验古术实则分为龟、镜两种，烛光透过铜孔，光线漏到镜背卦图之中，就是所谓的照烛演镜之法。这在你的笔记中也有描述，你当我看不懂吗？"

孙教授赶紧解释说："方法就是这么个方法，要测龙脉风水，需用人油蜡烛，只有两枚铜符亦可演出卦象，但真是如此简单也就好了。镜背卦图上有周天三百六十五个铜甄，每一甄皆分阴阳以设两仪，设四方以呈四象，其中都有特定的隐意，要是想不出鱼龙人鬼的铜符为何没有眼睛，咱们又谈何使用它推演卦象？我本以为湖南出土的那尊丹炉上会有线索，可在昨天夜里亲眼看过之后，仍然是毫无所获，面对这千古之谜，我算是彻底死心了。因为卦镜与地仙村古墓之间的关系，就像是循环往复的因果圆周——没有卦镜找不出隐秘难寻的地仙村古墓，没有这座古墓中所藏的周天卦象卦辞，又无法使用卦镜。所以你们也别指望能找地仙村古墓了。其实地仙村本身更是扑朔迷离，如同是一个存在于天方夜谭中的传说，而且最关键的是——你们已经没有时间了。"

图书在版编目（CIP）数据

鬼吹灯.7,怒晴湘西/天下霸唱著.— 长沙：湖南文艺出版社，2019.7（2025.9重印）
ISBN 978-7-5404-9270-0

Ⅰ.①鬼… Ⅱ.①天… Ⅲ.①长篇小说—中国—当代 Ⅳ.①I247.5

中国版本图书馆 CIP 数据核字（2019）第 096092 号

上架建议：神秘·探险小说

GUI CHUI DENG. 7, NUQING XIANGXI
鬼吹灯.7,怒晴湘西

作　　者：	天下霸唱
出 版 人：	陈新文
责任编辑：	薛　健　刘诗哲
监　　制：	毛闽峰　李　娜
特约策划：	代　敏　张园园　杨　祎
特约编辑：	周子琦
特约营销：	吴　思　刘　珣　李　帅
装帧设计：	80 零·小贾
出版发行：	湖南文艺出版社
	（长沙市雨花区东二环一段 508 号　邮编：410014）
网　　址：	www.hnwy.net
印　　刷：	天津盛辉印刷有限公司
经　　销：	新华书店
代理发行：	中南博集天卷文化传媒有限公司
开　　本：	710mm×1000mm　1/16
字　　数：	301 千字
印　　张：	21
版　　次：	2019 年 7 月第 1 版
印　　次：	2025 年 9 月第 12 次印刷
书　　号：	ISBN 978-7-5404-9270-0
定　　价：	39.50 元

若有质量问题，请致电质量监督电话：021-62503032
销售电话：17800291165